DEREK MEISTER

Flutgrab

Derek Meister

Flutgrab

Historischer
Kriminalroman

blanvalet

MIX
Papier aus verantwortungsvollen Quellen
FSC® C014496

Penguin Random House Verlagsgruppe FSC® N001967

1. Auflage

in der Penguin Random House Verlagsgruppe GmbH,
Neumarkter Straße 28, 81673 München
Dieses Werk wurde vermittelt durch die Literarische Agentur
Thomas Schlück GmbH, 30161 Hannover
Redaktion: Susann Rehlein
Illustrationen: © Marion Meister 2006, 2011
Umschlaggestaltung: © Johannes Wiebel | punchdesign,
unter Verwendung von Motiven von Shutterstock.com
(Everett – Art; travelview; jocic; DrObjektiff;
Eky Studio; javarman; vector illustration)
KW Herstellung: eR
Satz: Uhl + Massopust GmbH, Aalen
Druck und Bindung: GGP Media GmbH, Pößneck
Printed in Germany
ISBN 978-3-7341-0945-4

www.blanvalet.de

Für Marion
Ohne Dich kein Rungholt

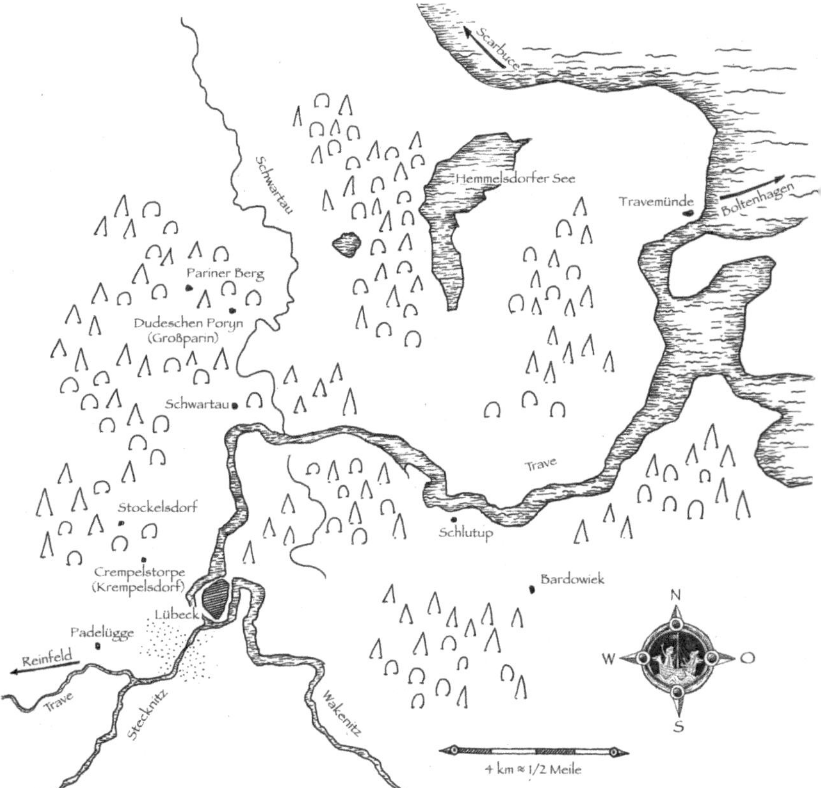

Scarbuce
Schwartau
Hemmelsdorfer See
Travemünde
Boltenhagen
Pariner Berg
Dudeschen Poryn
(Großparin)
Schwartau
Trave
Stockelsdorf
Schlutup
Crempelstorpe
(Krempelsdorf)
Bardowiek
Lübeck
Padelügge
Reinfeld
Trave
Stecknitz
Wakenitz
N
W
O
S
4 km ≈ 1/2 Meile

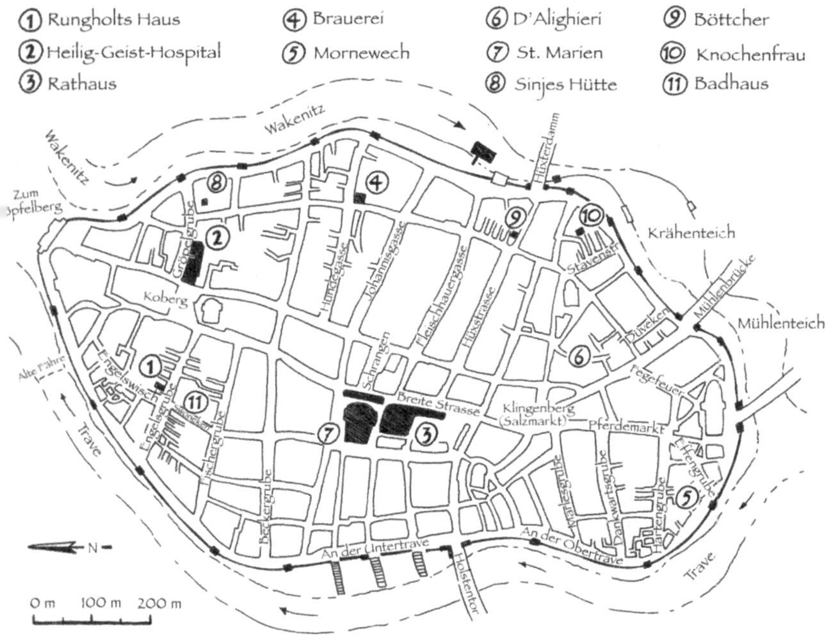

1 Rungholts Haus
2 Heilig-Geist-Hospital
3 Rathaus
4 Brauerei
5 Mornewech
6 D'Alighieri
7 St. Marien
8 Sinjes Hütte
9 Böttcher
10 Knochenfrau
11 Badhaus
Wakenitz
Wakenitz
Zum Äpfelberg
Hüxterdamm
Krähenteich
Mühlenbrücke
Mühlenteich
Gröpelgrube
Koberg
Hundegasse
Johannisgasse
Fleischhauergasse
Hüxstrasse
Stavenstr.
Düveken
Schrangen
Breite Strasse
Klingenberg (Salzmarkt)
Pegefeuer
Pferdemarkt
Alte Fähre
Engelswisch
Engelsgrube
Fischergrube
Beckergrube
Marlesgrube
Dankwartsgrube
Hartengrube
Effengrube
An der Untertrave
An der Obertrave
Holstentor
Trave
Trave
N
0 m 100 m 200 m

ERSTES BUCH

Brandung

Bis zum Himmel spritzet der dampfende Gischt,
Und Flut auf Flut sich ohn' Ende drängt,
Und will sich nimmer erschöpfen und leeren,
Als wollte das Meer noch ein Meer gebären.

Der Taucher, Friedrich Schiller

1

Lübeck, Ende Juli anno 1394

»Wenn sie dich zu lange ansehen, die Toten, nehmen sie dich hinab ins Meer. Sie ziehen dich in die Dunkelheit und stehlen dir deine Seele.«

Niemand hatte sich die Mühe gemacht, ihre Lippen zu schließen. Hübsche Lippen, wie Rungholt bemerkte. *Vormals* hübsche Lippen, berichtigte er sich, denn nun waren sie rissig und blau.

Auch ihre Augen waren blau. Wie durch einen Nebel starrten sie ihn an, als wollten sie ihn für das anklagen, was mit ihr geschehen war.

Rungholt mahnte sich zur Ruhe, beugte sich tiefer über das Gesicht der Toten und rückte seine Stegbrille zurecht. Das linke Glas war seit Jahren gesprungen, aber er hatte weder die Zeit noch das Geld, sich eine neue aus Italien kommen zu lassen. Hier oben im Norden waren Brillen rar.

Er rückte ihren Kopf aus den Regentropfen, die durchs schlechte Schuppendach fielen, und sah sich ihre Haut an. Wegen der Dunkelheit konnte er aber nicht genau sagen, ob sie bloß blass oder blau war. Brummelnd sah er sich nach seinen beiden Begleitern um, die im Bretterschuppen abseits der Leichen warteten und aus sicherer Entfernung Rungholts Tun zusahen. Gallberg, der Hospitalmeister, und Eric Dartzow, einer der vier Bürgermeister Lübecks, trauten sich nicht heranzutreten.

»Gallberg, ich brauche die Lampe.«

Mit einem Mal schoss grelles Licht durch die Bretterritzen des Schuppens. Ein Blitz erhellte flackernd den Raum, ließ die Züge der Neunzehnjährigen mehrmals aufleuchten. Draußen auf dem Hospitalhof konnte Rungholt Dartzows Riddere sehen, seine Leibwache. Die armen Kerle standen im Matsch und ertranken förmlich in dem Gewitter. Kurz darauf zerriss ein Donner das stete Trommeln des Regens.

Es war vor der Komplet, doch wegen der ewigen dunklen Wolken verließ Rungholt öfters sein Zeitgefühl.

Sein großer Kopf neigte sich noch einmal über das fahle Gesicht. Rungholts fässerner Körper vermochte kaum tief genug zu kommen, weil sein Bauch gegen das Brett stieß, auf dem sie die Leiche aufgebahrt hatten. Dennoch sah es für seine beiden Begleiter so aus, als versuchte er, die junge Frau zu küssen. Ihre Münder waren kaum mehr als fingerbreit voneinander entfernt, nachdem er sich mit den abgetretenen Trippen auf die Zehenspitzen gestellt hatte.

»Was treibt Ihr? … Riecht sie?«

Ohne sich umzudrehen, brachte Rungholt den Frager mit einer Handbewegung zum Verstummen. Er hatte es eilig und keine Zeit für unnütze Erklärungen. Ihn beunruhigte, dass das Gewitter seit der Vesper tobte und an Stärke nun auch noch zugenommen hatte. Diese Leichenschau kam zum ungünstigsten Zeitpunkt. »Gallberg! Lampe«, knurrte er und streckte seine Pranke nach hinten. Doch er wartete vergeblich. »Gallberg!«

Der Hospitalmeister rieb sich abwesend den Schweiß vom halbkahlen Schädel und warf noch einen Tannenzweig auf das Feuer, das er in einem Zinkeimer entfacht hatte. Augenblicklich verbreitete der Rauch sich in der Bude und schnürte ihnen den Atem ab. Immerhin vertrieb der beißende Rauch den Gestank der Verwesung, den die zwei Dutzend Leichen ausströmten, von denen viele nicht einmal ein Leichentuch bekommen hatten.

Seit anderthalb Jahren regierte in Lübeck nun schon der Hunger, doch in diesen Wochen war es besonders schlimm. Die Vitalienbrüder, eine Bande brutaler und gesetzloser Räuber zur See, hatten in der Ostsee die Oberhand gewonnen. Sie kontrollierten seit sechs Wochen, welche Schiffe Kurs auf Norwegen, Schweden und das Russenland nehmen durften. Sie plünderten und brandschatzten und griffen selbst Hanse-Konvois mit schwerbewaffneten Friedeschiffen an, die Lübeck lossandte. Der Seehandel war zum Erliegen gekommen und die Preise für einfache Lebensmittel – Stockfisch, Getreide und Fleisch – in die Höhe geschnellt.

Das Heilig-Geist-Hospital, das größte Siechenhaus zwischen See und Alpen, vermochte die Ausgezehrten nicht mehr zu fassen. Alle Betten des Langhauses, ob Frauen- oder Männergang, waren belegt, und selbst in den Fluren der Anbauten reihten sich die Strohlager aneinander. Der Armenacker hinter dem imposanten Gebäude glich einem von Pockennarben zerfurchten Gesicht. Dicht an dicht frische Gräber, die kaum zugeschüttet wieder aufgerissen werden mussten, um noch mehr Lübecker aufzunehmen. Nachdem es gut zweihundert waren, auf dem Stückchen Land zwischen Königstraße und Langem Lohberg, hatte Gallberg verfügt, die Leichen einstweilen in diese Bretterbude auf dem Gelände des Heilig-Geist-Hospitals zu bringen, wo sonst Gartengerät, Baumaterial und zwei Heuwagen lagerten. Noch immer war der Rat uneins, ob man Massengräber ausheben sollte – und solange die Herren keine Entscheidung trafen, hatten die Toten eben zu warten. Und langsam zu verrotten. Ein weiterer Blitz tauchte die aufgereihten Körper in sein weißes Licht, ließ Schatten an die Wände springen.

Die Brüder und Schwestern des Hospitals hatten die Verstorbenen auf rohe Holzbretter geschichtet. Der Koggenbauer Lüdje hatte sie dem Hospital geliehen – angeblich aus Nächstenliebe. Rungholt hatte jedoch gehört, dass sich Lüdje von den verwesenden Körpern ein gutes Einfetten der Schiffsplanken erhoffte. Die Körperfette, die bei dieser Feuchtigkeit langsam übers Holz sifften, ölten es angeblich gut. Rungholt hielt das für ein Ammenmärchen, aber so versuchte jeder, noch aus dem Tod seinen Profit zu schlagen. Kein Wunder, denn durch die Überfälle der Serovere waren der Handel und damit der Bedarf an Schiffsreparaturen oder gar neuen Koggen vollkommen zum Erliegen gekommen.

»Gallberg«, fuhr Rungholt den Mann hinter sich ungeduldig an. »Die Lampe. Verflucht. Gallberg!«

Das Knistern des Tannenzweiges vermischte sich mit dem Trommeln des Regens. Rungholt wollte gar nicht daran denken, wie sein Keller aussah. Sicher war er bereits vollgelaufen. Gestern Abend war ihm das verfluchte Wasser auf den Kopf geregnet. Es war durch den Himmel seines Bettes direkt auf seine Stirn getropft. Der Sturm hatte eine Reihe Dachschindeln heruntergerissen. Hoffentlich hatte Contz die Felle ordentlich an den Sparren angebracht und alles abgedichtet.

Endlich drückte der gedrungene Mann Rungholt eine Tranlampe in die Hand. Der Geruch von Schweiß und zu viel Bier wehte Rungholt entgegen. Er riss Gallberg die Lampe ruppig fort und zog der Frau das linke Augenlid hoch. Indem er ihr einen Holzspatel auf das Auge drückte, klappte er es um.

»Hmmm«, brummte er. »Zehn und auf der anderen Seite …« Er untersuchte auch die Innenseite des anderen Liddeckels. »Neun … Nun denn. Und die Augen … Ah ja … Geplatzte Äderchen am Rand.« Konzentriert ließ er den Schein der

Lampe zu ihrem rechten Ohr gleiten. »Hier keine Flecken… Gut, haben wir das schon mal.«

Das Licht streifte die Wangen der Frau. Sie hatte feine Züge, einen kecken Leberfleck über dem Mundwinkel. Ihre Wangen fielen ein, aber das Licht des brennenden Robbenfetts schmirgelte ihre Haut eben. Die Hautfarbe jedoch war weniger appetitlich. Ein Hauch nur, doch das Bleiche, wie Rungholt auch im schlechten Lampenlicht erkennen konnte, ging ins Blau und nicht ins Weiß. »Bist so sauber. Siehst so geputzt aus«, sprach er zu sich selbst. »Hast vor deinem Tod das Badhaus besucht?«

Ihre Haare und ihre schlichte Tunika waren nass, aber er glaubte nicht, dass es der Regen gewesen war, der sie derart gründlich gewaschen hatte. Behutsam strich er ihre blonden Haare auseinander und versuchte, eine Verletzung zu finden. Vielleicht die Spur eines Knüppels, den Stich eines Messers…

Lediglich sieben Tannennadeln fand er in ihrem Haar. Stammten sie von Gallberg? Ist der Hospitalmeister mit seinen Zweigen unachtsam gewesen, hat sie herumgewedelt, als er den Leichengang entlanggelaufen ist?

»Verfluchte Entleibte«, brummte Rungholt und stellte die Tranlampe zwischen ihren nackten Füßen ab.

»Sie hatte keine Schuhe an«, mischte sich Eric Dartzow, Rungholts zweiter Begleiter, ein. Der Bürgermeister hielt sich ein besticktes Seidentuch vor Nase und Mund und trat widerwillig durch den Tannenrauch näher an die Schiffsplanke heran. »Als der Böttcher sie fand, hatte Agnes keine Schuhe an.«

»Es regnet seit Tagen. Vielleicht wollte sie ihre Schuhe nicht dreckig machen? Wie lange war sie fort?«

Der Bürgermeister seufzte. »Zwei Wochen. Vorletzten Dienstag wurde sie das letzte Mal gesehen. Auf dem Schrangen bei den Litten der Fleischhauer. Zumindest haben meine Büttel das berichtet. Sie haben sich auf dem Markt umgehört.«

»Fleischhauer? Hm. Haben die nicht geschlossen?... Und dieser Böttcher? Es ist seine Magd, ja? Die Magd des Böttchers...« Er fand den Namen nicht, obwohl Dartzow ihn genannt hatte, als er Rungholt auf dessen durchnässtem Dachboden aufgesucht und ihn gebeten hatte, sofort mitzukommen.

»Claas Meenkens. Aus der Hüx. Ja. Sie heißt Agnes. Und sie ist erst seit einem Dreivierteljahr Meenkens' Magd. Ich habe sie ihm vermittelt.«

Rungholt warf Dartzow einen fragenden Blick zu.

»Meenkens stellt die Rotsponfässer für den Ratskeller her, ich kenne ihn flüchtig. Agnes hat bei mir im Haus gearbeitet. Es gab Streit mit meiner Frau, nun ja... Ich habe sie zum Meenkens geschickt. Der gute Mann ist über fünfzig und am Boden zerstört. Ich hab's ihm verschwiegen, aber ich kann Agnes doch nicht wie eine der anderen Verhungerten behandeln.«

Langsam begriff Rungholt, warum der Bürgermeister ausgerechnet zu ihm gekommen war. Die beiden kannten sich nicht sehr gut, schätzten sich aber. Immerhin war es Dartzow gewesen, der Rungholt geholfen hatte, den Dornenmann zu stellen, und ihm Unterstützung bei Van der Hune gewährt hatte.

»Hat er gesagt, warum sie weg ist? Wieder Streit?«

Dartzow wischte sich die verschwitzten, langen, blonden Haare aus dem Gesicht. Er war vor ein paar Jahren erst mit zweiundvierzig Bürgermeister geworden und war noch immer eine imposante Erscheinung. »Nein«, sagte er knapp. »Sie ist fortgerannt. Wahrscheinlich eine Liebe.«

»Wahrscheinlich eine Liebe«, wiederholte Rungholt grübelnd und wandte sich wieder der Magd zu. »Soso. Die Liebe... Was hast du nur angestellt, Agnes...?«

Ohne den Blick von ihr zu nehmen, zog er sich einen Tonbecher heran, den er sich vom Hospitalmeister geliehen hatte, und ließ die Tannennadeln hineinfallen. Er suchte noch einen Moment weiter, konnte jedoch sonst nichts in ihren Haaren oder auf der Kopfhaut entdecken. Sicherlich hatte der andauernde Regen allen Staub und Dreck fortgespült. Ihre Fingernägel waren ebenfalls sauber. Ungewöhnlich für eine Magd, schoss es Rungholt durch den Kopf. Er sah sich die Finger der Reihe nach an, zückte seinen bereitgelegten Holzspan aber erst beim Ringfinger der linken Hand.

Vorsichtig kratzte er mit dem Holz etwas Dreck unter dem Nagel heraus. Es waren bloß einige Körnchen. Rungholt konnte nicht sagen, was es war, aber für Erde war die Substanz zu hell. Sand? Sie schimmerte, glitzerte, als er den Span ins Licht hielt. Er strich das Holz am Tonbecher ab.

Abermals nahm er sich ihr Gesicht vor, legte seine Pranke auf ihre Wangen. Seine Hand umschloss beinahe ihr ganzes Antlitz. Zierlicher Kopf, massige Hand. Er versuchte, ihren Kiefer zu bewegen, ihren Schädel, ihre Arme, doch die Tote ließ es nicht zu.

»Was seht Ihr?« Dartzow wedelte den Tannenqualm beiseite, konnte sich aber nicht überwinden, noch einen Schritt näher zu kommen.

Was ich sehe?, dachte Rungholt. Zwanzig Jahre, feine Haut, blondes Haar. Zwanzig Jahre Leben, unendlich langer Tod. Das sehe ich.

»Die Toten erstarren, Dartzow. Damit sie in den Himmel hinauffahren können. Sie ist wohl gestern gestorben, höchstens vorgestern. Steif wie ein Baum.«

»Eine Gruppe Soldaten hat sie gefunden, beim Wachgang an der Mauer, Höhe Hundegasse.«

Rungholt nickte. Nicht weit von dort hatte er seine Brauerei. »Erschlagen wurde die Magd nicht. Es gibt auch keine Einstichwunden und keine Brüche, soweit ich das fühlen kann. Keine Würgemale.« Er wollte hier so schnell wie möglich weg. Nicht nur wegen all der Toten – vor allem wegen seines Himmelbetts, das mittlerweile sicherlich aus dem Schlafzimmer gespült worden und die Diele hinabgetrieben war. Bei dem Gedanken, sein Haus unter Wasser vorzufinden, richtete er ein Stoßgebet gen Himmel. Lass Contz bloß die Felle aufgespannt haben.

»Was bedeutet das?«, riss ihn Dartzow ins Hier und Jetzt.

»An ihr sind keine Spuren von Gewalt. Natürlicher Tod.« Rungholt zog ihr die Leinentunika hoch. Er sah sich ihre Arme an. Der linke war leicht zerkratzt, und auch der rechte wies einige Spuren auf. Nichts Ungewöhnliches. Zwei, drei dunkelblaue Linien konnte er erkennen. Schmale Blutergüsse, nicht breiter als ein Griffel und von den Leichenflecken beinahe überdeckt. »Natürlicher Tod. Ich bleibe dabei.«

Der Bürgermeister seufzte. »Aber sie ist doch noch jung. Sie kann doch nicht *einfach so* gestorben sein.« Es klang auf beunruhigende Art verzweifelt.

Rungholt schlug das Leichentuch wieder über ihr Gesicht. Freiwillig war er nicht hergekommen, der Bürgermeister hatte um Hilfe gebeten. Seitdem Herman Kerkring wieder Rychtevoghede war, wusste Rungholt gern einflussreiche Ratsmitglieder auf seiner Seite. Also war er der Bitte nachgekommen und bei diesem Schietwetter mit dem Bürgermeister den Koberg hinaufgeeilt.

Aber er hatte keine Zeit und vor allem keine Lust, dem zweiten Bürgermeister Lübecks seine Schlussfolgerungen haarklein zu erklären. Es war gefährlich genug, dass bereits Männer vom Rat wie Dartzow sich seiner Kenntnisse bedienen wollten. »Vielleicht wurde sie vergiftet. Das ist aber eher unwahrscheinlich. Jedenfalls ist sie wohl erstickt.«

»Erdrosselt! Also doch.«

»*Erstickt.* Nicht erdrosselt.« Er wischte sich Schweiß von Wange und Stirn. Die schwere Luft machte das Atmen schwer. Wieso hatte dieser andauernde Regen keine kühle Luft gebracht? Lübeck schwamm in einem Grapen, über den man den Deckel gelegt hatte.

»Woran seht Ihr das? Woran seht Ihr so was nur, Rungholt?«

»Bläuliche Haut, und da sind Fleckchen. Blutpunkte in

den Lidern, geplatzte Äderchen in ihren Augen. Seht es Euch selbst an.« Lächelnd griff er nach dem löchrigen Leichentuch, wohl wissend, dass Dartzow den Anblick nicht ertragen würde. Der Bürgermeister winkte ab.

»Sie hat keine Luft mehr bekommen. Oder vor ihrem Tod einen sehr starken Husten. Hatte Agnes Husten?«

»Weiß nicht.«

»Keinen Husten. Aha. Dann ist sie erstickt. Ich bleibe dabei.«

»Das ist alles?«

»Lasst mich sie aufschneiden. Ich entnehme ihr Herz, Leber, Nieren und Lunge, wenn Ihr es genau wissen wollt. Aber dieser Körper, er spricht nicht mehr zu mir.«

»Aufschneiden?« Dartzow bekreuzigte sich. »Lasst es gut sein. Beim lieben Vater im Himmel.«

»Ihr wolltet meine Meinung... Sie ist seit Tagen verschwunden. Eine unglückliche Liebe, eine Leben auf der Straße. Hat dieser... dieser Böttcher...«

»Meenkens? Aus der Hüxstraße.«

»Ja. Hatte der überhaupt noch das Geld, um sie zu bezahlen? Um ihr Essen zu geben? Seht Euch diesen Leib an.« Mit einem Knurren zog er das Leichentuch jetzt doch noch einmal fort und riss ihre Tunika auf, sodass ihre eingefallene Brust und ihr schmaler Körper offen und bloß dalagen.

Im Leben musste sie bereits klein und zierlich gewesen sein wie ein Kind. Im Tode war sie schlank wie ein Aal. Ihre Rippen zeichneten sich als staksende Wellen ab. Ihr Bauch war eine Kuhle. Haut spannte sich über Knochen.

»Das kommt nicht von der Verwesung... Sie wäre dieser Tage nicht die Erste, die Rinde, Pferdeäpfel und Steine frisst und dran krepiert, Dartzow.« Am liebsten hätte er hinzugefügt:

In diesen Tagen stirbt es sich leider viel zu oft *einfach so* in Lübeck.

2

»Cooooooooonnnntz! … Dreck! … Verkackter Saubengel von einem Bangbüx! Dieser räudige Kotzenschalc!« Rungholts sonore Flüche hallten durch die Nacht. Von Gallberg kommend, war er geradewegs in sein Schlafgemach geeilt. Mit hochrotem Kopf riss er am Himmelbett herum und verfluchte die Wassertropfen, die durch die Deckenbalken bis auf seine Wangen fielen. Sie kühlten ihn nicht im Mindesten ab. Im Gegenteil.

Über seine Tirade erschrocken, rutschte Hilde der Ledereimer aus der Hand. Gemeinsam mit Rungholts Frau Alheyd hatte die Magd Henkelkannen, Schüsseln, selbst eine alte Truhe als Tropfenfänger im Schlafzimmer aufgestellt.

»Ich werde … Der soll meine Knute spüren«, belferte Rungholt. »Wieso hat Contz nicht nachgesehen? Wieso habt *ihr* nutzlosen Weiber nicht nachgesehen! … Ich könnt meine Bruche vollkotzen! Verflucht seid ihr alle!«

»Rungholt!«, fuhr Alheyd ihn entsetzt an.

»Ist doch wahr!« Er ließ einen langgezogenen Schrei vernehmen, atmete dann endlich durch. »Wo steckt dieser Contz, dieser Sack?«

»Zu mir hat er gesagt, er hat alles festgebunden. Er wollte nur nicht aufs Dach. Zu glitschig auf den Schindeln«, erklärte Alheyd milde. Normalerweise liebte er seine sehr viel jüngere Frau für ihren Feinsinn und ihre gütige Ader, aber in solchen Momenten wünschte er sich, eine der Hafendirnen geehelicht zu haben. »Er wollte warten, bis es aufhört zu …«

»Zu *regnen*?«, fuhr er Alheyd an. »Brillant!« Vor Zorn lachend, trat Rungholt eine der Kannen um. Sie flog scheppernd gegen das Himmelbett und spritzte alles voll. »*Warten, bis es aufhört zu regnen!* Ich werd ihn prügeln, da geht ihm die Sonne auf! Das sag ich dir. Das wird ein Fest, wird das! … Cooooontz!«

»Wir haben gemeinsam mit ihm auf den Dachböden alles zur Seite geschoben. Ist nur halb so schlimm. Wir ...«

»Was hier schlimm ist, das entscheide ich. Weib!«

Rungholt schob Alheyd beiseite und blaffte seine Magd an: »Hol mehr Grapen. Und stell sie auf den Dachboden. Direkt unter die Löcher, du dummes Stück. Und wisch da *oben* auf! Nicht hier.« Es war lange her, dass er mit der treuen Hilde so umgesprungen war, doch er ahnte Fürchterliches, und Agnes' Leichenschau hatte viel zu lange gedauert.

Die Tür hinter sich zuschlagend, eilte er aus dem Zimmer, polterte, so schnell es seine Knöchel zuließen, die steile Treppe zum ersten Dachboden hinauf. Der Schein einer Tranlampe, die Contz neben dem Aufgang vergessen hatte, zeigte Rungholt das Ausmaß des Unheils.

In dem niedrigen Dachboden, in den sie über ein Schwungrad komplette Karren voller Waren heraufziehen konnten, stand die schwüle Sommerluft. Die Feuchte tat ein Übriges, um Rungholt binnen weniger Augenblicke schwitzen zu lassen. Er spürte, wie sein Herz flatterte, und rang nach Atem.

Zwar hatten die Frauen mit Contz einige Truhen voller Pelze und ein paar Gewürzsäcke beiseitegeschoben, jedoch aus irgendeinem Grund nicht alles gerettet. Fünf Bücherfässer standen noch immer dort, wo Rungholt sie vorletzten Sommer eingelagert hatte. Halb so schlimm, die Tonnen waren seetauglich. Schlechter als den Büchern erging es den Tuchballen und einigen abgedeckten Stapeln Fehs, denn das Wasser hatte sich über die rauen Bodenbretter, deren Ritzen mit Spelzen und Mäusedreck verschlossen waren, seinen Weg zu ihnen gebahnt. Wahrscheinlich hatte Alheyd gedacht, die Waren stünden weit genug von dem Loch im Dach weg.

»Der Teufel soll diese Weiber holen«, knurrte Rungholt und überschlug den Wert der Eichhörnchenfelle. Sie stammten aus Novgorod. Er hatte sie als Notgroschen für solche Zeiten der Hungersnot gedacht. Wenn auch nur die Hälfte davon fleckig werden sollte, war das Geld eines halben Jahres verloren. Vergeblich versuchte er, die Fellstapel ein paar Klafter weiter zu ziehen, sie waren viel zu schwer.

Ein Donnern zerriss das Trommeln des Regens und ließ den Flaschenzug kaum merklich erzittern. Sein feines Klirren hielt an, als der Donner längst verklungen war. Rungholt meinte, das Haus beben zu spüren. Er schwang die Tranlampe. In der Ecke über dem Schlafzimmer sah es aus, als regnete es von der Decke. Es fehlten nur noch die Gewitterwolken unter dem Gebälk. In feinen Strömen lief das Wasser herab und pladderte lautstark auf die Bretter. Widerliches Wasser. Es war wie eine schimmernde Hand, die mit ihren klafterlangen Fingern mehr und mehr von seinem Hab und Gut an sich riss. Das Wasser lief die Ritzen entlang und nahm Elle um Elle des Dachbodens in Besitz. Tausende Tropfen, die sich zu einer stummen Armee vereinten und ihn hinwegspülen wollten.

Wenn es so weiterschüttet, wird dieses Scheißwasser meine Diele fluten und mir schließlich beim Unterschreiben der Verträge ein Loch in den Schädel tropfen. Das muss ein Ende haben. Augenblicklich!

»Coooooooontz!«, schrie er abermals, aber seine Worte wurden vom nächsten Donner geschluckt. Unwillkürlich zuckte er zusammen. Dann schnappte er sich eine Leiter, um auf den zweiten Dachboden hinaufzusteigen. Wieso hatten diese dummen Gänse die Schüsseln und Kannen erst im Schlafzimmer untergestellt, anstatt sie ganz nach oben zu schaffen?

Direkt unter dem First konnte er noch weniger atmen, und das Klopfen des Regens war ohrenbetäubend. Vom Wind gepeinigt, knarzten selbst die schulterbreiten Baumstämme, die als Pfetten das Dach trugen. Rungholt schob sich am Schornstein vorbei, der hier oben im Inneren des Hauses endete. Sein Qualm sollte sich auf das Getreide legen und es haltbar machen, auch wenn es dann stets nach Ruß schmeckte.

Alle Fässer und selbst die kostbaren geölten Schnitzaltäre, die Rungholt seit Jahren vergeblich feilbot, hatten diesen Qualmgeruch angenommen. Weil er mit dem Bauch am versottenden Stein entlangschrubbte, saute er sich seinen teuren Tappert von oben bis unten ein. Das mit Pelz verbrämte und mit Kaninchenfellen gefütterte Gewand war augenblicklich schwarz vor Ruß und Dreck.

Rungholt quetschte sich weiter vor und zwischen den letzten beiden Stockfischfässern hindurch, als seine Säfte vollends zu kochen begannen. Hinter den Fässern schlug der Wind ihm entgegen, ein Prasseln und Toben, als stünde sein Haus auf einer Klippe an der See. Der Regen – die Gischt eines fremden Meeres. Zwei der Rinderfelle, die Contz fertig befestigen sollte, als Dartzow Rungholt abgeholt hatte, waren abgerissen und flatterten im Sturm. Außerdem waren weitere Schindeln fortgerissen worden, sodass der Regen ungehindert ins Haus pladdern konnte. Grimmig packte er eine Truhe und schob sie unter das Loch. Nach zwei Anläufen gelang es ihm, seine einundzwanzig Lispfund hinaufzuziehen. Er streckte seinen Kopf hinaus, stand stöhnend und nach Atem ringend im Regen und blickte über die Schindeln. Binnen dreier Atemzüge war er bis auf die Haut nass. Lübeck lag in der gewittrigen, blauschwarzen Nacht da wie Felsen in der Gischt. Der Sturm trieb Schauer über die Dächer und ließ den Regen kochen.

Seit letztem Jahr teilten sich die Beete seiner Magd mit einigen Baracken den schmalen Hinterhof. Rungholt hatte sie für seinen Knecht Contz und seine beiden Kaufmannsgesellen errichtet. Das Wohnhaus in der Engelsgrube stand recht hoch am Lübecker Hügel, sodass er die Schemen der anderen Häuser bis in den Süden gut in der Nacht erkennen konnte. Bei jedem Blitz erstrahlten die Staffelgiebel, die Dächer und die sieben Kirchtürme der Stadt. Das Wasser auf den Schindeln blitzte scharf im Licht, bevor alles – St. Marien, das Rathaus, der Dom, das Haus seiner Tochter – wieder von der vollkommenen Finsternis geschluckt wurden.

Rungholt ließ seinen Blick hinabgleiten, die Engelsgrube entlang zum Hafen. Er erkannte, dass es auf der anderen Seite der Trave am Horizont brannte, irgendwo hinter Lüdjes Lastadie. Wahrscheinlich hatte der Blitz unweit des Wegs nach Schwartau eingeschlagen.

»Du gehst mir da nicht rauf! Komm runter da! Hast du zu viel Genever mit Dartzow geleert?« Alheyds Schimpfen drang zu ihm ins Freie. Sie wollte ihn an der Hand packen und ins Haus ziehen, aber er drückte seine Frau mit dem Bein fort.

»Halt's Maul, Weib«, zischte er. »Oder willst du, dass wir absaufen?! Sollen wir leckschlagen wie eine Kogge? Lass mich.«

Alheyd war mit Contz heraufgekommen. Der zwölfjährige Junge hielt sich im Hintergrund und kaute auf seinen Fingernägeln.

»Contz! Endlich!« Rungholt steckte seinen Kopf in den Dachboden. »Felle her! Und Seil! Und halt mich fest!« Der Knecht duckte sich unter jedem Wort weg. »Felle her, du verblödeter Sack! Los doch.«

Anstatt sich zu bewegen, starrte Contz bloß Hilfe suchend zwischen Rungholt und Alheyd hin und her, den Finger im Mund.

»Wenn wir hier fertig sind, darfst du die Knoten in deine Knute binden. So viele, wie dir schmecken.«

»Rungholt«, mischte sich Alheyd ein.

»Was?!«

»Du machst ihm Angst.«

»Das ist auch Sinn der Sache. Soll den verkackten Finger aus seiner Fresse ziehen.« Rungholt begann zu frieren. Warum ist Marek nicht hier, zürnte er. Dieser Haudegen von einem Kapitän hätte das Loch längst abgedeckt – und dazu wahrscheinlich im Gewitter ein Liedchen geschmettert.

Fürstlich belohnt hätt' ich ihn, anstatt hier klitschnass mit meinem Weib und diesem… diesem… Ihm fiel vor Zorn kein passendes Wort für den Jungen ein.

Hilde war es schließlich, die Rungholt die Felle reichte. Unter Alheyds strafenden Blicken hob sie sie zu Rungholt ins Freie, woraufhin sich endlich auch Contz aus seiner Starre löste.

Mittlerweile war das Gewitter von Schwartau herübergezogen und tobte direkt über der Stadt. Donner und Blitz wurden eins. Sie zerschlugen die Nacht und fuhren Rungholt in die Knochen. Er musste beide Hände von den glitschigen Holzschindeln nehmen, um das Fell gegen den Wind zu halten und es irgendwie glatt über die Sparren zu bekommen. Er schlug es über das Loch, stützte sich mit der einen Hand auf den Schindeln ab und stemmte seinen Fuß in die Fluten, die die Dachpfannen hinabströmten.

»Contz«, schrie er. »Festbinden! Binde das Fell fest!« Immer wieder schlug der Wind die Haut hoch, peitschte sein Gesicht. Mit aller Kraft gelang es ihm, das Fell zu bändigen und hinunterzudrücken. »Los doch!… Contz?«

Auch seine zweite Hand löste er von den Schindeln, er reckte sie Contz entgegen, der ihm ein Lattenstück hochschob, damit er das Fell besser fixieren konnte. Rungholt streckte sich nach dem Holz, da schlug der Blitz ein.

Die Nacht strahlte taghell. Sofort war er ohne Orientierung. Der Blitz zerriss das Hier und Jetzt. Auf Höhe von Swonekens Badestube, keine zehn Häuser entfernt, schoss das Göttliche Feuer zuckend vom Himmel und steckte augenblicklich Hadecke Krömers Haus in Brand.

Der Donner, der nahezu zeitgleich die Luft erschütterte, war derart laut, dass Rungholts Herz einen Sprung tat und er vor Schreck den Halt verlor. Er griff sofort nach den Schindeln, aber seine Finger rutschten ab.

»Oh nein«, schoss es ihm durch den Kopf, als sein Gewicht

ihn durch das Regenwasser nach unten zog. Herumwirbelnd sah er noch die Flammen den Himmel über der Schwönekenquerstraße erhellen, aber denken konnte er nur noch einen Satz: *Jetzt musst du bezahlen.*

Das war alles.

Nur dieser eine Gedanke.

Ich muss bezahlen.

Im nächsten Augenblick rutschte er schreiend der Nacht entgegen, hörte die Schindeln an sich entlang- und davonschlittern und versuchte verzweifelt, sich im Schlingern festzuklammern. Zu spät. Er spürte, wie sein Hintern mit einem Mal nichts mehr unter sich hatte. Die Kante! Die Traufe! Er war über das Dach hinausgeschossen.

Vier Klafter bis zur Engelsgrube. Da war nichts außer Luft. Zwanzig Ellen bis in den Tod. Rungholt schrie. Er schrie und schrie, und er stürzte und schrie, und er fiel ins Schwarz.

3

Durch das Schwarz am Grunde des Ozeans trieb der Schnee.

Er fiel nicht vom Himmel, denn es gab keinen Himmel.

Hier gab es kein Oben, kein Unten, kein Rechts, kein Links.

Der Schnee schwebte aus dieser raumlosen Finsternis heran wie sanfte Gänsefedern. In großen, zarten Flocken.

Rungholt fror. Er wollte sich auf den Bauch rollen, aber statt seiner Glieder war da bloß Kälte.

Die Flocken tanzten durch das Dunkel, zuckten eigentümlich, weil ein zitternder Wind, den Rungholt nicht spürte, an ihnen zerrte. Warum er sie sah? In dieser vollkommenen Schwärze? Das wusste er nicht.

Der Schneefall wurde dichter, die Flocken wurden kleiner

und härter. Mehr und mehr von ihnen tanzten einen aufgeregten Reigen.

Es war ihm, als wollten sie ihn treffen, ihn verletzen. Und tatsächlich wurde aus dem Tanz eine wilde Jagd. Der Schnee reihte sich auf, die Flocken bildeten Fäden.

Dafür wirst du bezahlen, schoss es ihm abermals durch den Kopf. Für den Schnee wirst du bezahlen.

Rungholts Welt wurde weiß, während er bewegungslos in den Nachthimmel starrte. Wie Perlen auf einer Schnur stürzten die weißen Kristalle jetzt auf ihn herab. Ihr weißes Glitzern bekam einen rötlichen Schimmer, und es war Rungholt, als verwandelte sich der Schnee in Funken.

Der Schnee, er trägt mich in die Hölle. Lass ihn schmelzen. Ich bitte dich, Gott.

Der Schnee wurde ein Feuergestöber, das pfeilschnell seine Glut auf ihn abschoss.

»Die Hölle«, entfuhr es ihm, während die Feuertropfen niedertosten.

Lass ihn nicht wiederkommen. Nimm den Schnee von mir.

Er schrie und wollte sich herumwerfen, konnte sich aber vor Schmerz nicht bewegen. »Weg! Weg! Verschwinde!« Ein Fisch auf dem Koggendeck schnappt nach Luft.

Im nächsten Moment erkannte Rungholt endlich seine Frau und die Magd. Sie beugten sich über ihn, und er bemerkte, dass keine schimmerichte Glut auf ihn gestürzt war, sondern es die Rinnsale des Gewitters gewesen waren. Sie glühten und glitzerten rot, weil neben Alheyd und Hilde ein Mann mit einer Fackel stand.

»Er lebt«, hörte er eine ruhige, sonore Stimme.

Wo war er? Wenn dies nicht die Hölle war, dann wohl die Engelsgrube. Die harten Feldsteine, die er vor seinem Haus in die Pfützen geschmissen hatte. Ja. Er war auf die Straße gestürzt.

»Könnt Ihr Euch bewegen?«, fragte der Fremde. Im Feuerflackern streckten sich beringte Finger nach Rungholts Schulter aus.

»Mein Rücken.« Langsam gewöhnte Rungholt sich an die Helligkeit. Er blickte in ein langgezogenes Gesicht. Kaum Falten, als habe das Leben sie dem Mann aus dem Antlitz gezogen, dabei aber Kinn und Nase ins Groteske nach unten gezerrt. Eine tiefe Narbe in Form eines gestürzten Y zog sich die ausgemergelte Wange entlang. Sie reichte beinahe vom linken Mundwinkel bis zum Ohrläppchen.

Im zuckenden Licht der Fackel wirkte der Fremde wie ein lebender Schatten mit zu langen Gliedmaßen und zu langer Nase.

Spüre ich meine Beine noch? Meine Beine? ... Ja. Da sind sie. Ich kann sie bewegen, ich ...

»Ich glaube, ich bin verletzt.«

Der Mann ließ seine Fackel über Rungholt gleiten, sofort drehte der geblendet den Kopf weg. Jetzt erkannte er endlich, wo er war. Er war in den zweiten Dachboden gestürzt. Keine drei Ellen vor der Traufe hatte sein Gewicht die Schindeln brechen lassen, und er war – statt auf die Straße – bloß ins Innere des Hauses gefallen. Einen Dachboden tiefer. Er lag auf dem Rücken, alle viere von sich gestreckt, wie einer der bunten Käfer, die seine Tochter Mirke einmal zu Dutzenden auf die kleine Mauer am Koberg gelegt hatte.

Rungholt war bloß einen Klafter tief gefallen, hatte aber mit seinem Rücken ein Fass zerschlagen und lag nun auf einem Butterberg. Dumm bloß, dass er in diesen Butterfässern Geschirr verfrachtete, damit es – vollkommen in Butter eingeschlossen – nicht brechen konnte. In einer Kogge konnten die Fässer ruhig bei schwerem Seegang stürzen, aber dem fetten Kaufmann hatten sie nicht standgehalten. Einige Zinnteller ragten gefährlich neben Rungholt aus dem Fett. Er wollte sich zur Seite drehen, da durchfuhr ihn ein brennender Schmerz. Etwas hatte sich in seinen Rücken gebohrt.

»Du blutest.« Alheyd schlug behutsam Rungholts rußignassen Tappert beiseite. Eine Lache sickerte unter seinem Rücken hervor über die Butter, dennoch keuchte er Alheyd und dem Fremden zu, ihm aufzuhelfen. Hilde leuchtete mit der Fackel, während die beiden den vor Schmerz fluchenden Rungholt aufrichteten.

In seinem Rücken steckte das Stück einer kostbaren Glasphiole. Die Scherbe war zwei Daumenbreit in sein Fleisch eingedrungen.

»Ich hole einen Arzt.«

»Nein«, entfuhr es Rungholt. »Auf keinen Fall! Willst du, dass ich krepiere? Quacksalber, verfluchte Brut ... Mir geht's ja gut, Weib. Mir geht's gut.« Er wischte sich das Wasser aus dem Gesicht und wandte sich an den Fremden. »Ihr! Ihr zieht es raus.«

Der Mann nickte bloß und fragte ruhig: »Mit einem Ruck oder langsam?«

Normalerweise reichte Rungholt ein kurzer Blick, um sein Gegenüber einzuschätzen – doch bei diesem Fremden fiel es ihm schwer. Die schwarze, pelzverbrämte Schecke, die gezattelten Beinlinge und das mit Gulden Stuckh verzierte Wams wiesen ihn als Ratsmitglied aus, doch Rungholt hatte ihn noch nie im Rathaus gesehen. Und ein derart hagerer Ratsmann wäre ihm sicherlich aufgefallen unter all den bierbäuchigen Kaufleuten. Hier im Dunkel des Dachbodens vermochte Rungholt nicht zu sagen, ob er einem Edelmann oder einem Gauner gegenüberstand.

Angewidert wandten sich die Frauen ab, als der Fremde nach der Scherbe griff. Er ließ seine Finger auf Rungholts Rücken ruhen und zog nicht sofort. »Bereit?«, fragte er.

»Wie heißt Ihr? Warum seid Ihr hier?«

»Ich bin de Kraih. Und ich soll Euch abholen.« Der Mann seufzte, als sei ihm die Antwort peinlich. »Aber das sollten wir Männer unter uns besprechen.«

»De Kraih?« Rungholt hatte den Namen noch nie gehört. Die Krähe, dachte er. Wie passend bei einem Mann mit solcher Nase. »Mitten in der Nacht wollt Ihr mich abholen?«

»Ja. Aber ich denke, die Verschwiegenheit kommt auch Euch gelegen.«

»Verschwiegenheit endet oft mit einem Messer im Rücken«, entgegnete Rungholt ernst, wandte sich halb um und fixierte das langgezogene Gesicht. »Wer schickt Euch?«

»Das kann ich Euch leider nicht sagen«, meinte der Mann mit einem Seitenblick zu den Frauen. »Es ist besser so, glaubt mir.«

»Warum sollte ich mitkommen?«

»Weil Euch …« De Kraih beugte sich vertraulich vor und flüsterte: »Weil Euch das Wasser bis zum Hals steht. Wörtlich, will ich meinen, Rungholt. Denkt an Eure Brauerei.« Ein kaltes Lächeln umspielte seine Lippen.

»Sprecht ruhig laut. Ich habe keine Geheimnisse vor meinem Eheweib und …« Das war eine Lüge, doch bevor Rungholt weitersprechen konnte, zog de Kraih mit einem Ruck die Scherbe aus seinem Fleisch.

Abermals drang Rungholts Schrei durch die Nacht.

Die Scherbe war gerade eingedrungen und hatte sein Rückgrat um zwei Zoll verfehlt. Butter und Ruß hatten die Ränder der Wunde verschmiert, sodass Alheyd alle Mühe hatte, mit einem in Rotwein getränkten Leinenfetzen alles sauber zu reiben. Abermals wollte sie nach dem Wein greifen, aber Rungholt hatte die Karaffe bereits ausgetrunken. Jammernd hing er über dem Tisch in seiner Scrivekamere, das Kleid hochgeschoben, und sah missmutig zu, wie seine junge Frau in einen der Salzsäcke griff, um eine gehörige Prise herauszufischen.

»Wird etwas brennen. Bist du bereit?«

»Das teure Zeug an mich zu verschwenden.« Rungholt biss die Zähne zusammen und nickte. Der Schmerz kam in zwei

Schüben: Als Erstes fürchterliches Brennen und kurz darauf ein atemraubendes Pochen, das sich bis in seinen linken Arm zog.

Auch eine halbe Flasche Rotspon später hatte er sich geweigert, nach einem Arzt zu rufen. Stattdessen war er, Alheyd hinterdrein, von de Kraih weg in seine Dornse gehumpelt. Das Bett im ersten Stock war ihm zu nass. Der Anblick der überlaufenden Kannen und Schüsseln hätte ihn nur ein weiteres Mal erzürnt.

»Wahrscheinlich müssen wir die Wunde ausbrennen.«

Rungholt brummte. »Ach was. Das verheilt so.«

In der Dornse war es äußerst warm und weniger schwül als im Haus. Sie teilte sich den Kamin mit der Feuerstelle der Diele, und die Glut vom Abendessen vertrieb jegliche Nachtkühle.

»Wir sollten uns beeilen«, drang de Kraihs Stimme durch die geschlossene Tür. »Mein Auftraggeber wartet nicht gerne.«

»Wer sagt mir, dass es keine Falle ist?«, rief Rungholt und hörte als Antwort erst einmal lautes Schmatzen. De Kraih ließ sich von Hilde ordentlich auftischen. Das in Bier aufgebrockte Brot vom Abendessen schmeckte dem Fremden. Obwohl ein einfaches Gericht, hatte Hilde es mit Butter, Koriander und Petersilie aus ihrem neuen Garten liebevoll verfeinert. Wahrscheinlich, dachte Rungholt, hat dieser hagere Kerl seit Wochen nichts Ordentliches zu beißen bekommen.

»Ich«, kam endlich die Antwort. »Ich sage Euch, es ist keine Falle.«

»Ach, und Euch kann ich trauen?« Ein Blitz zerriss die Nacht und ließ die Feinwaage mit ihren Gewichtchen, Rungholts Tintenfässchen und die durch die Jahre speckig gewordene Nussbaumverkleidung der Wände aufleuchten.

»Findet es doch heraus... Vorzüglich, Euer Essen, übrigens.«

Rungholt fing Alheyds Blick ein. Sie wollte nicht, dass er

mit dem Fremden ging – verletzt und mitten in der Nacht. Jedoch wusste Alheyd nicht, dass ihre Brauerei seit Ende August letzten Jahres durchgehend rote Zahlen schrieb. Das Doppelhaus an der Ecke Hundegasse und Lohberg war ein tiefer Brunnen, in den Rungholt Tag um Tag mit vollen Händen seine Witten schmiss. Dass de Kraih von dieser Misere wusste, konnte nur bedeuten, der Braumeister hatte geplappert. Rungholt selbst vertuschte die finanzielle Lage der Brauerei beharrlich. Er hielt sich tapfer an dem Strohhalm fest, die Brauerei werde wieder sprudeln, sobald erst die Hungersnot vorbei war.

Er wollte aufstehen, aber Alheyd drückte ihn noch einmal herunter, um den Leinenverband festzuziehen. »Du musst zum Medicus. Oder geh zu Sinje. Tu mir den Gefallen, ja? … Ich hab nicht mal Scharpie im Haus.«

Rungholt küsste ihre Hand und strich eine Strähne unter ihre hübsch bestickte Haube. Der Goldton ihres Haares erinnerte ihn stets an Honig. »Du machst das ausgezeichnet, Alheyd. Tut mir leid, dass ich … da rauf bin.« Er nickte zur Decke.

»Du mit deinem Sturschädel, Rungholt. Du bringst dich noch um.«

»Ach was. Ich dachte, ich mach ein zweites Loch ins Dach. Damit 's Wasser ablaufen kann.«

Spielerisch schlug sie mit dem Leinenrest nach ihm.

»He.« Er musste lachen, versuchte sich aufzurichten, aber der Schmerz zog sich bis in seinen linken Arm. »Ich pass schon auf mich auf.«

Sie küsste seine Stirn, musste aber sauer den Kopf schütteln, als sie sah, wie Rungholt seine Gnippe aus seinem Gürtel zog und die Klinge des kleinen Klappmessers prüfte.

4

Mittlerweile waren Rungholt seine feinen, aus Lammleder gefertigten Cracowers egal, trotz der hohen Trippen waren sie längst durchgeweicht und wahrscheinlich ein Fall für die Sickergrube. Seine dicke Gugel aus Loden hielt den Regen ab, aber bereits auf Höhe des Schrangen spürte er klamme Kälte im Rücken und seinem Leinenverband, weil die Nässe an ihm hinaufkroch.

Die Buden der Fleischhauer waren zugenagelt, teilweise sogar abgebaut. Wo sonst in morgendlichem Eifer Schweinefleisch, Ochsenhälften und Schafe herangekarrt wurden, um feiner zerteilt und verkauft zu werden, herrschte Leere. Der Schrangen war verwaist.

Missmutig stapfte er durch die Pfützen. Ein gleichmäßiges, stumpfes Klappern erfüllte die stickige Luft, und Rungholt sah sich zur Fronerei um. Ein paar Gefangene hatten ihre Arme aus den schmalen Fenstern gestreckt und ließen ihre leeren Dauben gegen die Metallstangen schlagen. Wahrscheinlich vom Hunger erschöpft und zu nichts anderem mehr in der Lage. Das Gefängnis Lübecks war seit Mitte Juni überfüllt, nachdem der Rat eine Bande ehrloser Töpfer und Seifensieder festgesetzt hatte. Siebzehn Mann, die Hennikens Wagen voller Stockfisch hatten ausrauben wollen. Eine Verzweiflungstat, bloß einen Steinwurf von St. Marien entfernt. Nun hockten sie auf Reisig in den Gefängniskammern, die alle nach Handelsstädten benannt waren. Sie saßen in Paris und Brabant und krepierten da am Hunger, anstatt bei … und *mit* ihren Familien.

Je näher sie ihrem Ziel kamen, desto unbehaglicher wurde ihm. Er ahnte inzwischen, von wem de Kraih gesandt worden war.

Als sie in die geschwungene Gasse abbogen, Stroh und Unrat trieben an ihnen vorbei, war Rungholt sich gewiss. Sein Bauchgrimmen ließ ihn schlucken, und er hielt noch einmal an, mit dem diffusen Gefühl, vor einer Prüfung zu stehen. Einen Moment blickte er in die Nacht und kam sich vor, als wäre er wieder dreizehn Jahre alt, und der Lehrer am Koberg hatte seinen Stock bereits gezückt und verlangte die Lateinaufgaben zu sehen. Mit einem Kloß im Hals blickte er sich zum Dom um. Die Zwillingstürme des riesigen Backsteinbaus ragten in den Himmel. Schwarz auf schwarz. Es war kein Stern zu sehen, bloß der Mond versteckte sich hinter den Wolken.

»De Kraih?«

»Ja?« Der hagere Mann war vor einem gekalkten Backsteinbau stehen geblieben, hielt die Öllampe in den Regen und versuchte, Rungholt zu erkennen.

»Ihr hättet ruhig sagen können, welcher Teufel Euch schickt.«

»Tut mir leid. Ich habe meine Order.« De Kraih verneigte sich und gab mit großer Geste den Weg frei.

Rungholt trat vor. Sein Blick glitt zur Seite. Neben der Tür hingen Wimpel tropfend herab. Es sah aus, als weine die Lilie in ihrem Wappen. Er bekreuzigte sich, bevor er den silbernen Türöffner packte. Sie waren nicht zu einem Konkurrenten unterwegs oder einem Käufer für die Brauerei, sondern zu einem sehr viel unangenehmeren Mann.

D' Alighieri.

Auf Roberto d' Alighieri war in Lübeck niemand gut zu sprechen. Abfällig nannten sie ihn alle den Florenzer. Zumindest hinter vorgehaltener Hand, denn niemand wollte sich mit dem mächtigen Mann anlegen.

Die ehrbaren Lübecker wechselten lieber die Straßenseite, wenn sie ihn sahen – und gaben dem Mann niemals die Hand. D' Alighieri galt als unrein, weil er Geldgeschäfte machte und mit den Schulden anderer seinen Lebensunterhalt verdiente. Der Kontakt mit ihm war laut Ratsbeschluss verboten – trotzdem stand jedes Ratsmitglied früher oder später vor seinem wimpelbewehrten, weiß getünchten Haus. All die wohlbeleibten, mit Ketten behängten Händler gaben sich bei d' Alighieri die Klinke in die Hand und fluchten dennoch über den florentinischen Teufel.

Auf alles gefasst, trat Rungholt ein und sah sich um. De Kraih löschte seine Lampe und ging voraus, wo sich vor ihnen ein Labyrinth eröffnete. Von außen wirkte das gepflegte Haus mit den grünen Bleiglasfenstern nicht groß, aber d' Alighieri hatte es mit den umstehenden Häusern verbunden, hatte Wände herausgebrochen und die Dielen mit einem unübersichtlichen Netz von Fluren durchzogen. Links und rechts führten immer wieder Türen in winzige Kammern, die Rungholts Dornse ähnelten, nur dass sie noch kleiner waren. Fensterlose Zimmer, in denen die Lübecker ihr letztes Hab und Gut für ein mickriges Darlehen hergaben. Zellen wie in der Fronerei, dachte Rungholt. Wie im Kerker am Schrangen werden die Lübecker auch hier festgekettet. Nicht durch Eisen, sondern durch ein viel wirksameres Mittel: einen Vertrag. Die Schulden schnüren so manchem Handwerksmeister und Kaufmann mehr Blut ab, als eine Halskrause das vermag.

Ein Weinen drang zu ihnen und ein paar Schritte später das Flehen eines alten Mannes. Geldklimpern und das metallene Schaben von Waagschalen hallten durch den Flur. Spärlich beleuchteten Öllampen und Kerzen die Gänge. Ihre Flammen spiegelten sich matt in den dunklen Holzvertäfelungen. Rungholt kam es vor, als könnte er die Verzweiflung der Schuldner riechen.

Im Vorbeigehen sah er durch einen Türspalt einen blässlichen Schreiber. Der junge Mann fuchtelte mit seinem Griffel durch die Luft und redete auf einen Kaufmann ein, den Rungholt im ersten Moment für den Kämmerer der Zirkelgesellschaft hielt, ein ehrbares Ratsmitglied aus der Mengstraße. Kaum wollte Rungholt sich jedoch vergewissern, ließ der Schreiber die Tür vor Rungholts Nase durch einen Stoß mit dem Fuß ins Schloss krachen.

Rungholt hatte nie in einer dieser Kammern gehockt, weil er seinen bisher einzigen Kredit mit d' Alighieri persönlich verhandelt hatte. Dennoch spürte auch er seit letztem Winter, wie die Halskrause aus Rückzahlungen und Zinsen seine Kehle zuschnürte.

Zinsen, dachte er verächtlich. Verboten und dennoch geduldet. Weil die meisten Ratsherren selbst in d'Alighieris Verlies hinabstiegen, um eine Kiste voller Gold herauszuziehen. Und wofür? Um sich noch prächtigere Gewänder zuzulegen und ihre Frauen auszustaffieren, damit jeder auf dem Markt sah: Seht her! Ich habe Geld! Ich habe Macht!

D' Alighieri lebt von der Prahlsucht anderer, dachte Rungholt. Vom Versagen, von Lügen und Neid. Das ist seine Nahrung.

Unvermittelt verzweigte sich der Flur. Obwohl Rungholt schon mehrmals hier gewesen war, um für seine Unternehmungen in England den Kredit zu bekommen, hatte er noch immer das Gefühl, ins Labyrinth des Minotaurus vorzudringen, in dem ein Menschen verschlingendes Ungeheuer lebte.

Der Florenzer hatte nichts Stierhaftes an sich, sondern erinnerte Rungholt durch seine spindeldürre, kahle Gestalt und seine Gichtfinger eher an einen verknorpelten Krebs. Zu viele Arme, kalte Augen und tödliche Scheren.

Sie bogen zwei weitere Male ab und erreichten eine mit Eisen beschlagene Tür, die von zwei Relieftafeln geziert wurde. Engel, die sich vom lieblichen Duft der Lilien betören ließen. Der Türklopfer, ein Löwe, wollte jedem die Hand abbeißen.

Während de Kraih die Tür ohne zu klopfen aufstieß, holte Rungholt noch einmal Luft. Die Narben auf seinem rechten Handrücken hatten zu jucken begonnen. Er widerstand dem Drang zu kratzen und drückte den Rücken durch. Trotz der

Verletzung wollte er nicht wie ein Bückling vor dem Florenzer erscheinen.

»Scheiße«, hörte er d' Alighieri poltern. »Das hat lange gedauert, de Kraih.«

»Verzeiht Herr, aber Rungholt hatte einen Kampf. Er…«

»Kampf?«

Rungholt trat durch die Tür und setzte ein Lächeln auf.

D' Alighieris hagere, bleiche Erscheinung war beeindruckend im Schein der zwei Dutzend Öllampen, die ringsum standen. Ein blaues Gewand aus Brokat umfloss seine ausgezehrte Gestalt und strömte, einem Wasserfall gleich, an ihm herab, um sich über seine Schnabelschuhe zu ergießen. Ihre Spitzen lugten unter der schweren Houppelande hervor. Der Stoff drückte die Bänder herunter, mit denen d' Alighieri sie an seinen Beinen befestigt hatte.

Der Florenzer saß auf einem Thron. Zumindest kam es Rungholt so vor, denn der Bankier hatte seinen hübsch gedrechselten Walnussstuhl auf Kisten gestellt. Von da oben hatte er seine drei Prokulanten, die unablässig auf Wachstafeln jedes Wort mitschrieben, besser im Auge.

Und jeder muss zu dir aufblicken, du stinkender Aasfraß.

»Tretet ein. Tretet ein.« D' Alighieri lehnte sich vor und musterte den Besuch. »Scheiße, Ihr seid ja ganz nass.«

»Er wurde auf dem Heimweg überfallen, konnte die Männer aber in die Flucht schlagen. Ein Messer traf seinen Rücken.« De Kraih verbeugte sich und machte Rungholt Platz.

Zögerlich trat Rungholt näher an den lächerlichen Kistenthron, während hinter ihm zwei Leibwachen die Tür verstellten.

»Porca vacca«, ätzte d' Alighieri und stand auf. Er konnte das schlechte nordische Wetter nicht leiden und hatte sich über die Jahre angewöhnt, ständig zu fluchen. Er hasste einfach alles an Lübeck: Das Wetter, die Kaufleute, die Backsteinhäuser und engen Gassen. Wahrscheinlich, dachte Rungholt, hasst er unsere Stadt, weil er sie kaum zu Gesicht bekommt und sich über ihre Pracht nur Erzählungen anhören muss.

Du hast dir hier in deinem Labyrinth dein eigenes kleines Königreich erschaffen, dachte Rungholt. Und deine Blicke gefallen mir nicht.

Tatsächlich schienen sie nicht seinen nassen Lodenmantel zu mustern, sondern etwas an ihm zu suchen. Rungholt schauderte. Er war sich nicht sicher, aber lächelte d' Alighieri? Schwer zu sagen, ob diese schmalen, blauen Lippen dazu überhaupt fähig waren.

Der Bankier räusperte sich. »Einen Kampf sollte man wohl lieber meiden. Mit unserem … Rungholt.«

Es war das erste Mal, dass er den Bankier seinen Namen aussprechen hörte. Abermals lief ihm ein Schauer über den Rücken. Aus d' Alighieris Mund klang es eher nach Unhold. Sein Name bekam mit einem Mal etwas Grobschlächtiges, Unanständiges. Rungholt war sich nicht sicher, ob seine Worte eine Anspielung sein sollten. Wusste der Florenzer etwas über den Kampf in seiner Jugend? Über das Massaker im Schnee? Irena? Oder lag es schlicht an d'Alighieris Dialekt?

Unhold.

»Wiesberg!«, rief d' Alighieri seinen Leibarzt und schwang einen goldenen Kratzstab. »Kommt und helft Rungholt. Schaut nach seiner Wunde.« Er musste lachen. »Purgieren ist bei ihm wohl nicht vonnöten, Wiesberg. Scheiße auch: Seine Säfte werden gleich mehr als in Wallung geraten.« Er grinste Rungholt kalt an und winkte auch einen seiner Schreiber zu sich.

»Was meint Ihr? Ich bin im Rückstand. Das weiß ich wohl. Aber deswegen ruft Ihr doch nicht nach mir? Mitten in der Nacht?«

»Ich hasse den Schlaf, Rungholt. Ihr nicht auch?« D' Alighieri fuhr sich mit dem Kratzer ins Gewand und rieb seine Beine. Das Ergebnis gefiel ihm offenbar nicht, denn mürrisch entblößte er seine dünnen Schenkel. Anscheinend war er unter seinem Überkleid nackt.

Mit einem Knurren schob Rungholt Wiesberg beiseite, der mit einer Daube voller Scharpieverbände und einer Schere zu ihm geeilt war und ihm allen Ernstes die Gugel abstreifen wollte. »Quacksalber. Gut, dass Ihr Verbände mitgebracht habt. Da fällt Euer Kopf nicht so hart in die Schüssel, wenn Ihr mich anfasst.«

Verwirrt blickte Wiesberg auf die Daube, bevor er begriff und unsicher ein paar Schritte zurücktrat in Richtung d' Alighieri. Der kratzte sich noch immer. Jetzt sah er aus wie ein Wirrkopf aus dem Heilig-Geist-Hospital, so manisch ließ er den Stab über seine nackten Beine fahren, ganz entrückt. Er war erst zufrieden, als etwas Blut seine Schenkel hinunterlief. »Hirschtalg. Wiesberg hat mich, Scheiße noch eins, wunderbar geschnitten.« Er wollte weiterkratzen, aber der Kratzer zerbrach. D' Alighieri warf ihn nach Wiesberg. Der Leibarzt schien solche Attacken gewohnt zu sein, er duckte sich nicht einmal.

»Dieser Hirschtalg, den er mir in die Schnitte gerieben hat. Die Pest, Rungholt. Die Pest. Das fühlt sich an wie tausend kackende Ameisen.«

»Der Hirschtalg ist gut für Eure Haut, d' Alighieri. Ihr wisst, wenn Ihr zu viel purgiert, könnt Ihr zu Rinde vertrocknen. Es dauert nur zwei Gebete lang, und Ihr könntet schrumpeln wie die Haut einer Eiche.«

»Ach, porco dio«, lustlos wischte d' Alighieri mit der Hand durch die Luft. »Und wenn schon. Das Gewitter ist gut zum Aderlass, also schneidet mich ein zweites Mal.« Er wandte sich an Rungholt. »Wird mir meine schwarze Galle rausdrücken, der Wiesberg. Bin immer so melancholisch. Aber im Ernst, was soll man in diesem kalten, dreckigen Scheißdorf auch anderes sein als melancholisch!«

Langsam spürte Rungholt die Nässe. Sie drang durch den

Loden und ließ ihn unangenehm frieren. Die letzten Stunden taten ihr Übriges. Seitdem der Bürgermeister ihn aus der Scrivekamere geholt hatte, war Rungholt nicht einen Augenblick zur Ruhe gekommen. Und nun war er es leid, sich Geschichten über Lübeck oder die Viersäftelehre anzuhören. »Was wollt Ihr von mir?«

»Ich hörte, Euer Konvoi wurde aufgerieben.«

Ein Satz wie der Schlag einer Streitaxt.

»Was?«

»Bei Schwartau.«

Konnte das sein? Rungholt spürte, wie sein Herz einen Moment aussetzte. Er hatte die Flammen gesehen. War das etwa kein Blitzschlag gewesen, sondern seine Wagen aus Brügge, die so kurz vor dem Ziel angegriffen worden waren?

Marek, schoss es ihm durch den Kopf. Wenn er in einen Hinterhalt geraten war und ... Hoffentlich lebte er noch.

»Wer ... Wer ... Von wem wisst Ihr ...?«, stammelte er und musste sich zwingen, nicht weiterzusprechen oder auch nur betroffen dreinzublicken. Zeig Härte, mahnte er sich und wischte d' Alighieris Worte beiseite. »Meine Waren sind längst in der Stadt.«

Mit einem kalten Lächeln verschränkte d' Alighieri die Finger. Unter seinen langen Nägeln klebte Tinte. Oder war es getrocknetes Blut? Rungholt war sich nicht sicher.

»Ich habe meine Späher, Rungholt. Ich weiß, dass Eure Brauerei beklagenswert läuft. Um nicht zu sagen, verschissen beschissen. Und ich weiß, dass Ihr einen Konvoi nach Brügge geschickt habt. Vor ...«, er tat, als versuchte er, sich zu erinnern, »sechs Monaten? Fünf Monaten? ... Tuch habt Ihr gekauft? Eisen? ... Gewürze. Sicherlich Gewürze. Nun. Ich denke, damit hättet Ihr mein großzügiges Darlehen zurückzahlen können.«

Ich muss hier raus.

Rungholt sah sich bereits im Eilschritt zu Dartzow laufen,

um ein paar Riddere nach Schwartau zu schicken. Dieser stinkende Florenzer widert mich an. Ich muss sehen, ob es wahr ist. Ich muss nachsehen, was mit meinem Konvoi passiert ist. Ich muss sehen, ob Marek noch lebt.

»Seid nicht so ungeduldig«, zischte d' Alighieri, dem offenbar keine Regung Rungholts entging. »Von Eurem Konvoi ist nichts mehr übrig. Da ist nichts zu retten. Er ist vollkommen ausgebrannt.«

»Wenn es denn stimmt. Ich zahle Euch das Darlehen für die Brauerei zurück. Zu Allerseelen habe ich sicher alles beisammen, um ...«

»Das glaube ich kaum.«

Rungholt spürte, wie der Zorn in ihm hochstieg. Er ließ sich nur ungern einfach das Wort abschneiden, und wenn es nicht d' Alighieri gewesen wäre, hätte er bereits seine Gnippe gezückt.

»Das bisschen, was Ihr an Handel noch treibt ... Diese verdammte Seeblockade – wahrlich ein Disastro – verschlingt die Brauerei. Da kann ich ewig warten. Nicht nur bis November.«

»Was wollt Ihr, d' Alighieri?«

»Scheiße auch! Immer geradeheraus. Ohne Umwege. Compesce mentem.«

Hatte der Florenzer ihn gerade beleidigt? Rungholt verstand kaum Latein. Er setzte ein Lächeln auf. »Es ist spät. Langweilt mich nicht mit Floskeln.«

»Nun denn.« Mit einem Mal stand d' Alighieri auf. Instinktiv wich Rungholt einen Schritt zurück. Der Florenzer war gute zwei Meter groß, aber spillerig wie ein Birkenstamm. Zwei seiner Schreiber ließen das Kritzeln sein, eilten zu ihm und halfen ihm von den Kisten. Wiesberg brachte Holzpantoffeln und raffte d' Alighieri die Houppelande hoch.

Sehr behutsam, als könnte er bei jedem Schritt zerbrechen, schob der dürre d' Alighieri sich zu Rungholt vor. Das Licht der Öllampen spiegelte sich in seinen schwarzen Augen und verlieh seiner Haut die Farbe von vergorener Milch.

Rungholt zwang sich, keinen weiteren Schritt zurückzuweichen, strengte sich an, dem Mann in die Augen zu blicken.

D' Alighieri beugte sich vor, und Rungholt meinte, Hirschtalg selbst im Atem des Florenzers zu riechen. Einen Moment studierte d' Alighieri Rungholts Augen, dann zischte er vertraulich: »Ihr werdet das Darlehen nicht zahlen können, also will ich nur eins von Euch … Eure Brauerei.«

»Meine Brauerei?«

»Das Doppelhaus an der Hundegasse. Mit Sudkessel und allem, was darin ist. Und ich will dein Scheiß-Grutrecht sowie alle Bestellungen und deine Fracht- und Kundenlisten.«

Verärgert bemerkte Rungholt, dass d' Alighieri begonnen hatte, ihn zu duzen. Am liebsten hätte er dem Kerl den Hals aufgeschnitten. Was er hier vortrug, war kein Angebot, sondern eine Beleidigung.

»D' Alighieri!« Rungholt trat derart forsch auf den Florenzer zu, dass dessen Wachen nervös nach ihren Schwertern griffen. »Ihr beleidigt mich! Ihr holt mich mitten in der Nacht her, um meine Ehre zu kränken und mir ins Gesicht zu sagen, ich könnte meine Schulden nicht zurückzahlen?«

»Gut erkannt …« Statt zurückzuweichen, lächelte d' Alighieri bloß. »Scheiße, Rungholt. Lasst Eure Fäuste unterm Mantel. Ihr mögt Handelsrouten kennen. Ihr mögt wissen, was die Menschen in zwei Monaten oder drei Jahren zu kaufen wünschen. Ich jedoch, ich kenne meine Kunden. Ich kenne ihre Bücher. Vaffanculo, ich kenne manche Gläubiger besser, als sie sich selbst kennen.«

Seine schwarzen Augen schienen Rungholt zu durchdringen.

»Euer Novgorodgeschäft ist wegen der Vitalienbrüder zusammengebrochen. Ergo keine Einnahmen. Scheißpack, diese Serovere. «

Rungholt öffnete den Mund, aber d' Alighieri fuhr an seiner statt fort: »Euer Schwiegersohn in England? Liegt er noch immer mit Koliken danieder und hat Probleme, seine Miete aufzutreiben? Musste sich ein dreckiges Loch nehmen, weil der Stalhof überfüllt ist. Platzt ja aus allen Nähten Euer Kontor da drüben. London. Beschissenes Wetter, genau wie hier.«

»Er hat viel Wolle eingekauft. Das Geschäft läuft glänzend. Wir werden alles über Brügge ...«

»... bis Schwartau bringen«, beendete d' Alighieri und lachte.

Rungholt fühlte nach der Gnippe, war bereit, das Klappmesser zu zücken. Du blutloser Wittenfresser machst dich über mich lustig? Sollst sehen, wie schön ich dich zur Ader lasse. Staunen wird Wiesberg. Der Zorn peitschte Rungholt die Röte ins Gesicht. Das Schlimmste waren nicht d' Alighieris Worte, sondern dass er Recht hatte. Dieser Aasfresser sprach lediglich aus, was Rungholt seit Pfingsten wusste.

»Verkackte Lage, Rungholt. Das ganze schöne Geld ... Einfach hinfort. Ihr habt keine Einnahmen. Die letzten Monate nicht. Ich weiß es. Und Eure Brauerei frisst Euch die Haare vom Kopf.« Er strich sich sehr behutsam mit den Gichtfingern über seine Glatze und rief mit einem Mal: »Wiesberg! Hirschtalg her. Das Kribbeln lässt nach.«

Sofort eilte Wiesberg zu ihm. Fassungslos und innerlich bebend musste Rungholt zusehen, wie Wiesberg d' Alighieri die Houppelande über den Kopf schlug. Der Florenzer war darunter tatsächlich splitternackt. Er hatte bloß seine übertriebenen Schnabelschuhe an. Sein Schwanz baumelte wie eine vertrocknete Birne hin und her. Sein ausgemergelter, blasser Körper war an Beinen, Armen, selbst am Bauch von Schnitten gezeichnet. Wie oft mochte Wiesberg seinen besten Patienten zur Ader gelassen haben? Hundert Mal, Tausend Mal?

Rungholt wurde übel. Alle Wut versiegte angesichts dieses entstellten Leibs. Er wollte nur ins Bett und spürte, dass die Müdigkeit zurückkehrte und wie eine Welle über ihm zusammenschlug. Für einen Augenblick trübte sich sein Gemüt. Der Schmerz im Rücken, die Sorge um Marek. Jetzt musste er also bezahlen. Der Regen schlug gegen die Bleiglasfenster. Sein Haus, sein Heim, von den Fluten hinfortgerissen. Gott sandte ihm seine persönliche Sintflut.

»Keine Einnahmen, ergo keine Rückzahlung. Causa finita est. Die Sache ist entschieden.«

Rungholt versuchte tief Luft zu holen, um den Schwindel zu vertreiben. Der stechende Schmerz, der ihm vom Rücken in den Arm fuhr, weckte ihn aus seiner Verzweiflung. Nein. Für ihn war noch nichts entschieden. Noch bestimmte er den Handelsabschluss! Das Geschäft war eine Beleidigung, d' Alighieris Forderung viel zu hoch, hatte Rungholt sich einst doch das Recht erstritten, als Einziger für den Export und für die Stadt zu brauen. Sobald die Serovere aufs Rad gespannt wären, würde die Brauerei mehr als sprudeln.

Würde... Sobald... Wenn...

»Es kann noch Jahre dauern«, fuhr d' Alighieri fort, der offenbar abermals Rungholts Gedanken gelesen hatte und ihn über sein hochgerafftes Kleid hinweg anblickte, »bis die Serovere vertrieben sind. Jahre.«

Ich weiß, dachte Rungholt, ich kann die Brauerei nicht so lange am Leben erhalten. Du hast schon Recht...

»Dieses Geschäft ist eine Beleidigung, d' Alighieri. Und das wisst Ihr. Ihr erpresst mich mit Euren Zinsen und ...«

Die Tür wurde aufgerissen. Ein Büttel mit krausen schwarzen Haaren stürzte herein. Er hatte dreckige Beinlinge an und eine derbe Heuke aus Hanf. Seine Knie, die durch große Löcher lugten, waren zerschrammt und kotbeschmutzt wie seine Füße, die in groben Holzschuhen steckten.

»Scheiße!«, fluchte d' Alighieri. »Nicht jetzt!«

Schnurstracks eilte der Junge auf d' Alighieri zu. Er hatte einen Knüppel in der Rechten, doch bloß de Kraih stellte sich ihm in den Weg. Die Prokulanten verzogen sich jeder in eine andere Ecke.

»Herr! D' Alighieri, Herr!«, rief der Krauskopf ganz außer Atem.

»De Kraih, lasst ihn durch. Lasst ihn …«

Einen Moment wusste der Büttel offenbar nicht, wie er standesgemäß vor d' Alighieri treten sollte. Der Junge zögerte und sah zunächst Wiesberg zu, der sich hingekniet hatte, d' Alighieri in den Oberschenkel schnitt und das Blut in einer Schüssel auffing. Der Büttel entschied sich, seinem Herrn einfach ins Ohr zu flüstern, und trat zögernd neben den Medicus.

Es waren keine guten Nachrichten, denn kaum hatte der Krauskopf ausgesprochen, schlug d' Alighieri voller Wut um sich. Er traf Wiesbergs Schüssel, und etwas von seinem Blut spritzte auf den Boden.

»Ihr seid zu dumm, ihr verkackten Nichtsnutze von bescheuerten Nordlichtern! Ein einzelner Mann! Ein Dieb! Und ihr könnt ihn nicht festhalten!? Wie konnte er entkommen?«

»Er ist durch eine Mauer und … hat uns den Weg versperrt … Dazu der Regen … Wir haben ihn verloren.«

D' Alighieri schnappte nach Luft und trat schließlich Wiesberg in die Seite, der verzweifelt versuchte, den Blutfluss zu stoppen.

»Steht hier nicht rum! Lauft los! Merda, was steht ihr hier rum?«, fuhr d' Alighieri erst den Jungen an, dann seine Wachen und schließlich de Kraih. »Findet ihn! Geht ihn suchen! Und bezahlt die Wachtmeister, sie sollen die Tore schließen. Er darf nicht aus der Stadt gelangen.«

Rungholt sah sich das Schauspiel an und hatte mit einem Mal eine Eingebung, die ihn für einen Lidschlag lächeln ließ. Das war es. Das war die Lösung. Die Planke inmitten des Mahlstroms, an die er sich klammern konnte.

»Wie ich höre«, begann er vorsichtig, »sucht Ihr jemanden?«

D' Alighieri winkte ab, als sei sein Wutausbruch nicht der Rede wert.

»Nun, ich könnte Euch behilflich sein.«

»Ihr?«

»Der Rat bittet mich ab und an um Hilfe.« Das war nur halb gelogen.

»Der Rat ... Richtig. Man sagt, Ihr würdet Leichen küssen und mit Eurer Nase Mörder finden ... Scheiße, hattet Ihr nicht auch einen Spitznamen ...« D' Alighieri blickte Hilfe suchend zu den Deckenbalken hoch, dann zu den zahlreichen Öllampen. Rungholt fiel sofort auf, dass er bloß so tat, als müsse er sich an den Namen erinnern. »Ligawyi ... Ist russisch, nicht?«

Rungholt brummte lediglich. Er würde d' Alighieri nicht den Gefallen tun, es zu übersetzen. »Ich finde ihn für Euch, d' Alighieri. Wenn Ihr bestohlen wurdet, finde ich den Dieb.«

»Ach.«

»Und ich nehme an, er hat etwas von beträchtlichem Wert gestohlen.«

D' Alighieri sah Rungholt fragend an.

»Wenn Ihr alle Tore schließt und Wachtmeister bezahlt, hat er kaum eine Schüssel Mus eingesteckt.«

Der Bankier lachte. »Ihr seid gut, Rungholt. Wirklich gut.« Ein paar Atemzüge lang, in denen es Wiesberg endlich schaffte, die Schüssel wieder unter die frische Wunde zu halten, musterte d' Alighieri sein Gegenüber. Schließlich fasste er einen Entschluss: »Gut. Lasst uns beide ein Geschäft abschließen, Rungholt. Eins, das unsere müden Säfte in Wallung bringt.«

Rungholt blieb reglos, er nickte nicht, er lächelte nicht, er ließ sich nichts anmerken. Auch nicht, als d' Alighieri den entscheidenden Satz sagte: »Ihr sollt die Brauerei behalten, wenn Ihr mir den Dieb bringt. Lebendig. Tot nützt er mir nichts.«

»Ich finde Euren Dieb und behalte die Brauerei. Und Ihr erlasst mir die Schulden. Alle Schulden, allen Zins.«

D' Alighieri lachte kurz auf, bevor er schlagartig ernst wurde. Rungholt konnte förmlich sehen, wie es in dem kahlen Schädel des Florenzers arbeitete. Schließlich zeichnete sich ein schmales Lächeln auf d' Alighieris blauen Lippen ab. »Eure Schulden seien Euch erlassen, wenn ich ihn lebend bekomme«, bestätigte er. »Bringt ihn mir lebend, und Eure Bücher sind geschlossen ... Aber wenn Ihr ihn bis nächste feria secunda nicht aufgreift ...«

»Bis nächsten Montag?«

»Eine Woche. Eine Woche gebe ich Euch, verdammt noch eins. Mehr Zeit nicht.«

Rungholt brummte: »Und wenn es nicht gelingt?«

»Dann bekomme ich nicht nur Eure Brauerei, sondern auch Euer Haus und Euer Schiff. Alles soll mein sein. Das ist unser Geschäft. Alles oder nichts.«

D' Alighieri streckte seine Hand vor. Die Gichtfinger sahen wie verkrüppelte Zweige an einem bleichen Stamm aus. Ein letztes Mal kratzte Rungholt seinen rauen Handrücken, dann packte er mit seiner Pranke d' Alighieris vergorene Milchhand.

»Von Ehrenmann zu Ehrenmann«, besiegelte Rungholt das Geschäft.

5

Schwarze Gerippe im satten Grün der Au. Die Feuer schwelten noch, denn die Flammen hatten über Nacht die fingerdicken Planken der Tonnenwagen nicht gänzlich fressen können.

Rauchschwaden, vom Regen niedergedrückt, wogten über

dem Wasser der Szwartowe und verliehen dem Land etwas Traumhaftes. Am Waldrand schimmerte der Fluss in einem tiefen Schwarz. Nicht vom Ruß, sondern vom Moor, durch das die Schwartau ihren Weg schnitt. Wie eine Schlange wand sich das vier Klafter breite Gewässer Richtung Lübeck, um nördlich der Stadt in die Trave zu münden. Durch den tagelangen Regen war der Fluss über die Ufer getreten und hatte den Fuhrweg für die Wagen in einen Schlammpfuhl verwandelt.

Rungholt schlug Contz' Hand fort. Der Junge wollte ihm vom Fuchs helfen, doch Rungholt fluchte bloß. Er drehte sich lieber selbst auf dem mächtigen Rücken des Kaltblüters, klammerte sich an den Hals des Tiers und rutschte umständlich in den Matsch. Beinahe hätte er dem Pferd ein Ohr abgerissen. Von Absteigen konnte keine Rede sein, was Rungholt vollführte, war eher ein Ab*fallen*.

Kaum von d' Alighieri zurückgekehrt, hatte er seinen Knecht und zwei seiner Lehrlinge gerufen und befohlen, die Pferde zu satteln. Obwohl ein nächtlicher Ritt hinaus aus der Stadt gefährlich war, hatte er nicht gezögert und war schon vor der Laudes losgeritten.

Der Appetit auf die Morgensuppe war ihm spätestens vergangen, als sie den Pariner Berg erklommen hatten. Von hier aus konnte man gut auf Schwartau und Lübeck sehen, und im Norden die brennenden Tonnenwagen.

Seine Wagen. Sein Konvoi.

D' Alighieri hatte Recht gehabt.

Marek war mit all seinen Waren hinter Dudeschen Poryn aufgerieben worden.

Die Überreste der Wagen ungläubig musternd, stapfte Rungholt durch den Matsch auf das zu, was einst seine Fuhrwerke gewesen waren. Im roten Licht der aufgehenden Sonne wirkte das Glühen des Schwelbrandes beunruhigend.

Nirgendwo Entleibte, stellte er fest und atmete innerlich

auf. Er strich mit seinen Lederstiefeln etwas nasse Asche beiseite und legte ein Schwert frei. Schwer zu sagen, ob es benutzt worden war. Nirgendwo waren Kampfspuren zu entdecken. War das nach einem solchen Brand überhaupt möglich?

Vier alte Bauern und zwei Knaben, alle in derbes Sackleinen gehüllt und mager wie die Heuschrecken, hockten keine zwanzig Klafter entfernt auf den Überresten einer alten Fichte und sahen Rungholt stumm zu. Angespannt ließen sie ihre Dreschflegel gegen den Baumstamm schlagen und drehten ihre Sensen in den Händen. Rungholt glaubte nicht, dass sie etwas mit dem Brand zu tun hatten. Sie hatten angeboten, die Überreste zu bewachen, sollten noch Wegelagerer in der Nähe sein. Rungholt bezweifelte, dass dieser klapprige Haufen Bauern etwas gegen diejenigen ausrichten konnte, die seinen Konvoi geplündert hatten. Die verlausten Bauern hofften auf Brot als Bezahlung. Oder einen schnellen Tod. Allemal besser, als zu verhungern.

»Was ist hier passiert?« In der frühen Morgenluft klang Contz' Stimme noch fiepsiger als gewöhnlich. Der Knecht band die Pferde an einer verkohlten Strebe fest.

»Wenn ich das wüsste.« Rungholt wischte sich das Wasser vom Haar. Sein Magen knurrte. Er konnte keine verkohlten Fässer entdecken, keine Überreste der Stoffballen. Es waren überhaupt keine Waren mehr da. Seine Männer waren ausgeplündert worden, dann hatten die Diebe wohl das Feuer gelegt. Der Rauch trieb Tränen in Rungholts Augen. Natürlich der Rauch. Mit seiner vernarbten Hand rieb er sie weg und trat lieber ein paar Schritte zurück.

Seufzend ließ er noch einmal seinen Blick über die Wagen gleiten – der Platz war hervorragend für einen Hinterhalt geeignet. Die Stelle am Waldrand bot auf Meilen die einzige Möglichkeit zum Furten. Abgefangen, aufgebracht – keine zwei Meilen vor den sicheren Mauern Lübecks.

Gleich, was mit den Waren ist, dachte Rungholt. Wo steckt Marek? Was haben die mit meinem Kapitän gemacht?

»MAAAAAAREEEEEEEKK!« Rungholts Ruf wehte über die Au und in den Wald. Keine Antwort.

Einzig der Protest dutzender Krähen, die aus den Ästen emporstoben.

Rungholt musste sich anstrengen, nicht zu weinen.

»MAAAAAAREEEEEEEKK…«

6

Als wäre Lübeck ein einziges Badhaus, hatte sich Schwüle in den Gassen verteilt. Die Ausdünstungen der Sickergruben, der Qualm der offenen Herdstellen und die Angst vor dem Verhungern wurden in diesen Schleier aus Wasser eingewickelt und haltbar gemacht. Ein süßlicher Gestank, der Rungholt an Gallbergs Leichenschuppen erinnerte. Er meinte, sogar die See im Nieselregen zu riechen. Ihren faulen Odem aus Fisch, Algen und toten Seelen.

Fehlt nur noch, dachte er, dass es Fische regnet.

Rungholt zögerte, d' Alighieris Haus in der Pergamentmachergasse zu verlassen und ins Freie zu treten. Betrübt und mit einem unguten Gefühl im Magen war er von der Schwartau direkt zum Wittenfresser geritten und hatte ihn gebeten, den Kurier zu holen. Ihn wollte er zuerst befragen. Angesichts seiner trüben Laune und des schlechten Wetters hielt er jedoch nur seine Pranke in den Regen, anstatt de Kraih zu folgen. Im Türsturz stehend blickte er gen Himmel, und für einen Lidschlag meinte er, die Gewitterwolken bildeten Häuser, Plätze und Türme. Wie eine zweite Stadt hingen ihre Gebäude verkehrt herum über Lübeck.

Ein dunkles Spiegelbild. Ein vergängliches Zerrbild von

uns allen. Ob ich auch dort oben lebe? Kopfüber? Als Wrasengestalt? Ob Marek nun dort ist?

Nicht zu wissen, was mit seinem Freund geschehen war, und der Verlust seiner Waren schlugen ihm stärker aufs Gemüt, als er gedacht hatte. Über drei Stunden hatte er nach Marek gesucht, schließlich den Bauern den Lohn eines ganzen Monats zugeworfen und sie in die Wälder und ins Moor geschickt. Vergebens.

Von Marek und seinen Männern fehlte jede Spur. Was blieb ihm anderes übrig, als schweren Herzens die Suche abzubrechen und zurückzureiten? Kaum über die Holstenbrücke und wieder hinter den sicheren Stadtmauern, war es ihm vorgekommen, als rieche der Regen nach Wellen und Gischt. Widerlich. All das Wasser nahm ihm langsam die Luft zum Atmen.

Rungholt starrte in die Wolken und überlegte, wie er Sinje die Nachricht überbringen sollte. Der Kloß im Hals ließ ihn schwer atmen. Wie sollte er der Heilerin erklären, dass ihr Geliebter kaum zwei Stunden Fußmarsch vom sicheren Lübeck entfernt aufgerieben und von Wegelagerern getötet worden war?

Vielleicht, überlegte er, war es nicht schlecht, wenn Alheyd Sinje die Nachricht überbrachte. Von Frau zu Frau.

Feigling. Willst es dir nur selbst leicht machen. Willst nicht vor Sinje weinen wie ein Kind …

»Er ist da! Kommt her.« De Kraih winkte, doch Rungholt rührte sich nicht. Der Mann hatte ihm nichts, gar nichts zu befehlen. Sollte er sich doch mit diesem Schönling von einem Kurier die Beine in den Bauch stehen. Bevor Rungholt wieder in diesen Regen trat, starrte er lieber weiter Löcher in den Himmel.

Wie konnte es sein, dass sein bester Freund einfach so gemeuchelt worden war? Die Wrasenhäuser, Wrasengassen und -kirchen über ihm wurden zu grauen Gedanken.

Ich habe ihm nicht einmal helfen können.

Brummelnd zog Rungholt seine nasse Gugel tiefer ins Gesicht, wandte sich vom Anblick des Himmels ab und trat in den Pergamentenmachergang. De Kraih und der Kurier warteten bereits neben einem stattlichen Kaltblüter.

Obwohl de Kraih überaus hilfsbereit war, sogar ein mit Fell bespanntes Holzgestell über Rungholts Kopf hielt, um ihn damit vor dem pladdernden Regen zu schützen, war Rungholt die Diebessuche schon jetzt zuwider. Immer wenn er einen Schritt tat und damit aus dem Schatten des Felldachs trat, floss das Regenwasser in einem Schwall von de Kraihs Gestell direkt auf seine Gugel. Am liebsten hätte er der Krähe diese alberne Erfindung in den hageren Hintern gerammt.

Rungholt schritt wortlos an dem Kurier vorbei und öffnete die Satteltasche. »Darin habt Ihr Edelsteine transportiert?«, wandte er sich an den Kurier. »Nicht etwa in einer Holzkiste mit schweren Beschlägen, Ketten, einem Schlüsselmechanismus?«

»Äh, das sind die Taschen für die Schuldscheine ... und Wechsel.« Der Kurier, ein muskulöser, blonder Mann mit schulterlangen Haaren, trat zu Rungholt an den Rappen. »Die Steine waren in einem Lederbeutel. Ich ... Ich wollte sie sicher am Mann wissen.«

»Soso.« Rungholt brummte. »Sicher am Mann. Der Plan ging ja hervorragend auf ... Ich begreife immer noch nicht, wie er sich unbemerkt an Euch heranschleichen konnte. Ihr habt also hier gestanden, mit dem Rücken zur Tür.« Rungholt nickte zu der schmalen, unscheinbaren Holztür, die in d' Alighieris Reich führte. »Und er kommt und reißt Euch herum?«

Die Müdigkeit drohte ihn zu überwältigen, er konnte sich kaum konzentrieren, dachte unablässig an seine brennenden Augen und die schwelenden Wagen vor Schwartau. Und jetzt dieses jämmerliche Gestammel.

»Ja. Ähm, so war es, ja.«

»D' Alighieri hat niemanden vor die Tür geschickt, um Euch zu sichern? Werden bei Euch kostbare Lieferungen stets derart stümperhaft durchgeführt?«

Hilflos blickte sich der Kurier zu de Kraih um, der ihn anfunkelte.

»Nein. Ich … ich hätte wohl Hilfe holen sollen, aber ich war ein wenig zu früh hier und … ich hab ihn nicht gesehen. Er hat mich einfach gepackt.« Der Mann deutete auf die Hauswand gleich neben der Tür zu d' Alighieris Reich. »Da hat er mich rangeschleudert.«

Seufzend trat Rungholt durch den Wasserstrom, der die Gasse hinab zum Dom floss, und besah sich die Wand. Das einstige Fachwerkhaus war vor Jahren gekalkt worden, Stein für Stein hübsch geweißelt. Das Wetter hatte die Wand mit einer dünnen Schicht aus grünem Moos überzogen. Staub und Dreck bis auf Kniehöhe. Brummend begutachtete Rungholt die Ablagerungen.

»Kommt her. Kommt mal hierher«, forderte Rungholt den Kurier auf. Kaum war der Mann neben ihn getreten, packte ihn Rungholt mit einer schnellen Bewegung, wollte ihn herumreißen und gegen die Wand drücken, doch der gut gebaute Kerl stand da wie ein Fels.

»Geschleudert? Was wiegt Ihr? Hundertsechzig Pfund?«

»Hundertsiebzig.«

»Hundertsiebzig? Und dieser Mann … Dieser Dieb packt Euch, drängt Euch zweieinhalb Klafter vom Pferd weg und *schleudert* Euch gegen die Wand?«

Nach einem erneuten scheuen Blick zu de Kraih rückte der Kurier nervös sein Kurzschwert zurecht. »Er war stark. Er war einfach stark. Was soll ich sagen?«

»Die Wahrheit reicht mir.« Rungholt wandte sich de Kraih zu. »Stellt Ihr Euch hier hin.«

De Kraih kratzte seine Y-Narbe, tat dann aber, was Rungholt

von ihm verlangte. Kaum hatte er sich bewegt, ergoss sich das Wasser im Schwall von seinem Schirm auf Rungholts Kopf.

»Locker hier hinstellen und stehen bleiben. Und legt das Ding da weg. Habt Ihr keine Angst, der Blitz schlägt drin ein?«

Unter de Kraihs mächtiger Nase breitete sich so etwas wie ein Lächeln aus. »Wie Ihr wünscht.«

Kaum wollte er das Holzgestell zur Seite stellen, packte Rungholt ihn, riss ihn herum und presste den schmächtigen Mann mit aller Kraft gegen die Mauer. De Kraih schrie auf, war drauf und dran, ein verborgenes Messer zu zücken, da ließ Rungholt ihn jedoch schon wieder los.

Zufrieden sah er sich das Ergebnis an: Kratzspuren, der Abrieb von de Kraihs Schecke an der Hauswand. »Ich weiß nicht warum, aber Euer Mann lügt, de Kraih. Ich an Eurer Stelle würde ihm ein paar Finger abhacken, damit er gesteht.«

»Aber …«, der Kurier wich zu seinem Rappen zurück. Immer wieder ging sein Blick nervös zwischen de Kraih und Rungholt hin und her. »Ich … Ich lüge nicht … Ich …«

»Wenn Ihr wollt«, wandte sich Rungholt an de Kraih, »übernehme ich das für Euch.«

De Kraih lachte unsicher, offensichtlich konnte er nicht einschätzen, wie ernst Rungholt es meinte.

Der zog seine nasse Gugel zurecht und baute sich noch einmal vor dem Kurier auf. »Was ist wirklich geschehen? Dieser Dieb, er hat Euch nicht gegen die Mauer geschleudert, richtig?«

Nach einem kurzen Zögern fing der Schönling, einem Waschweib gleich, zu plappern an. »Der Mann war stark wie ein Pferd. Seine Schultern, sie waren … Sie waren breiter als Euer Bauch. So etwas habe ich noch nicht gesehen. Er maß über einen Klafter. Sein Lederwams war dreckig, es stank ganz furchtbar. Und seine Arme … Sie waren ebenfalls mit Leder umwickelt. Ich … Ich … Da waren Spinnen …«

»Spinnen?«

»... Ja, in seinem zotteligen Haar. Das fiel ihm auf die Schultern. So halb lockig. Ich komme mit meinem Rappen hier an, alles ist still. Ich steige vom Pferd, dieser verdammte Regen. Alles nass und glitschig. Und als ich mich umdrehe, steht diese Gestalt vor mir. Überragt mich um anderthalb Köpfe. Da hab ich, da hab ich ...«

»Ihr habt nicht mal versucht, Euch zu wehren«, warf de Kraih erbost ein.

Der Kurier senkte den Kopf. »Nein. Ich ... wusste, was er wollte.«

»Die Edelsteine?«, stellte Rungholt fest.

»Ja. Da habe ich sie ihm einfach überlassen.«

Rungholt und de Kraih tauschten Blicke. Der Zorn in de Kraihs Augen war unübersehbar.

»War er bewaffnet?«, wollte Rungholt wissen.

»Ja! Ja doch! Er hatte einen Hammer.«

»Einen Hammer? Etwa einen Kriegshammer?«

Jetzt war es am Kurier, unsicher aufzulachen. »Nein. Nein, wo denkt Ihr hin? Einen schweren Hammer eben. Einen Hammer. Das habe ich auch alles dem Graveur gesagt.«

»Wie weit ist denn dieses Bild gediehen?«, wandte sich Rungholt an de Kraih.

»Ich werde nachsehen.« De Kraih verabschiedete sich mit einem Nicken, aber Rungholt schloss sich ihm an und folgte ihm ins Haus. Er hatte keine Lust, länger bei diesem Taugenichts im Regen zu warten.

Während sich Rungholt am offenen Feuer aufwärmte, trat auch der Kurier ein und hielt sich mit gesenktem Blick im Hintergrund. De Kraih kam bald aus einer der unzähligen Stuben mit einem Pergament zurück. Die Zeichnung entpuppte sich jedoch als eine weitere Enttäuschung. Rungholt hielt sie zum Feuer und blickte in eine Fratze. »Das ist doch kein Gesicht. Handwerklich ist es gut gefertigt, versteht mich nicht falsch. Aber das soll der Dieb sein?«

Etwas scheu trat der Kurier neben Rungholt.

»Das soll er gewesen sein?« Rungholt hielt dem Mann das Bild hin.

»Doch! So sah er aus. Das ist ihm wie aus dem Gesicht geschnitten.«

Grummelnd betrachtete Rungholt erst den Schönling, dann noch einmal die Zeichnung des Graveurs. Dieser Hammermann hatte ein Gesicht wie ein Holzklotz. Nein, berichtigte sich Rungholt, wie ein Hackklotz. Narben und Falten wie Axtkerben. Sein Schädel war geradezu eckig. Flaches Kinn, großer Mund, harte Wangen. Schwarze, winzige Augen starrten Rungholt unter buschigen Augenbrauen hervor an. Eine mehrfach gebrochene Nase in einem zerhackten Antlitz.

Das war kein Mensch, das war ein Wilder.

7

»Reichlich weit gekommen, Euer Dieb«, knurrte Rungholt, als er mit de Kraih zum krausköpfigen Büttel aufschloss. Noch immer versuchte die Krähe Rungholt mit seinem albernen Gestell vor dem Regen zu schützen. »So ein Koloss von einem Mann rennt durch halb Lübeck, und Ihr könnt ihn nicht fassen?«

»Der hatte 'nen Vorsprung.« Der Krauskopf blieb stehen und spuckte in eine Pfütze. Er sah Rungholt mit schiefem Grinsen an. »War ziemlich schnell, der Kerl.«

Missmutig drückte Rungholt de Kraihs Fellschirm beiseite – »Lieber werde ich nass, als dass ich mir von Euch ein Auge ausstechen lasse!« – und trat zum Büttel. »Führ mich genau dahin, wo du ihn verloren hast.«

Der Büttel nickte und eilte weiter. De Kraih schloss sich ihm an, aber Rungholt hielt einen Moment inne, um Luft zu holen. Er stützte sich an einen Pfosten, der zum Anbinden der Pferde diente, und sah den beiden zu, wie sie zur Trave hinabgingen. Er musste sich zu jedem Schritt zwingen, denn die Wunde in seinem Rücken schickte lähmende Schmerzen durch seinen Körper. Trotzdem war es besser, sich abzulenken, als grübelnd in der Dornse zu hocken oder ein Wehklagen mit Alheyd anzustimmen.

»Kommt! Er soll hier reingerannt sein.« De Kraih zeigte mit seinem Schirm auf einen Durchlass, einen kaum schulterbreiten Gang, den ein Salzhändler durch die Front seines Hauses getrieben hatte, um den Hinterhof zu erschließen. Aus Platzmangel hatten das mittlerweile alle gutbetuchten Lübecker gemacht: die Bäume in den Hinterhöfen gefällt und die Ställe in schlichte Holzbuden verwandelt, in denen Tagelöhner, Knechte, Gesinde und Aushilfen hausten. Der Salzhändler hatte Buden an Treidler vermietet, die für ihn von Lüneburg Salz die Stecknitz herauf holten.

Gebückt schob sich Rungholt durch den niedrigen Schacht aus Backsteinen. Moos hatte sich breitflächig auf den rauen Steinen festgesetzt. Sein Flaum schimmerte nass, der Regen lief selbst an der Decke des Gangs entlang, ehe er Rungholt in den Nacken tropfte. Schweinegrunzen hallte den Männern entgegen, und in dem bleiernen Licht meinte Rungholt, am Ende des Gangs ein paar dreckige Köpfe in die Budenschatten tauchen zu sehen.

Rungholt legte seine Hand auf den Gürtel. Seine Gnippe steckte griffbereit im Leder. Gut. Wusste de Kraih, was er hier tat? Wusste dieser Schreiberling, wohin er unterwegs war? Mit den Treidlern war nicht zu spaßen. Den meisten Stecknitzfahrern ging es wegen der Blockade so schlecht, dass sie Wurzeln und Erde aßen.

»Bei dieser großartigen Zeichnung habe ich den Hammermann bis zur Laudes«, frotzelte Rungholt. »D' Alighieri wird seinen Kredit wohl abschreiben müssen.«

»Nicht gerade ein zartes Antlitz, nicht wahr?«

»Ich sage Euch, ich sollte in die Hölle gehen und dort nachsehen. Entweder Euer Graveur ist ein Blender oder Euer Dieb ein Dämon.«

Ehe es sich Rungholt versah, waren sie aus dem Gang getreten und standen in einer großen, knöcheltiefen Pfütze. Zwei Ferkel, mit ausgeleierten Seilen festgebunden, wühlten im Matsch nach Essbarem.

Kaum waren sie zwischen die windschiefen Holzbuden getreten, kamen zwei Weiber herausgestürzt und trieben die Schweine ins Innere. Ihre Blicke hätten nicht feindseliger sein können.

Unbeirrt führte der Krauskopf Rungholt und de Kraih durch die Pfütze zum westlichen Ende des schmalen Hofs. Hier blieb er zwischen zwei Buden stehen und klopfte mit seiner Keule an eine Backsteinmauer, die bereits bessere Tage gesehen hatte.

»Hier. Hier is er durch«, erklärte der Büttel und wischte sich den Rotz von der Nase.

»Durch den Spalt?« Skeptisch beäugte Rungholt einen Riss im Mauerwerk. Fleißige Hände hatten vor Jahren Steine aus der Wand gepult. Auf der anderen Seite konnte er die Überreste eines Handwagens erkennen, dem wohl ebenso lang die Räder fehlten und dessen Achsen im Schlamm verrottet waren.

»Der hat den Karren davorgezogen. Aufa andern Seite. Deshalb konnt ich nich hinterher.«

»Den Handwagen?« Knurrend streckte Rungholt seinen Kopf durch den Spalt. Die Karre war länger als ein Mann und hatte einen Aufbau aus schwerem Holz, der mit Unrat und Steinen gefüllt war. Die Achse und die Deichsel waren morsch, aber noch erhalten. »Das Ding wiegt doch mehr als zwanzig Lispfund.«

»Der hat'n genommen und… Wrrmmm.« Der Büttel deutete an, wie der Dieb den Wagen vor den Riss gezogen hatte. »Ich schwöre.«

Rungholt nickte grimmig, musterte den Spalt und versuchte kurz, sich auf die andere Seite hindurchzudrücken. Er war zu dick.

»Wir sind zurückgelaufen. Inne Hartengrube. Und dann anner Trave lang. Der Hof da. Der mit 'm Karren. Das is der Grützmachergang, führt inne Effengrube. Wir sind rum, aber als wir um die Ecke sind, war der Kerl schon weg.«

»Hm.« Seufzend steckte Rungholt noch einmal seinen Kopf durch den Riss und kämpfte gegen die flammenden Rückenschmerzen an. Einen Moment lang dachte er, der Dieb habe seinen Fluchtweg gut geplant. Doch der Karren sah nicht danach aus, als sei er absichtlich vor ein paar Tagen dort platziert worden. Wahrscheinlich hatte der Hammermann einfach Glück gehabt.

Rungholt fragte den Krauskopf, warum der Dieb hier hereingelaufen war.

Der Büttel kratzte sich mit dem Knüppel am Kopf, zog Schleim hoch und spuckte aus. »Weiß ich nich. Ich... Is ja auch egal.« Dann fiel ihm doch noch etwas ein: »Die Hartengrube war zu. Unten. Da zur Trave. Da war alles zu. Da stand 'n Tonnenwagen quer. Glaub, da war Fisch drauf. 'n paar Männer, die hamm den geplündert. Den Wagen. War alles voller Menschen da.«

»Geplündert?... Hätte er da nicht untertauchen können? In der Menge?«

»Was? Wo?« Der Büttel winkte ab. »So ein Riesenkerl?«

Rungholt griff nach seiner Brille, holte sein Tafelbuch unter dem Tappert hervor und klappte das Diptychon auf. In dem blankpolierten Eichenholz des Rahmens war ein Elfenbeinstilus eingelassen. Es war eine schöne Arbeit – die Schreibseite zierte ein schlanker Fischkopf, sodass Rungholt mit der Fischzunge in das Wachs kratzen und mit der Flosse am anderen Ende alles wieder glattziehen konnte. Er notierte die Plünderung des Fischwagens und dass der Dieb mühelos einen zentnerschweren Karren verrücken konnte. Nach einem Moment notierte er noch, dass er Kerzen kaufen wollte, um sie in St. Marien aufzustellen. Für Marek.

»Er wusste, dass er verfolgt wird?«

Der Büttel lachte. »So sicher, wie 'ne Kuh furzt. Natürlich wusste er das. Wie so 'n Ochse is der gerannt.«

»Lasst uns die andere Seite ansehen. Hier bin ich fertig.«

»Und? Was sagt Ihr?« De Kraih, der die ganze Zeit stumm das Gespräch verfolgt hatte, schüttelte seinen Schirm aus, nur um ihn sofort wieder hochzuhalten. Ein paar Tropfen liefen seine lange Nase hinab.

Wahrscheinlich denkt dieser Lakai, ich murmle einen Zauber, lutsche ein bisschen Erde und weiß dann genau, was geschehen ist.

»Hat wirklich Kraft, der Mann«, entgegnete Rungholt lapidar. Er konnte die Enttäuschung förmlich an der langen Nase der Krähe ablesen, als er an ihm vorbei zurück zum Gang schritt. »Der Hammermann hat das nicht geplant«, erklärte Rungholt im Weggehen. Er spürte, wie das Pfützenwasser seine Stiefel eroberte. Seine Beinlinge saugten sich voll. Immerhin hatten sie noch nicht Herbst. Der Juliregen war einigermaßen warm. »Er ist hier reingerannt, weil er schnell sein wollte. Wahrscheinlich war es wirklich nur Glück, dass ihr ihn nicht gestellt habt.«

»Meine Worte, Herr. Meine Worte.«

»Auf jeden Fall haben wir es mit einem sehr dummen Dieb zu tun. Wahrscheinlich war es eine Verzweiflungstat. Unüberlegt, aus der Not geboren.«

De Kraih schloss zu Rungholt auf und hielt ihm abermals den Schirm. »Warum? Wie kommt Ihr darauf?«

Sie tauchten in den Gang zur Hartengrube ein.

»Er sieht den Kurier und schlägt zu. Er ist verzweifelt. Er

weiß nicht, wie überleben. Vielleicht hat er Kinder und kann sie nicht mehr durchfüttern… Er kennt seine Kraft, er sieht seine Gelegenheit und nutzt sie.«

»Und das lest Ihr alles aus einem Riss und einem vermoderten Karren?«

»Nein«, knurrte Rungholt, riss de Kraih den Schirm aus der Hand und warf ihn unter sich in die Pfütze. »Das weiß ich, weil er sich anscheinend keinen Plan zurechtgelegt hat, wie er entkommen kann. Und ein Dieb, der seine Flucht nicht vorbereitet, ist entweder dumm…«

»… oder sehr verzweifelt«, murmelte de Kraih mit wehleidigem Blick auf seinen fellbespannten Stock.

»Oder sehr verzweifelt. So ist es… Bevor Ihr das Ding aufhebt, trampel ich drauf rum! Kommt jetzt, sehen wir uns die Rückseite an. Gehen wir den Weg Eures Büttels ab.«

Bei jedem Schritt wurde Rungholt durch das Brennen seiner Rückenwunde an den Dachsturz erinnert. Als sie in die Effengrube einbogen, zerriss ein Blitz den Himmel. Unwillkürlich zuckte Rungholt zusammen und wartete auf den Donner.

Wie anmaßend wir sind, dachte er. Wir denken, wir steuern die Welt wie ein Schiff, doch in Wirklichkeit lenken nicht wir das Schiff übers Meer, sondern das Meer treibt sein Spiel mit dem Schiff. Tag für Tag wollen wir der Schöpfung ein Schnippchen schlagen, bauen Häuser, Dämme, Schiffe und Straßen. Dabei sind wir Gottes Willen machtlos ausgeliefert.

Sie durchquerten den Zugang und standen wenig später im Grützmachergang. Vom Hinterhof war lediglich ein schmaler Schlauch geblieben. Rechts und links hockten zweistöckige Buden unter dem bleiernen Himmel. Sie waren eingerüstet. Wacklige Bretter und windschiefe, aus Ästen und Hanf geknotete Leitern bildeten ein Gewirr aus Pfaden und Plattformen. Die Baustelle war verlassen.

»Gestern hat hier auch keiner gearbeitet«, warf der Büttel

ein, und Rungholt dachte: Wie auch? Es war ja spät in der Nacht.

Er passierte einige Mörteleimer, die sorglos mit Säcken abgedeckt worden waren, und trat näher an den Karren heran. Die Schleifspuren im Schlamm waren unübersehbar. Der Handwagen war tatsächlich anderthalb Klafter vor den Riss in der Mauer gezogen worden, und dann hatte ihn jemand – wahrscheinlich die Bewohner der Gänge – wieder ein Stück zurückgedrückt.

Rungholt wischte sich das Wasser von der Brille, ging ein paar Klafter weiter und blieb mit einem verzückten Lächeln stehen. »Warte. Stehen bleiben. Rühr dich nicht!«, hielt er den Büttel auf, der an ihm vorbei zum Karren gehen wollte.

Der Krauskopf begriff nicht, sodass Rungholt ihn an der Heuke packen musste. »Bleib stehen.«

»Was? Was 'n?«

»Seid ihr in den Hof getreten? Ist einer von euch hier zum Karren?«

Der Büttel sah Rungholt fragend an.

»Ob ihr Büttel hier durchgegangen seid?« Was war denn so schwer an der Frage? Er stieß den Krauskopf an.

»Nee, wir hamm den noch die Effengrube hochlaufen sehen – wir war'n aber zu weit weg.« Er warf de Kraih einen Blick zu. »Im Hof hier? Nee, hier war'n wir nich.«

»Gut. Gib mir deinen Knüppel und warte hier. Ihr auch, de Kraih.«

»Was habt Ihr vor?« Die Krähe wollte sehen, was Rungholt entdeckt hatte, aber der hielt ihn zurück, indem er ihm seine Hand auf die Brust legte.

»Wartet hier, de Kraih. Ihr beide.«

Behutsam trat Rungholt an den Karren. Der Regen leistete ganze Arbeit und spülte immerzu Wasser und Modder unter die morschen Räder. Einige Taubenspuren waren zu sehen, ältere Spuren hatte der Regen längst vernichtet. Rungholt ließ seinen Blick schweifen, ging in Gedanken den Weg des Hammermanns ab.

Im Schutze eines der Gerüste konnte Rungholt Fußspuren in der feuchten Erde erkennen. Sie wirkten so frisch, als wäre erst vor wenigen Augenblicken jemand dort entlanggelaufen.

»Na also.« Der Abdruck eines Stiefels, eines rechten Stiefels, wie Rungholt feststellte. Und daneben hatte sich ein nackter Fuß in den Schlamm gesenkt. »Er hat seinen Stiefel verloren. Als er sich durch den Riss gezwängt hat. Oder beim Karrenziehen.«

Rungholt wandte sich zu seinen Begleitern um, die vor dem Regen unter einem der Baugerüste Schutz gesucht hatten. Während de Kraih seinen Hals streckte, um zu sehen, was Rungholt trieb, klatschte der Büttel mit seinem Stiefel immer wieder gelangweilt in den Matsch.

Suchend trat Rungholt an den Karren und stocherte mit dem Knüppel zwischen seinen Rädern und den Backsteinen herum. Er brauchte nicht lange, um den Stiefel zu finden. Gekonnt stieß er den Knüppel in den Schaft und zog ihn zu sich her. Der Stiefel sah abgetragen aus, Löcher allüberall, und der Schaft war irgendwann neu angenäht worden. Ein paar weiße Blüten klebten am dreckigen Leder.

De Kraih rieb nachdenklich seine Y-Narbe.

»Steckt ihn ein«, befahl Rungholt und warf ihn kurzerhand de Kraih zu. Dem dürren Mann gelang es nur knapp, das schlammbesudelte Ding zu fangen. Murrend über den Dreck, der überall auf seine Schecke gespritzt war, wandte er sich an Rungholt: »Das ist nur irgendein Lederstiefel. Was wollt Ihr damit?« Mit spitzen Fingern hielt er ihn von sich gestreckt. »He, du! Komm her«, befahl er dem Büttel und drückte ihm den Stiefel vor die Brust. »Steck ihn ein.«

»Manchmal sind die gewöhnlichen Dinge die interessantesten.« Murmelnd trat Rungholt noch einmal an den Riss in der Mauer. Ein paar Fäden, dünn wie Haar, wehten im Wind.

Sie waren auf Schulterhöhe an den rauen Backsteinen hängengeblieben. Als Rungholt sie abzupfen wollte, durchzuckte ihn der Schmerz.

»Was ist mit Euch?«

»Mein Rücken. Verflucht.«

»Soll ich Wiesberg fragen? Er behandelt die Wunde …«

Rungholt winkte schroff ab und nahm die Fäden. »Geht schon … Das ist von einem Seil, einer Kordel …«

»Er hat was getragen?«

»Vielleicht hatte er einen Beutel geschultert, ja. Lasst uns alles um den Karren herum absuchen. Wir heben auch die morschen Bretter an. Vielleicht finden wir noch was.«

De Kraih winkte den Büttel her und befahl ihm, sich hinzuknien und mit bloßen Händen im Matsch zu suchen.

Weil sein Rücken zu sehr schmerzte, sah Rungholt den beiden nur zu und stellte sich dann unter das Baugerüst. Er wollte sich an die Bretterbude lehnen, als sein Stiefel gegen etwas stieß, das zwei Handbreit von der Fußspur des Hammermanns entfernt im Modder lag und aussah wie ein totes Tier. Neugierig stupste Rungholt es mit der Spitze seines Trippen an.

Kein Fell. Es war ein Ledersack, aufgeweicht und verschmutzt. Seine Kordel war gerissen. Rungholt wollte sich nach dem Sack bücken, gab, als der Schmerz ihn durchzuckte, jedoch sofort auf.

»Büttel! Lass das Wühlen sein. Komm her, ich hab's.«

Nachdem der Mann den Beutel aus dem Dreck gezogen und ihn Rungholt gereicht hatte, öffnete der ihn behutsam. Er zog ihn ganz auf und …

Zuerst dachte Rungholt, ein Stück Holz vor sich zu haben, doch der Eindruck währte nur kurz. Ein ungutes Gefühl stieg in ihm auf. Er ahnte, was wirklich in dem Sack war.

»Habt Ihr etwa die Edelsteine?« De Kraih reckte seinen Schnabel in Rungholts Richtung, um mehr zu sehen.

Rungholts Bauch knurrte, noch bevor er das kalte Stück ins Gewitterlicht gezogen hatte. Nur mit Mühe widerstand er dem Drang, seinen Fund sofort loszulassen.

Es war ein Knochen.

Ein Totenschädel.

Er hielt ihn in den Regen. Der Schädel war klein. Nicht der Kopf eines Mannes, nicht der eines Weibes.

Ein Kinderschädel.

Der Unterkiefer fehlte, und der Oberkiefer war glattgefeilt worden. Keine Zähne. Ansonsten war der Kopf vollständig. Der Knochen glänzte abgekocht. Als ein weiterer Blitz zuckte, konnte Rungholt ihn in einer Hand wie poliert schimmern sehen. Er roch das Öl, mit dem er eingerieben worden war.

De Kraih trat heran. Sein Atem ging ruhig. Er bekreuzigte sich. »Vater unsir. du in himile bist. din namo werde giheiliget. din riche chome … Vergib uns unsere Schuld, wie wir vergeben unsern Schuldigern.«

Drachenköpfe und Runen schmückten ihn. Jedes einzelne kleiner als ein Fingernagel, bedeckten die Symbole den ganzen Schädel. Zwei Spiralen, die, von den Augenhöhlen beginnend, sich bis über den Hinterkopf in einem komplizierten Reigen ergossen. Es waren hunderte Runen.

»Ich glaube, der Hammermann hat ihn verloren, aber… ich kann Euch nicht sagen, was das soll.«

»Run'n? Sind das Run'n?« Der Krauskopf sprach es wie *Ruhn* aus. »Herr im Himmel, das is 'n schlechtes Omen.«

Rungholt nickte stumm.

Ja, dachte er. Es sind Runen. Die alten, bösen Zeichen des gottlosen Zeitalters. Ein verfluchter Kinderschädel mit den magischen Hexerzeichen der Víkingr. Was für einen Dieb suche ich hier wirklich?

Einen Moment standen die drei ungleichen Männer einfach da und schwiegen, versuchten zu begreifen, was sie da im Schlamm gefunden hatten.

8

Bis auf die Bruche ausgezogen, seinen nassen Tappert und die Beinlinge vors Feuer gehängt, aß Rungholt einen Hering mit herrlicher Soße aus Brot, Wein und Ingwer. Die gebratenen Mandeln und Zwiebeln, die die Köchin vom Blauen Beil in der Burgstraße hineingerührt hatte, rochen vorzüglich und vertrieben ein wenig die schlechte Laune, die Rungholt seit dem Fund begleitete. De Kraih hatte ihn gebeten, den Schädel d' Alighieri zu überlassen. Der Bankier kenne eine Reihe von fachkundigen Schreibern, die sicherlich etwas über die Runen herausfinden könnten. Rungholt hatte abgelehnt, immerhin stand er mit dem bleichen Wittenfresser im Wettstreit, und wer sagte ihm, dass diese blutleere Seele nicht einfach ein paar Tage herausschinden würde und Rungholt nichts verriet. Schließlich ging es um viel Geld, wenn nicht um Rungholts Leben.

Rungholt leckte den Holzlöffel ab und schaufelte sich noch einmal besonders viel von den Mandeln auf. Über den Preis dieses Festmahls wollte er lieber nicht nachdenken, aber zu Hause Hildes dünnen Hirsebrei vom Vortag löffeln und sich dabei von Alheyd Vorträge über seine Wunde anhören? Er war lieber in die Hundegasse geflohen.

Hier im Arbeitszimmer seiner Brauerei, zwischen zusammengesuchten Möbeln und einem Schreibtisch, der bloß aus einem Brett und Backsteinen bestand, hatte er seinen Braumeister gebeten, das Feuer zu schüren.

Während er gierig aß, konnte er den mannshohen, kupfernen Sudkessel sehen. An die Baustelle, die hier im März vor zwei Jahren noch gewesen war, erinnerte nichts mehr. Außer seiner behelfsmäßig eingerichteten Schreibkammer vielleicht.

Rungholt nahm einen Schluck Starkbier. Es schmeckte mundig und voll. Die Fertigung lief dennoch bloß auf halber Kraft, und die meisten Fässer für den Export stapelten sich in der zweiten Diele und dem Keller des Doppelhauses.

Der Geruch der Maische vermischte sich mit dem Heringsduft und dem Schweißgestank seines Braumeisters, der gerade hinter ihn trat. Vorsichtig begann der Mann, den durchnässten Verband von Rungholts Rücken zu lösen.

»Nun stellt Euch nicht so weibisch an. Das juckt wie hundert Bienenstiche. Zieht es weg, verflucht. Ihr sollt mich nicht kitzeln.« Gierig stopfte sich Rungholt ein weiteres Stück Hering in den Mund. Noch besser als der Fisch wäre eine Ente gewesen, aber sie hätte ihn so viel gekostet, wie der fette Braumeister in einem halben Monat bekam.

Der fasste sich ein Herz und rupfte den Verband ab. Das geronnene Blut, der getrocknete Rotwein und Eiter hatten sich mit dem Stoff verklebt und lösten sich von der Haut.

Rungholt knurrte. »Und? Was seht Ihr? Sagt schon!«

»Schwer zu sagen. Ich bin kein Medicus, Herr.«

»Genau deswegen sollt ja auch Ihr einen Blick drauf werfen. Bei diesen Quacksalbern holt man sich nur den Tod… Juckt das!« Kurzerhand schnappte sich Rungholt eine der

Braukellen und kratzte sich damit. Zögerlich erklärte der Braumeister, dass die Wunde unrein aussehe. Sie stünde einen halben Daumen breit offen.

»Und die Ränder?«

»Sind rau. Aber ich sehe Eiter! Das ist doch gut, Herr. Eiter reinigt die Wunde.«

Rungholt knurrte. Das klang nicht gut.

»Wenn ich Ihr wäre, würd ich's ausbrennen lassen.«

Brummend nahm Rungholt den letzten Bissen Mus. Der Gedanke, ein glühendes Eisen in den Rücken gedrückt zu bekommen, ließ seinen Magen rebellieren. »Ausbrennen?... Na, wollen sehen. Tut ja kaum weh.«

»An Eurer Stelle würde ich einen Wundheiler...«

»Ihr seid aber nicht an meiner Stelle! Und nun haltet das Maul. Ich wollte wissen, wie es aussieht, keine dämlichen Ratschläge.«

Konsterniert stand der Braumeister einen Lidschlag da, bevor er sich verneigte und seinen Bart zwirbelnd wieder an die Arbeit ging.

»He! Ihr versoffener Bierpanscher! Wollt Ihr mir nicht einen neuen Verband umlegen?«, rief Rungholt ihm nach.

Den Stiefel des Diebs in ein Stück Loden geschlagen, schritt Rungholt durch den Nieselregen, so schnell es seine Wunde zuließ, den Langen Lohberg hinauf.

Die schmale Gasse glich auf fünfzig Klaftern einem Warenlager. Rechts und links stapelten sich Felle und Säcke mit Lohe. Einige der Gerber zerkleinerten die Eichen- und Fichtenrinde selbst, andere hatten sich zusammengeschlossen und brachten sie zu einer der Wassermühlen am Hüxterdamm.

In anderen Städten nannte man die Gerber schlicht Stänker oder Stinker. Richtiger Name für dieses ehrlose Pack, dachte Rungholt und versuchte, so wenig wie möglich zu atmen.

Der Gestank der Gerber, die der Rat bereits vor Jahren an den Stadtrand verbannt hatte, verfing sich zwischen den Häusern und verteilte sich im ganzen Jakobiquartier. Der Regen konnte den Geruch aus Urin, Hundekot und Taubendreck nicht vertreiben. Es waren einfach zu viele Gerber an einem Fleck, die ihre Häute in dieser ekligen Beize einlegten.

Er schob sich die letzten Klafter den Lohberg hinauf und hatte das Gefühl, Blicke in seinem Rücken zu spüren. Wegen des Regens waren kaum Lübecker auf den Straßen. Als er in die Gröpelgrube abbog, konnte er dem Drang nicht mehr widerstehen und wandte sich um. Es war niemand zu sehen. Rungholt ließ seinen Blick über die Häuser gleiten. Ein paar Kinder tobten durch die Pfützen, ein Bauer zog jammernd mit einer Handkarre verschimmelten Strohs an ihm vorbei. Noch immer spürte er Blicke, aber da war niemand.

Über ein halbes Dutzend Töpfer hatten hier ihre Werkstatt eingerichtet. Meist in Kellern oder Hinterhöfen. Das Surren ihrer Töpferscheiben untermalte das Plätschern des Regens. Die Bohlen der Gasse waren abgesackt und knöcheltief in den Schlamm eingesunken. Entlang der Häuser hatte sich der Regen ein brustbreites Flussbett bis hinunter zur Wakenitzmauer gegraben. Manche von ihnen knietief in einer beachtlichen Pfütze stehend, stützten Soldaten die Stadtmauer mit Balken ab und trieben Bretter in den Morast. Auf mehrere Klafter drohte die bewehrte Mauer unterspült zu werden.

Als Rungholt noch bei Nyebur in die Lehre gegangen war, hieß die Gegend beim Lohberg und der Gröpelgrube *Poggenpole* – Froschtümpel. Eine sumpfige Au voller Libellen, Nattern und Kröten war dies gewesen. Und lang war das nicht her.

Alles geht zurück zu seinem Ursprung, dachte Rungholt grimmig. In einem Jahr war's heiß wie nie – als steckte Lübeck in der Hölle fest – und heute? In diesem Sommer wird die Stadt einfach weggespült. Hinweggerissen wie einst meine

Heimat. Die Insel Rungholt ist in einer Sturmflut versunken, so plötzlich gestorben wie ein Ochse, dem man mit einem einzigen Schwerthieb den Kopf abhackt. Lübeck jedoch, Lübeck stirbt wie ein Fisch, der an Land nach Luft schnappt. Langsam. Kaum merklich.

Asche zu Asche. Staub zu Staub. Matsch zu Matsch. Wasser zu Wasser.

Nyebur hätte das sicher gefallen: Der Junge, den er aus den Wogen fischt und dem er alles beibringt, versinkt als verarmter Nichtsnutz wieder in den himmlischen Fluten, wird zweiunddreißig Jahre nach seiner Rettung doch noch hinfortgespült. Großartig. Nyebur liebte solche Aphorismen, und Rungholt konnte sich sehr gut das schiefe Lächeln seines alten Herrn vorstellen.

Er bog in die Rosenstraße ein und hielt auf einen winzigen Backsteinanbau zu. Es war die Werkstatt eines Schusters, bloß ein Stockwerk hoch, dennoch windschief, als habe sie Jahrhunderte gegen den Seewind ankämpfen müssen.

Als er die Gasse überquerte, meinte er im Augenwinkel einen Schatten zu sehen. Abrupt riss er den Kopf herum. Jemand tauchte hinter einem Pferdewagen ab, der Krüge und Bretter geladen hatte. Der Schatten zurrte die Pferde an, klopfte ihre Flanken. Er war massig, aber nicht annähernd so riesig, wie angeblich dieser Hammermann sein sollte.

Dennoch fühlte Rungholt nach dem Schädel, den er in einem Beutel an einem zweiten Gürtel unter der Heuke trug. Er war sich sicher, dass d' Alighieris Dieb ihn verloren hatte, auch wenn ihm vollkommen schleierhaft war, warum jemand, der einen Kurier überfiel, eine derart grausame… Wie sollte man es nennen?… *Reliquie?…* bei sich trug.

Rungholt wandte sich ab und folgte dem schmalen Pfad zum Backsteinhäuschen. Mehrmals klopfte er an die von Pilzen und Moos besetzte Tür, die bei jedem Schlag aus den Angeln zu fallen und den Backsteinanbau mitzureißen drohte. Nachdem sich niemand meldete, schob Rungholt die Tür auf und betrat die Werkstatt.

Vor einem Strohlager, das als Bett diente, standen ein Schemel und ein niedriger Tisch, unter dessen wurmstichiger Platte ein Grapen als Wasserwanne missbraucht wurde, in welcher der Altbüßer die Brandsohlen einweichte. Zahlreiche Lederreste stapelten sich in einem staubigen, verzogenen Regal. Der Raum lag im Schummer, da keine Fackel brannte.

»Lerchenmann?« Rungholt versuchte vergeblich, seinen Flickschuster auszumachen. »Wo steckst du?«

Schon lange brachte Rungholt seine Schuhe zu dem greisen Lerchenmann. Er hatte ihn nie gefragt, warum er so hieß, und es war ihm auch gleich. Hauptsache, der Alte lieferte gute Arbeit ab. Und das tat er. Lerchenmann war mit seinen einundsechzig Jahren ein begnadeter Schuster, auch wenn er nur Schuhe ausbessern und keine herstellen durfte. Einen versierteren hatte Rungholt bisher nicht gefunden.

»Ich bringe Geld. Leicht verdient.«

»Leicht verdient ist es nie.« Der Greis drückte sich an ihm vorbei in die Werkstatt. Er hatte die Fackel in der Hand und zog sich im Gehen das Wollhemd über seinen verschrumpelten Hintern. Rungholt konnte die Sickergrube an ihm riechen.

»Solltest abschließen, wenn du auf den Balken gehst.«

»Wer klaut so 'm Greis schon die Arbeit?«

»Die Zeiten sind hart.« Rungholt reichte ihm den Lederstiefel, den er sorgfältig von Erde und Unrat befreit hatte, und musterte den Greis. In dieser Nase, dachte er, kann man einen ganzen Ochsenkarren verstecken. Sein Mund war ein dunkles Loch, alle Zähne längst ausgefallen. Der Alte wischte sich die Finger an seiner Lederschürze ab und setzte sich ächzend auf den Schemel, wobei er den Stiefel wie eine Pfeife hielt.

»Ich war heute auf dem Markt. Wie leergespült. Die Hungersnot und der Regen. Es waren bloß vier Händler da.«

»Ich hab meine Vögel.« Der Greis nickte in Richtung seiner Schlafstatt, und erst jetzt, im milden Schein der Fackel, erkannte Rungholt vier Holzkäfige. Sie waren alle nicht größer als zwei Backsteine. Lerchen saßen darin. Sie machten einen trostlosen Eindruck, hatten sich kahl gehackt und hockten steif auf ihrem Stöckchen.

»Schöne Vögel«, log Rungholt.

»Ganz zauberhaft, ja … Im Gegensatz zu Eurem Stiefel.«

»Ach?«

»Wüsste nicht, was ich daran flicken sollt. Ist die liebe Müh nicht wert.«

»Ich habe ihn gefunden und suche seinen Besitzer.«

Grübelnd drehte der Schuhmacher ihn noch einmal im Fackelschein hin und her. »Oh, das ist interessant«, meinte er, nachdem er den Stiefel halb umgekrempelt und tief hineingeblickt hatte. »Eisenkappen. Hm …«

»Ist mir auch aufgefallen. Vorne ist er verstärkt, nicht?«

»Ungewöhnlich. Sicher unbequem, aber kein schlechter Einfall, um die Zehen zu schützen.« Der Mann kratzte seinen Bart. »Sieht mir nach dem Stiefel eines Soldaten aus … Hmmmm … Oder eines Köhlers … Ein Mann von der Glashütte vielleicht?«

»Hier in Lübeck? Wird Glas nicht im Erzgebirge …«

Der Alte winkte ab. »Ihr wolltet meine Meinung hören. Ich kann auch piepen wie meine Schätzchen oder ganz den Schnabel halten.« Er lachte kehlig.

»Nein. Nein, fahrt fort.«

Der Schuhmacher verzog sein zahnloses Loch zu einem Grinsen. »Seht Euch die Spuren hier an.« Er deutete auf eine Vielzahl von kleineren und großen Punkten. »Da hat sich's Feuer reingefressen.«

»Glühende Asche?«

Der Greis nickte. »Das frisst sich hier und hier … Ah, und hier frisst es sich auch bis auf die letzte Lage durch. Dieser

Stiefel hat nicht nur einmal Feuer gerochen. Und seht Ihr die verstärkte Krampe?«

Der Schaft des Stiefels war mit dickem Leder noch einmal extra umschlossen worden.

»Er ist ausgebessert worden«, stellte Rungholt fest.

»Mehrmals. Die Sohle ist durchgeweicht, zerstört vom Schlamm. Da hat jemand wohl zu lange in dem Wetter draußen gestanden. Und den Rest hat das Feuer erledigt.«

»Dann muss ich wohl nicht nach dem zweiten suchen.«

»Schmeißt ihn weg.« Der Lerchenmann lehnte sich vertraulich vor. Rungholt konnte seinen branntweingeschwängerten Atem riechen. »Ich mach Euch bessere. Der wäre doch auch gar nicht Eurer Größe angemessen.«

Rungholt überlegte einen Moment, ob er den Spaß mitmachen sollte, drehte sich dann herum. Er stützte sich am Regal ab und hob seinen Fuß, sodass der Greis Maß nehmen konnte.

»Oh. Selbst Ihr lebt nicht auf so großem Fuße.«

Wenn du wüsstest, dachte Rungholt.

»Den muss ein Kerl von wahrlich stattlichen Maßen getragen haben.«

Da flog mit einem Knall die Tür auf, jemand stolperte rückwärts herein, fiel gegen Rungholt, der das Gleichgewicht verlor und mit einem Aufschrei den Tisch umriss. Die Lerchen piepten und flatterten aufgeregt in ihren Gefängnissen, während Rungholt auf dem Strohlager des Alten landete.

»Du Drecksgöre!«, hörte Rungholt Lerchenmann brüllen, bevor er begriff, was geschehen war. Ein Mädchen, vielleicht acht Jahre alt, war durch die Tür gestoßen worden. Ihre Haare und ihr Gesicht waren schlammverkrustet. Moos und Äste ragten aus ihrem ehemals hübschen Kleid. Fünf, sechs Kinder lachten und giggelten an der Werkstatttür und rannten erst davon, als das Mädchen auf die Beine sprang und ihren Knüppel schnappte.

»Ich fresse euch!«, schrie es mit verstellter Stimme und stürzte den Kindern knüppelschwingend nach. Die Rufe des Alten schien es gar nicht wahrzunehmen.

»Werden immer frecher, diese Blagen.«

»Es sind Kinder«, stellte Rungholt milde fest und zog sich mühsam auf die Seite, weil er wegen seines Bauchs nur so zum Sitzen kam.

»Aber ihre Spiele … Ich mag sie nicht, ihre Spiele.«

»Was für Spiele denn?« Rungholt stützte sich auf den umgestürzten Tisch und zog sich auf die Beine. Wieder kam er sich vor wie einer von Mirkes runden Käfern, den man tunlichst nicht auf den Rücken legen sollte.

»Er soll ganz mit Moos bedeckt sein. Und rohes Fleisch essen. Bei Sereetz ist er zu Ostern um die Mühle geschlichen. Und jetzt wütet er hier. Ganz dreckig soll er sein und einen Baum als Keule schwingen.«

»Was? … Wer?«

Die beiden hörten die Kinderschar über den Hof wetzen. »Na, habt Ihr nicht gesehen, wie sie aussieht?«

Rungholt verstand nicht, was der Greis ihm sagen wollte.

»Der Wilde Mann. Aus den Wäldern. Er frisst unsere Kinder.«

Lerchenmanns Worte vermischten sich mit den Rufen und dem Lachen der Spielenden. Rungholt konnte sie durch die offen stehende Tür sehen. Bald aber wurden ihre kleinen Gestalten von den Schatten der Häuser geschluckt, und sie waren auf dem schmalen Pfad zur Gröpelgrube verschwunden.

9

Misstrauisch roch Rungholt an der Holzdaube, die Hilde ihm hinschob. Ein grauer Brei schwappte in der Schüssel. Er steckte seinen Finger rein und rührte ein bisschen. Das Zeug war zähflüssig und klumpte.

»Was zum Teufel …?«

»Dein Abendmahl.« Alheyd trat hinter ihn. »Hirsebrei mit Gemüse.«

»Hm. Mit Gemüse meinst du wohl Erbsen. Wie die letzten Wochen.« Noch einmal schnupperte Rungholt an dem Mus. »Riecht, als hätte ich genau die Schüssel schon gestern gegessen. Im Keller ist doch noch Schinken.«

»Den lassen wir da auch schön abhängen.«

»Aber …«

»Nichts aber. Der ist für besondere Anlässe.« Alheyd strich ihm über die Schultern. »Koste doch erst mal. Hilde hat sogar Thymian reingetan.«

»Stinkt wie bei den Gerbern.« Unwirsch stieß er ihre Hand beiseite, als sie ihm am Kragen seiner Heuke herumnestelte. »Lass das, Weib.«

»Jetzt iss. Mit vollem Magen hast du bessere Laune.«

Wie gerne hätte er jetzt bei Ente und Bier mit Marek im Travekrug gesessen. Widerwillig nahm er den Löffel und starrte den Brei an. »Ha! Da! Erbsen. Ich hab Recht.«

»Iss!«

Er stippte den Löffel ein und ließ den Schmodder zurücktropfen. Eigentlich hätten sie ein großes Totenmahl für Marek veranstalten sollen und in Saus und Braus die letzten Vorräte verfressen.

Noch immer fummelte Alheyd an seinen Schultern und seinem Kragen herum.

»Was ist denn? Nimm mal deine Finger da weg.«

»Da war eine Mücke.«

Rungholt brummelte etwas Unverständliches und zwang sich den ersten Happen hinunter.

Als er den Blick der Frauen auf sich spürte, hob er den Kopf. Wie zwei Hunde, die auf einen Happen vom Tisch gierten, kamen ihm Hilde und Alheyd vor. Wie sie ihn anstarrten und reglos am Herdfeuer standen, als würden sie auf etwas lauern.

Er rang sich ein geknurrtes »Schmeckt« ab. Die beiden Weibsbilder lächelten bloß. Ein Kompliment an die Köchin war also nicht ihre Hoffnung gewesen. Er beschloss, dieser Groteske ein schnelles Ende zu bereiten, und schaufelte, so fix es ging, den Hirsebrei in sich hinein. Mit einem Rülpser schob er die leere Daube von sich, stand dann gähnend auf, um in seiner Dornse alleine zu sein.

»Na, ist dein Bäuchlein satt? Brauchst du einen Gürtel?« Alheyd war blitzschnell herangetrippelt und versuchte seinen Wanst mit einem Lederriemen zu umfassen. Überrumpelt hob er die Arme, nur um sogleich von Alheyd den Riemen um die Brust gelegt zu bekommen.

»Was soll das? Hast du zu viel von deinen Erbsen gegessen? Ich hab zehn Gürtel, und der, den ich anhab, der gefällt mir. Was kommst du mit einem neuen Gürtel?«

»Ach. War nur eine Idee. Ich wollte … Ich wollte dir eine Freude machen. Ich bin froh, dass es dir wieder gut geht.« Sie stellte sich neben ihn, schmiegte sich an seine Seite und lächelte Hilde zu. »Ist er nicht stattlich, mein Rungholt?«

Die Magd nickte eifrig, und Rungholt spürte Alheyds Hände an seiner Hüfte. Verwirrt stieß er sie von sich.

»Also … Was … Finger weg!«

Blicke huschten zwischen den Frauen hin und her. Geheime Absprachen?

»Moooment!«, knurrte er. »Gürtel, Mücke … Was führt ihr im Schilde?«

Beschwichtigend trat Alheyd auf ihn zu, aber Rungholt bemerkte, wie sie Hilde mit den Augen ein Zeichen gab. Die Magd schob sich langsam von der Feuerstelle zum Schrank, in dem Alheyd das gute Geschirr verwahrte.

»Rungholt, sieh mich an.« Wie süßer Honig klang Alheyds Stimme. Sie nahm sein Gesicht in ihre schmalen Hände und blickte ihm in die Augen.

Hilde hatte sich auf die bemalte Aussteuertruhe gesetzt, hauchte sinnlos eines der guten Gläser an und schrubbte mit einem Lappen dran herum.

»Du bist übernächtigt«, gurrte Alheyd. »Und all der Ärger. Soll ich dir noch ein Schlückchen Genever holen?«

Wieso setzt sich Hilde auf die Truhe? Niemand setzt sich auf diese Truhe! Und seit wann bietet mir Alheyd Genever an? Rungholt kniff die Augen zusammen. Hier stimmte etwas nicht. »Hilde!«, brüllte er und fuhr herum. Vor Schreck sprang die Magd auf und flüchtete zu ihrer Herrin. »Sag gefälligst du mir, was hier los ist! Was habt ihr beide angestellt? Ist es wegen Contz? Ist das Dach wieder offen? Was ist los?«

»Nichts, Rungholt.« Alheyd klang nervös, und als er zur Truhe losstapfte, stellte sie sich ihm schnell in den Weg. Er drückte sie zur Seite und riss den Deckel auf.

Stoffe.

Prunkvolle, farbenprächtige Stoffe.

Sie schimmerten ihm in allen Farben entgegen. Er griff hinein. Golden Stukh, aufwendige Borten, gezattelte Schnitte. Selbst Eichhörnchenfelle. Teure, sehr teure Ware.

»Aaaal-heyd…« Wut stieg in ihm auf. »Hast du etwa die Hauskasse dafür geleert?… Alheyd?«

Ertappt senkte sie den Kopf. »Rungholt – deine Heuken und Schecken«, begann sie. »Die meisten sind abgetragen. Löchrig und zerrissen sind die.«

»Ja. Voll Ruß und Dreck«, fügte Hilde hinzu.

»Dreck?«, knurrte Rungholt. »Was für Dreck? Dann müsst

ihr mein Zeug eben besser waschen!«, belferte er. Die Hitze stieg seinen Nacken hinauf. »Bist du von Sinnen?«

»*Du* bist wie von Sinnen«, entfuhr es Alheyd. »Du und… und…«, sie musste die Worte suchen, »…deine Ermittlungen. Jeder deiner Mordfälle verludert fünf deiner besten Stücke! Du bist Kaufmann! Du solltest…« Vor Entrüstung gestikulierte sie so wild, dass ihr eine Wachstafel aus dem Surkot rutschte. Er warf einen flüchtigen Blick darauf. Rücken, Kragen, Brust, Bauch, las er. Sie hatte heimlich Maß genommen.

»Ich brauche nichts zum Anziehen«, blaffte er und schleuderte die Stoffe zur Feuerstelle. Mit einem spitzen Aufschrei sprang Hilde hinzu. »Himmel!«

»Ich bin Kaufmann. Ich bin dein Mann. Ich trage Verantwortung für dich und Hilde. Und für meine Gesellen und Lehrlinge! Selbst für Contz. Die Vitalienbrüder drücken uns den Hals zu, ich muss Erbsen fressen jeden Tag! Und du? Du…, du… Du machst dir Sorgen, weil meine Schecke einen Fleck hat?!« Er stand jetzt dicht vor ihr, konnte ihr Rosenwasser riechen. »Mein bester Mann und Freund ist tot… Weißt du, wie viel eine Grabplatte kostet? Ein Leichenstein? Die Beerdigung, die Einsegnung, die Lichter und Glocken? Nicht zu vergessen die Memoria und das Verwesegeld? Oder willst du Marek still und heimlich auf den Armenacker schmeißen?«

»Wen? Du hast nicht mal seine Leiche!«

Wutschnaubend packte er sie bei den Schultern. »Die werd ich finden. Die werd ich sicher leider finden. Da mach dir mal keine Sorgen.« Hitze pulsierte in seinen Adern, und er meinte, Meerwasser zu schmecken.

Es steht uns bis zum Hals.

Sein salziger Schweiß war ihm in den Mund gelaufen. Bebend drehte er sich um und ließ sie stehen. »Was hast du für den Tand bezahlt?«, fluchte er. »Nein, sag's nicht. Will's nicht wissen! Bring den Plunder zurück. Morgen früh!«

Er zog die Tür zu seiner Scrivekamere auf. Die gefängnisartige Zelle, die kaum zwei auf zwei Klafter maß, war sein Rückzugsort, an dem man ihn nicht zu stören hatte. Hier, zwischen den Waagen für Speisewürze, Silber und Gold, hier zwischen den Stapeln aus Codices und den Regalen voller Handelsregister fühlte er sich wohl. Hier war er weit fort von seinen Sünden, seiner Vergangenheit. Von Irena und vom Meer. Auf dieser Brücke – im Geruch von Pergamenten, zwischen seinen funkelnden Rechenmünzen, den Geschmacksproben der letzten Monate und der dunklen Vertäfelung – war er der Kapitän.

»Geht es uns schlecht? Rungholt?« Alheyds direkte Frage ließ ihn innehalten. »Haben wir kein Geld mehr? Sind wir arm?«

Er fuhr herum, sah sie fassungslos an. Ihr forschender Blick schien sich direkt in seine Seele zu bohren. Vermaledeites Weibsstück, dachte er, sie kann Gedanken lesen. Lass sie bloß nicht in deinen Schädel schauen! Er merkte, wie er zu schwitzen begann. »Was? Arm? ... Nein«, murmelte er und wiederholte es schließlich lauter. »Nein. Dummes Geschwätz! Natürlich haben wir Geld. Ich habe vorgesorgt. Was glaubst du denn, Weib. Sag so was nie wieder.«

Alheyd blitzte ihren Mann an, hob das Kinn kaum merklich, und nun war es an Rungholt, ihrem Blick standzuhalten. Ein Klopfen an der Haustür erlöste ihn.

»Hilde, kümmer dich bitte drum, dass die Kleider morgen hier verschwunden sind«, sagte er schnell, wusste er doch, dass die Magd hinter der Tür stand und lauschte. Alheyd nickte und eilte zur Haustür.

Kaum hatte sie geöffnet, hellten schnelle Trippelschritte Rungholts Gemüt auf. Sofort fiel all die Wut von ihm ab, und ein Strahlen eroberte sein Gesicht. »Hohoho! Wen haben wir denn da-haaaa ...! Naaaa-haaa ...?«

Zwar spürte er noch immer Alheyds Blick in seinem Rücken, doch es war ihm gleich. Sollte sie denken, was sie wollte. Es gab nun Wichtigeres. Jemand Wichtigeren.

»Opa! Opa! Mama geschenkt. Guck!« Mit einem Lachen wedelte Marlein mit einer hübsch bemalten Holzpuppe, rannte durch die Diele und sprang Rungholt in die Arme.

Marleins fröhliches Geplapper konnte die dicke Luft nicht vertreiben. Als Rungholt seine Tochter, Alheyd und Hilde musterte, die wie Hühner auf der Stange unter dem Dach saßen und Marlein zusahen, war ihm klar, dass Hilde Mirke gewarnt haben musste. Alle drei waren Teil der Kleiderverschwörung, da war sich Rungholt sicher.

»Hoppe, hoppe«, forderte die Zweijährige Rungholt auf. Trotz der Wunde nahm er sie auf seinen Rücken und hopste, so lang es ging, mit ihr herum. Wie sollte er Marlein einen Wunsch abschlagen, wo sie das einzige Geschöpf war, das seinen Jähzorn mildern und die dunklen Wolken verjagen konnte?

Marlein erzählte fröhlich von ihren Erlebnissen auf dem Markt. Vom Fangenspielen. Vor Rungholts Augen spielte sich noch einmal die Szene beim Lerchenmann ab. Das Mädchen, das in die Hütte gestürzt kam. Wenn nun Marlein etwas passierte …

Wenn Mirke etwas passierte …

Noch immer trug er den Kinderschädel in seinem Säckchen.

Plötzlich stürzte alles auf Rungholt ein. Wie beim Anblick des Erbsenmuses wurde ihm flau im Magen.

In welche Zeit war Marlein da nur hineingeboren?

Wittenfresser, die einem das Leben aussaugen. Serovere, die ganze Städte aushungern. Böse Runen auf Kinderknochen. Wilde Männer, die Kinder verschleppen. Ein toter Freund im Wald bei Schwartau. Es würgte ihn.

Er musste endlich schlafen.

Eine Entschuldigung murmelnd, reichte er seine Enkelin an Mirke und stand auf. Matt und als würde ihn jemand wie eine Marionette lenken, fand er sich wenig später in seinem feuchten Bett wieder. Er hatte sich nicht die Mühe gemacht, sich auszuziehen, hatte nur die Schuhe abgestreift. Zusammengerollt wie ein Säugling lag er da. Marek. Er hatte ihn ins Ungewisse geschickt. Wie hatte er nur eine Wasserratte auf Landfahrt schicken können? In diesen Tagen. Sein bester Freund, der neunmalkluge, die Witten liebende dänische Kapitän – von den Waldmännern gefressen.

Gott forderte ihn auf zu bezahlen. Rungholt zog sich die Decke über den Kopf.

Er weinte. Die Zähne zusammengebissen, keinen Ton von sich gebend, liefen ihm die Tränen über die Wangen und tränkten sein Strohkissen.

10

In seiner Scrivekamere zog er den Genever aus seinem geheimen Fach in der Nussbaumverkleidung und goss sich einen Tonbecher voll. Hinter einem losen Brett hatte sein Mentor und Ziehvater Nyebur schon vor einem halben Jahrhundert Platz für einige Kannen voller Schnaps, für wichtige Papiere und Geld geschaffen.

Rungholt schob Gallbergs Tonbecherchen, das er sich eine ganze Zeitlang ohne neue Erkenntnis angesehen hatte, beiseite. Soweit er wusste, gab es nicht viele Tannen in Lübeck, und was der seltsam glitzernde Sand zu bedeuten hatte? Vielleicht ein seltenes Pulver? Rungholt hatte von einem Pulver gehört, das Eisenkugeln aus Rohren verschießen konnte. Es sollte Steine spalten können, und angeblich wurde es Besessenen im Beutelchen um den Hals gebunden, um sie mit einem Feuerball zu reinigen und zu enthaupten.

Rungholts Augen brannten. Er hatte das Gefühl, eine Woche

nicht geschlafen zu haben. Dabei hatte er sich wie ein Kind in den Schlaf geweint. Nun war es mitten in der Nacht, und eine innere Unruhe hatte ihn aus dem Bett getrieben. Irgendwie musste er sich ablenken – vom Ärger mit seiner Frau, vom Ärger mit d' Alighieri und vor allem von der Trauer um Marek. Contz und die beiden Gesellen, die er in den Wald geschickt hatte, waren noch immer ohne eine Spur. In einem Ort nahe Stockelsdorf hatten sie eine Gruppe Wegelagerer aufgemischt, aber keinerlei Waren gefunden, geschweige denn Marek und seine Männer.

Rungholt trank einen zweiten Becher und starrte auf die mit Schweineblase bespannten Fenster. Das Getrommel des Regens wühlte ihn auf. Sollte er abermals auf den Dachboden gehen? Lieber in den Keller schauen? Wie war es um den Hinterhof bestellt? Hatte Contz wirklich dafür gesorgt, dass das Wasser in die Engelsgrube abfließen konnte?

Bevor er eine Tranlampe holte und sich den Schädel vornahm, stürzte er noch einen dritten Becher Genever hinunter – ohne Wirkung.

Er ließ seine Fingerkuppen über die Runen gleiten. Wie schon am Morgen konnte er die Rillen spüren. Eigenartigerweise kamen ihm die Zeichen kälter als der restliche Knochen vor. »Sei nicht abergläubisch«, fuhr er sich selbst an und grübelte, was der Schädel zu bedeuten hatte. War dies der Schädel eines der verschwundenen Kinder?

Ein Segensspruch war es sicherlich nicht, der dem Kleinen auf die Stirn geritzt worden war. Ein Fluch? Gegen wen? Rungholt schüttelte sich und trank lieber noch einen Schluck.

Mit einem Fetzen Jungfernpergament und einem Stück verkohltem Holz aus Alheyds Kochecke pauste er die Runen ab. Dann legte er das Blatt auf eine seiner Wachstafeln, fuhr die Zeichen mit seinem Fischgriffel genau ab und übertrug sie so auf seine Tafel.

Einen Moment haderte er, die Zeichen so nah am Körper

bei sich zu tragen. Er musste herausfinden, was sie sagten. Nur wie? Bloß Töversche und Irre meinten, Runen deuten zu können. Sie stammten aus einer dunklen Zeit. Viele ehrbare Männer behaupteten, eine Kraft ginge von ihnen aus. Eine ganz andere Kraft, als der dicke Jakobus seiner Bibel zuschrieb. Symbole, Haken und Linien waren das, die böse Wesen heraufbeschwören konnten. Wesen, die sich den Christen in den Weg gestellt hatten, als jene dies Land hier oben an der Ostsee missionieren wollten.

»Du hast zu viel getrunken«, brummte Rungholt. »Seit wann glaubst du solchen Schnack? Steck deinen dummen Schädel in wichtigere Angelegenheiten, tritt deinen Bütteln in den Arsch, dass sie Mareks Leiche finden. Und hol diesem Wittenfresser d' Alighieri endlich seinen Hammermann.«

Rungholt drehte den Schädel ins Licht und sah durch die Augen hinein. Im Innern waren keine Runen zu sehen. Er konnte bloß Dellen ausmachen. Vertiefungen, nicht größer als ein Daumenabdruck. Sie waren willkürlich verteilt, und Rungholt nahm an, dass sie natürlichen Ursprungs waren. Vielleicht hatte das Kind, bevor es starb, eine Krankheit gehabt? Je länger er sich die Mulden ansah, desto mehr zweifelte er. Es waren elf Dellen, aber er konnte kein Muster …

Rungholt zuckte zusammen, so laut zerriss es plötzlich die Stille der Nacht. Hartnäckig ließ jemand den Eisensperling gegen die Haustür krachen.

Schnell stopfte Rungholt den Schädel in das Geheimfach zwischen die Kannen. Sie klirrten, als er die Paneele schief ansetzte und sie in der Führung verkantete.

»Moment!«

Fluchend zerrte er an der Abdeckung herum. Da hörte er bereits Hildes Schritte in der Diele. Endlich gelang es ihm, den Schädel so weit zwischen die Kannen zu stecken, dass sich das Fach schließen ließ.

Er wollte ein aufgeräumtes Bild abgeben, stellte aber fest,

dass noch immer der Becher und die Kanne Genever auf seinem Schreibtisch standen und sein Rechentuch durch das verkohlte Holzstück verschmutzt war. Die Tranlampe ließ die Runen im Tafelwachs hübsch glitzern.

Seine Magd öffnete, und Rungholt hörte, wie sie Bürgermeister Dartzow begrüßte. Der Mann wechselte bloß wenige Worte mit ihr, klang aber sehr besorgt.

»Er ist in seiner Schreibkammer«, hörte Rungholt Hilde sagen, dann näherten sich die beiden bereits.

Mit einem schnellen Wurf versenkte Rungholt den Becher in einem Sack mit Linsen, klappte sein Diptychon zu und tat, indem er das Tuch zusammenwickelte, als wäre er gerade mit Rechnen fertig.

»Kommt rein! Kommt rein, Dartzow«, rief er durch die geschlossene Tür.

Hilde ließ den Mann eintreten. Dartzow sah furchtbar aus, klitschnass und abgehetzt. Seine Tranlampe war im Regen erloschen. Wasser und Fischöl troffen auf Rungholts teure Fliesen.

»Ihr … Ihr seid noch am Arbeiten?« Beeindruckt von Rungholts Disziplin, blickte der Mann sich in der Kammer um. »Entschuldigt, immer störe ich Euch.«

Gönnerhaft winkte Rungholt ab. »Ihr doch nicht. Ich war gerade fertig.« Er lehnte das aufgerollte Rechentuch an seine Truhe, auf der Feinwaagen, Gewichte und mehrere Lesesteine lagen.

»Bringt unserm Gast eins der fantastischen Dünnbiere«, wies er Hilde an. »Ein ganz wunderbarer Brau, dies Jahr. Ihr werdet sehen.« Im Schein von Rungholts Lampe sah Dartzow kreidebleich aus. »Oder wollt Ihr lieber einen Branntwein …«

»Wäre mir lieber, ja.«

»Das Bier ist aber gut.«

»Lieber Branntwein.«

»Es ist wirklich gut.«

»Lieber einen Schnaps.«

»Es stärkt sehr. Überaus belebend.«

»Branntwein wäre ausreichend.«

»Hm. Nun denn. Hilde, hol den guten. Nicht den Fusel für unsere Kunden.« Mit einem leutseligen Lachen schob er dem Ratsmann einen Stuhl hin. Ein ungutes Gefühl beschlich Rungholt. Wenn der Bürgermeister sich mitten in der Nacht noch auf den Weg machte – und das bei diesem Wetter –, dann brachte er sicher schlechte Kunde.

Marek, schoss es Rungholt durch den Kopf. Er ließ sich auf seinen Stuhl fallen und atmete durch. »Ihr habt die Leiche gefunden.«

»Was? Welche?«

»Marek Bølge. Mein Kapitän. Ich habe ihn vor drei Monaten nach Brügge geschickt. Gestern habe ich meinen Konvoi entdeckt. Bei Schwartau. Ausgebrannt. Ich habe schon im Rathaus Bericht erstattet. Waren es die Wilden Männer?«

»Wovon sprecht Ihr?«

»Mein Konvoi. Ausgebrannt. Dabei waren sie so gut wie in der Stadt. Keine Leichen, alle gefressen.«

»*Gefressen?* Himmel!« Dartzow schüttelte den Kopf. »Von Eurem toten Kapitän weiß ich nichts. Es tut mir leid um Euren Mann.«

»Nicht?« Rungholt war verwirrt. »Ich dachte, Ihr hättet Männer in den Wald geschickt. Wegen dem Wilden Mann.«

Nun war es an Dartzow, verwirrt zu sein. »Ich brauche alle Soldaten hier ... Hier in der Stadt.«

»Dann seid Ihr nicht wegen Bølge hier. Seid Ihr wegen der Böttcher-Magd da? Wie hieß sie noch?«

»Agnes. Die Magd vom Meenkens.« Der Bürgermeister zog seine triefende Gugel vom Kopf. »Nein. Deswegen bin ich auch nicht hier, Rungholt.« Er seufzte. »Es ist ein Kind gefunden worden.«

»Ein Kind?«

»Wir haben ...«, er brach ab. »Ihr habt von den vermissten Kindern gehört?«

Rungholt brummte ein »Ja« und fügte an: »Die Kinder spielen Wilder Mann in den Gassen, und auf dem Markt denkt man sich schon Namen für den Kinderfresser aus.«

»Ich weiß«, seufzte Dartzow. »Es begann vor drei Wochen. Da verschwanden an einem Tag vier Kinder. Nun sind es acht.«

Statt einer Antwort nahm Rungholt den Branntwein entgegen und schickte Hilde wieder in ihren Alkoven.

»In der Stadt rumort es, Rungholt. Dem Fischhändler Frenke haben sie gestern den Wagen angesteckt und seine Fracht geplündert. Er ist mit knapper Not entkommen. Das waren ganz normale Schiffer und Handwerker ... Erinnert Ihr Euch an 84?«

Rungholt nickte. Vor zehn Jahren im September, vor dem Lambertstag, war der zweite Aufstand der Knochenhauer brutal niedergeschlagen worden. Das Komplott gegen den Rat konnte im letzten Moment vereitelt werden, weil einer der Verschwörer sich verplappert hatte. Die Ämter der Knochenhauer, Paternostermaker, Bäcker, Lohgerber und anderes unzufriedenes Pack hatten tatsächlich geplant, den Rat gefangen zu nehmen. Sie hatten bessere Bedingungen für ihren Stand verlangt, mehr Einfluss bei den Entscheidungen des Rats.

»Sie sind wieder unzufrieden. Vor allem die Handwerksmeister, aber auch die Lehrlinge, das Gesindel auf den Straßen. Sie wollen Köpfe rollen sehen. Im Rathaus. Sie hassen uns, weil wir die Hungersnot nicht in den Griff bekommen, und jetzt verschwinden schon seit Wochen ihre Söhne.«

»Söhne? Keine Mädchen?«

»Nein. Nur Söhne. Und kein Kind aus unserem Stand. Bisher sind wir Kaufleute und Seefahrer verschont geblieben, Rungholt.«

Grübelnd kratzte sich Rungholt den Bauch und nahm einen großen Schluck Branntwein. Sein Blick streifte die Nussbaumpaneele, hinter denen der Kinderschädel lag. »Ihr befürchtet Unruhen?«

»Wenn nicht bald etwas geschieht, ja.«

»Das ist Politik. Was habe ich mit Ratspalaver zu schaffen, Dartzow? Ich bin ein ehrlicher Kaufmann, kein Ratsherr.«

»Ihr wollt in den Rat? Ist es das?«

»Was soll ich da?« Rungholt schüttelte den Kopf, obwohl ihn die Vorstellung amüsierte. Er, der Kaufmann aus der Engelsgrube, quetscht sich ins Chorgestühl und belfert, wenn der Rat Unsinn für Lübeck beschließt.

»Ich bitte Euch.«

»*Ich bitte Euch, ich bitte Euch*... Ich habe Euch schon bei dieser Magd geholfen... Und was war? Es hat mir ins Haus geregnet.«

»Ihr wollt also Geld?«

Ligawyi, wie dringend muss es sein, dass er den Bluthund von der Kette lassen will, dachte Rungholt. »Nein. Einen Altar in St. Marien, sieben Koggen und ein Wunderding aus Holz, Seilen und Rädern, das für mich rechnet.«

Der Bürgermeister kratzte sich, unbeeindruckt von Rungholts Frotzelei, die Stirn. »Ihr bekommt etwas für die Mühe, wirklich, Rungholt. Ich kann es nicht versprechen, aber ich werde mein Wort...«

»Schickt zumindest einen Trupp Riddere vor die Tore der Stadt und lasst sie die Umgebung von Schwartau durchkämmen. Sie sollen meinen Kapitän finden. Ich möchte seine sterblichen Überreste bestatten.«

»Für eine Suche die Leibwache des Rats abziehen... Gerade in diesen Tagen? Ich... Ich kann Euch auch aus meiner privaten Truhe bezahlen. Wollen wir es so halten?« Dartzows Stimme klang nun nicht mehr beunruhigt, sondern zitterte.

Anstatt einer Antwort gab Rungholt ein Knurren von

sich. Er hob seinen Becher und trank ihn aus. Im Gegensatz zu Dartzow, der nicht mal am Schnaps genippt hatte. »So schlimm?«

»Was, wenn die Handwerker zu den Waffen greifen? Kommt einfach mit… Es sind Kinder.« Seine Stimme brach fast. »Ich weiß nicht weiter. Es sind doch Kinder…« Dartzow, Tränen in den Augen, schüttelte den Kopf. Er konnte nicht weitersprechen.

Kinder, dachte Rungholt. Ein Schädel mit Runen. Kinder… Unbewusst hatte er seine Hand auf das Diptychon gelegt. Kinderschädel.

»Beratet mich. Kommt mit und seht es Euch an… Es…« Als er sah, dass Rungholt nicht dergleichen tat, schüttelte er den Kopf, stand jäh auf und kippte seinen Branntwein. Förmlich bedankte sich der Bürgermeister für Rungholts Zeit und griff nach seiner Heuke.

Knurren, Ächzen, Schnaufen – in dieser Reihenfolge –, dann hatte sich Rungholt erhoben und stoppte Dartzow, der schon in die Diele hinausgetreten war.

»Was soll ich mir denn ansehen?«, fragte er.

Dartzow seufzte tief. »Sie sind alle verschwunden, Rungholt. Aber ein Kind ist zurückgekommen. Ein einziges… Ehrlich gesagt glaube ich nicht, dass seine Rückkehr ein gutes Zeichen ist.«

11

Rungholts rechter Handrücken juckte. Er rieb die alte Brandnarbe, die eine Feuerbombe vor Jahren hinterlassen hatte. Die Hand war rot und geschwollen, die Haut rissig. Zu viel Regen, zu viel Aufregung und vor allem viel zu viele schlechte Nachrichten. Rungholt sehnte sich nach Alheyds Stutenmilchsalbe, während er dem Bürgermeister über den Bauhof folgte.

Geh, warnte eine Stimme in ihm. Renn fort. Du hast ein zu weiches Herz, du Klotz. Tu dir selbst einen Gefallen und dreh um. Du willst doch gar nicht sehen, was Dartzow dir zeigen möchte. Was gehen dich diese Kinder an? Du hast einen anderen Auftrag.

Der Platz für Steine, Kies und Sand lag verlassen in der Morgendämmerung. Zumindest nahm Rungholt an, dass es bereits dämmerte, denn er konnte zwischen den bleiernen Regenwolken hier und da einen helleren Streifen Grau ausmachen. Dass er heute die Sonne zu Gesicht bekommen würde, bezweifelte er. Sie würden weiter durch den Regen waten müssen.

Am Ende des Bauhofs quetschte er sich zwischen den losen Pfählen eines morschen Zauns hindurch und folgte Dartzow an einer Ruine vorbei.

Die Kannengießerei war vor Jahren aufgegeben worden. Ihre Fugen waren so stark ausgesandet, dass in jeder Ritze Gras und dürre Birken sprossen. Ein Schandfleck für das Marienquartier, aber anscheinend hatte niemand Interesse an dem Grundstück gezeigt – oder die Besitzverhältnisse waren zu kompliziert für einen Verkauf. Wahrscheinlich traf Letzteres zu.

Sie umrundeten die Kannengießerei und gelangten auf einen Hof, der kaum größer als die Decks zweier Koggen war. Ein in die Jahre gekommenes Haus und eine unübersichtliche Anordnung von Backsteinmauern versperrte Rungholt die Sicht auf weitere Gänge und Höfe. Aber dass etwas geschehen war, sah er mit einem Blick: Hübsch aufgeteilt in ehrbare Männer und niederes Volk standen leise diskutierend nicht weniger als eine Handvoll Ratsmitglieder, zwei Quacksalber und sechs Büttel trotz des Regens vor einem Kellereingang herum.

Dartzow begrüßte die Ratsmitglieder stumm, indem er ihnen zunickte, bevor er an ihnen vorbei- und die schiefen Holzbohlen hinabging. Der Geruch von Erde und Holz schlug ihnen entgegen. Der Abgang stand voll Wasser. Noch immer strömte es über die Stufen herein und sammelte sich vor einer massiven Brettertür. Ein Fliegenschwarm hatte sich auf die Hölzer gesetzt und krabbelte in einem wirren Tanz herum.

»Bereit?«, fragte Dartzow bang.

Sonst hättest du Ligawyi wohl nicht geholt.

»So schlimm?«, fragte Rungholt und sah sich noch einmal zu den Wartenden um. Sie alle senkten betreten die Köpfe.

Dartzow nickte stumm.

»Wer ist schon bereit?«, brummte Rungholt und musste vom Genever aufstoßen. »Geht rein, dann sehe ich, ob ich bereit bin ... Wofür auch immer.«

Bevor der Bürgermeister den Türgriff packte, zog er sein Seidentaschentuch aus dem Gürtel und hielt es sich vor Mund und Nase.

Rungholt wunderte sich, dass er nicht einem der Büttel die Aufgabe überließ, sondern selbst ins Wasser hinabgestiegen war und nun mit aller Kraft an der Tür zog.

Das wurmstichige Holzblatt glitt quietschend zur Seite. Sofort strömte das Wasser nach innen und verteilte sich in einem kaum schulterbreiten Durchgang. Rungholt wäre beinahe in den Bürgermeister gerannt, als der mit gesenktem Blick einfach stehen blieb.

»Da drüben. Da ist es passiert.« Er nickte zu einer weiteren Tür, die angelehnt war. Rungholt schob sich in den Keller. Hier unten war es kalt. Das einströmende Wasser und die Erde ringsum hatten die Räume stark abgekühlt. Langsam ging er am Bürgermeister vorbei. Dabei sah er, dass der Mann Tränen in den Augen hatte.

Rungholt atmete flach, hatte bisher aber keinen Leichengestank festgestellt. Übertrieb Dartzow?

Seine Pranke legte sich auf das Türholz. Er holte noch einmal Luft. In seinem Rücken hörte er Getuschel. Einige der Ratsmänner tapsten zögerlich die Treppe in den Keller hinab. »Der Teufel … Gewütet … Abscheulich … Wir sollten das Haus abbrennen … Wieso kommt er zurück und dann das?«

Die Worte ergaben für Rungholt keinen Sinn.

Er stieß die Tür auf und stand in einem gepflegten Schlafgemach. Aufgeräumte Truhen, hübsch abgedeckt mit gehäkelten Deckchen, ein massiger Holzschrank und ein frisch bezogenes, breites Bett. Daran war nichts Ungewöhnliches. Vermieteten doch viele Handwerksmeister und Kaufleute ihre Lager als Wohnraum. Gesellen oder Tagelöhner hausten oft in den winzigen Kellern.

Das Wasser hatte den Raum knöcheltief geflutet.

Doch das Wasser war nicht das Einzige, was den Eindruck von Gemütlichkeit zerstörte.

Es war das viele Blut.

Und die Leichen.

Die vier Leichen.

Der Anblick war so verstörend, dass Rungholt schon im ersten Moment wusste, er würde davon träumen. Vielleicht nicht diese Nacht, vielleicht nicht nächste – aber er wusste, dass diese Toten wiederkommen würden.

Manchmal hatte er das Gefühl, sein Schädel wäre ein dunkles Haus, komplizierter und verschachtelter als das Bankhaus von d' Alighieri. In diesem Haus schuf er mit jedem Fall, den er übernahm, eine weitere Kammer. Doch an Stelle von Pelzstapeln und Säcken voller Gewürze saßen, lagen und hingen dort in seinen dunklen Räumen all die Toten. Sie saßen im Dunkeln, wollten einfach nicht schlafen, sondern regten sich raschelnd und raunten einander Worte zu, die Rungholt nicht verstand. Nur zu oft sah er sie leben, sah sie flüstern und glotzen, seine Toten.

Wenn ich noch mehr Tote sehen muss, dachte er grimmig, platzt mein Schädel aus allen Nähten.

Er sah sich nach Dartzow um. Der Bürgermeister wurde inzwischen von einem der Quacksalber gestützt. Es war Wiesberg. Rungholt hatte ihn draußen gar nicht erkannt. Sie alle waren durchnässt und zitterten. Das Getuschel der Männer erfüllte nun den Keller wie das Klagelied alter Weiber. »So habt Ihr sie gefunden?«

Dartzow brachte ein »Ja« heraus. »Wir haben nichts berührt. Ist doch so? Jakobus? Jakobus, ist doch so?«

Der dickliche Pfarrer St. Mariens schob sich vor. Sich bekreuzigend und gleichzeitig die Gebetskette abzählend, starrte er auf die Leichen. Seine Pausbacken waren rot, und Rungholt sah, dass er sich schlecht rasiert hatte.

»Nach der Morgensuppe ... also«, begann er zögernd. »Da hab ich sie so gefunden, Rungholt. Vater unser, der du bist im Himmel ... Ich ... Er ... Mornewech, ich habe ihn noch getroffen. Am ... Montag? War es Montag? Ich habe ihn auf der Straße getroffen, und er meinte, ich soll, so schnell es geht, zu ihm kommen. Er wolle beichten, hat er gesagt. Mein Gott. Er wird nicht in den Himmel kommen. Seine Sünden ... Ich hätte ihm die Beichte abnehmen müssen, Rungholt. Seht sie Euch doch an! Seht sie Euch an! Mornewech, seine Schwester, seine Frau und ... und Peterchen.«

In genau dieser Reihenfolge ließ Rungholt seinen Blick wandern. Mornewech lag mit dem Rücken an der Wand, und ... er lag mit dem Gesicht an der Wand, denn sein Kopf war grotesk nach hinten auf seinen Rücken geklappt. Nur noch wenige Sehnen hielten ihn auf dem Rumpf. Verkehrt herum, die Stirn nach unten, den Mund nach oben, wurde sein Gesicht durch seinen eigenen Leib an die Wand gepresst. Er war unweit der Tür gestorben. Das Blut war nach allen Seiten gespritzt und hatte den Kalk der Wand getränkt.

Jemand hatte mit voller Wucht versucht, Mornewech den

Kopf abzuschlagen. Wahrscheinlich mit einem Schwert. Mornewech hört jemanden im Flur, steht auf und will zur Tür, da wird sie aufgerissen und…

Rungholt watete behutsam drei Schritte durch das Wasser. Eine Holzvase trieb vor dem Geköpften auf dem Wasser und eine weiße Rose, und als Rungholt genauer hinsah, konnte er etliche Blütenblätter erkennen. Er setzte seine Brille auf und griff sich die Wachstafeln. Anstatt selbst den Stilus zu bemühen, warf er Dartzow die Tafeln zu. Seine Runenskizzen hatte er vor ihrem Aufbruch heimlich glattgestrichen. »Ihr schreibt mit und lasst es dann übertragen. Für denjenigen, der Euch den Mörder fängt.« Das war nicht sein Problem, nicht sein Geschäft. Er war nur als Berater hier.

Er begann, seine Eindrücke zu schildern, und unsicher, was zu tun war, ritzte Dartzow seine Worte mit. Mornewechs Schwester lehnte ebenfalls an der Wand. Keinen Klafter von ihm entfernt, auf der anderen Seite des Bettes. Sie war mit dem Schemel umgekippt und saß nun im Wasser, die Beine ausgestreckt, den Rücken an der Wand. Das Schwert, wenn es denn eines gewesen war, hatte ihren Hals durchstochen. Ihr Blut war durch den klaffenden Schlitz im Hals über ihre Brüste und ihren Schoß gelaufen.

Mornewechs Frau war es nicht besser ergangen. Sie lag auf dem Bett, zur Seite gedreht, als habe der Schwerthieb sie auf die Decken gehoben. Die Klinge hatte ihren Schädel gespalten. Ihr Blut war über das ganze Bett gelaufen und hatte es derart gleichmäßig und so vollkommen gerötet, dass Rungholt zwei Mal hinsehen musste.

Ein betuliches Schlafzimmer voller Wasser und Leichen – mit einem roten Bett aus Blut. Und in diesem Blut saß ein Junge.

Peterchen Mornewech.

Auch er war tot.

Neben ihm lag, halb umgestürzt, eine Daube. Rungholt erkannte teure Kräuter und Pilze und sah den fettigen, mit Butter verfeinerten Brei. Sogar Fleischstückchen hatte Peterchens Mutter hineingeschnitten. Ein stärkendes Mahl für den endlich heimgekehrten Sohn. Sein Kopf und seine Unterarme waren mit Wickeln umhüllt worden, der Junge war, wie es schien, wohl umsorgt gewesen. Er hatte sich an drei Kissen gelehnt. Auf den ersten Blick konnte Rungholt keine Spuren von Gewalt erkennen.

Endlich fand Dartzow seine Stimme wieder. »Er hat keinen Schlag abbekommen, oder?«

»Sieht beinahe so aus, als sei er vor Schreck gestorben.« Möglichst behutsam watete Rungholt weiter in das Zimmer hinein, um keine allzu großen Wellen zu schlagen, die an die Toten schwappen und noch mehr Blut ins Wasser spülen konnten.

Der Junge interessierte ihn am meisten. Er war ein zierlicher Knabe, nicht älter als neun oder zehn Jahre, hatte blondes, kinnlanges Haar. Noch immer blickten seine blauen Augen klar drein. Sie hatten ihm ein Leinenhemd übergestreift, ihn ins Bett gesetzt und eifrig umsorgt. Zumindest nahm Rungholt an, dass es nicht der Mörder, sondern die Schwester und die Eltern gewesen waren, die Peterchen Äpfel und Dünnbier neben das Bett gestellt hatten.

»Gebt mir Euer Tuch«, forderte Rungholt Dartzow auf. »Ihr könnt es abnehmen. Diese Toten sind noch zu frisch. Sie stinken nicht.«

»Fortiter ille facit, qui miser esse potest«, seufzte Dartzow und reichte es Rungholt. »Tapfer nur handelt, wer still Elend zu tragen vermag … Wie frisch?«

»Schickt alle raus. Ich werde sie untersuchen.«

Rungholt wartete, bis die Schaulustigen nach draußen gedrängt worden waren, und schlug mit dem Tuch die Decke beiseite. Sie war kalt und nass. Neben Peterchens Beinen lagen mit Leinen umwickelte Backsteine. Waren die Steine noch warm? Rungholt fühlte mehrmals. Er war sich nicht sicher. »Die Steine sind nicht mehr glusam. Wer immer sie ihm ins Bett gelegt hat, damit der Junge nicht friert, hat es nicht heute Morgen getan.«

»Dann ist das alles …«

»Wahrscheinlich gestern geschehen. Feria tertia. Am Dienstag. Fragt Jakobus, wann er Mornewech gesprochen hat.« Rungholt legte seine Brille auf den Backstein, weil er nicht wollte, dass sie mit dem nassen Blutbett in Berührung kam. Behutsam nahm er den Arm des Jungen und prüfte, wie weit die Totenstarre ausgeprägt war.

»Der Arm lässt sich noch nicht bewegen …« Rungholt sah sich um, schien etwas zu suchen, fand aber nichts Geeignetes. Weil er kein Laken oder Brettchen hatte, auf das er sich hätte knien können, musste er notgedrungen so aufs Bett steigen. Er rutschte auf die Decke, vermied es aber, sich abzustützen. Sofort spürte er, wie das kalte Blut der Mutter durch seine Beinlinge drang und seine Knie davon klamm wurden.

Er beugte sich zwischen sie und ihr Kind und berührte Peterchens Kinn.

»Was tut Ihr?«

»Sehen, ob ich Recht habe.« Seine Pranke legte sich fester an Peterchens Kiefer und versuchte, ob sich der Mund schließen ließ. Er tat es nicht. Dann begann er ein paar der Leichenflecke wegzudrücken. »Arm bewegt sich nicht. Kiefer nicht … Flecke lassen sich nicht wegdrücken. Wahrscheinlich sind sie Montag gestorben. Vor anderthalb Tagen.«

»Montagmittag.«

Rungholt nickte vage. Er sah sich noch einmal zu den Leichen um. »Sicher hängt es mit Peterchens Verschwinden zusammen. Für einen Raubmord kommt mir das reichlich brutal vor. Und Mornewech hat wohl kaum große Reichtümer besessen ... Fragt Jakobus, vielleicht hat Mornewech etwas zu ihm gesagt, was Euch weiterbringt.«

Dartzow nickte. »Wollt *Ihr* Jakobus nicht befragen?«

»Nein... Nein ... Das sind nicht meine Toten, Dartzow.«

Der Bürgermeister nickte. »Und Ihr seid Euch sicher?«

»Was? Dass es kein Raubmord war? Wer immer das getan hat, er kannte keine Skrupel. Er kommt hier in den Keller, stößt die Tür auf und tötet einen nach dem anderen.«

»Außer Peterchen.«

»Da muss ich Euch enttäuschen.« Rungholt hatte es bereits gesehen, als er sich aufs Bett gekniet hatte. Auch in Peterchens Bauch klaffte eine Wunde. Der Mörder hatte ihm das Schwert in den Leib gerammt. Sein Nachthemd war durchstochen. Das ganze Blut stammte nicht bloß von Peterchens Mutter. Angewidert zog Rungholt eines der Kissen hinter Peterchens Rücken hervor. Stroh lugte heraus. Das Schwert war glatt durch den Jungen und die Kissen gefahren. »Wahrscheinlich war er krank, der Peter. Aber auch er wurde gemeuchelt. Geradezu hingerichtet, wenn Ihr mich fragt.«

In dem Moment sackte Peter zur Seite weg. Rungholt versuchte noch, die Knabenleiche am Arm zu packen, bekam jedoch nur das Hemdchen zu fassen. Er riss es dem Jungen halb vom Körper, als er ihn daran festhielt.

»Verdammt«, brummte er und stockte dann: »Was ist das denn?«

Beim Wegrutschen war der Oberkörper des Jungen ein wenig entblößt worden. Seine Arme und seine Brust waren zerkratzt. Leichte Schwellungen, wie Blasen unter der Haut, hatten sich auf den Armen und an den Achseln gebildet. Sie waren blaurot verfärbt.

»Ist er geschlagen worden?« Dartzow traute sich noch immer nicht an dem Geköpften vorbei und spähte mit gerecktem Hals herüber.

»Sieht so aus, ja.« Rungholt fröstelte, seine Kehle war wie

zugeschnürt. Der Junge war so zierlich, so zerbrechlich. Unwillkürlich tauchte das Bild seiner Enkeltochter vor ihm auf. Ihr unschuldiges Lachen, die ersten wackeligen Schritte. Hatte die Mutter ihr Peterchen noch schützen wollen? Er kehrt zurück in ihre Arme, in die Arme seiner Familie, und dann so etwas … Das Schwert zerstört das Glück binnen eines Lidschlags.

»Meint Ihr, er wurde geschlagen, als er fort war?«

Rungholt atmete durch. »Ist alles geschwollen. Sieht aus, als habe er Prügel mit der Knute bekommen. Die Größe des Knotens könnte passen … Wer so was tut, der … Müssen schreckliche Tage gewesen sein.«

»Wir wissen nicht, wo er war.«

»Wie viele werden noch vermisst?« Der klare Blick des Jungen hielt Rungholt gefangen.

»Acht. Acht, von denen wir wissen.«

Sanft fuhr Rungholt mit seinen Fingern über Peterchens Stirn, dann über die Lider. Er konnte die Wimpern des Kindes spüren, als er sie schloss. Seine Hand zitterte ein bisschen. Er wollte sich nichts anmerken lassen, wollte lieber den Unnahbaren geben, eher den dumpfen Groll zeigen als den Schmerz.

Wer immer diese Blutschuld über die Stadt gebracht hatte, besaß kein Herz. Seine Knochen sollten vom Rad zerschlagen werden, sein Leib aufgepflanzt vor der Stadt.

Rungholt holte ein paar Mal Luft, dann sah er Peterchens Lider wieder einen Spalt aufgleiten. Brummend warf er das zerrissene Hemdchen über den Toten, dabei fiel sein Blick auf Peterchens rechten Arm. Rungholt zog ihn zu sich her. Da waren Striemen. Oder täuschte er sich? Drei Linien zogen sich ein kurzes Stück den Arm entlang. War der Junge gefesselt worden? Nein, das sah eher nach Druckstellen aus. Beinahe hätte er sie zwischen den Schwellungen gar nicht gesehen. Sie sahen aus wie …

Runen, schoss es ihm durch den Kopf.

Sie erinnerten ihn an den Schädel. Aber da war noch etwas anderes. Striemen, Striche … Auf dunklem Grund, tief, sehr tief ein Bild … Da war etwas … Doch es vermochte nicht an die Oberfläche aufzutauchen.

Selbst Dartzow sah sein grüblerisches Zögern, doch Rungholt antwortete nicht auf dessen fragenden Blick, sondern schob sich vom Bett.

»Lasst uns gehen. Befragt Jakobus. Ihr sucht einen starken Mann. Wahrscheinlich einen Söldner oder Riddere, der mit dem Schwert umgehen kann. Eine Axt war es wohl nicht, denn er hat auch gestochen … Und kein Langschwert. So wie die Leichen liegen, muss das alles in wenigen Augenblicken passiert sein. Und ein Zweihänder in diesem kleinen Raum?« Rungholt schüttelte den Kopf. »Es war etwas mit Wucht. Ein kurzes, schweres Schwert. Und Ihr solltet rausbekommen, was der Mord mit den Entführungen zu tun haben könnte.«

»Mit den Entführungen … Das ist doch dumm Tüch«, hallte eine Stimme durch den Keller. Die beiden Männer fuhren herum und sahen den Rychtevoghede Lübecks in der Tür stehen.

Herman Kerkring. Auf seinen Gehstock gestützt, die Beinlinge über die Knie hochgestreift, stand der Richter barfuß im Wasser. Hinter ihm kämpfte der alte Fiskal Lübecks mit einem Taschentuch, das er ihm reichen wollte. Er hatte jedoch zu viel Kram in der Hand, Kerkrings Trippen, dessen bunte Schnabelschuhe und das ganze Schreibzeug.

Während Dartzow den pausbäckigen Richter begrüßte, musterte dieser Rungholt mit eiskaltem Blick. »Rungholt – wo immer Leichen sind, seid auch Ihr.«

12

»Ist mir gleich, ob Dartzow Euch gebeten hat«, zischte Kerkring. »Dies ist mein Fall. Ich suche seit drei Wochen nach den verschwundenen Jungen.«

»Ach?... Na, da habt Ihr ja endlich sinnvolle Arbeit.« Nur widerwillig war Rungholt dem jüngeren Mann in den Regen und die paar Schritte zur Kannengießerei gefolgt. Die letzten Ziegel auf dem Dachstuhl der Gießerei boten unzureichend Schutz, und der knorrige Holunderbusch vermochte den Regen auch nicht abzuhalten. Immer wieder wehte der Wind eine Wasserwand durch die Blüten herüber. Wie Schnee lagen viele von ihnen im Schlamm. Die Regenfälle hatten dunklen Modder angeschwemmt und über die morschen Holzbohlen verteilt.

»Hütet Eure Zunge, Rungholt. Vincula da linguae, vel tibi vincla dabit.«

Rungholt verstand kein Wort und wusste dennoch, was Kerkring meinte.

»Meine Zunge gehört mir«, murrte er. »Ihr müsst sie mir schon rausschneiden, damit ich meine Stimme nicht mehr gegen Euch erhebe.« Sein Blick glitt über Kerkrings Schecke. Herausgeputzt wie ein Pfau. Wie immer. Und wie immer die kostbare Schecke besudelt. Sogar in Hungerszeiten, dachte Rungholt, kann jeder deinen Speiseplan der letzten Tage lesen. Muskopp, verfluchter. Blasse Grütze, ein Klecks Ei auf dem Wanst und am Kragen? Zu viel Rotspon letzten Abend?

»Ich habe keinen Grund, mich von Euch provozieren zu lassen. Eure Prügelgeschichten könnt Ihr in Novgorod zum Besten geben, da, wo Ihr hingehört. Dort mögt Ihr mit Eurer ungehobelten Art beeindrucken, aber in Lübeck, Rungholt, hier seid Ihr so klein. So klein.« Kalt lächelnd deutete Kerkring es mit Daumen und Zeigefinger an.

»Droht Ihr mir etwa, Kerkring?«

»Gewiss. Ich habe Eure Sünden. Und solange ich dieses Buch besitze, werdet Ihr mir aus der Hand fressen. Ihr fresst aus meiner Hand und kommt mir nicht in die Quere.« Seine Miene strotzte vor hämischem Triumph.

Rungholt lächelte milde, versuchte es zumindest.

»Haben wir uns verstanden, Rungholt?«

Er spürte, wie der Zorn in ihm wuchs, doch er zwang sich weiter ein Lächeln auf die Lippen und blickte dem jungen Mann geradewegs in die Augen. Die letzten Jahre hatte Kerkring ein Auf und Ab erlebt wie wenige Ratsmänner zuvor. Einst aussichtsreicher Kandidat für den Bürgermeisterstuhl, war er abgerutscht und im schnöden Katasteramt gelandet. Seit gut einem Jahr kämpfte er sich Schritt für Schritt wieder aus dem Dunkel hervor, strebte ans Licht und weiter zur Sonne. Ein verbissener Kampf, den der jüngste Richter Lübecks führte, seitdem sein Vater ihn in den Rat gehievt hatte.

Rungholt antwortete nicht, stattdessen focht er lächelnd gegen das Feuer seiner Wut an. Was er in Kerkrings Augen sah, gefiel ihm nicht. Es kam ihm vor, als habe der Rychtevoghede das letzte bisschen Menschlichkeit in jener Sickergrube verloren, die ihm den neuerlichen Aufstieg erst ermöglicht hatte. Jener Sickergrube, in der sie letztes Jahr die Dirne fanden, die Kerkring letztlich wieder auf den Richterstuhl gebracht hatte.

Gewiss, Rungholt hatte Kerkring noch nie leiden mögen, doch die Wandlung, die der junge Amtsmann in den letzten drei Jahren durchgemacht hatte, bereitete ihm Unbehagen. Dieser mustöpfige Tollpatsch von einem verzogenen Bengel fiel oft und stand ebenso oft wieder auf – jedes Mal entschlossener. Seinen Willen zur Macht garnierte er mehr und mehr mit dem bösen Gewürz der Hinterhältigkeit. Rungholt konnte sein Bauchgrimmen nicht begründen, aber bisher hatte sich sein Gefühl nur selten geirrt.

Würdest du mir ein Geschäft vorschlagen, sei es noch so erfolgversprechend, ich würde ablehnen, Kerkring, dachte er.

Rungholt verharrte stoisch und starrte seinen Gegner weiter unverwandt an. Etwas war mit Kerkring letzten Frühling geschehen. Er brauchte einen Moment, um dafür das Wort in dessen Augen zu finden.

Verroht.

Kerkring war auf gespenstische Weise verroht.

»Starrt mich nicht so an, Rungholt. Haben wir uns verstanden? Ich habe Euer Sündenbuch, und ich werde nicht zögern, es Dartzow zu zeigen. Ich werde es dem ganzen Rat vorlegen, wenn Ihr mir in die Quere kommt. Das wird Euren Geschäften sicherlich nicht zum Vorteil gereichen.«

Meine Geschäfte! Beinahe hätte Rungholt gelacht. Dieser dummdreiste Jungspund! Jetzt hatte Rungholt keine Lust mehr, sich zurückzuhalten.

»Das letzte Mal ist leider Euer fetter Arsch in einem Fenster steckengeblieben, Kerkring. Nächstens wird das Fenster groß genug sein für einen tiefen Fall.« Behände ließ er seinen Kopf vorschnellen und kam mit seinen Lippen ganz nah an Kerkrings Ohr: »Ich werde Euch umbringen, Kerkring. Ich werde Euch den Leib aufschneiden, wenn Ihr das Buch jemandem zeigt.«

Ihre Bäuche stießen aneinander. Keiner der beiden wich einen Fingerbreit. Rungholt ahnte, dass er zu weit gegangen war. Aber nun gab es kein Zurück mehr.

»Ihr kennt meine Sünden«, fügte er an. »Was sollte mich also davon abhalten? Ein Entleibter mehr oder weniger…«

»In Aqua scribis. Ihr schreibt auf Wasser, Rungholt. Ehe ich Eure Klinge spüre, hängt Ihr am Köpfelberg. Weil ich Euch da hinbringen werde. Vor die Stadt.«

»Richtig. Wenn Ihr mich aus Lübeck haben wollt, Kerkring, müsst Ihr mich umbringen. Seid Ihr dazu imstande? Einen

Menschen töten ist das eine, mit der Sünde leben etwas anderes. Seid Ihr dem gewachsen? Ich bin es. Ich werde nicht zögern, Kerkring.«

Der Rychtevoghede schwieg. Seine Pausbacken spannten sich, so stark biss er die Zähne aufeinander. Rungholt musste innerlich lächeln. Bei diesem machtgierigen Popanz war offenbar Angriff die einzige Lösung. Einschüchtern und kleinhalten. Er hätte diesem Mann schon viel früher eine Klinge an den Hals setzen sollen. Froh darüber, endlich ausgesprochen zu haben, was er seit Jahren dachte, nahm er Kerkring bei der Schulter. »Nichts für ungut. Ihr jagt den Kindern nach und ich meinen Geschäften. Belassen wir es dabei.«

Er ließ Kerkring los. Einen Lidschlag lang stand der Rychtevoghede reglos da, dann zupfte er die Ärmel seiner Schecke zurecht und strich seine Schulter mit dem Taschentuch ab, als müsste er Rungholts dreckigen Handabdruck wegwischen. Rungholt dachte, er werde gehen, aber zu seiner Überraschung beugte sich nun Kerkring vertraulich vor: »Seit wann habt Ihr, Rungholt, jemals etwas *dabei belassen*? ... Im Gegensatz zu Euch muss ich die Klinge niemals selbst führen. Das ist wahre Macht.«

Bevor Rungholt etwas erwidern konnte, hatte Kerkring sich bereits umgedreht und ging mit nackten Füßen durch den Regen davon. Rungholt sah dem Rychtevoghede nach.

Einen Menschen umzubringen ... Seid Ihr dazu imstande?

Sein Blick fiel abermals auf die weißen Blüten, die zusammengeschwemmt und verklumpt im wasserglänzenden Matsch lagen.

Dreckiges Eis im schwarzen See.

Der Klumpen in seinem Hals ließ nicht lange auf sich warten.

Hinter der Scheune hatte er sie hinabgedrückt, unter das Eis gedrückt. Irena.

Eine Erinnerung, die viel zu langsam verblasste. Eine

Erinnerung, die wie ein Fels in der Zeit stand und von den Tagen und Nächten nicht gemildert, sondern lediglich schroffer wurde. Schärfer und rauer mit den Jahren.

Der Schnee trägt mich in die Hölle.

Er sah den weißen Blüten zu, die im Regen zitterten, und meinte, das Krachen des Eises zu hören. Jenes Eis auf dem See, jener See hinter der Scheune, jene Scheune am Waldrand, jener Waldrand an der Orge. Irena.

Diese Erinnerungen kannte er, genau wie das beklemmende Gefühl, keine Luft mehr zu bekommen. Doch hier, in diesem Hinterhof in der Effengrube, hier vor dem Holunderbusch, schob sich mit einem Mal Marek vor die Erinnerungen an Irenas Tod.

Die Gesichter der Toten wechseln sich ab, dachte Rungholt bitter. Nun also Marek.

Marek, der noch vor zwei Jahren auf den Bleichwiesen mit Rungholt den Schwertkampf geübt hatte. Marek, der Rungholt in München besucht und ihm geholfen hatte, eine vermisste Goldschmiedin zu finden. Marek, der ihm über die Jahre ein guter Freund geworden war.

So schnell er konnte, wandte Rungholt den Blick vom Blütenschnee ab. Durch den Regen hörte er Kerkring mit Dartzow streiten.

13

Die blakende Kerze in der Hand, ging Rungholt durch die Diele – seine wuchtigen Füße patschten über die angenehm kühlen Gotlandfliesen – an der Feuerstelle vorbei, die verwaist im Mondlicht lag. Das Feuer war ungeschürt, seit Tagen ausgegangen. Beim Anblick der umgekippten Grapen und Henkeltöpfe rieb er sich unwillkürlich den Wanst. Etwas aber war eigenartig. Er brauchte einen Moment, bis er es herausfand.

Es war still. Und der Regen hatte aufgehört.

Rungholt beschrieb einen Kreis mit der Kerze in seiner Hand und scheuchte ein paar Spinnen in den leeren Dreibeinen auf. Ansonsten war niemand hier. Sein Weib Alheyd schlummerte im gemeinsamen Schlafgemach, Hilde in ihrer Kammer, Contz war in den Schweinestall verbannt. Kein schlechtes Lager, denn die Tiere waren vor Wochen geschlachtet worden.

Unfroh sah er sich in der Diele um und musterte die Zimmerdecke. Feine Adern hatten sich dunkel abgesetzt. Sie sahen aus wie Risse, doch es war Wasser, das zwischen die Balken und Bretter gelaufen war. Kerzenwachs tropfte auf seine rechte Hand, lief über die Brandnarbe und kühlte sie angenehm. Seufzend wendete er sich ab und schlich zu seiner Schreibkammer.

Die Butze lag verlassen da. Das Mondlicht vermochte nicht durch die winzigen Fenster einzusickern. In der Nussbaumtäfelung spiegelte sich der Kerzenschein auf merkwürdige Weise. Neugierig trat Rungholt ein und meinte, einen Hauch von Wasser auf dem Holzpaneel zu erkennen, so als habe sich Tau darauf niedergeschlagen. Er berührte einen der Tropfen und leckte seinen Finger ab. Es war Salzwasser.

In Vorfreude auf einen nächtlichen Trunk schob er sich an Stapeln aus Schuldbüchern vorbei, drückte einen Berg aus Pergamentrollen beiseite, auf denen er seine laufenden Kosten auszurechnen versucht hatte, und schlurfte an seinem Schreibpult entlang. Dann widmete er sich seinem Geheimfach. Seine Finger fanden die unsichtbare Erhebung. Den Genever in Gedanken bereits auf der Zunge, schob er die Paneele auf und… statt mit Krügen, war das Fach bis oben hin mit Holunderblüten gefüllt. Sie rieselten wie Schnee heraus, und als sich Rungholt nach ihnen bückte, kam die Welle.

Aus seinem Geheimfach grollte eiskaltes Wasser, traf Rungholt hart vor Brust und Bauch und riss ihn von den Beinen.

Er knallte rittlings gegen das Schreibpult, riss es mit sich zu Boden und lag in dem Meerwasser einen Moment des Schreckens lang wie betäubt da. Er versuchte zu begreifen, was soeben geschehen war, spürte aber mit einem Mal, wie seine Schreibkammer zu rollen begann. Unter ihm schwankte der Boden, und er konnte fühlen, wie sein Zimmer über Wellenberge glitt. Unablässig schwappten weitere Wogen durch das Geheimfach und fluteten die Kammer.

Ihm wurde schlecht. Er wollte sich aufrichten, aber der Boden schwankte zu stark. Vergeblich versuchte er, sich am umgekippten Pult festzuhalten, und wurde ein ums andere Mal zurück ins Wasser geschleudert. Seine Bücher, die Listen mit seinen Ausgaben und die Berechnungen seiner Schulden, all die beschriebenen Ziegenhäute schwammen obenauf und bildeten eine eigentümliche Gischt, die mehr und mehr um ihn brandete. Als wollten die Pergamente ihn liebkosen, legten sie sich auf seine Schultern, strichen über seinen Rücken und wickelten sich um seine Beine.

»Weg! Geht weg!« Auf allen vieren arbeitete er sich durchs Wasser in Richtung Tür vor, doch kaum war er losgekrochen, wurde die Kammer von den Wogen herumgerissen. Um Hilfe schreiend rutschte er zurück, prallte gegen seinen schweren Holzstuhl und blieb wie tot im Wasser liegen.

Die Bespannungen der Fenster waren aufgerissen, und nun stürzten auch von dort die Wellen in den Raum. Durch die Öffnungen peitschten sie herein, rollten tosend heran und ertränkten alle Dokumente, Gewürze und Münzen.

Abermals versuchte Rungholt, auf die Beine zu kommen. Er wollte zum Geheimfach und es schließen, aber … er konnte sich nicht bewegen. Die Pergamente hatten sich wie ein nasser, dicker Umhang um ihn gelegt. Wie schwarzes Blut troff die aufgeweichte Tinte der Blätter an ihm herunter. Mit einem

Mal war sein Kopf unter Wasser, und er bekam keine Luft mehr. Er ruderte mit den Armen, schrie, öffnete wie ein Fisch den Mund… Aber es war vorbei. Er würde in seiner Schreibkammer ertrinken wie ein jämmerlicher Vitalienbruder beim Kielholen. Voller Entsetzen öffnete er unter Wasser die Augen und schlug wild um sich.

Da meinte er in der Tintenwolke, die ihn umgab, etwas zu erkennen.

Ein Schemen bloß. Und dieser Schemen kam aus der Tiefe hochgeschwebt, direkt auf ihn zu, glitt am Meilen unter ihm treibenden Schreibpult vorbei, wurde größer und größer…

Es waren Kinder.

Acht Kinder.

Sie waren zusammengebunden und starrten ihn aus klagenden Augen an.

»Ist alles gut? Du siehst blass aus, Schatz.«

Verwirrt sah sich Rungholt in der Dunkelheit der Schlafkammer zu Alheyd um. Hatte er sie nicht unters Bett gelegt, damit sie…

»Ich? Nein… Geht schon. Geht…« Es brauchte einen Moment, bis er sprechen konnte. »War wohl dieses verdammte Mus.«

»Die Erbsen?«

»Haben wir irgendwann was anderes gegessen?« Sein Mund war trocken. Er konnte noch das Schwanken spüren. Das Himmelbett rollte noch immer wie im Auge des Mahlstroms.

»Es war alles frisch, und viel war ja nicht drin«, sagte sie verschlafen.

»Viel war nicht drin, nein. Daran wird's wohl liegen!« Obwohl es sich anfühlte, als führe das Doppelbett direkt in den Seestrudel, kämpfte er gegen den Drang an, sich am Pfosten des Baldachins festzuhalten.

»Jetzt reg dich nicht auf. Brauchst du ein Tuch? Soll ich nach einem Medicus ...«

»Geh mir mit diesem Gesindel weg, diesen Halsabschneidern, verfluchte Bande. Es ist nichts. Es ist nur das Essen. Das ist alles. Wie oft soll ich's noch sagen?«

Seufzend drehte sich Alheyd zu ihm um und musterte ihn stirnrunzelnd. Schließlich nahm sie seine Pranke in ihre kleinen Hände. »Wird dir wieder schwarz vor Augen?«

»Dünnbier.«

»Was?«

»Dünnbier. Hol mir was zu trinken, Weib.«

»Hol's dir selbst.« Alheyd schlug ihr Kissen auf und drehte sich auf ihre Seite. »Bring den Nachttopf mit, wenn du runtergehst. Und räum deine dreckigen Kleider weg. Gestunken haben die. Wo warst du schon wieder?«

Rungholt antwortete mit einem Brummen. Durch das Giebelfenster fiel Mondlicht. Er hatte zu große Angst hinunterzugehen. Was, wenn das Wasser aus seiner Scrivekamere mittlerweile bis in die Diele gedrungen war und nun das ganze Haus ...

Zaghaft setzte er sich auf und starrte ins Mondlicht. Er versuchte, eine der Krähen zu hören, die in seinem Hinterhof oft einen Heidenlärm veranstalteten. Es war noch zu früh. Außer dem erneuten Prasseln des Regens war nichts zu hören. Die Müdigkeit brannte in seinen Augen, aber er weigerte sich, sie zu schließen. Nein, er wollte nicht noch einmal in einem Gewand aus Berechnungen in die Tiefe gezogen werden.

Er schmatzte. Er starrte in die Dunkelheit. Er seufzte. Er schmatzte. Er seufzte und schmatzte, leckte sich die trockenen Lippen und starrte in die Dunkelheit.

Schließlich, mit einem Gebrabbel wie von einem kleinen Kind, schlang er die Arme um seinen schweren Leib und schaukelte vor und zurück.

Fluchend stieg Alheyd aus dem Bett, warf sich eine Decke

um und schlüpfte in ihre Holzpantoffeln. »Du schaffst mich, Rungholt. Du schaffst mich.«

Sein genuscheltes »Danke« hörte sie nicht mehr, denn sie war längst auf dem Weg, ihm sein Dünnbier zu holen.

14

Dutzendmal war er die Sätze durchgegangen, hatte sie wieder und wieder vor sich her gemurmelt, während er, in St. Marien stehend, der Morgenmesse gelauscht hatte.

Alles war unpassend. Kein Wort drückte aus, was er sagen wollte.

Ein zweites Mal ließ er seine Faust gegen die Tür schlagen und horchte. Er würde das Maul bestimmt nicht aufbekommen.

Lass sie nicht da sein, lass sie irgendwo Kräuter kaufen. Und ich warte hier noch einen Moment, und dann gehe ich einfach. Dann habe ich meine Schuldigkeit getan und... Du verdammtes Kind! Du reißt dich jetzt zusammen, du Dwarsbüngel.

Ihm wurde schwindlig, als er Dauben klappern hörte und wenig später ihre Füße über den gestampften Lehmboden tapsen.

Sinje öffnete nur einen Spalt, aber es reichte, um Rungholt zu verzaubern. Ihre grünen Augen funkelten ihm entgegen, und ihr sommersprossiges, von rotem Haar gerahmtes Gesicht wirkte im Schummer des Türspalts noch verführerischer als sonst.

»Rungholt?«

»Sinje. Ich...«

»Ist was passiert?«

»Ja. Ich... muss dir was sagen. Es ist nicht ganz einfach«,

druckste er herum. »Es ist wegen … Ich bin gekommen, weil …«

»Bist du mal wieder verletzt? Hast dich geprügelt?«

»Was?«

»Ob dir's Wutfeuer mal wieder das Köpfchen verbrannt hat? Oder bist du Dickerchen über deinen Bauch gefallen?«

Er zögerte, dann wählte er den leichten Weg. »Ja. Richtig. Gestürzt«, antwortete er und schummelte sich so ein paar Schritte durchs Dickicht der Trauerarbeit vor, um noch ein paar Atemzüge Zeit zu gewinnen. »Ja, richtig, bin verletzt. Dumme Sache.«

»Na, dann steh da nicht im Regen rum wie 'n bettelndes Kind.«

Sie wies ihm den Weg in die Bretterbude. Ihr wallendes, labrotes Surkot endete über ihren schlanken Fesseln. Sie trug ein Kettchen am rechten Fuß, wie er fasziniert feststellte.

Ein beißender Geruch strömte ihm entgegen und ließ ihn um Atem ringen. Er musste einige Kräuterbündel und Tierfelle beiseitedrücken, die von den Deckenbalken hingen. Auf einem Regal standen einige der Buddelschiffe, die Marek so gern gebastelt hatte. Winzige Koggen und Prahme in gläsernen Krügen. Filigrane Gebilde aus Wollfäden, Leim und Holzsplittern. Weibischer Zeitvertreib. Rungholt schossen sofort die Tränen in die Augen. Er schluckte sie herunter.

Über einem Ofen hing ein Grapen an einem kunstvoll geschmiedeten Halter. Ein Kaninchenschädel, bereits blankgekocht, schwamm in einer dickflüssigen Suppe, die Rungholt lieber nicht versuchen wollte. Ihr Gestank war schneidend.

»Ah. Kadaversud mit Kotbrocken«, frotzelte er.

»Lecker«, entgegnete sie trocken. »Mein Leibgericht. Ich wollt noch Männerschwanz reinschneiden.«

»Bedaure. Damit kann ich nicht dienen.«

»Hab ich mir gedacht.« Sie lachte, sagte dann ernst: »Es ist für die Wunden. Ich komme gut klar.«

»Gut, du hättest sonst nur fragen müssen. Das weißt du. Bei uns ist immer ein Platz für dich, wenn ... du Hunger hast.«

Sie unterbrach ihn, indem sie ihm einen Strohsack zuwarf. »Das ist nett von dir. Ich würde nicht zögern, darauf zurückzukommen, Rungholt. Leg dich drauf, Kopf nach unten. Und zieh deinen Tappert hoch. Ist die Wunde am Rücken tief?«

Rungholt sah kurz ihre schweren Brüste im Teufelsfenster des Kleides. Die Ärmel waren weit ausgeschnitten, so als wolle Sinje allen zeigen, was sie zu bieten hatte. Noch immer kam er mit ihrer offenen Art nicht zurecht.

»Woher weißt du davon?«

»So steif, wie du gehst, muss dir der Rücken schmerzen. Und du hast einen Verband um. Er zeichnet sich durch den Tappert ab.«

»Aha ...«

»Sie ist vereitert, und mein Braumeister meint, sie wachse wohl nicht zu.«

»Dein Braumeister?« Erneut musste sie lachen. »Wer sonst! ... Für jemand, der so an seinem Bier hängt, macht es natürlich Sinn, seinen Braumeister zu Rate zu ziehen, wenn ihm was fehlt.«

Rungholt zog sich den Tappert über den Kopf. Er konnte nicht sehen, wie sie behände zwei löffelartige Metallspatel in die Glut stach. Halbherzig versuchte er, sich hinzuknien, doch es gelang ihm wegen seines Gewichts nicht freihändig. Er musste warten, bis sie ein bisschen Reisig vor seinen Füßen verteilt hatte und ihn stützte.

Die Stöckchen stachen durch seine Beinlinge. Er legte sich mit dem Bauch auf den Sack und harrte der Dinge, die da kommen mochten.

»Rück näher ans Feuer ... Damit ich besser sehen kann.«

Ihre Hände, die sie langsam über seinen Rücken streichen ließ, fühlten sich gut an. Die Berührungen ihrer schlanken Finger erregten ihn.

»Wer hat dir den Verband…? Sag nichts! Wieder der Braumeister.«

Er nickte und schrie im nächsten Moment auf, weil sie den festgetrockneten Stoff mit einem Ruck abriss. Brummend schloss er die Augen.

»Einstich?«, fragte sie.

»In Butter gefallen.«

»Butter… Das sieht nicht gut aus, Rungholt. Das sieht mir nicht wie ein reinigender Eiter aus. Warte.« Sie stand auf und holte einen angeschärften Löffel. »Ich kratz die Wunde aus. Wird etwas zwicken.«

Sehr fürsorglich begann sie mit ihrer Arbeit, und er spürte ihre prallen Brüste auf seinem Hintern und Rücken reiben, als sie sich vorlehnte. Die Warzen waren hart und stachen durch ihr Surkot.

Ich komme hierher, dachte er, um eine Trauernachricht zu überbringen, und giere nach ihren Brüsten. Wenn sie so weitermacht, kann ich nicht aufstehen, weil meine Bruche reißt. Wir Männer sind wahrlich kurios gestrickt.

Seine Wangen wurden heiß. Er spürte die Säfte… Nein. Lieber zählte er sinnlos die Reisigzweiglein vor seiner Nase, bloß nicht an ihr Fußkettchen, ihre Brüste und an ihren schönen Mund denken…

»Ich werde etwas Salbe drauftun. Das kann aber leicht brennen.« Sie zog hinter seinem Rücken eins der Eisen aus der Glut.

»Ich bin hart im Nehmen.«

»Gut. Bist du bereit?«

»Warum fragen mich in den letzten Tagen alle, ob ich bereit bin? Ich…«

Da senkte sie das glühende Metall in seine Wunde. Es zischte kaum, etwas Dampf stieg auf. Der Geruch von verbrannter Haut und Fleisch vermischte sich mit dem Gestank von Sinjes Hexentrank. Sie hatte das Eisen bereits einen

Atemzug lang herabgedrückt, bevor Rungholts Nerven begriffen, wie ihnen geschah.

Mit einem entsetzlichen Aufschrei wollte er hochkommen, ihren Arm packen, sie prügeln, sie treten und … Aber er konnte nicht, denn ihr rechter Fuß stand jetzt auf seinem Nacken und hielt ihn brutal nieder.

»Noch einen Moment. Sssssshhhht… Ist gleich vorbei… Hier noch ein bisschen verschmoren … Und hier …«

Rungholt keuchte, ihm wurde schwarz vor Augen. Seine Pranken versuchten vergeblich, etwas auf dem Boden zu greifen, um sie zu schlagen, und krallten sich in das Reisig. Am liebsten hätte er es sich in den Mund gestopft.

»Hör auf! Es reicht! Hör …« Er konnte nicht sprechen.

Da ließ sie ihn endlich los, hob den Fuß und warf das Eisen zurück ins Feuer. Zitternd und benommen wälzte sich Rungholt herum, wollte sie anschreien, wollte sie irgendwie packen und seine Wut an ihr auslassen, seinen Schmerz in ihren Leib prügeln, aber …

… Er blickte in ein unrasiertes Männergesicht. Schwarze, krause Haare, buschige Augenbrauen und ein verschmitztes Grinsen.

»Du weckst halb Lübeck mit deinem Gebrüll. Tut's sehr weh? Ich meine, das muss doch wirklich brennen.«

Das Erste, was Rungholt dachte, war: Sinje hat dich umgebracht! Sie hat dir ein brennendes Eisen bis in die Brust gerammt und dich zu ihm geschickt, weil du nicht sofort zu ihr gegangen bist. Ihre Rache. Ich bin tot. Ich bin in der Wrasenstadt. Ich bin bei …

»M-M-M-Marek!«, stammelte er und spürte noch immer die Flammen in seinem Rücken. Er kniff die Augen zusammen, blinzelte – einmal, zweimal – und neigte den Kopf. Doch die Gestalt wich nicht. Nein, dieser Marek hatte ein zugeschwollenes Auge und zwei Striemen auf der Stirn. Und dieser Marek verzog seinen Mund zu einem breiten Grinsen.

»R-R-R-Rungholt?«, sagte die Gestalt.

Er war es wirklich.

Sein Kapitän. Marek Bølge.

Lebend und alle Knochen noch beisammen, stand er vor dem geschundenen Rungholt und griente.

»M-M-M-Marek«, stammelte er abermals.

»Ich hasse den Landweg! Das sag ich dir aber.«

Obwohl die Schmerzen es kaum zuließen, fiel Rungholt in Mareks Lachen ein.

15

Ein Dutzend, zwei Dutzend Leichen am Waldrand. Die Bäume, bloß stakende Striche, die Toten gekritzelte Männchen.

Punkt, Punkt, Komma, Strich, fertig ist das Mondgesicht. Gleich zwei kleine Ohren dran, dass es nun auch hören kann. Kleine Butter kugelrund, wie ein Käs' so gesund …

Die mit Tinte auf schlechtem Pergament hingekritzelten Zeichnungen, ein Bild gar auf Rinde gemalt.

Wie Kinderbilder anmutende Skizzen wechselten sich mit gestochener Schrift ab, die eindeutig von zwei professionellen Schreibern stammte. Das meiste war in gutem Latein und Deutsch verfasst, einiges in Kyrillisch. Fremde Zeichen, die Kerkring nicht deuten konnte.

Punkt, Punkt, Komma, Strich …

Er sah sie förmlich vor sich: die vor Kälte steifgefrorenen Bauernhände, die versucht hatten, Winfrieds Kundschafter das Geschehene zu erklären. Zwei Bauern, drei überlebende Soldaten und ein Mädchen, das Schweine im Wald gehütet hatte. Sie alle hatten vor Jahren Winfrieds Gesandten das Gemetzel am Waldrand beschrieben. Das Blutbad an den Deutschen Ordensrittern, das Blutbad an der Scheune. Das Blutbad unweit Rigas. Rungholts Schuld.

Einen Menschen töten ist das eine, mit der Sünde leben etwas anderes. Seid Ihr dem gewachsen?

Nicht das erste Mal seit dem Zusammentreffen mit Rungholt hatte Kerkring die Kirschholzschatulle unter dem losen Dielenbrett herausgezogen, auf dem sein wuchtiger Stuhl stand.

Nicht zum ersten Mal seit gestern Morgen – zum wohl hundertsten Mal in den drei letzten Jahren hatte er das Sündenbuch vor sich auf den Schreibtisch gelegt.

Facinora perscripta peccatoris Rungholt war mit gestochener Schrift auf den ledernen Einband geschrieben. Die exakt verzeichneten Untaten des Sünders Rungholt.

Es gab Seiten in diesem Codex, die faszinierten ihn einzig aus Lust an der barbarischen Grausamkeit. Rungholt soll einem Mann den Kopf mit bloßen Händen abgerissen und einem zweiten die Augen ausgestochen haben, bevor er sein Herz aß.

Andere Seiten sprachen von einer Frau, einer gewissen Irena, die er im See hinter der Scheune ertränkt haben soll. In dem Meer aus Toten, aus gefrorenen Leichen, soll er die noch lebende junge Frau gepackt haben. Er hat ihr einen Dolch ins Herz gerammt und sie ins Eiswasser geschleudert. Das Hudemädchen aus Ogresgals gab zu Protokoll, der Mann habe … »am Wasser gekniet und die Zähne gefletscht wie ein mordlüsterner, wilder Hund«.

Ligawyi.

Kerkring wusste, dass der Hohe Rat die Echtheit dieses Buchs niemals in Frage stellen würde – aus einem einfachen Grund: Rungholts steter Begleiter, sein bester Freund, der verstorbene Rychtevoghede Winfried der Kahle hatte viele der Zeugenberichte gegengezeichnet, hatte Abrechnungen über seine Boten und Gesandten ins Russenland aufbewahrt und auf den letzten Seiten die Heilige Kirche in Rom angefleht, seinen Freund mit Hilfe dieses *fulkomme Uffschrieb* von sämtlichen Sünden reinzuwaschen. Es trug Brief und Siegel eines der angesehensten Männer Lübecks.

»Welche Ironie«, sprach Kerkring flüsternd zu sich selbst. »Welche Ironie. Wolltest die Seele deines Freundes retten, Winfried, und bringst ihn auf den Köpfelberg. Aufs Rad gebunden mit der Sünden Last. Nicht heute, nicht morgen. Nein, dann, wenn ich es will.«

Seine Augen juckten. Er rieb sie behutsam, träufelte sich etwas Wein auf die Fingerspitzen und wusch sie damit aus.

Vor der Morgenmesse hatten die beiden Bürgermeister, die höchsten Ratsmitglieder sowie Kerkring und sein Amtskollege in St. Marien heftig gestritten. Es ging um die letzte Bleibe für die Verhungerten, und noch immer konnte man sich nicht durchringen, Massengräber wie zu Pestzeiten auszuheben. Stattdessen hatten Dartzow und Methaler, als die beiden Bürgermeister, die in Lübeck weilten, schließlich verfügt, die Totengräber besser zu bezahlen und sie anweisen zu lassen, weitere Hilfskräfte einzustellen. Außerdem sollte Dartzow mit einer Bursprake vor das Volk treten und gut Wetter machen. Obwohl einige der einflussreichsten Kaufleute meinten, eine Bürgeransprache werde bloß als Zeichen der Schwäche gedeutet, hatten sich Kerkring und der Fiskal für die Ansprache entschieden.

Vor allem erhoffte sich Kerkring, dadurch die Bevölkerung zu beschwichtigen und Zeit zu gewinnen. Er brauchte einfach ein paar mehr Tage, um die Kinder zu finden. Als sie ihn gefragt hatten, wie weit er mit seinen Nachforschungen sei, hatte Kerkring mit seinen Worten eine helle, große Kerze entzündet und sie alle geblendet. Wirklich weiter war er nicht. Keinen Schritt.

Heute Nacht im Bett hatte er den Ratten zugehört, die vor dem Wasser geflohen und fiepend im Hinterhof herumgelaufen waren, und sich eingestanden: Ich weiß nichts. Ich stochere im nassen Nebel und fiepe wie eine Ratte. Ich habe keine Ahnung, was mit den Kindern geschieht. Ob sie noch leben, wo sie sind.

Wir alle haben Angst wie die Ratten, dass die Flut der Knochenhauer und Wakenitzschiffer die Türen des Rathauses aufdrückt und uns mit sich reißt.

Angewidert vom Blendwerk seiner eigenen Ansprache, war er heute Morgen in seine Amtsstube im Laubengang geeilt und hatte die Tür hinter sich verschlossen. Schließlich hatte er sich Rungholts Sündenbuch vorgenommen und noch einmal überlegt, ob er auf diesen unsäglichen Mann zugehen sollte.

Der Regen klopfte gegen die Butzenscheiben, und der Wind ließ die Läden klappern. Er hatte sie noch nicht geöffnet, obwohl der Tag längst angebrochen war.

Gewöhnlich saß er gerne hinter seinem wuchtigen Schreibtisch und ging die Schriftstücke durch. Der Geruch der Pergamente und die schiere Größe der Tischplatte, die Aussicht auf den Markt, wenn er grübelnd durch die Butzenscheiben blickte, seine Regale voller Schuldsprüche, all dies verlieh ihm Stärke. In diesem überschaubaren Kosmos seiner Rathausstube gab es nur einen Herrscher.

Der Gedanke an Ordnung, an Recht und die sichere Hand, seine Hand, die dieses Recht durchsetzte, ließ gewöhnlich die Säfte in ihm glusam werden. Erhabene Gedanken eines erhabenen Mannes.

An diesem nassen Morgen im Juli 1394 jedoch hatte ihm geschwindelt. Die Stadt war so fern von Gottes Gnade, das Recht so fern wie lange nicht. Was seine Schreiber ihm an Aussagen über die verschwundenen Kinder und den Aufruhr im Volke hereinreichten, war erschreckend. Wie ein Feuer breitete sich unter dem Pöbel die Meinung aus, der Rat hätte mit dem Verschwinden zu tun.

Er schob das Sündenbuch beiseite und zog sich noch einmal die Pergamente heran, in denen die Eltern über das Verschwinden ihrer Kinder berichteten.

Acht Kinder. Allesamt zwischen acht und zehn Jahre alt. Die Zwillinge einer Magd, der Sohn eines Töpfers, der Sohn eines Kürschnergesellen, eines Bernsteindrehers, eines Erdarbeiters, der kleine Bruder eines Fleischhauers, Mornewechs Peterchen.

Auffallend viele Handwerkerkinder. Ein Zufall? Seit drei Wochen versuchte Kerkring nun schon, das herauszubekommen. Langsam festigte sich in ihm das Gefühl, jemand wolle den Brand zu einem Flächenbrand ausweiten und mit der Entführung der Kinder die Gemüter anheizen.

Verschwinden mehr Kinder von Handwerkern, und der Rat sieht zu, gießt dies Tran in die Flammen derer, die uns aus dem Rathaus jagen wollen. Waren es die Aufwiegler? War es möglich, dass die so perfide vorgingen und die Kinder ihrer Gesellen, ihrer Boten und der Ärmsten unter sich opferten, um mehr Mitsprache zu erlangen? War das denkbar? Dumme Frage. Er dachte es bereits.

Ob Rungholt trotz seiner Drohung dem Fall nachging? Sicherlich. Dieser ekelhafte Frevler hatte sich noch nie an irgendwelche Regeln gehalten. Ehrlos, vermessen und voller Zorn torkelte dieses Fass durch Lübeck. Rungholts Benehmen war eines Hansa nicht würdig.

Kerkrings Blick glitt noch einmal zum Sündenbuch.

Blutbad, Massaker. Entführte Kinder, Peterchen. Mein Gott, dachte er. Peterchen. Die Bilder von der Leiche schossen wie Pfeile einer Armbrust durch seinen Kopf. Schmerzhaft und blitzschnell: der Keller voller Blutwasser, die Abgeschlachteten.

Auch wenn er Rungholt gerne auf dem Köpfelberg sehen würde, hatte dieser Mann doch seinen Spitznamen nicht zu Unrecht. Immerhin war es ihm die letzten Jahre öfter gelungen, Mörder festzusetzen.

Seine Gedanken drehten sich im Kreis. Er musste den Kopf freibekommen.

Er schob die Pergamentrollen mit den Aussagen der Eltern beiseite, öffnete das Fenster und stieß die Fensterläden auf. Der Regen peitschte in sein Gesicht. Der Marktplatz war wie ausgestorben. Als ein Windstoß seine Unterlagen zu verwehen drohte, schloss er die Butzenfenster.

Er stellte sich an die Scheibe und sah dem Regen zu, der daran hinabrann. Tausend dicke Tränen, dachte er.

Kerkring konnte das Schluchzen hören. Leise schluchzte es, und der Fensterladen rappelte im Wind... Der Himmel weinte seit Wochen. Er hielt inne und horchte. Nicht der Fensterladen klapperte, sondern seine Tür. Und das Schluchzen... Es weinte tatsächlich jemand. Ein Kind.

Er sprang zur Tür, wollte sie schon öffnen, bemerkte aber, dass noch immer Rungholts Sündenbuch aufgeschlagen auf seinem Kirschholzschreibtisch lag. Schnell griff er es, zog die Schublade des Tisches auf. Ohne eine Regung packte er Rungholts Brille und Van der Hunes Finger beiseite, ein zwei Jahre altes Andenken an den Schlächter von Visby, der ihn damals das Amt gekostet hatte. Der verschrumpelte, brüchige Finger machte sich gut neben dem Sündenbuch

Das Schluchzen war noch immer zu hören, oder bildete er es sich...? Nein. Jemand drückte die Klinke, riss und presste am Türblatt.

Kerkring eilte erneut hin und drehte den Schlüssel, da hörte er ein geschluchztes »Papa« von der anderen Seite. Es war tatsächlich Marie, seine jüngste Tochter.

Weinend stand sie vor der Tür, streckte die Ärmchen aus, wollte hochgenommen werden.

»Marie? Was machst du denn hier?« Er hob sie hoch und drückte sie an sich. »Was ist denn passiert?«

»Aua gemacht. Blut. Guck da.« Sie zeigte ihm den Zeigefinger. Auf einer winzigen Wunde saß ein Tröpfchen.

Kerkring pustete und strich ihr über die Wange.

»Vogel war da. In meiner Kammer. Zeigen will.«

»Du willst mir einen Vogel zeigen? Wo ist denn Mama?« Er begriff immer noch nicht, wie seine dreijährige Tochter hierhergekommen war.

»Nicht da.«

»Du bist allein durch die Stadt?«

»Ja. Vogel zeigen, Papa. Hübsch war. In meiner Kammer war.«

Sie blickte zu Boden, erst jetzt sah er das Tier. Er kannte sich mit Vögeln nicht aus, wusste nicht, was dieser für einer war. Vielleicht ein Spatz? Sie hatte ihn gegen die Tür geworfen und ihm so den Hals gebrochen. Erneut begann sie bitterlich zu weinen.

»Der mir Aua gemacht. Ich habe worfen. Angst gehabt.«

»Ist gut. Ist schon gut.« Er drückte sie an sich und spürte, wie er zitterte. Wie konnte sie bloß allein durch die ganze Stadt rennen? Mit einem Vogel in der Hand? Kerkring schmiegte seinen Kopf an Maries Haar und atmete ihren Duft ein.

All die Familien, all die Väter und Mütter, die kein Kind mehr an sich drücken, die Haare nicht mehr riechen konnten …

Es musste etwas geschehen.

Und Rungholt?

Was war, wenn Rungholt tatsächlich ermittelte? Was, wenn er etwas herausgefunden hatte, was ihm und seinen Bütteln entgangen war? Sollte er nicht doch zu ihm gehen?

Sich entschuldigen? Für seine Drohungen?

War es möglich, mit diesem Ehrlosen aus der Engelsgrube einen Pakt zu schließen? Einen Pakt gegen die Kindesentführungen und für ein besseres Lübeck. Rungholt hatte die Eingebungen und die Erfahrung. Er die Macht und die Männer.

Bei dem Gedanken, dass sie diesen Fall womöglich bloß gemeinsam lösen konnten, wurde ihm übel.

Er küsste Maries Wange und fasste den Entschluss, sich Rat zu holen.

Zum Glück kannte er jemanden, der stets wusste, was Kerkring zu tun hatte. Sein Blick glitt noch einmal zu dem Vogel, der verrenkt auf seiner Schwelle lag. War das ein Zeichen?

16

Wie zwei klapprige Greise hielten sich Rungholt und Marek an den Händen, stützten sich gegenseitig und ließen sich langsam ins heiße Wasser hinab. Jede Bewegung tat ihren Knochen weh, schon das Waschen und Abschrubben mit Lauge, das alle Badenden über sich ergehen lassen mussten, bevor sie in die Tröge durften, war eine Tortur gewesen.

Die mächtigen Holzbottiche liefen wegen der großen Anzahl Badender über. Wasser lief über den blank gewischten Holzboden, verteilte sich zwischen Eimern voller wohlriechender Blüten und den Extrakten, die Swonekens nur auf Wunsch ins Wasser gab und sich reichlich bezahlen ließ. Die Wasserversorgung, die unter Lübeck verlief, war noch nicht bis in alle Gassen und Hinterhöfe vorgedrungen und wurde außerdem hauptsächlich von den Brauereien und Gerbern aufgezehrt, sodass kaum etwas in den Kellern derer ankam, die bereits ans Wassernetz angeschlossen waren.

Erst seit wenigen Jahren förderte der Rat den Bau von Brunnen und ließ die Straßen aufgraben, um Holzrohre, die Ronnen, zu verlegen.

Würfel knallten auf Holz, Wein ergoss sich über wohlgeformte Frauenbrüste. Ausgelassen wuschen alle ihre Sorgen und Nöte weg, vergaßen für einen Moment Hunger und Regen. Ratsmänner und Handwerker teilten sich das Wasser und die Hübschlerinnen.

Während in einem Zuber Essen gereicht wurde, bedienten zwei schlanke Dirnen in einem abgetrennten Bereich einen Badbesucher. Sein Stöhnen drang durch den Samtvorhang und vermischte sich mit der Musik zweier Spielleute, die, auf ausgedienten Holzeimern sitzend, lange Hälse machten und das ausgelassene Treiben mit zotigen Liedern begleiteten.

Rungholt konnte eine Hure aus der Clemensgasse sehen, die ihre Reize feilbot und für ein paar Pfennige mit in den Zuber stieg. Eigentlich war es untersagt, aber der Rat drückte bei alldem ein Auge zu. Giggeln und Lachen erfüllte die Stube. Warmer Dampf vermischte sich mit den Laugen, die Swoneken für die Gäste angesetzt hatte, und hüllte Rungholt in kräutrigen Duft.

»Oooooh…«, stöhnte er, als er sich noch tiefer ins heiße Wasser ließ. »Oooooh, tut das weh… Ooooh… Oh, tut das gut.« Das klare Wasser umschmeichelte seine ausgebrannte Wunde. Rungholt lehnte sich zurück, fuhr aber zusammen, als seine Wunde gegen das Holz stieß.

Auch Marek konnte nicht entspannt sitzen wegen all der blauen Flecken, Striemen und Schnitte. Er rutschte auf seinem Allerwertesten zu Laute und Leier, als hätte er Flöhe im Hintern.

»Du hast es gut«, meinte Rungholt. »Du hast dich von Sinje ordentlich einreiben lassen.«

Marek grinste. »Was meinst du, warum ich erst zu ihr gegangen bin, anstatt mir in deiner Diele Vorhaltungen machen zu lassen. Sinje weiß mit ihren Händen umzugehen, das sag ich dir aber.«

Rungholt lächelte. Das konnte er sich lebhaft vorstellen. Das letzte Mal, dass er Alheyd geliebt hatte, war irgendwann im Winter gewesen. Kurz vor Weihnachten. Genau konnte er es nicht sagen.

Aus Mareks Blessuren las Rungholt wie aus einem Buch. Der Knauf eines Schwertes hatte ihn zwei Mal unterhalb der rechten Schulter getroffen und nur zufällig keine Rippe gebrochen. Schlagwunden an Kinn und Hals, das blaue Auge war zugeschwollen. Die Flucht durch das Dickicht hatte eine Landkarte auf dem muskulösen Körper des Kapitäns hinterlassen. Rote Flüsse, Pfade, Wege – Zickzack, kreuz und quer hineingeratscht von Ästen und Dornen.

»Gibt's hier keine Kissen?«, polterte Rungholt. »Swoneken! Bring Bier, was Ordentliches zu beißen und was für unsere Hintern. Und sau dein Wasser richtig mit Kamille und Arnika ein. Ich zahl's auch. Die Tunke soll uns stärken.«

Er lehnte sich vor, um Marek kräftig die Wange zu tätscheln, brach aber ab, weil er Angst hatte, seine geschundenen Knochen würden bersten wie eine Kogge unter dem Feuer einer Trebuchet.

Sie hatten ihre Kleider gleich bei Sinje gelassen und waren, bloß mit einem Tuch über den Schultern und ihren Stiefeln an den Füßen, durch den Regen geeilt. Sinje hatte keinen Hehl daraus gemacht, dass sie Marek eigentlich den ganzen Tag für sich hätte haben wollen, aber die beiden Freunde hatten ihre Einwände beiseitegewischt.

Noch auf dem Weg von Sinje in die Badestube hatte Marek versucht zu erklären, was geschehen war.

Viel konnte er nicht sagen. Eine Horde Bauern hatte ihnen aufgelauert. Mit Forken, Äxten und Knüppeln bewaffnet. Obwohl sie nicht gut kämpfen konnten, waren sie in der Überzahl gewesen und vom Hunger in solche Raserei versetzt, dass selbst Mareks beste Männer nichts gegen sie hatten ausrichten können. Sie fielen über alles und jeden her, zerrten die Männer in den Wald, luden die Waren auf ihre Karren und steckten alles in Brand. Nachdem neun von Mareks Gefolgsleuten gefallen waren, blieb ihm mit seinen restlichen Männern nur die Flucht.

Schwitzend und außer Puste trat der dicke Bader Swoneken Clot zu ihnen und schüttete aus einer Tonschüssel ein paar Kamillenblüten in den Zuber. Dann schnallte er sich vom Gürtel einen Schlauch aus Schweinsblase und fügte einige Spritzer Arnikasud hinzu. Nach dem Bad würde er das Wasser austauschen müssen. Zumindest würde er den Preis dafür in Rungholts Brettchen ritzen.

Eine Magd, kaum bekleidet und viel zu hübsch, um Holz zu schleppen, brachte ein paar Scheite. Während sich Rungholt und Marek mit den Blüten einrieben und den Sud verteilten, heizte Swoneken den Ofen nach. Dieser stand direkt im Zuber, nur abgetrennt durch ein paar Bretter, und die Kunst bestand darin, die Gäste nicht zu kochen.

»Wünscht Ihr den Schwamm, Rungholt?«

»Gern. Immer her damit.«

Er reichte Rungholt einen der Schwämme, die er aus Venedig hatte kommen lassen, nicht nur wegen dieses reichlich teuren Vergnügens war sein Badhaus angesehen, neben den Hübschlerinnen war auch das Essen gut.

»Viel zu tun, hm?«, fragte Rungholt Swoneken und hielt Marek den Schwamm hin, der jedoch ablehnte. Er hatte sich einen Nizkamp geschnappt und begonnen, seine Haare zu entlausen. Das Geviech fiel in den Zuber oder aufs Essbrett, das Swoneken zwischen sie geschoben hatte.

»Wenn's zu Hause nichts zu fressen gibt, kommen sie in Scharen her. Kann mich nicht beklagen.« Knackend zerdrückte Swoneken eine der Läuse und grinste Rungholt mit seinen drei fauligen Zahnstumpen an. »Irgendwo müssen die Witten ja bleiben.«

Rungholt lachte.

Im hinteren Bereich, neben dem Ausgang zur Gasse, war der Donnerbalken voll besetzt. Sturzbetrunken schissen vier wohlhabende Bernsteindreher, mit denen Rungholt schon so einige Geschäfte abgeschlossen hatte, in eine Rinne. Sie hockten aufgereiht da, unterhielten sich lautstark über die verschwundenen Kinder und begannen erst zu tuscheln, als die Sprache auf die Unfähigkeit des Rates kam. Swonekens Knecht stand mit Eimer und Schaufel bereit, aber die Männer wollten von ihm nur mehr Wein.

Auch Rungholt und Marek wurde eingegossen. Missmutig registrierte Rungholt, dass alle in Swonekens Badhaus Rotspon tranken. »Swoneken, hast du mal darüber nachgedacht, deine Gäste mit gutem Bier abzufüllen?«

»Dünnbier?« Der Bader schüttelte den Kopf. »Da schiffen die mir die Rinne zu. So viele Kübel kann ich gar nicht wegschaffen.«

Rungholt lehnte sich vor. Sein Angebot musste nicht jeder hören. »Ich kann dir einige Dutzend Fässer von dem für den Außenhandel verkaufen.«

»Was? Starkbier? Das hochprozentige? Dein Brau für Hamburg?«

»Für Hamburg und Visby. Ja. Starkbier.«

Nachdenklich rieb sich Swoneken das Kinn. »Hm. Ich denk drüber nach«, meinte er und wünschte den beiden viel Vergnügen.

»Du musst dein Ausfuhrbier schon unter der Hand in Lübeck loswerden? Was hab ich verpasst?« Marek wusch sich vorsichtig sein geschwollenes Auge aus.

»Eine ganze Menge. Die letzten Monate ist reichlich was passiert. Aber lass uns erst einmal anstoßen, mein Freund! Darauf, dass du da bist, auch wenn meine Ware auf der Strecke geblieben ist.«

Nachdem die beiden die zweite Karaffe Rotspon geleert hatten, wurde Rungholt redselig. Er berichtete Marek vom Verschwinden der Kinder, von Dartzow und Kerkring. Und weil Marek unablässig nachbohrte, auch von dem Edelsteinraub bei d' Alighieri. Dass er einen Kinderschädel gefunden hatte und in wenigen Tagen kein Hab und Gut mehr, verschwieg er geflissentlich.

»Ein Hammermann?«, fragte Marek staunend. Rungholt konnte ihm an der Nasenspitze ablesen, dass er darauf brannte, mal wieder einem Sünder nachzuspüren. »Wie passt der mit den verschwundenen Kindern zusammen?«

Swoneken kam und half Rungholt aus dem Zuber. Der legte sich gegenüber von Marek auf eine Holzbank. Er rief noch einmal die hübsche Magd herbei, die sofort begann, ihn mit Öl einzureiben.

»Bin mir nicht sicher«, brummte Rungholt. »Bei der Sache mit den Kindern stimmt was nicht. Mornewechs Peterchen ... Ich hab was übersehen. Ich bin schon sieben Mal meine Tafeln durchgegangen, aber ... ich komme nicht drauf, was es ist. Egal. Ich suche den Dieb.«

»Nicht die Kinder. Aha. Und der Dieb?«

»Da stimmt auch was nicht.«

»Na, großartig.«

Rungholts Antwort war ein Brummen. Seufzend schloss er die Augen, spürte erst die Wärme der Finger, die seine Schwarten und Fettpolster durchwalkten, dann die Müdigkeit. Seit dem Wassereinbruch in seinem Schlafzimmer hatte er kaum ein Auge zubekommen.

»Du gehst also beiden Fällen nach, obwohl ...«

»Obwohl was?«

»Obwohl Kerkring am Kinderfall dran ist.«

Rungholt winkte ab. »Diese Bangbüx von einem Richter. Der hat mir gedroht, kannst du dir das vorstellen? Wahrscheinlich mach ich's bloß deswegen. Nicht wegen der Kinder, sondern um ihm eins auszuwischen«, knurrte er und wusste, dass es nicht stimmte.

»Ja sicher. Nicht wegen der Kinder«, entgegnete der Kapitän. Auch für ihn war klar, dass Rungholt sich wieder einmal die Wahrheit zurechtlegte.

»Kerkring wird den Fall niemals lösen. Der nimmt irgendeinen fest. Irgendeinen von der Straße. Nur um Bürgermeister zu werden, dieser Muskopp…« Er war kaum fähig, die schweren Lider offen zu halten. Das Öl auf seinem Rücken, den Beinen und Schultern roch nach tiefem Nadelwald, nach Moor, und Rungholt meinte, den Geschmack von Schatten auf seiner Zunge zu spüren. Eigenartig.

Rungholt hob den Kopf und sah noch einmal zu Marek, der von Swoneken das Essen entgegennahm. Es war Hering mit Ingwer-Mandel-Zwiebel-Soße. Rungholt musste schmunzeln. Was sonst, hatte Swoneken doch einen Vertrag mit dem Blauen Beil.

Rungholt wurde das Mahl jetzt neben die Bank geschoben. »Lass es dir schmecken«, meinte Swoneken. »Auf dein Leben! … Reden wir später drüber, wie du die Rechnung abstotterst.«

Rungholt lachte, weil Marek sich prompt verschluckt hatte und seinen Wein über den Hering und in den Zuber prustete. In der Holzwanne zog der Arnikasud bunt schimmernde Schlieren. Als Rungholt sah, dass Swoneken nicht nur Essen hingestellt, sondern weitere Kamillenblüten ins Bad gestreut hatte, wurde er schlagartig wach. Er stieß die Magd beiseite und kam taumelnd hoch.

»Das ist es. Weiße Blüten«, rief er aus. »Komm! Vergiss den Hering!«

»Was?«

»Effengrube. Komm. Sofort.« Ehe es sich Marek versah, hatte Rungholt Marek gepackt.

»Bist du von allen guten Geistern …?«

Das Essbrett rutschte samt Fisch und Mus ins Wasser, Marek fluchte laut. Dutzende Augen richteten sich auf ihn.

»Die Blüten!« Rungholt deutete aufs Wasser. »Deswegen waren sie in meinem Fach. In meiner Dornse … Komm! Komm endlich, du einäugiger Kapitän!« Alle starrten sie an, doch Rungholt ließ sich nicht aufhalten, lief bereits zwischen den Zubern hindurch. »Swoneken! Einritzen«, rief er und riss splitternackt die Tür zur Gasse auf. »Ich zahl's morgen.«

17

»Komm endlich.« Rungholt konnte es nicht erwarten, seine Eingebung zu überprüfen. Nach Atem ringend, stolperte er an der Stadtmauer entlang Richtung Effengrube. In der Aufregung hatte er Alheyds Trippen unter seine Schnabelschuhe geschnallt.

»Jetzt warte doch.« Keuchend kam Marek neben Rungholt in einer Pfütze zum Stehen. Der Regen hatte ihm die krausen Haare an den Kopf geklatscht. Seine zerschundenen Beine staksten nackt unter dem Leinen heraus, steckten in abgetragenen, schweren Lederstiefeln.

Beinlinge, Bruche, Unterkleid? Für so etwas war keine Zeit gewesen. Weil ihre Kleider bei Sinje lagen, hatte Rungholt seinen Freund kurzerhand in die Engelsgrube gezerrt. Unter Alheyds verwunderten Blicken hatte er die erstbeste Cotte über das Dielengeländer zu Marek hinabgeschmissen und sich selbst bloß eine alte Schecke um die Schultern geworfen.

»Die paar Schürfwunden«, ätzte Rungholt. »Und du schnaufst wie ein klappriger Gaul.«

»Rennt die Effengrube etwa weg? Was ist denn los? … Das kratzt vielleicht, sag ich dir aber. So etwas trägst du am Leib? Widerlich, würd' ich meinen.«

»Wenn du dich hübsch machen willst wie unsere Weiber, dann geh zurück und lass dir von Swoneken den Rücken schrubben. Ich jedenfalls muss das jetzt klären.«

Vor ihnen lag der Holzmarkt. Die Straße an der Obertrave war immer belebt, doch heute herrschte trotz des Regens geradezu Aufruhr. Sechs Ratsherren, dicke Wintermützen gegen die Nässe ins Gesicht gezogen, alle hoch zu Ross, riefen ihren Trägern Befehle zu. Sie ärgerten sich, dass die zehn Mann die Kräne nicht schneller entluden. Drei schuppengroße Holzkräne, direkt auf die Stadtmauer gepflanzt, wurden von Bütteln in Laufrädern angetrieben. Die schiffpfundschweren Konstruktionen hoben Baumstämme vom Hafen direkt über die Mauer und auf bereitgestellte Pferdewagen. Dutzende Kaltblüter und Ochsen schnauften wartend im Regen.

Als Rungholt näher kam, konnte er durch eines der Warentore einen Blick auf den Hafen werfen. Erschrocken blieb er stehen. Es war keine Kogge, keine Prahme zu sehen, alle Schiffe hatten losgemacht. Und der Platz bis zum Kai glich einem Schlachtfeld. Überall angebrochene Warenstapel und Berge von Holz, teilweise abgetragen, teilweise ins Rollen gekommen. Vorarbeiter schrien Befehle, Träger und Tagelöhner, einige halbnackt, weil der Regen nur so zu ertragen war, packten mit bloßen Händen die Stämme. Gut zwei Dutzend von ihnen schoben einen Eichenstamm auf einen Ochsenkarren, andere beeilten sich, den Ausleger des Krans heranzuwinken und dicke Ketten unter einen Stoß Birken zu schieben.

»Die Trave«, stellte Marek trocken fest. Er war neben Rungholt getreten. »Siehst du die Kaimauer?«

Rungholt nickte.

»Noch vor der Vesper ist der Fluss übergetreten, sag ich dir.«

Da glitt Rungholts Blick den grauen Strom hinab. Auf Höhe der städtischen Mühle hatte sich Holz verfangen. Stämme und Unrat, all das, was die Wassermassen landauswärts angetrieben hatten, schob sich dort ächzend und krachend übereinander und war kurz davor, sich loszureißen. Drei unerschrockene Zimmermänner waren bereits dabei, die Stämme unter Einsatz ihres Lebens zu trennen. Sie balancierten auf den schwimmenden Bäumen, krochen durch angespülte Büsche und Blätterwerk und bugsierten mit Sägen und langen

Stöcken die Stämme auseinander, um sie aufs Land zu ziehen.

Rungholt wandte den Blick zur Seite, versuchte, die Holstenbrücke im Regendunst zu erkennen. Nicht auszudenken, was geschehen würde, wenn die Holzmassen gegen die Brücke geschwemmt wurden. Gerade wollte er es Marek sagen, als er aus dem Augenwinkel die Baumstämme am Kran bemerkte. Es waren drei Birken. Eines der Halteseile war gerissen, und die langen Stämme drehten sich nun ungesichert mitsamt des schweren Kranhakens.

»Weg!«, hörte Rungholt noch jemanden schreien. »Um Gottes willen!« Dann sausten die Bäume auf Mareks Kopf zu.

Mit einem Satz stieß Rungholt den Kapitän in die Pfützen und warf sich selbst dazu. Berstendes Holz, Splitter, Rinde. Über ihnen schabten die Stämme an den Backsteinen entlang, rissen zwei, drei heraus und ließen einen Holz- und Steinregen auf die beiden Neugierigen niedergehen.

»Was … Was war denn? Ich … «

»Du bist noch nicht ganz da, Marek, hm? Ein blaues Auge reicht dir wohl nicht, willst dir lieber den ganzen Schädel zerquetschen lassen, was!«

Verdattert kam Marek auf die Beine und sah sich die Birken an, die nicht nur die Mauer, sondern auch einen der wartenden Wagen gerammt hatten.

»Danke. Ich steh in deiner Schuld.«

Rungholt knurrte. »Jaja. Hilf mir mal hoch.«

Während Marek ihm aufhalf, fiel sein Blick auf den Wagen. Die Seite war geborsten, Gott sei Dank waren die Baumstämme nicht auf die Straße gerollt. Sie hätten leicht einen der Ratsmänner und seinen Kaltblüter zerquetschen können. Dann wäre es mit dem Befehlebrüllen ein für alle Mal aus gewesen. Da bemerkte er einen Schatten hinter dem Wagen. Jemand lugte hinter den Baumstämmen hervor und tauchte ab, als sich ihre Blicke kreuzten.

»Wenn ich Recht habe«, sagte Rungholt, ohne den Blick von dem Karren zu nehmen, »Wenn ich Recht habe, Marek, wirst du dir wünschen, das nicht gesagt zu haben. Dann trägst du nämlich die Schaufel.«

»Was gesagt?«

»Dass du in meiner Schuld stehst.«

»Häh?« Marek kratzte sich an seinem vernarbten Unterarm und blinzelte Rungholt aus seinem heilen Auge an. »Und was für 'ne Schaufel?«

Statt einer Antwort setzte Rungholt sich bereits in Bewegung. Er war sich sicher, dass es der Mann aus der Rosenstraße war.

»Bleib stehen, du!«, rief er und bog schwerfällig um den Wagen. Nichts. Da war kein Schatten. Bloß Stiefelabdrücke im Schlamm, die sich jedoch in den großen Pfützen verloren. Verwirrt blickte Rungholt zu den Häusern hinüber, zum Kran und den Berittenen. Der Schatten war verschwunden.

»Hilf mir mal hoch. Komm schon.«

Es war nicht die Wunde an seinem Rücken, die ihm Probleme bereitete, sondern die Höhe. Er traute sich nicht von der obersten Sprosse der Leiter hinauf auf das Baugerüst. Es gab kein Geländer, und die Bohlen waren von dem tagelangen Regen glitschig. Wie sollte er ein Bein zur Seite schwingen und über die Kante des Gerüstes heben? Bei Marek sah es einfach aus, aber mit diesem Wanst? Und in einer Schecke, die viel zu klein war? Er hatte keine Lust, zerschlagen im Grützmachergang zu liegen, unweit der Stelle, wo sie den Schädel gefunden hatten.

Der einäugige Marek, der behände vorausgeklettert war, blinzelte ihn von oben herab durch den Regen an.

»Hilfst du mir jetzt, oder glotzt du nur?«

»Da geht's noch zwei Stockwerke hoch. Wieso willst du da überhaupt rauf?« Er hielt Rungholt die Hand hin und half ihm hoch. Anstatt sich aufzurichten, krabbelte Rungholt wie ein Kleinkind von der Leiter hinüber auf die Bohle.

»Ich brauche einen Überblick«, keuchte er.

»Hast du mal in die Wolken gesehen? Dazu muss man nicht Kapitän sein, das wird einen schönen Sturm geben.«

Rungholt, der noch immer auf allen vieren hockte und nicht recht wusste, woran sich festhalten, blickte auf. Über ihnen war der Himmel genau wie heute Morgen und die letzten Tage: ein schlichtes Grau in Grau. Doch am Horizont zeichnete sich jetzt eine pechschwarze Wand ab. Abertausende Schiffsladungen Tinte, ausgekippt ins Wolkenmeer. Unaufhörlich walzte dieses Schwarz sich auf Lübeck zu. Rungholt meinte sogar, erste Blitze aufflackern zu sehen, obwohl das Gewitter sicher noch sechs Meilen entfernt war.

»Wir müssen weiter rauf«, war zu Mareks Erstaunen Rungholts einziger Kommentar. Er packte die Hand des Kapitäns und zog sich an ihm hoch.

»Wir müssen dann auch wieder runter, Rungholt.«

»Was du nicht sagst. Ich bin fett, aber nicht blöd.«

Nach dem Beinaheunfall genoss es der Kapitän sichtlich, Rungholt überlegen zu sein. Um Mareks Körperbeherrschung hatte Rungholt den Schonen stets beneidet. Behände packte der die Leiter, zog sie in einem Zug hoch, erklomm sie flugs und tauchte durch einen Bodenauslass. Weniger als zwei Atemzüge, und er stand über Rungholt.

Die Sprossen knarrten, und das Gerüst wankte bedenklich, als Rungholt die Leiter erklomm, sich an die Streben klammerte und die Schnabelschuhe auf die rutschigen Sprossen setzte. Nicht alle mit Hanfseil verknoteten Streben würden Rungholts Gewicht standhalten. Schon hier unten, nicht mal auf Höhe des zweiten Stocks, blies der Wind harsch und kalt, schlug ihm den Regen ins Gesicht und tränkte seine viel zu leichte Schecke. Er tastete sich an die Kante der Bodenklappe vor und hielt sich fest. Gründlich ließ er seinen Blick über den Grützmachergang unter ihnen schweifen. Da war die Mauer, der Karren, die Stelle, an der sie den Kinderschädel gefunden hatten. »Weiter hoch.«

»Sicher?«

»Weiter hoch. Komm, kletter vor.«

Rungholt vermied es nun, nach unten zu sehen. Er nahm die Leiter noch langsamer. Seine Hände verkrampften sich beim Festhalten so stark, dass seine Knöchel weiß hervortraten.

Atme ... Ein, aus ... Atme ...

Als Rungholt Marek nachsah, wurde ihm übel, denn er meinte, die obersten Bohlen, auf die sich der Kapitän zog, bedrohlich wackeln zu sehen. Sowieso schwankte das ganze Gerüst bei jeder Böe.

»Komm. Du wolltest es so, oder?« Der Regen tropfte Marek vom Kopf, als er sich zu Rungholt hinabbeugte und ihm seine Hand entgegenstreckte.

Zitternd, in Panik, seine Schnabelschuhe könnten sich verhaken und Alheyds dämliche Trippen abrutschen, schob Rungholt seinen großen Schädel durch die oberste Luke.

Er wollte sich irgendwo festklammern, aber außer Mareks nacktem, behaartem Bein gab es nichts.

»Brauchst dich nicht zu ekeln«, beruhigte Marek ihn, der sichtlich Gefallen an der Kletterei gefunden hatte. »Hab grade gebadet.«

»Sehr witzig.« Sie mussten laut gegen das Heulen des Windes und das Prasseln anreden.

»Zieh dich rauf. Hier kann man gut stehen, keine Angst.«

»Die hab ich aber. Ich weiß, wie weh das tut, den schnellen Abstieg zu nehmen. Ist nicht lange her, seit ich's ausprobiert hab.«

»Zieh dich einfach an mir hoch.«

Er fixierte Marek, umschloss dessen rechtes Bein und setzte erst einen aufgeweichten Schnabelschuh, dann den anderen aufs Brett und zog sich schließlich an seinem Kapitän gänzlich auf die Füße.

»Das ist ... Das ist ... wie auf der Möwe«, schwärmte Marek mit glühendem Blick, ließ Rungholt stehen und schritt fuchtelnd die Bohle ab. »Du stehst an Deck. Ein Sturm zieht auf. Die Gischt spritzt dir ins Gesicht. Die Kogge rollt, der Wind pfeift. Du denkst an Lübeck, an dein Zuhause, und du fühlst dich frei.«

»Beschreib's mir noch in allen Farben, dämlicher Schone.« Rungholt wurde schlecht. Dieses verdammte Gerüst schwankte tatsächlich wie eine Kogge im Wind, und er musste freihändig stehen ...

»Schau mal.« Marek packte einen der Gerüstpfeiler und begann, an dem Holz zu rütteln. »Die brave Möwe fährt unter Sturm. Das Segel bläht sich. Einholen, sag ich! Einholen! Hoooolt die Seeeeegel ein.«

»Aufhören! Marek!« Kreidebleich fuhr Rungholt seinen Freund an. »Verdammt! MAREK! Diese Bauerntrampel haben dir's Hirn weggefressen! Nimm sofort deine Finger ... HÖRST DU!«

»Also so schlimm, sag ich dir, ist es doch gar nicht hier oben. Warte mal, bis das Gewitter da ist.«

Rungholt konnte nichts erwidern. Er hatte genug damit zu tun, sein Würgen und das Schlottern in den Beinen niederzukämpfen. Es dauerte einige Atemzüge, bis seine Säfte wieder flossen und er sich endlich von dort oben umschauen konnte. Ein paar Mal atmete er konzentriert ein und aus und sah dann gründlich hinab.

»Ich hab's geahnt«, entfuhr es ihm.

»Was denn?«

Rungholt zeigte hinunter. »Die Höfe. Schau. Unter uns der Grützmachergang. Da drüben die Mauer und der Karren. Und da ...« Er zeigte an einer anderen, sehr viel niedrigeren Mauer vorbei.

»Der Bauhof?«

»Ja. Und näher zu uns?«

»Die alte Kannengießerei von Trechtel?«

»Richtig. Und was steht davor?«

»Ein Busch.«

»Ein Holunderbusch. Und davor das Haus mit dem Keller. Mornewechs Keller. Die Kannengießerei und der Keller liegen direkt nebeneinander. Sie sind nur durch ein lächerliches Gatter getrennt. Dort drüben.«

»Na und?«

»Den einen Gang betrittst du von der Effengrube und den anderen über den Bauhof. Von der ganz anderen Seite.«

»Was soll's? Lübeck ist schlimmer zugebaut als der Lagerraum eines schlampigen Kapitäns.«

»Ja. Aber das Merkwürdige ist, dass du von diesem Gang hier, vom Grützmachergang, bloß durch das Gatter gehen musst, und du bist am Haus von Mornewech.«

»Was ist daran merkwürdig? Wenn du mir alles erzählt hast, ist dein Dieb da durch die Mauer und hat am Karren seine Sachen verloren. Er ist hier unter uns am Gerüst vorbei in die Effengrube gelaufen. So hat's doch dieser Büttel gesagt.«

Rungholt legte die Stirn in Falten. »So hat es dieser Büttel gesagt, ja.«

»Aber du meinst ...«

»Er ist aus Mornewechs Keller gekommen. Am Holunderbusch vorbei. Seine Stiefel sind voller Blüten. Er läuft zum Gatter und rüber zum Grützmachergang. Er will durch die Mauer, zieht den Karren beiseite und verliert den Schädel.«

»Was für einen Schädel? Was soll ein Dieb mit vier Toten in einem Keller zu tun haben? Und was ist mit dem Kurier? Mit d' Alighieris Edelsteinen? Ich dachte, er ist von d' Alighieri hierher gerannt.«

»Das weiß ich noch nicht. Aber ich habe ein ungutes Gefühl.« Ohne auf das Wasser zu achten, das von seiner Nasenspitze tropfte, starrte Rungholt auf den Holunderbusch bei Mornewechs Kellereingang. Blüten wie Schnee.

18

Mit einem einzigen Tritt ließ Marek kurz darauf die Kellertür aus den Angeln fliegen. Rungholt entfachte vor dem Abgang eine Fackel, und gemeinsam betraten sie den Todeskeller.

Die Leichen waren fort, aber ansonsten lag das Schlafgemach genauso da, wie er es verlassen hatte. Selbst die Blumenvase schwamm noch im Wasser. Unzählbar viele Fliegen hatten sich auf das Blutbett gesetzt und verwandelten es in einen blau-schwarzen Organismus. Weil das Blut zu verrotten begann, roch es hier strenger als gestern Morgen, aber die Kellerkälte verhinderte einen wirklich schauerlichen Gestank.

Entsetzt hielt sich Marek dennoch die Hand vor den Mund. »Mein Gott. Hier drin sind die alle gestorben?«

»Kannst froh sein, dass du gestern noch im Wald rumgeirrt bist.«

So wie das Meer am Strand eine feine Linie mit Muscheln und Tang zeichnet, hatte das Blut eine braune Markierung im Kalk der Wände hinterlassen, eine gezackte Spur, auf der die Fliegen zu hunderten saßen.

»Das ist so viel Blut …«

»Zwölf Kannen. Bisschen weniger wahrscheinlich. Im Wasser hat es sich nur nett verteilt.« Rungholt versuchte, sich keine Blöße zu geben, aber der Raum widerte auch ihn an. Die beiden standen barfuß in der Brühe, und Rungholt, dem die Begegnung mit den Leichen noch sehr präsent war, fürchtete, auf ein Stück Fleisch oder Innerei zu treten. Sich wundernd, warum der Vermieter die Betten nicht im Hinterhof verbrannt hatte, machte Rungholt ein paar vorsichtige Schritte. Hatte Kerkring es ihm etwa verboten, weil er fürchtete, Spuren zu verlieren?

»Gut, dass wir nichts zu fressen haben. Kann ich nicht so viel kotzen, wie ich eigentlich will. Das ist widerlich, das sag ich dir aber, Rungholt.« Marek hatte seine kratzige, durchnässte Cotte hochgeschlagen, hielt sie zusammen mit seinen Stiefeln vor der Brust und suchte einen trockenen Ort.

»Keine Sorge«, meinte Rungholt. »Das sind nur ein paar Ratten.«

»Ratten?«

Rungholt hatte gemeint, Marek spiele auf das Dutzend Viecher an, die begonnen hatten, ihr Nest in den rot-nassen Strohkissen zu bauen. Er hörte, wie sich Marek übergab.

»Lass das. Du verwischst Spuren.«

Keuchend wischte sich Marek den Mund. »Hach, lustig. Was für Spuren denn? Du bist hier drin schon mal rumgewatet und mindestens zwanzig andere Leute auch. Und wer weiß, wen Kerkring hier durchgeschickt hat. Was willst du da noch finden?«

»Irgendwas. Ich weiß es doch auch nicht, Marek«, entgegnete Rungholt gereizter als gewollt. »Ich weiß nur, wir haben was übersehen. Ich bin mir *sicher*, dass der Hammermann hier war. Hier im Keller. Die Holunderblüten, mein Bauchgefühl, mein Traum ... Ja, grins nur.«

»Ich hab nichts gesagt.«

»Ich weiß nicht mehr, was ich glauben soll, Marek. Aber mein Bauch grummelt. Und der grummelt nicht, weil ich nur Erbsen zu fressen kriege. An der Sache ist was faul. Der Büttel bringt mich zu einer Mauer, wo wir einen Kinderschädel finden. Und keine fünfzig Klafter entfernt wird ein Kind samt seiner Familie abgeschlachtet? Ein Kind, das entführt wurde und gerade heimgekehrt ist? ... Der Hammermann war hier. Aber wenn er Peterchens Mörder ist, dann war er in diesem

Keller, einen Tag nachdem er vor d' Alighieris Büttel geflohen ist. Peterchen, sein Vater, sie alle starben, *nachdem* der Hammermann d' Alighieris Kurier überfiel. Montagnacht wird d' Alighieri beraubt – ich war ja da, als der Büttel reingestürzt kam –, und Peterchen stirbt Dienstagnacht.«

»Er klaut die Edelsteine, verliert einen Schädel und dringt am nächsten Tag in den Keller ein und ermordet alle?« Marek versuchte, sein zugeschwollenes Auge zu öffnen, aber es gelang nicht.

Rungholt seufzte. Ergab das einen Sinn?

»Vielleicht waren die Mornewechs irgendwie am Raub beteiligt.« Marek stieß mit der Fackel eine der Ratten vom Bett. »Oder sie wussten, wer der Hammermann ist.«

»Und er hat einen Mitwisser oder Zeugen ausgeschaltet?«

»Ja. So was in der Art.«

»Dann ist er nicht der Entführer der Kinder…«, sprach Rungholt grübelnd zu sich selbst. Mit einem Male sterbensmüde, schüttelte er den Kopf. Vorhin im Badhaus hatte ihn die Eingebung mit den Blüten in einen Rausch versetzt, endlich fügte sich etwas zusammen, und noch auf dem Gerüst hatte er frohlockt, dass jetzt, wie gut gesägte Zahnräder einer Mühle, Teile ineinanderpassten… Doch diese Mühle gab kein Korn. Er konnte nicht einmal sagen, wozu sich die Räder überhaupt drehten, ganz zu schweigen, was sie eigentlich antrieben. Edelsteinraub, Entführung, ein Schädel. »Wir haben irgendetwas übersehen… Wir müssen uns konzentrieren, alles noch mal in Ruhe betrachten. Die Antwort liegt hier irgendwo.«

»Das Wasser ist eiskalt, Rungholt.«

»Ach, und das sagt der Kapitän, der jedes Jahr prahlt, gleich nach dem Biikebrennen in die Wellen zu springen!« Rungholt klopfte ihm freundschaftlich auf die Schulter. »Wirst es schon aushalten. Du *musst* es aushalten, Marek. Irgendwer muss das hier ja weiterführen.«

»Was?«, stutzte Marek. »Wie meinst du das?«

»Die Sünder jagen, die Schlächter und Mörder.« Rungholt hatte es derart ernst und still gesagt, den Blick auf das Blutwasser gerichtet, dass Marek aufhorchte. Er wollte nachfragen, öffnete schon den Mund, aber Rungholt warf ihm einen Blick zu, und er schwieg.

Sie begannen, den Raum abzuschreiten, sich die Wände anzusehen, die spärlichen Möbel. Nachdem sie die Ratten verscheucht hatten, nahmen sie sich sogar das Blutbett vor, zogen die Kissen weg, die Decken, hoben das Strohlager an. Danach sahen sie aus, wie in einen Zuber mit Schweineblut gefallen.

Die beiden fanden nichts.

Enttäuscht stellte sich Rungholt neben das Bett. Seufzend sah er sich noch einmal in dem Raum um und strich versonnen über den Nachttisch. Seine Fingerkuppen fuhren über getrocknetes Blut, das sich auf der Holzplatte verteilt hatte. Wenn er sich recht erinnerte, wie die Leichen gelegen hatten, musste es das Blut von Peterchens Tante sein.

Es war nicht gleichmäßig über das Holz geflossen. Ein Stück in der Mitte war unberührt. Eine kreisrunde Fläche. Rungholt ging in die Hocke.

»Soll ich dir ein paar der Blüten reichen? Willst du ein Bad nehmen?« Marek stellte sich zu ihm, ließ seinen Blick über das Bett mit den Ratten und dann weiter über die ärmlichen Schränke und das Holzkreuz gleiten. Selbst das Kreuz hatte Spritzer abbekommen. »Sieht aus, als weine es Blut. Unheimlich.«

Rungholt blickte nicht mal auf. »Wo ist die Vase?«

Während Marek zu suchen begann, hielt sich Rungholt am Nachttisch fest. Er versuchte, noch tiefer in die Hocke zu gehen, spürte, den Bauch auf den Oberschenkeln, seine Knie schmerzen.

»Hier.« Marek reichte ihm die Vase, wischte sich die Finger ab.

»Schau mal nach.«

Marek stellte sie auf die freigebliebene Fläche. »Zu klein. Da stand was anderes.«

Mit einem Grummeln sank Rungholt noch tiefer. Kaum hatte er den Kopf auf Höhe des Tischchens, umschmeichelte ein Lächeln seine Lippen. Von hier unten konnte er sehen, dass die Blutspritzer an der Wand eine Lücke aufwiesen. Wie ein heller Schattenwurf. Das Blut war gegen etwas gespritzt, und so war ein Teil der Wand ausgespart worden.

»Hilf mir mal suchen.«

Ohne auf seine Schecke zu achten, griff Rungholt beherzt in das brackige Wasser und tastete den Boden ab.

»Oh, bitte«, stöhnend schüttelte Marek den Kopf. »Seit wann bringt dich ein jämmerlicher Edelsteindieb dazu, dir die Hände derart schmutzig zu machen? Hat d' Alighieri dir etwa die Schulden erlassen?«

»Hör auf zu quatschen, pack lieber mit an.«

»Natürlich. He, apropos Geld: Ich denke, mit ein paar Witten ...«

»Ich denke, wenn du Witten willst, musst du *tauchen*! Punkt.«

Marek lachte. »Wir schreiben es auf die Habenseite. So nennt ihr das doch, oder? Ich meine, wegen der Waren.«

»Ha, glaubst du dummer Schone wirklich, du wärst imstande, die jemals zu bezahlen? Vergiss es.«

Es dauerte eine Weile, bis sie – Marek im Entengang und Rungholt auf den Knien, das Blutwasser bis zu seinem Hintern – nicht nur das runde Sticktuch für den Nachttisch, sondern die Splitter einer wunderschön verzierten Glasschüssel geborgen hatten. Rungholt fügte die größten sechs Bruchstücke zusammen. Die Form des Glasgefäßes und seine Größe passten zu dem Blutschatten, der an der Wand zu sehen war.

Rungholt hielt die Scherben gegen das Licht von Mareks Fackel. Für einen Tagelöhner war die Schüssel eine Kostbarkeit. Sie musste seit Generationen in seinem Besitz gewesen sein oder ein Vermögen gekostet haben.

»Sieht aus wie venezianisches Glas. Ziemlich rein.«

»He, ja, genau«, warf Marek ein. »So welches hab ich in Brügge gesehen. Ein paar Tage, bevor ich deinen Konvoi abgefackelt hab.«

An Rungholt ging die Spitze nicht unbemerkt vorbei, doch er ersparte sich jede Replik. »Es war etwas Wertvolles darin.«

»Teure Schale, teurer Inhalt?« Marek kratzte sich ein bisschen blutigen Matsch vom Handrücken und vertrieb ein paar Fliegen vor seinem Gesicht.

Rungholt nickte. »Ich wette, es ist die Mitgift von Mornewechs Weib gewesen. Die stellt man doch nicht auf den Nachttisch. Die zeigt man doch her. Die stellt man auf den Esstisch.«

»Ich würde es so machen.«

»Ich auch.«

»Was war da also drin? Ich mein, das ist doch die Frage, mein ich.«

»Hatten sie die Schale immer auf dem Nachttisch stehen? Oder ...«

»Oder wegen Peterchen?«

»Wegen seiner Krankheit... Oder hat er sie ...« Rungholt wollte sich am Kopf kratzen, blickte auf seine verschmierten Hände und wischte sie einfach an der Wand ab. »Oder hat Peterchen die Schale vielleicht sogar von seiner Flucht mitgebracht?«

»Wie wollen wir das wissen?«

»Tauchen.«

»WAS?«

»Tauchen.«

»Vergiss es.«

Rungholt lachte. »Sehen wir mal, was drin war – oder ob wir noch was anderes finden. Wir lassen das Wasser ab.«

Marek musterte ihn fragend.

»Wir schippen das Wasser raus und sehen, was auf dem Boden liegt.«

»DU meinst, ICH schippe.«

Rungholt nickte. »Du bist Kapitän, du kennst dich mit Wasserschippen aus.«

Marek sagte erst mal nichts, rieb nur in aller Ruhe sein zugeschwollenes Auge, bevor er sagte: »Die Kleider sind eh ruiniert...«

Rungholt drückte Marek den Deckel der einzigen Truhe vor die Brust. Einen Moment sah er seinem Kapitän zu, der Fuhre um Fuhre hinaus in den Eingangsbereich des Kellers schaufelte, dann hätte er sich vor Erschöpfung beinahe aufs Bett gesetzt. Gerade noch rechtzeitig fiel es ihm auf, und er blieb lieber stehen.

Das Schlagen der zerbrochenen Kellertür kündigte den Sturm an. Die Sonne war sicher bereits untergegangen, als der Boden endlich durch die letzten fingerbreiten Wogen des trüben Wassers sichtbar wurde.

Rungholt musste nicht lange suchen, um zwischen den Scherben, den heruntergerissenen Kissen und einigem Unrat etwas zu entdecken. Es war im Wasser unter den Nachttisch gefallen.

»Fackel.« Ohne ein weiteres Wort bekam er sie von Marek gereicht. Mit der Flamme voraus angelte Rungholt unter dem Tischchen herum, bis er das Ding erwischt hatte.

Eine Kugel. Nicht viel größer als ein Augapfel, jedoch ungewöhnlich schwer und rau. Rungholt wog sie in der Hand. Sie war nicht aus Holz, obwohl sie im Licht der Fackel danach aussah.

»Gold. Sie ist aus Gold.«

»Der Klumpen? Dann ist er ein Vermögen wert, oder? Ist er doch?«

»Nicht ganz zehn Quent schwer, würde ich schätzen.«

Rungholt wog die Kugel fachmännisch, indem er sie sanft hochwarf. Er wischte den Dreck gänzlich beiseite. Ihre raue Oberfläche war nicht durchs Schmieden entstanden oder weil sie – wozu auch immer – oft benutzt worden war. Nein, das Raue war etwas anderes.

»Runen«, sagte er dann trocken. »Das sehe ich auch ohne Brille.«

»Winzige Zeichen, ja«, stellte Marek fest und beugte sich darüber. »Eine gute Arbeit. Sehr kunstfertig, würd ich meinen. Was ist das? Schmuck?«

»Zu schwer. Da ist auch keine Öse, um es als Halskette oder Ohrring zu tragen.« Rungholt hielt sich die Kugel nah vor die Augen, schien jede Ritze mit seinem Blick abzufahren. »Selbst die Spiralen sind zu erkennen. Es sind die gleichen eckigen Runen… Das passt zum Schädel.«

»Den würde ich gern mal sehen, hm?«

Rungholt antwortete nicht, rollte abschätzend die Kugel ein paar Mal in der Hand hin und her und berichtigte sich dann mit nachdenklichem Blick. Seine Augen spiegelten sich im Glanz des Goldes. »Nein. Nicht *passt zum Schädel*, passt *in* den Schädel.«

19

Der Schädel blickte im Licht von fünf Kerzen und zweier Tranlampen aus dunklen Höhlen seine Betrachter an. Aber er schwieg. Er sagte weder Rungholt noch Marek etwas, der ihn in der Hand hielt und seit etlichen Atemzügen fassungslos musterte. Über ihnen in der Nacht donnerte das Gewitter.

»Und ich dachte, die Blutbrühe wäre widerlich.«

»Kotz nicht in den Kopf«, meinte Rungholt. »Hilf mir lieber.«

Marek legte den Schädel auf ein Bierfass, das er in den obersten Dachboden geschleppt hatte, nachdem sie unter Alheyds zornigen Blicken sich das Blut vom Leib gewaschen und die besudelten Kleider gegen neue getauscht hatten. Er trat zu Rungholt. Seit geraumer Zeit war Mareks Freund damit beschäftigt, Namen, Orte und Überlegungen auf kleine Pergamente zu schreiben und sie an Fäden zu hängen, die er kreuz und quer durch den Dachboden gespannt hatte.

»Ist dieses vermaledeite Regenwasser auch in deine Scrivekamere gelaufen? Oder warum muss ich hier im Gestank stehen?«

Auf dem Dachboden roch es tatsächlich ranzig. Der Geruch von feuchter Baumwolle vermischte sich mit den Ausdünstungen des sottenden Kamins und dem Rauch. Zudem war das Wasser in den Ritzen zwischen den Brettern versickert und begann die Kornreste zu verderben, die vor Jahren hineingerutscht waren.

»Hier ist es ruhiger. Hier stören uns die Weiber nicht.« Rungholt warf Marek ein Knäuel von Alheyds gutem Garn zu. »Spann es von ›Peterchen‹ zu ›Kugel‹ und eins von ›Kugel‹ zu ›Schädel‹.«

»Ist das Seide?« Prüfend zupfte Marek an dem Faden, doch Rungholt ignorierte ihn, riss gierig ein weiteres Pergament in Stücke. Auf die Schnelle hatte er nichts anderes finden können, Alheyd würde ihm den Kopf abreißen. Auf einen Fetzen schrieb er »d' Alighieri« und auf einen weiteren »Peterchen«, schnappte sich die Nägel und den Hammer, den er mit Contz fürs Dach gebraucht hatte, und schlug die beiden Namen an die Sparren.

Als Marek eine Verbindung von »Peterchen« zum Blatt mit »Kugel« ziehen wollte, stieß er neben einem aufgerissenen Sack Hafer auf zwei verendete Ratten. Sie mussten vor Wochen gestorben sein, ihre Bäuche waren aufgebläht. Rungholt wies Marek an, die Felle unter dem Dachloch hochzuklappen und die Ratten nach draußen auf die Schindeln zu werfen. Die Raben freuten sich über jeden Kadaver. »Eigentlich sollte ich die Contz statt der Morgensuppe hinstellen«, flachste er und half Marek mit den Fellen.

Sie hatten beide nicht mit dem Sturm gerechnet. Zwar hörten sie, wie er unablässig durch die Schindeln pfiff und am Haus zerrte, aber als sie die Felle lüpften, riss der Wind sie ihnen aus der Hand. Er peitschte die Kuhhäute gegen die Schindeln, schlug sie ihnen ins Gesicht. Der Wind drückte ins Haus, und Rungholts wohlaufgesteckte Fetzen drohten von der Seide gerissen zu werden, all die Fragezeichen, »Schädel?«, »Kugel?«, »Edelsteine?«, »Kinder?«

Zwischen den laut flatternden Fellen konnte Rungholt einen Blick auf den Nachhimmel werfen. Er erschauderte.

Da oben war nicht der Himmel. Da oben war die Hölle.

Der Teufel ließ Wolke auf Wolke von seinen Blitzen zerfetzen, riss Stücke aus den Überresten der Wrasenhäuser und überzog die Ruinen der Wrasenstadt mit Feuer. Er hatte das sagenhafte dunkle Pulver, das Blitz und Donner machen konnte, mit tausend Fuhrwerken über den Himmel verstreut. Schwarzes Pulver, das allüberall das Wrasenland in Stücke riss. Drei weitere Blitze zerfetzten Türme und Mauern der Wrasen und streckten ihre heißen, zuckenden Finger nach Lübeck aus.

»Pack es! Zieh es zu dir«, rief Marek und klammerte sich an einen Fellzipfel. Endlich riss sich Rungholt von dem Anblick los und half. Sie brauchten ihre ganze Kraft, um die Häute wieder vor das Loch zu spannen und festzunageln.

Der Hammermann war fortgerissen worden. Rungholt hob ihn auf. Dieser grimmig starrende Kerl mit dem eckigen Kinn und den zu kleinen Augen. Ein Schädel wie ein Baumstumpf. Rungholt nagelte ihn durch die Stirn zurück an den Sparren und spannte zwei weitere Fäden vom Schädel- und Kugelzettel zu ihm. Und von d' Alighieri zog er ebenfalls, an den letzten Gewürzfässern vorbei, eine Linie zum Hammermann.

Die beiden wichen ein paar Schritte zurück, stellten sich ans Bierfass. Ihre Blicke glitten über das komplizierte Netz und die im Windzug zitternden Blätter.

Ein Muster konnte Rungholt nicht erkennen. Sein Blick fiel auf die Stiefel, die er an einen Balken genagelt hatte. »Glasmacher. Hm. Butzenmann …«, murmelte er. Es gab ein Kinderlied, er hatte es Mirke oft vorgesungen: *Es tanzt ein Bi-Ba-Butzemann um unser Haus herum. Er rüttelt sich, er schüttelt sich. Er wirft sein Senschen hinter sich …* Ein schauderhaftes Lied, von einem dämonischen Geist, der das Haus zum Poltern brachte und seine Knochen schüttelte …

Er gähnte. »Das kommt doch alles nicht hin. Erst mal ein Bier. Haben wir uns verdient, oder?«

Mit einem geübten Schlag stach Rungholt das Fass an und zapfte ihnen beiden eine Henkelkanne voll. Nach einem ersten Schluck ließen sie die Notizen noch einmal auf sich wirken, schwiegen und hörten dem tosenden Sturm zu.

Schließlich nahm Rungholt den Schädel zur Hand. »Ich dachte, ich kläre was, aber es wird immer verzwickter.« Er hob die Goldkugel vom Fass und ließ sie in den Schädel fallen. Wie er richtig vermutet hatte, passte die Goldkugel gut in die Mulden. Als er den Schädel im Licht der Lampe hin und her drehte, rollte sie von einer Mulde zur anderen.

»Hübsch.« Mareks Auge tränte, er wischte es mit einem der Zettel aus. »Sieht hübsch aus. Fast wie ein Kinderspiel.«

Rungholt knurrte. »Die gleichen Runen, und sie passt perfekt. Sie gehören zusammen. Dabei bleib ich. Es sind zwölf Mulden. Gibt es noch elf Kugeln da draußen?« Er nickte hinab zu der sturmgegeißelten Stadt.

»Zwölf Mulden, zwölf Kugeln …« Marek kratzte sich grübelnd den Arm, der durch die Jahre auf Deck und von dem ewigen Taue-Aufwickeln vernarbt war. »Du hast einen Zettel vergessen«, meinte er. »*Acht Kinder*... Vielleicht sollen es mal zwölf werden. Oder es sind zwölf, und wir wissen es nicht.«

»Du meinst, jedes Kind hat eine solche Kugel?«

Marek zuckte mit den Schultern, reichte Rungholt das Tintenfässchen und kratzte weiter.

Mit dickem Strich fügte Rungholt ein Fragezeichen hinter die Acht auf seinem neuen Zettel.

»Und eine Verbindung zu Peterchen.«

»Montagnacht wird d' Alighieri ausgeraubt, und Dienstag stirbt Peterchen.« Rungholts Blicke folgten den Verbindungen, die vom Hammermann ausgingen. Er war mit allen Zetteln verbunden. Außer mit den entführten Kindern.

Grübelnd trat Marek zurück und kratzte abermals seine Arme. »Und in der Nacht davor diese Agathe.«

»Agnes.« Rungholt nahm einen großen Schluck. »Ja. Davor diese Agnes. Sonntagnacht. Aber Meenkens' Magd ist was ganz anderes. Sie ist eines natürlichen Todes gestorben, und der Entführer sucht sich nur Jungen.« Er hielt inne und starrte Marek an.

»Was ist?«

»Mach das noch mal.«

»Was?«

»Dich kratzen.«

Marek brauchte einen Moment, bis er verstand, dann kratzte er noch einmal seinen rechten Arm. »Gut so?«

»Wunderbar. Wir müssen uns schon wieder umziehen.« Ehe der es sich versah, hatte Rungholt Mareks Kopf gepackt und ihm einen innigen Schmatz auf die Stirn gedrückt.

»Wofür war das denn?«, wollte der Kapitän wissen und trank einen Schluck.

»Zeichen meiner Freundschaft.« Grinsend stieß Rungholt mit dem Kapitän an. »Die nächsten Stunden wirst du sicher nicht mehr mit mir reden wollen.«

20

»Ich red nicht mehr mit dir. Punkt. Das war's!«

»Komm schon.« Mit einer schnellen Geste winkte Rungholt Marek, der mit einer Schaufel und einem Spaten bewaffnet war, aus dem Häuserschatten. Ängstlich blickte der Kapitän zurück auf den Koberg. Dunkel reihten sich die Häuser aneinander und umfassten den Markt mit seinen verwaisten Viehgattern. Die Zäune waren niedergetrampelt worden, schon vor zwei Monaten, als ein dreister Dieb die halbe Herde gestohlen hatte. In welchen Kellern auch immer die Kühe verarbeitet worden waren, niemand hatte sie mehr gesehen. Das Mondlicht blitzte kalt durch den Regen. Die schweren Gewitterwolken waren weitergezogen, aber der Sturm hatte Lübeck zugesetzt. Er hatte Schindeln in das Wasser gerissen, Handkarren und drei unterspülte Bäume in der Düvekenstraße umgerissen. Rungholts Dach war verschont geblieben.

»Das hast du also mit Schaufel tragen gemeint. Das ist das Letzte.«

»Ich dachte, wir müssen irgendwann Peterchen ausgraben, aber jetzt wird es Agnes.«

Marek schloss zu Rungholt auf. »Wegen dir komme ich in die Hölle, Rungholt.«

»Dafür hast du zu viel Gutes getan«, entgegnete Rungholt und schob ein paar Feldsteine der eingefallenen Friedhofsmauer zurecht, um besser rüberklettern zu können. Doch die niedrige Mauer war für seinen fülligen Leib noch immer zu hoch. Bei dem Versuch, sich drüberzuschwingen, riss sein dunkler Tappert auf.

»Meinst du das ernst?«, wollte Marek wissen, den noch immer Rungholts freundliche Worte beschäftigten.

»Sicher meine ich das ernst, Marek. Du bist ein guter Mensch.«

»Aber du hättest nicht um mich getrauert, oder?«

»Ich?«, empörte sich Rungholt. »Wieso sollte ich? Kapitäne gibt's wie Sand am Meer. Warum sollte ich um einen Dänen wie dich trauern? Einen Kapitän, der sich meine Waren unter dem Hintern wegbrennen lässt!«

Getroffen blickte Marek zu Boden. Einen Lidschlag lang überlegte Rungholt, ob er Marek nicht kumpelhaft auf die Schulter klopfen sollte und für den dummen Spruch um Verzeihung bitten, doch er knurrte bloß. »Du kannst ja gerne heulen. Aber erst hilfst du mir über die Mauer. Komm schon.«

»Wir hätten uns jedenfalls ordentliche Kleider anziehen können.«

»Juckt's wieder?«

»Zu Sinje wär's doch nicht weit gewesen.«

Rungholt winkte ab. Nach ihrem kleinen Umtrunk auf dem Dachboden hatten sie sich noch ein bisschen Mut in Rungholts Dornse angetrunken und dann zwei Tapperts und zwei Gugeln geholt. Die langen Obergewänder aus hübschem gelbem Stoff und die Mi-Parti-Gugeln ließen sich vorzüglich im Matsch des Hinterhofs dunkel färben. Genau das Richtige für ihre nächtliche Aufgabe. Nun stanken sie etwas nach Rattendreck, aber dafür würden neugierige Blicke sie nur schemenhaft erahnen können.

Marek schmiss Schaufel und Spaten auf den Friedhof. »Ich hätte im Wald bleiben sollen.«

»Du kommst nicht in die Hölle. Glaub mir.«

»Ich trau dir nicht so weit, wie ich pinkeln kann. Und das ist nicht sehr weit. Ich meine, das ist so ziemlich das Widerwärtigste, was ich in meinem jungen, zarten Leben je getan hab. Ich lade so viel Sünde auf mich, dass …«

Rungholts Knurren, mit dem dieser sich ein Säckchen vom Gürtel riss, stoppte Mareks Geplapper.

Drei Witten und ein paar Pfennige. Er hatte das Geld für etwas Essen eingesteckt. »Du kannst schwatzen, du weibischer Schone.« Murrend drückte er Marek alle Münzen in die Hand. »Das willst du doch. Von wegen Seelenheil und Hölle … Geld willst du Halsabschneider von einem Matrosen. Kauf dir 'n Ablassbrief meinetwegen, wenn du dran glaubst.«

»Ein Ablassbrief ist ein …«

»Ein einträgliches Geschäft. Dazu da, Dumme auszunehmen«, entgegnete Rungholt, musste aber an die Ablassbriefe in seinem Keller denken. Gut versteckt hinter Backsteinen. Er besaß ein ganzes Bündel und hatte sie zur Sicherheit gekauft. Auch wenn er nicht wirklich glaubte, dass sie seine Zeit im Fegefeuer verkürzen würden, so war es doch besser, im Zweifelsfall gewappnet zu sein. »Können wir anfangen? Oder willst du noch länger im Regen schwatzen?«

»Nein. Ist gut. So oder so«, meinte Marek und wollte auf einen Witten beißen, um ihn zu kontrollieren, doch Rungholts strenger Blick hielt ihn auf. Schnell steckte er alle Münzen ein.

»Hier. Vergiss die nicht.« Rungholt warf Marek eine der dreckigen Gugeln zu und streifte sich ebenfalls eine über.

»Widerlich«, war Mareks einziger Kommentar, doch er zwängte sich ergeben in seine Kapuze und half Rungholt über die hüfthohe Friedhofsmauer.

Blass wie entfernte Sterne funkelte das Kerzenlicht durch die prunkvollen Fenster der Kirche des Heilig-Geist-Hospitals, drang durch den Regen zu Rungholt und Marek und versickerte glitzernd in der Nacht. Obwohl es Hunderte waren, vermochte ihr Schein kaum die Schatten des Armenfriedhofs zu erhellen. Die Kirche war direkt ans Langhaus mit den Siechenden gebaut, damit sie von ihren Betten den Andachten lauschen konnten. Viele Lübecker hatten für ihre Verstorbenen in der Kirche Andachtslichter entzündet.

Die dunklen Gugeln tief in die Stirn gezogen, schlichen die beiden durch den Morast. Was einst gepflegte letzte Ruhestätten waren, glich nun einem zerfurchten Acker. Jegliches Grün war hinfortgespült oder durch das ewige Ausheben neuer Gräber zerstört worden.

Das Wasser bahnte sich in verästelten Rinnsalen einen Weg über die Toten hinweg oder direkt durch ihre Gebeine. Auf der Nordseite, unweit der Feldsteinmauer, hatte es sich so tief eingegraben, dass zwei Leichen freigespült worden waren.

Ihr Anblick ließ Marek erschaudern, und er bekreuzigte sich. »Drei Witten ... Das Zehnfache sollt ich kriegen.«

»Sei still, du dänischer Gierschlund.«

Sie hatten keine Lampen entfacht, um nicht gesehen zu werden. Das erste Mal verfluchte Rungholt nicht den Regen, denn er bot Schutz vor neugierigen Blicken.

»Sie muss da drüben liegen, wenn Gallberg kein Seemannsgarn erzählt hat. Was ein Glück, dass der Rat immer noch keine Massengräber ausheben lässt.«

»Das hätte noch gefehlt«, stöhnte Marek und stieß mit seinem Stiefel prompt gegen einen Oberarm, der aus dem Morast ragte.

»Wahrscheinlich Schweine. Oder ein Fuchs. Sie haben sich die Knochen aus dem Schlamm geholt.«

»Wie überaus tröstlich.« Marek stolperte weiter, vor lauter Bekreuzigen wusste er nicht, wie er Spaten und Schaufel halten sollte. Rungholt packte ihn schließlich und zog ihn hinter sich her.

Wenig später waren sie an der östlichsten Ecke des Friedhofs angelangt und standen vor einer großen Pfütze.

»Irgendwo hier muss es sein.«

Von den vier Gräbern, die Gallberg erwähnt hatte, war keine Spur zu sehen. Nach dem Umtrunk mit Marek zwischen den Fäden und einer wässrigen Suppe war Rungholt noch einmal ins Heilig-Geist-Hospital gegangen und hatte sich wie beiläufig nach Agnes erkundigt. Gallberg hatte keinen Verdacht geschöpft.

»Warte.« Rungholt zog Trippen und Stiefel aus und watete barfuß ins Nass. Zu seinem Erstaunen war es warm. Und es widerte ihn an, das Wasser und vor allem der Morast darunter. Er hatte das untrügliche Gefühl, in die Brustkörbe aufgeblähter Toter zu treten. »Argh. Komm schon«, murrte er und langte ins Wasser.

»Was treibst du denn da?«

Endlich schien er etwas gefunden zu haben, denn er lächelte. Wenig später rief er Marek zu sich, und zu zweit hoben sie einen flachen, grauen Feldstein aus dem Wasser.

»Gallberg packt seit neuestem Steine auf die Gräber. Ans Kopfende.«

»Statt Kreuze?«

Rungholt nickte. »Die sind ihm ausgegangen. Er hat kein schönes Holz mehr und will keine Äste nehmen.«

»Hm. Dann liegt hier also die Agnes. So rum?« Marek wies vom Stein abwärts in die Pfütze. »Oder so rum?« Er zeigte Richtung Hospital.

»Woher soll ich das wissen? Grab eben hier und hier. Und wenn du Pech hast, dann auch hier und hier und hier.« Rungholt schritt kreuz und quer die Pfütze ab. »Es sind vier Gräber. Gallberg wusste nicht mehr genau.«

»Aber …«

»Nichts aber. Du hast gesagt, du hilfst mir. Also. Dafür bezahl ich dich. Nicht pro Loch. Hör endlich auf, wie diese verfluchten Handwerker zu feilschen!«

Marek steckte den Spaten in die Erde und stützte sich darauf.

»Jetzt grab!«

Marek rührte sich nicht.

»Du blöder Schone. Jetzt pack die Schaufel und leg endlich los.«

»Einen Teufel werd ich.«

»Du hilfst mir jetzt, oder …«

»Oder was?«

»Oder … ich bezahle dich noch mal! Verdammt noch eins!«

»Ich soll eine Tote ausgraben? So was kannst du nicht bezahlen.«

»Alles kann man bezahlen, du törichter Däne.« Wütend riss Rungholt einen zweiten Beutel von seinem Gürtel, öffnete ihn und streute mit einem Mal alle Münzen in die Pfütze. Fassungslos sah Marek ihm zu.

»Wie viel war das?«

»Zwanzig Witten, sieben Drei-Pfennigstücke, acht Sechser. Glaub ich.«

Das musste man Marek nicht zweimal sagen. Hundertneunundvierzig Pfennige, das war der Dreimonatslohn eines Erdarbeiters. Bevor die Preise explodiert waren, hätte er davon vierzig Mal ins Gasthaus gehen können. Sofort bückte er sich und begann, den Grund der Pfütze abzutasten.

»Wenn du gräbst, findest du bestimmt alle«, meinte Rungholt lachend.

Ihre Augen waren Eispfützen. Im Qualm des Stechapfels wirkten sie wie blind. Erst als die Alte sich der verzierten Schale zuwandte, in der die getrockneten Blüten verschmorten, bekamen sie einen stumpfen Glanz.

Lebendiger wurde ihr Blick jedoch nicht. Vielmehr starrte sie erst ihre Räuchergabe an, dann durch Kerkring hindurch, so abwesend und kalt, dass der Rychtevoghede sich verwirrt umsah, ob nicht noch jemand in die Stavengasse gekommen war. Doch niemand lehnte hinter ihm am Baumstumpf, der mit seinen beinahe anderthalb Klaftern eine Seite des Verschlags bildete. Ein toter Stubben, in den die Alte zwei Erbärmebilder gehängt hatte. Sicher gestohlen aus irgendeiner Kapelle. Die Jesusbilder waren mit geschwungenen, eingeritzten Zeichen umrahmt … Oder nein. Das waren die Umrisse dutzender Gesichter, die auf den Sohn Gottes sahen.

»Der arme Sebastian. Heilig, heilig. Beschützt die Armbruster«, erklärte sie. Obwohl sie ihre Arme kaum noch bewegen konnte, bekreuzigte sie sich. »Der heilige Sebastian wacht über ihn. Gott sei meinem letzten Sohn gnädig.«

Kerkring nickte schwach und schob sich durch den Qualm des Stechapfels zu ihr vor. Ihr gerissenes Surkot, seit Monaten getragen, stank nach Kot. Er hatte keine Muße, sich mehr Geschichten von der Greisin anzuhören, schließlich war er wegen etwas anderem hergekommen. »Die heilige Afra. Schutzpatronin reuiger Hübschlerinnen.« Sie kicherte hustend und spuckte durch ihre wenigen dunklen Zahnstumpen auf den Boden. »Reuige Dirnen. Seid Ihr auch eine reuige Hure, Richter?«

»Ich bin nicht zum Schwatzen gekommen, Weib.«

»War ein guter Junge, mein Letzter. Sieben Pfeile. Hals, Kopf und Seite. In der Schlacht bei Bornhöved.«

Kerkring zwang sich ein Lächeln auf die Lippen. Bornhöved? Die Schlacht war seit hundertsiebzig Jahren geschlagen. Die Alte konnte nicht ihren Sohn meinen? Oder…? Konnte ein Mensch so alt werden? Ein Schauer lief ihm über den Rücken. Auf seinen Gehstock gestützt, tastete er sich zu ihr vor, setzte den Stab zwischen Rattenlöcher, Taubenfedern und allerlei Schalen, die in einem Muster über den feuchten Boden verteilt standen.

Der Qualm stach ihm in den Augen und brannte in der Kehle. Er bekam kaum Luft. Sein Herz begann zu rasen.

»Nun sagt schon. Was sagen die Knochen?«

»Nicht so ungeduldig. Das Ritual erfordert Zeit.« Die Alte kniete sich hin und holte aus einem Ledersäckchen einige Hühnerknochen. Sie waren vollkommen blank und schon oft benutzt worden. Kerkring sollte ihr den Teller mit der Stechapfelasche reichen. Er tat es nur widerwillig und sah dann stumm zu, wie sie die Asche auf einem Leinentuch verteilte. Sie hatte es auf den nassen Boden gelegt, und die Asche sog durch das Tuch hindurch sofort das Wasser auf.

Dunkle Flecken, ein Wolkenmuster bildete sich. Zufrieden betrachtete die Greisin ihr Werk, dann rutschte sie auf den Knien um das Tuch herum und warf mit großer Geste die Knochen.

Kerkring dachte, sie werde sofort losplappern, werde ihm sofort seine dringendste Frage beantworten können, doch die Greisin starrte die Knochen auf dem Wolkenmuster lediglich stumm an.

Da waren sie wieder. Ihre Eisaugen.

»Was seht Ihr?«

»Ssssssshtttt ... Es muss sich erst verbinden.«

Mit einer Mischung aus Neugierde und Abscheu trat Kerkring näher. Sein Herz schlug noch immer wild, und er hatte das Gefühl, zu viel gesoffen zu haben. Der Stechapfelrauch vernebelte seine Gedanken. Er riss einen Kienspan aus dem Matschboden und leuchtete durch den Dunst. Im Schein der Glut breitete sich die Feuchtigkeit mehr und mehr aus. Alles war Kerkring jetzt verzerrt und hässlich. Die dunkleren Flecken krochen um die Knochen und bildeten schließlich ein Muster. Das war ein großes Gesicht auf diesem Tuch – eine Fratze.

Letzten Sommer hatte er mit seinen zwei Kindern einen Nachmittag am Hafen verbracht. Während sie auf ihren Holzhändler warteten, hatten sie in den Himmel geschaut und sich überlegt, was die Wolken wohl zeigten. Kathedralen, springende Pferde, Gesichter ...

Gesichter ... War das Rungholt?

»Ja. Ihr seht recht«, meinte die Alte flüsternd. »Es ist Rungholt.«

Hatte Kerkring etwas gesagt? Er wusste es nicht, starrte bloß auf das Leinen und die Knochen. Alle Lichter – die Glut, Kerzen, Kienspäne –, sie schlierten, sobald er den Kopf neigte. Was geschah mit ihm?

»Hier ist noch ein zweites Gesicht.« Mit ihrem Zeigefinger,

der wie ein knorriger Ast aussah, deutete sie auf eine weitere Wolke.

Der Mond schob sich schon hinter den schlanken Turm von St. Jakobi, als Marek endlich auf Agnes stieß. Zwei Gräber hatte er bereits ausgehoben, zumindest so weit, dass er in die Leichentücher schauen konnte.

Der Böttcher Claas Meenkens hatte seiner Magd lediglich ein Totentuch gegönnt. Keinen Sarg. Immerhin war er so anständig gewesen, das Tuch nicht auch noch den Armen zu geben, sondern sie darin bestatten zu lassen. Der graue Stoff war jedoch an vielen Stellen voller Löcher. Es sah aus, als habe Meenkens einen alten Rübensack genommen.

»Ich hoffe«, meinte Marek, »du und Sinje, ihr beide hättet mich nicht so bestattet.«

»Ich wollt dich nackt ins Meer schmeißen.« Rungholt ließ sich den Spaten reichen und kratzte etwas Erde um das Leichentuch fort, dann ließ er sich von Marek in die Grube hinabhelfen und versank prompt bis zum halben Schienbein im Morast.

»Du willst sie doch nicht etwa rausziehen, oder?«

Rungholt schüttelte den Kopf. »Erst mal nicht, nein. Aber ich brauche Licht.« Er öffnete seinen Tappert und zog einen kleinen, aus Eisen und Ton geformten Behälter heraus. Vorsichtig öffnete er ihn. Darin hatte er glühenden Zunder in verschiedene Lagen Tuch eingeschlagen, sodass er noch Luft bekam, aber keine Feuchtigkeit ziehen konnte. Der mit Urin und Pottasche gebeizte Pilz konnte tagelang glühen. Mit Mareks Hilfe entfachte er eine Kerze an der Glut und schützte sie mit einem von Alheyds kostbaren Gläsern vor dem Regen.

Marek zögerte, als Rungholt auf den Modder wies und ihn um eine Handvoll davon bat, doch dann tat er wie befohlen. Behutsam strich Rungholt das Glas mit dem Matsch ein, so fiel das Licht nur zu einer Seite. Aus Angst, jemand könne die Flamme in der stockfinsteren Nacht sehen, hielt er sie, so knapp es ging, über dem Leichentuch.

Schlimm genug, dass er in seinem Keller, hinter den losen Backsteinen, ein Anatomiebuch eines arabischen Gelehrten verbarg – einen der dreißig Bände der sagenumwobenen Enzyklopädie Al-Tasrif Liman Ajiz'an Al-Ta'lif, die der Gelehrte Abulcasis als Hofarzt des Kalifen von Cordoba geschrieben hatte. Marek hatte das Buch in einem Novgoroder Hinterhof bei einem zwielichtigen Straßenhändler erworben. Aberhunderte Leichen musste Abulcasis aufgeschnitten haben, um derlei viele frevelhafte Anatomiezeichnungen zusammenzutragen. Für das Ausgraben einer Leiche war der Köpfelberg als Strafe sicherlich noch harmlos.

Wenn er Pech hatte, würden Kerkring und sein Schöffengericht ihn auf dem Marktplatz in siedendem Öl baden.

Rungholt schlug das Tuch beiseite. Während Marek sich stöhnend abwandte, ließ er sein Kerzenglas über das Gesicht der Toten und weiter hinabwandern.

Ein dunkler Schemen war neben Rungholt zu erkennen, finsterer und bedrohlicher noch als Kerkrings Erzfeind.

Eine Schattenfratze.

»Allmächtiger!« Die Knochenfrau bekreuzigte sich. »Der Teufel. Der Teufel persönlich.«

»Der Teufel?« Auch Kerkring schlug ein Kreuz. Er musste sich anstrengen, dem Schatten in die Augen zu blicken, doch er überwand seine Furcht.

Die Alte beugte sich vor, als wollte sie am Leinen riechen, dann ließ sie sich von Kerkring den Kienspan geben und strich damit über die dunkle Asche. Sie kam ihr mit der Glut so nahe, dass sie an einigen Stellen kurz aufglomm, berührte sie aber nicht.

»Was tut Ihr da?«

»Das ist nicht gut«, raunte die Alte. »Nicht gut.«

»Was machen Rungholt und der Teufel da? Was… Was haben denn die Knochen zu bedeuten?«

»Nicht gut ist, was ich sehe.«

»Was siehst du, Töversche?« Sein Schädel dröhnte, und ein flaues Gefühl breitete sich in seinem Magen aus. »Was macht er da? Ich meine Rungholt?«

»Er küsst. Er küsst, Kerkring. Rungholt küsst den Teufel. Seht Ihr es nicht?«

Tatsächlich.

»Und die Knochen. Sie sprechen von Unheil. Seht Ihr. Das ist eine Rune. Sie bilden die alten Zeichen der Wikinger. Sie sprechen mit der Zunge der Barbaren. Es sind Zeichen aus der dunklen Zeit, Herr. Zeichen, die tausend Jahre alt sind.«

»Dunklen Zeit…?«, keuchte Kerkring und spürte, wie ihm die Säfte wegsackten. Er wandte sich ab, um sich zu übergeben. Fluchend und nach Luft japsend wischte er sich den Mund. Dieser verfluchte Qualm.

»Ihr reinigt Euch, das ist gut«, stellte die Alte fest.

»Was für eine dunkle Zeit?«

»Die Zeit, als die Menschen noch Tiere waren und sich gegenseitig fraßen. Die Zeit ohne Gott, ohne Jesus. Sie sprechen in der alten Sprache der Ungläubigen. Das ist ein schlechtes Zeichen.«

»Und was sagen sie, die Knochen?«

»Das ist lagu. Das Zeichen für Meer, das Zeichen für das Allwissende. Und dies thurisaz. Die Abwehr, der Riese.«

»Und das?«

»Dagaz. Die Dämmerung.«

Kerkring sah sie fragend an.

»Tut es nicht.«

»Was?«

»Das ist die Antwort auf Eure Frage. Rungholt steht mit dem Teufel im Bunde. Er lässt sich von ihm begatten. Sie küssen sich schon, und später werden sie das Bett teilen!

Rungholt ist des Teufels, Kerkring. Und die Runen sagen: Ihr könnt den Riesen nur abwehren, wenn Ihr Euren Blick nicht trüben lasst.«

Kerkring nickte.

»Ihr dürft Rungholt auf keinen Fall einweihen.«

»Manchmal tut das Böse Gutes.«

»Manchmal.«

»Ich soll nicht mit ihm die Kinder suchen? Er weiß vielleicht einiges. Und er kann gut Spuren lesen, die…«

Die Hexe schüttelte sich. »Schweigt!« Schreiend hieb sie mit dem Kienspan auf die Asche ein. »Schweigt! Öffnet ihm nicht Eure Tür. Dem Teufel darf niemand die Hand reichen. Sonst seid auch Ihr des Teufels.«

Mit einer plötzlichen Bewegung packte sie Kerkrings Hand und zog ihn zu sich her. Beinahe wäre er über seinen Stock auf das Leinen gefallen. Ihre Hand war kalt und rau wie eine Raspel. Ihre langen Fingernägel gruben sich in seine Haut. »Rungholt wird betteln. Er wird flehen. Er wird Euch in Seelennot stürzen, aber Ihr dürft des Teufels Geliebtem nicht die Hand geben. Niemals. Dieser Rungholt ist der Diener des Teufels, und er wird Euch die Hand abfressen, wenn Ihr sie ihm reicht.«

Ein letztes Mal fiel Kerkrings Blick auf die Schattengestalten, die durch die Attacke der Alten jetzt noch grotesker verformt waren. Er schluckte. Der bittere Geschmack seiner Kotze wollte nicht vergehen.

Es war tatsächlich der Teufel, der ihm als Schatten entgegengrinste und seine lange Zunge in Rungholts Mund steckte.

Abartig.

Was die letzten drei Tage mit Agnes angestellt hatten, war erstaunlich. Ihre Haut war marmorn geworden und schimmerte in einem Regenbogen aus Farben. Blau, Rot, Violett, Gelb, Grau… Ihr Leib war nicht mehr steif. Ein Zeichen dafür, dass

Gott bereits über sie gerichtet hatte. Am Hals und am Bauch war ihr Körper ein wenig aufgedunsen.

Rungholt zog Agnes' rechten Arm unter dem Tuch hervor.

»Halt mal«, forderte er Marek auf und reichte ihm die Kerze. Mareks Hand zitterte so stark, dass Rungholt sie mehrmals wieder zur Leiche hinabdrücken musste. Im Kerzenschein musterte Rungholt nun noch einmal Agnes' Arm, während sich Marek auf die Stiefel kotzte.

Durch die Verfärbung der Haut war nichts mehr zu erkennen, oder doch …? Sacht drehte er ihren Arm im spärlichen Licht hin und her. Da! Da waren sie …

Rungholt musste lächeln. »Sie kommt auf meinen Dachboden. Dafür kommt sie an den Balken.«

»Was siehst du?«

»Warte …« Rungholt kontrollierte ein letztes Mal, ob er sich nicht irrte. Nein. »Es sind die gleichen wie bei Peterchen. Ich wusste doch, dass ich sie schon mal gesehen habe.« Er drehte den Arm so zu Marek, dass der bessere Sicht darauf hatte.

»Was ist das? Striemen?«

Tatsächlich schimmerten durch das Farbenspiel drei feine Linien. Nicht dicker als ein Stylus.

»Das weiß ich noch nicht genau. Aber die gleichen Striemen hatte auch Peterchen.«

Überrascht kratzte sich Marek am Arm. »Also war sie dort, wo auch Peterchen war?«

»Das denke ich. Ja. Wahrscheinlich wurde sie entführt.« Rungholt wischte seine Hand an seinem Tappert ab und zückte die Wachstafeln. Er wollte seine Brille aufsetzen, fand sie aber nicht. Wie so oft hatte er sie wohl zu Hause liegen gelassen.

Einmal mit der Nase tief über Agnes' Arm, einmal über dem Wachs. Hin und her. Nervös sah Marek zu, wie Rungholt die Linien nachzeichnete. Für seinen Geschmack standen sie schon viel zu lange in diesem offenen Grab. Immer wieder blickte er über die Schulter zum Hospital. Doch in der Dunkelheit und durch den Regenschleier hätte er wahrscheinlich nicht mal eine Kogge ausmachen können, wenn sie direkt vor ihm stand. »Und jetzt? Können wir endlich dieses gottlose Treiben beenden?«

Wie ein Trauernder stand Rungholt nun über Agnes, die Wachstafeln gleich einem Gebetbuch in den Händen. »Wir nehmen uns noch mal vor, was ich bei ihrer Leichenschau sichergestellt habe.«

»Sehr gut. Dann gehe ich jetzt.« Bevor Marek aus dem Loch steigen konnte, zog Rungholt ihn zurück.

»Zugraben«, befahl er knapp und lächelte Marek an. »Schütte alles wieder zu. Keiner darf sehen, dass wir hier waren.« Rungholt blies die Kerze aus. Die Dunkelheit schwappte so vollkommen über sie, als habe ein Riese sie mit Teer übergossen.

»He! Ich hab noch nicht nach den Münzen gegraben!«

21

»Arrrgh!« Nach Luft japsend schrak Rungholt auf. Eiskaltes Wasser! Er ertrank! Lag er in seiner Dornse, kam die Flut?... Nein.

Er blinzelte. Matter Sonnenschein malte Muster auf die nasse Bettdecke, unter der er lag. Sein Schädel dröhnte. Erst hatten sie getrunken, um auf den Friedhof zu gehen, dann hatten sie getrunken, weil sie auf den Friedhof gegangen waren.

Ein weiterer Schwall ließ ihn schreiend aufspringen. »Alheyd!« Endlich begriff er, dass seine Frau am Fußende des Betts stand und ihn grimmig anstarrte. »Verflucht noch mal«, knurrte er. »Teufel auch! Was soll das? Kippst du noch Wasser nach? Ist nicht genug im Schlafgemach?«

Wortlos ließ Alheyd sich von Hilde einen weiteren Eimer reichen. Abwehrend wedelte Rungholt mit den Händen. »Moment, Moment! Aaaaaahlheeeyd! Was… Was tust du? Schaaaaatz!?«

»Den Dreck aus meinem Haus spülen.«

Statt auszuweichen, kniff er lieber schnell die Augen zu. Das musste er seinem Weib lassen, zielen konnte sie. Sein Untergewand klebte ihm am Körper, kein Fleckchen war trocken geblieben.

»Was ist denn los? Kann ich das mal erfahren?« Bevor sie noch den vierten Eimer über ihn gießen konnte, machte er mühsam ein paar Schritte und hielt ihren Arm fest. Alheyd musterte ihn, wie er schlotternd und mit gekrümmtem Rücken dastand. »Was hab ich denn verbrochen?«

»Kann ich dir zeigen!« Alheyd lächelte milde. »Anscheinend steckt dein Kopp noch im Besäufnis des gestrigen Abends.« Sie packte ihn am Ohr und zog ihn mit sich.

»Alhyed! Au! Nein! Verflucht!« Wie ein kleiner Junge stolperte er hinter ihr her, die Stiege hinab, gemartert von Hildes Kichern und seinen Kopfschmerzen.

Im Wohnraum schlug ihm ein eigenartiger Gestank entgegen.

»Igitt. Was riecht denn hier? Gegorenes Erbsenmus?«

»Sei lieber still.«

Stumm zeigte Alheyd auf seine Dornse. Zögerlich machte Rungholt einen Schritt vorwärts. Seine Dornse? Worum ging es hier eigentlich, und was zum Teufel stank so bestialisch?

Wasser tropfte vom Saum seines Unterkleids und bildete auf den prächtigen Gotlandfliesen eine Lache. Barfuß stand er in der immer größer werdenden Pfütze und schaute ratlos drein.

Endlich begriff er.

»Das, also… Alheyd… Ich… Also… das…«

»Ja, *das.*« Auf ein Zeichen von Alheyd betrat Hilde, mit einem Besenstil bewaffnet, seine Schreibkammer. »Ich nehme an, du willst mir mit dem Gestammel erklären, was es damit auf sich hat.«

»Ja. Sicher ... Das ... Also ... Das ist ... Also, einfach nur ...« Er verstummte, als Hilde, den Besen wie eine Angel von sich gestreckt, aus seiner Scrivekamere trat. Auf das Ende hatte sie einen großen, schwarzen Klumpen gespießt. Er tropfte und besudelte die Fliesen. Das moderige Gewölle, das ehemals sein Tappert gewesen war, verbreitete einen unaussprechlichen Gestank nach Verwesung, Kot und Erbrochenem.

»Du hattest es unter deinem Schreibtisch versteckt.« Alheyd wedelte sich frische Luft zu. »Was in Gottes Namen habt ihr zwei gestern getrieben?«

»Äh ... Ach so ... Ja, das ... Also ... Was Männer halt so machen, wenn sie ein bisschen feiern.« Er versuchte ein schelmisches Zwinkern. Es wurde von Alheyds wütendem Blick gefressen. Rungholt schluckte. Der Tag fing ja fantastisch an. Mit einem satten Platschen fiel ein Stück Friedhofsmatsch von dem Bündel vor Rungholts Füße. Angewidert wandte Hilde den Kopf ab.

»*Das* nennst du ein bisschen feiern?« Alheyds Blick durchbohrte ihn.

»Nun ja – wir waren ja im Badhaus und – ach, du kennst doch Marek!«

Als Antwort lüpfte Alheyd nur auffordernd eine Augenbraue.

»Der war ja so betrunken von dem bisschen Wein! Also für einen Seemann ...« Rungholt räusperte sich. »Und dann hat er mit seinem Schwert, also, er wollte mir zeigen, wie er die Bauern im Wald ... Also wie er den Konvoi verteidigt hat – aber dann, der Regen. Mein Gott, Alheyd, dieser Regen! Du glaubst es nicht.«

Sie starrte ihn weiter abwartend an. Der Blick seines Weibs machte ihn nervös. Alheyd blickte ihm direkt ins Gewissen.

Sie wusste genau, dass er ihr eine Lügengeschichte auftischte, war er sich sicher, aber er musste jetzt einfach da durch.

»Ah, wo war ich … Regen. Ja. Also Marek mit dem Schwert. Zeigt mir, wie er so kämpft und dann … Dann war da dieser Schweinedings. Schweinekoben. Schweinekoben, genau und durch den Regen. Also, Fluten, sag ich dir, Fluten!« Zur Illustration des Gesagten begann er, wild zu gestikulieren, ließ seinen Kapitän ein imaginäres Schwert durch die Luft hauen, ließ ihn nebenbei auch Kopfschmerz und Unbehagen zerstückeln, fand in seine Geschichte, glaubte sie beinahe schon selbst. »Und das Schwert fällt in den Schweinedreck und wir also hinterher. Doch die Sau – wahrscheinlich die einzige in ganz Lübeck, die noch lebt – na ja … Wir in den Dreck rein, suchen sein Bastardschwert. Kommt die Magd raus, denkt, wir sind Diebe. Stell dir das mal vor. Und was macht die Kuh von Magd?« Er deutet ein Eimerkippen an. »Die ganze Schweinescheiße über uns.« So unschuldig wie möglich lächelte er Alheyd an.

»Ganz ehrlich? … Du erzählst dumm Tüch! Ich hab *gesehen*, wir ihr euch *absichtlich* im Hinterhof gewälzt habt! Wie die Schweine eingesaut habt ihr euch.«

Rungholt kratzte sich am Kopf. »Äh. Ja. Stimmt. Das … Also das war davor. Da hat Marek mir gezeigt, wie er entkommen konnte. Und dann sind wir ja noch mal los. In den Travekrug.«

»So eingesaut?«

»Äh.« Wieder tropfte etwas von dem Batzen herunter. Rungholt meinte, ein verräterisches Klacken vernommen zu haben. Er schloss kurz die Augen, als das Bild eines Menschenknochens in ihm aufblitzte, der sich im Stoff verfangen hatte. »Ach, das ist doch alles kein Problem. Das ist doch ein Klacks. Das bisschen Dreck. Gib mal her, Hilde.«

Zum Entsetzen der Frauen griff Rungholt sich den Batzen, drückte ihn sich vor das nasse Gewand und stampfte damit zur Feuerstelle. Er sah sich nach einem leeren Grapen um und ließ alles hineinfallen.

»Kann man doch waschen.«

»Richtig, Rungholt. *Mann* kann. Ich hätt's in der Sickergrube versenkt.« Mit einem Kopfnicken gab sie Hilde ein Zeichen, und die Magd nahm einen Topf vom Feuer und hängte stattdessen Rungholts Kessel an den Hal. »Viel Vergnügen.«

Ohne ein weiteres Wort ließen die beiden Frauen ihn allein.

»Ha! Ein Klacks!«, rief er ihnen trotzig nach. »Der kleine Fleck!«

Schwarzer Morast starrte ihn an, als er mit langem Hals in den Grapen lugte.

Sein Nachthemd war längst in der Hitze des Herdfeuers getrocknet, hatte über die Stunden jedoch dunkle Striemen bekommen, weil er immerzu seine dreckigen Pranken daran abgewischt hatte. Sieben Mal hatte er den Grapen in den Hof geschleppt, das Dreckwasser ausgekippt und ihn mit frischem Regenwasser befüllt. Der Tappert war inzwischen nicht mehr undurchdringlich schwarz, dafür erinnerte er ihn jedoch mit einem tiefen Grün-Grau an Alheyds Hirsebrei mit Erbsen. Der Geruch nach Rattenkot und Verwesung wollte allerdings partout nicht weichen.

»Sickergrube«, brummte Rungholt und gähnte. »Immer alles wegwerfen, als regnete es Geld.«

Angewidert schnupperte Rungholt an dem kochenden Kleidungsstück. Sein Blick fiel auf die getrockneten Kräuter, die Hilde an einem Balken über der Feuerstelle hübsch aufgereiht hatte.

Wie ein Kind, das auf dem Markt einen Apfel stehlen will, sah Rungholt sich um, bevor er zwei Büschel abrupfte. Die Kräuter verströmten einen frischen, belebenden Duft. Kurzerhand schmiss er sie in das kochende Wasser, warf noch ein wenig Quendel hinterher und entschied sich dann, alles mit einer Prise Pfeffer abzuschmecken. Na bitte, der Quendel übertünchte den Friedhofsgestank. Zumindest verfeinerte er ihn.

Gähnend beschloss Rungholt seine Kleidersuppe noch etwas köcheln zu lassen und sich anzuziehen. In der Schlafkammer tapste er müde zu seiner Kleidertruhe und klappte den Deckel auf. Beinlinge, der breite Dupsing aus Kalbsleder und eine rotbraune Schecke. Prüfend roch er daran. Holz, Asche und ein leichter Duft von Geräuchertem. Er bekam Hunger.

22

Die Rufe der Männer und Frauen drangen bis auf die Via Regia und den Schrangen, wo sie sich zwischen den verlassenen Buden verfingen. »Köpfelberg! Köpfelberg!«, riefen sie. Ein paar ärmlich gekleidete Männer aus der Zunft der Träger, einige Witwen, aber vor allem Handwerker waren nach der Morgenmesse zum Rathaus geströmt.

Rungholt zählte mehr als zwanzig Fleischhauer, die neben einem Dutzend Böttchern, ein paar Seilern, Garbreitern und Kerzenmachern mit hasserfüllten Gesichtern in das Vestibül des Rathauses drängten. Und drinnen, dort, wo sonst Ratsmänner lachend Geschäfte schlossen, wo Säckchen voller Witten klimpernd den Besitzer wechselten und Schmuck im Licht der Öllampen glitzerte, zerschlugen sie erste Buden und skandierten lauthals gegen den Rat.

Rungholt scherte sich nicht um das Geschrei. Er hatte schlechte Laune. Dank Marek und Agnes war er zwar einen Schritt weitergekommen, aber de Kraih hatte ihn abgewiesen. Nachdem er sich angekleidet hatte, war er als Erstes in den Pergamentmachergang geeilt – nur um von der Krähe abgefangen zu werden. Dass Alheyd ihm keine Morgensuppe aufgetischt hatte, war ihm gerade recht gewesen, denn er hatte seine Wut bündeln wollen. D' Alighieri belog ihn nach Strich und Faden. Sein Edelsteindieb musste, da war Rungholt jetzt sicher, etwas mit dem Verschwinden der Kinder und Agnes' Tod zu tun haben. Gewiss war er auch an Peterchens Tod schuld. Rungholt hatte d' Alighieri an die Wand drücken, ihm die Schröpfgläser zwischen die blauen Lippen und das Purgiermesser in den Hals rammen wollen. In seinen ach so scheißträgen Säften sollte dieser Wittenfresser vor ihm auf dem Boden liegen und zugeben, dass er Rungholt für seine Zwecke missbraucht und ihn in die Irre geschickt hatte.

Toben hatte Rungholt wollen, wüten und de Kraih an die Gurgel gehen, doch der hagere Kerl war ganz ruhig geblieben und hatte auf Rungholt eingeredet, als wäre der bloß ein unverständiges Kind. Sein Herr und Meister sei unterwegs nach Stralsund, hatte er gesagt. Er werde ihm berichten, und selbstverständlich werde sich d' Alighieri, so schnell es seine Geschäfte zuließen, mit Rungholt treffen. Er werde allerdings erst am Samstag wiederkommen.

»Weg! Ich muss durch!« Ellbogen, Schultern, Bäuche bekam Rungholt ab, als er sich durch die Rathaustür drücken wollte, und wurde wieder hinaus in den feinen Nieselregen gedrängt. Als ihm ein junger Böttcher den Ellbogen in den Rücken drückte und der Schmerz ihm den Atem raubte, hätte Rungholt beinahe seine Gnippe gezückt und sie dem Kerl in den Hals gerammt. Vermaledeite Handwerker, zürnte er.

»Lasst mich durch! Geht beiseite«, rief er, aber niemand hörte ihn.

»Wir wollen die Bürgermeister sehen … Ja! Bringt sie alle runter! Auch die Ratsherren … Auf den Köpfelberg mit ihnen! Raus aus Lübeck. Wo sind unsere Kinder? Warum lasst ihr uns verhungern!«

Dartzow hatte Recht mit seiner Angst: Erst treibt der Hunger das Gesindel in die Hudewälder, um Früchte, Eicheln und Wurzeln zu fressen – dann direkt ins Rathaus. Wird Zeit, dass Dartzow eine Bursprake hält, dachte Rungholt, anstatt sich zu verschanzen. Er sollte nicht nachts durch die Gassen hetzen, sondern sich lieber den Bürgern stellen.

Er wollte zur Treppe, musste sich aber mit ganzer Kraft erst einmal Zutritt verschaffen und dann durch die Vorhalle kämpfen. Ein paar der stämmigen Schlachter schrien ihm ins Gesicht und begannen, ihn zu stoßen.

»Finger weg! Nehmt eure dreckigen...! Ich hack sie euch ab!« Entrüstet versuchte Rungholt, sich den Pöbel vom Leib zu halten, doch das Gedränge war zu dicht.

Immer mehr Männer wandten sich ihm zu, sodass Rungholt keinen anderen Weg sah, als einen der Fleischhauer zu packen. Er griff ihn an der Gurgel, presste seine Pranke halb um den Hals des Mannes, der zu verblüfft war, um sich wehren zu können, und stieß ihn vor sich her. Wie einen lebenden Schild hielt er den kompakten Kerl vor sich und bahnte sich so einen Weg zwischen den aufgebrachten Menschen hindurch.

Die Umstehenden blafften ihn an, zwei Böttcher schrien auf, weil sie nicht schnell genug hatten zur Seite springen können. Aber Rungholt blieb unerbittlich, stieß den Schlachter so brutal gegen sie, dass die Böttcher zu Boden gingen. Hände strecken sich nach Rungholt aus, wollten ihn packen, doch er hatte den Stiernacken bereits bis zur breiten Treppe des Rathauses gestoßen. Hier bewachten drei grimmig dreinblickende Riddere – die Leibgarde der Ratsmänner – den Durchlass. Mit Schwertern bewaffnet stießen sie den Pöbel zurück und zogen Rungholt zu sich her, als sie seine teure Schecke sahen.

Sofort ließ Rungholt den Fleischhauer los und keuchte: »Zieht mich hoch. Ich muss zum Bürgermeister. Diese gottlosen Handwerker! Dreckiges Pack.«

Er war kaum drei Stufen die Treppe hinaufgestolpert, als er Dartzows Gesicht über dem Geländer sah. Besorgt und mit einem Anflug von Panik blickte der Bürgermeister die Treppe hinab und schrie hinter sich, man möge mehr Riddere holen und diesen Aufstand unterbinden.

»Wartet ab«, rief Rungholt hinauf, »bis es ein richtiger Aufstand wird. Noch haben sie keine Knüppel, Äxte und Beile dabei. Das hier ist nur ein Vorgeschmack.« Schwitzend und nach Luft ringend erreichte Rungholt die obere Etage. »Die Menschen brauchen was zu fressen.«

»Ihr seid doch nicht gekommen, um mir gute Ratschläge zu erteilen. Habt Ihr es Euch überlegt? Wollt Ihr doch nach den Kindern suchen?«

»Nein.« Rungholt warf einen Blick zurück auf die Menge. Die Fäuste drohend erhoben, brüllten die Handwerker wüste Beschimpfungen. »Eure Kinder ... Die kreuzen nur ... Na ja ... sagen wir, sie kreuzen meinen Weg.«

»Euren Weg? Was soll das heißen?«

»Das ist zu kompliziert, um es hier auf der Treppe zu erklären.« Ohne auf Dartzow zu warten, schritt Rungholt in den Laubengang. »Aber ich glaube, ich weiß, wo die Kinder festgehalten werden.«

Der Blick des Bürgermeisters hätte nicht überraschter sein können.

Zwei Riddere, ihre Lederwämser bloß halb verschnürt und mit Dünnbier bekleckert, kamen ihnen entgegengeeilt und grüßten knapp, bevor sie zur Treppe abbogen. Immer wieder streckten besorgte Schreiber ihre Köpfe aus den Amtsstuben. Die Rufe der Handwerker drangen bis hier herauf. Wütend klangen sie und ungeduldig. Dartzow forderte Rungholt auf ihm zu folgen. Durch die dicken Bleiglasfenster des Laubengangs konnte Rungholt einen verzerrten Blick auf den Markt erhaschen. Immer noch strömten Handwerker auf das Rathaus zu, passierten die Stadtwaage und eilten an den Granitsäulen vorbei, zwischen denen die Goldschmiede ihre Stände hatten. Seit Wochen waren ihre Buden verwaist. Die aufgeregten Worte der Eintreffenden vermischten sich mit dem Gebrüll aus dem Vestibül zu einem beängstigenden Schlachtruf.

Dartzow muss sich beeilen, wenn er einen blutigen Aufstand verhindern will. Und wenn ich Recht habe, dachte Rungholt grimmig, wird das Schicksal der Kinder der Funke sein, der das Feuer da draußen entfacht.

Der Geruch von einem längst verspeisten Brathähnchen hing in der Luft, und für einen kurzen Moment befürchtete Rungholt, Dartzow werde ihn zu Kerkring bringen. Als sie sich nämlich der Schreibkammer näherten, die Rungholt wohlvertraut war, sah er ihn hinter seinem mächtigen, rötlich braunen Schreibtisch hocken. Einst war es Winfrieds Kammer gewesen. Gott hab ihn selig – oder auch nicht, schoss es Rungholt durch den Kopf. Schließlich war es sein greiser Freund Winfried der Kahle gewesen, der ihm, dem Bluthund, nachgeschnüffelt und auch noch das verdammte Buch über seine Sünden angelegt hatte, das ihn irgendwann vermutlich auf den Köpfelberg bringen würde.

Hoch konzentriert ging Kerkring gerade ein Pergament durch und achtete gar nicht auf den Lärm ringsum. Auf seiner Schecke lief die Soße seines Eichhörnchenspießches hinab. Er hatte sich bekleckert, weil er zu gierig zugebissen hatte. Rungholt kannte die Vorliebe des Rychtevoghede für Gebratenes. Selbst in dieser Hungerzeit gelang es dem Dummbatz noch, einen Leckerbissen aufzutreiben, zürnte Rungholt und meinte in seinem eigenen Atem Hildes Erbsensuppe zu schmecken. Bald würde seine Haut die Farbe von Erbsenmus annehmen.

Zum Glück schritt Dartzow an Kerkrings Kammer vorüber und steuerte auf eine andere Tür zu. Der Bürgermeister wollte gerade den Knauf greifen, als sie hektisch aufgerissen wurde. Rungholt prallte zurück.

»Was zum …«, entfuhr es Dartzow. Ärgerlich starrte er auf sein Gegenüber.

»Wir müssen zum Geheimgang. Dartzow! Wir müssen hier, so schnell es geht, raus. Die werden uns aufknüpfen.« Die Stimme des Fiskals überschlug sich. Der schlaksige Mann hielt eine gewöhnliche Gabel wie ein Messer in der Hand. In seinem Kragen steckte ein mit Ei bekleckertes Taschentuch.

Auf Rungholts Stirn zeichnete sich eine Zornesfalte ab. Selbst der Fiskal aß keine Erbsen. Ob Alheyd ihn ärgern wollte?

»Seid nicht albern!« Dartzow drückte den Mann zurück in den Raum. »Der Rat Lübecks verkriecht sich nicht wie eine Horde feiger Waschweiber. Legt die Gabel weg und lasst Euch von der Leibgarde aus dem Haus bringen.«

Das ließ sich der Fiskal nicht zweimal sagen. Er raffte sein Schreibzeug zusammen, griff sich das kleine Klapppult zum Umschnallen, warf Rungholt noch einen verängstigten Blick zu und stürzte aus der Tür.

Grummelnd ließ sich Rungholt vor dem Besprechungstisch auf dem Stuhl nieder, den Dartzow ihm anbot. Der Raum roch moderig. Auf drei schweren Truhen stapelten sich Codices, ein Schreibpult war vor die Butzenglasscheiben gestellt, aber nicht benutzt worden. Rungholt konnte Staub auf dem Holz erkennen. Fackeln hatten die Decke geschwärzt, und Rungholt meinte, große Wasserflecke über dem Schreibpult zu sehen.

»Der Sturm gestern. Hat's Wasser reingedrückt. Wir hatten schon Angst, es reißt den Laubengang vom Haus.« Leicht verlegen schob der Bürgermeister Brot, Butter und ein paar Taubeneier beiseite, die auf dem ansonsten leeren Schreibtisch standen. Das zweite Frühstück nach der Morgenmesse. »Wir waren gerade dabei, Gelder für die Armenspeisungen bereitzustellen. Morgensitzung.«

Möge das Rathaus in der Erbsenmusflut versinken, zürnte Rungholt. Er verkniff sich einen sarkastischen Kommentar und sah dem Fiskal nach, wie dieser draußen den Laubengang hinunterstolperte. Das Geschrei der Fleischhauer, Böttcher und anderer Lübecker schwoll an und brandete durch den Gang.

»Ihr solltet lieber ein Heer von Söldnern bezahlen und Friedeschiffe ausrüsten. Dem Treiben der Vitalienbrüder muss endlich Einhalt geboten werden.« Sein Blick glitt über die Reste des Mahls und blieb auf den Taubeneiern haften.

Dartzow lachte auf. »Wer soll das bezahlen? Und wir brauchen *jetzt* eine Entspannung. Irgendeine Lösung muss her. Und nicht erst nach Monaten.« Der Bürgermeister schloss die Tür und öffnete eines der Fenster, um den Geruch des kleinen Festmahls hinauszulassen. »Aber Ihr sagtet, Ihr wisst, wo sie sind.«

Rungholt nickte. Ungeniert begann er, sich ein paar der Taubeneier einzustecken. »Sie sind am Meer.«

»Am Meer? Wie kommt Ihr darauf?« Dartzow stand wieder auf und schloss das Fenster, als wollte er verhindern, dass der Pöbel sie belauschte.

»Mein Kapitän ist wieder aufgetaucht.«

»Das ist schön für Euch. Und Euren Kapitän.« Ungeduldig musterte der Bürgermeister Rungholt.

Mit einem lauten Klack stellte dieser die kleine Tonschale zwischen die Teller. Es war das Schälchen, in das er die Tannennadeln und Agnes' Fingernageldreck gestrichen hatte. »Seht Ihr, wie es schimmert?«

Zögerlich kam Dartzow näher und spähte hinein. »Das habt Ihr bei Agnes gefunden«, stellte der Bürgermeister fest und sah sich den merkwürdig schimmernden Sand genauer an. »Und das ist vom Meer?«

Rungholt stippte mit dem Finger in den glitzernden Sand und rieb ihn zwischen den Fingern. Zwischen den Sandkörnern glitzerte es perlmuttfarben. »Mein Kapitän meint, es sei Muschelschlamm. Klein geriebene Muschelschalen. Wenn die Wellen die Muscheln über den Sandstrand …«

»Ich weiß, wie Muschelschlamm entsteht... Gut, aber was hat Agnes mit den Kindern zu tun?«

»Das weiß ich noch nicht, aber das werde ich noch herausfinden.«

Diese Aussage ließ Dartzow lächeln.

»Was nicht heißen soll«, warf Rungholt schnell ein, »dass *ich* mich auf die Suche nach den Kindern machen werde.«

»Natürlich nicht.« Der Bürgermeister zog das Messer aus der Butter und wischte es an seinem Seidentuch ab. »Nehmen wir an, es ist wirklich Muschelschlamm. Wo sollte ich da suchen? Fast die gesamte Küste hat Sand.«

»Weiter eingrenzen kann ich es nicht. Aber wenn Agnes und Peterchen von der Küste hierher geflohen sind, zu Fuß, werden die Kinder kaum in Stralsund festgehalten. Es muss nahe Lübeck sein. Schickt Suchtrupps an die Travemündung. Lasst sie den Küstenstreifen bis nach Scarbuce und Boltenhagen absuchen.«

Der Bürgermeister seufzte. »Ich habe keine Männer, die ich abstellen...« Er brach ab, als er Rungholts amüsierten Blick bemerkte.

»Ihr wollt es nicht verstehen, oder?«

»Was?«

»Dass Lübecks Wohl und Wehe an den Kindern hängt, Dartzow. Schickt, verdammt noch mal, Männer an die Küste!«

Schweigen. Endlich schien Dartzow zu begreifen, dass er so vielleicht den Pöbel würde ein wenig beschwichtigen können. »Ihr habt wohl Recht. Ich... werde mir etwas überlegen. Habt Dank.« Er schob Rungholt das Tonschüsselchen hin, erhob sich und trat zur Tür.

Aber Rungholt hatte offenbar nicht die Absicht, schon zu gehen. »Da wäre noch etwas.«

»Ja?«

»Ich...« Rungholt zögerte. Er stand auf und sah kurz aus dem Fenster: Drei Männer in langen, weiten Heuken, die

Kapuzen ins Gesicht gezogen, eilten mit brennenden Fackeln auf das Rathaus zu. Die Menge skandierte: »Brennen! Brennen! Brennen!«

Fast gleichmütig wandte sich Rungholt ab und steckte das letzte Taubenei ein. »Ich muss mir Peterchens Leiche noch einmal ansehen.«

»Ihr müsst *was*?« Als hätte er einen Geist gesehen, starrte der Bürgermeister seinen Gast an. Die Tür, die er ihm schon eine Weile aufhielt, ließ er mit Schwung wieder zufallen.

Rungholt fühlte nach dem Schädel, der in einem Sack an seiner Seite baumelte. »Ihn aufschneiden, das Peterchen«, sagte er so ruhig wie möglich. »Vielleicht. Ihn genau ansehen. Am besten wäre es, wir würden ihn in meine Brauerei bringen.«

Dartzow sah Rungholt fassungslos an. »Hört Euch reden, Rungholt!«

»Es geht nicht anders. Wir müssen herausfinden, woran er und Agnes gestorben sind.« Das musste er doch begreifen. Wenn er sich und die Kinder retten will, muss Dartzow einwilligen.

»An einem Schwertstich? War es nicht so? Und Agnes... Was habt Ihr da gesagt? Verhungert? Erstickt?« Nervös knetete Dartzow seine Unterlippe und musterte ihn. Ihm kommen Zweifel, dachte Rungholt. Zweifel, ob mein Spitzname *Bluthund* nicht doch »Leichen schnüffeln« meinen könnte.

»Und morgen fällt Euch dann eine neue Tollerei ein, Rungholt?«

»Ja... Nein!«, berichtigte sich Rungholt. »Die beiden gehören zusammen.«

»Eine liebestolle Magd und ein entführtes Kind?«

»Beide waren plötzlich verschwunden. Beide haben diese Zeichen auf dem Arm. Beide tauchen plötzlich wieder auf... Und Peterchen... Peterchen war krank. Er kommt so unerwartet heim und ist krank.«

»Krank?«

Bevor Rungholt antworten konnte, ließ Lärm vom Markt Dartzow, der noch immer an der Tür stand, zusammenzucken.

Gebrüllte Befehle. Eisen schabte auf Eisen. Schwere Stiefel im Vestibül. Unten trieben die Riddere die Menge auseinander. Entsetzte Aufschreie. Rungholt unterdrückte den Drang, sich noch einmal zum Fenster umzusehen. Er wusste auch so, dass die Fleischhauer, Böttcher, Witwen und Salunenmaker kopflos davonrannten. Im Gegensatz zu ihm wollte der Bürgermeister sehen, was geschah, doch Rungholt trat auf ihn zu, nahm ihn beim Arm und fuhr leise fort: »Die Suppe, die heißen Steine im Bett. Die sorgenden Eltern... Erinnert Euch!«

Der Bürgermeister senkte den Kopf, Rungholt ahnte, wie das Bild des Blutbads in seinem Gegenüber aufstieg.

»Er war krank. Und Agnes war es sicher auch«, fuhr er fort. »Wir müssen uns anschauen, was Peterchen hatte. Vielleicht finden wir so heraus, wer sie entführt hat. Und warum.«

Dartzow seufzte, aber immerhin zögerte er nur und lehnte Rungholts Ansinnen nicht rundheraus ab. »Ich denke, ich schicke zunächst ein paar Reiter an die Küste. Sie sollen sehen, ob sie etwas finden. Peterchen könnt Ihr nicht mehr in Augenschein nehmen, Rungholt. Wir haben ihn bereits auf dem Armenacker vergraben. Mit seiner Familie.«

»Das stört mich nicht.«

Wahrscheinlich lag es an der Nüchternheit, mit der Rungholt den Satz ausgesprochen hatte. Zwei Atemzüge lang lag tiefe Stille in dem Raum, und die beiden Männer sahen sich in die Augen. Dann musterte Dartzow Rungholt von oben bis unten. Schließlich sagte er rau: »Ihr habt Agnes... Ihr habt sie ausgegraben. Das habt Ihr doch? Habe ich Recht?«

Rungholt leugnete es nicht. Er versuchte, dem Blick des Bürgermeisters gelassen standzuhalten. Doch innerlich schnürte es ihm die Brust zu. Was, wenn er sich in Dartzow täuschte. Was, wenn der Bürgermeister ihn verriet? Ihn auf den Köpfelberg schickte für seine gottlose Tat?

»Oh mein Gott. Ihr seid auf dem Friedhof gewesen und habt Meenkens' Magd geschändet?« Dartzows Lippen bebten, eher vor Zorn als vor Ekel.

»Ich habe niemanden geschändet«, versuchte Rungholt ihn zu besänftigen. »Ich will Euch helfen. Das ist alles.«

»Das ist alles?«

»Manchmal muss man Grenzen überschreiten, um das Richtige zu tun.«

»Für diese Kinder, diese Handwerkerkinder«, Dartzow nickte zum Fenster, »gehe ich nicht in die Hölle.«

»Da seid Ihr doch längst.« Wir alle. Seine Hand tastete nach dem Beutelchen an seinem Gürtel. »Seht Euch doch um. Sie werden nicht länger Wurzeln fressen. Sie werden nicht länger dulden, dass jemand ihre Kinder holt. Sie wollen Euer Rathaus anstecken! Lasst mich Peterchen untersuchen.« Mit zusammengepressten Lippen schüttelte Dartzow den Kopf. Rungholts Finger öffneten den Beutel. »Ich muss wissen, wer dahintersteckt. Ich muss den Entführer finden! Wissen, wer so etwas anfertigt.« Mit diesen Worten zog Rungholt den Kinderschädel hervor und warf ihn dem überraschten Dartzow zu.

»Was ... Was ist das?« Angewidert hielt der Bürgermeister den kleinen Schädel von sich weg.

»Ich weiß es nicht. Aber ich glaube, wer immer die Kinder entführt hat, stellt das mit ihnen an. Er braucht sie für irgendein Ritual.«

Dartzow sah Rungholt an. Sein Zorn war verflogen. Stattdessen konnte Rungholt auf dem Antlitz des Bürgermeisters ob der Runen schiere Angst erkennen, und er hoffte, dass diese Angst Dartzow dazu bringen würde, das Richtige zu tun.

»Lasst mich Peterchen untersuchen«, brummte er nachdrücklich. »Lasst mich noch einmal Agnes sehen.«

Doch der Bürgermeister, noch immer gebannt vom Anblick des Schädels, schüttelte stumm den Kopf.

Da packte Rungholt ihn und zog den blonden Mann zu sich heran. »Wenn sich herausstellt, dass er Kinder entführt, um ihre Schädel zu kochen und Runen draufzuritzen – und Ihr habt nichts unternommen«, zischte Rungholt, »dann kommen nicht drei Mann mit lächerlichen Fackeln, Dartzow!« Speichel lief Rungholt aus dem Mund, so bebte er. »Dann habt Ihr Euren Aufstand. Dann kommen sie alle, die Lübecker da draußen. Und sie kommen mit Knüppeln und Äxten.«

23

Claas Meenkens' Haus lag im Schatten einer großen Esche. Ihre Wurzeln hatten die linke Seite der Böttcherei um mehrere Handbreit angehoben. Einige Risse zogen sich vom Boden bis zur Traufe im Zickzack durch die Gefache. Die größten hatte Meenkens notdürftig mit Hanf gestopft und mit alten Fassbrettern zugenagelt. Der Baum hatte selbst die starken Fachwerkbalken verzogen, sodass das Dach – mehrfach ausgebessert – wie ein zerknittertes Stück Tuch dalag. Der Wind fuhr durch den hohen Baum, Äste kratzten an der Außenwand des Hauses. Ein merkwürdiges Geräusch war das, als säße man auf hoher See in einem von Meenkens' Fässern.

Das Schaben und Rauschen zerrte an Rungholts Nerven. Er starrte nach draußen in den Regen, sah dem Wasser zu, wie es in Fäden von den unzähligen Ästen und Blättern des schwankenden Baumes troff. Währenddessen trank er ein Dünnbier, das nicht aus seiner Brauerei kam, wie er verstimmt festgestellt hatte. Beinahe hätte er Meenkens' Weib, einem ledrigen, alten Ding namens Greteke, an den Kopf geworfen, wie schlecht diese Plörre war. Doch bevor ihm aus purer Ungeduld etwas herausgerutscht war, hatte sie sich, Gott sei Dank, weiter um ihre Stickarbeiten gekümmert.

Diele und Werkstatt waren bei Meenkens ein Raum. Man betrat das Haus und stand sogleich zwischen einer Unmenge an Dauben, an frisch gelieferten Fassreifen aus Weiden- und Birkenruten. Verschiedenste Fässer stapelten sich bis zur Decke. Ein paar größere waren mit Eisenringen umspannt und fassten mehr als fünfhundert Kannen. Die kleinen Daubenschalen und Fässchen – selbst die Fässer, die Rungholt für sein Bier benutzte – wirkten wie Spielzeug daneben. Mehrere Dutzend Eimer, Bottiche und Zuber waren vor Regalen mit gedrechseltem Geschirr angeordnet. Alles hier verströmte den Duft von frischem Holz. Mit einem Mal mischten sich Hammerschläge in das Knarzen des Baums.

Meenkens' Geselle schmiedete Eisenreifen für ein weiteres Fass. In der viereckigen Feuerstelle ließ ein Blasebalg die Flammen auflodern. Es sollte wohl ein großer Trog werden, denn die Eisen, die der schlanke Mann immer wieder bearbeitete, waren gut zwei Klafter lang und breiter als zwei Hände.

»Eric Dartzow meinte, sie sei erstickt? Furchtbar. So ein Tod.« Greteke fädelte einen Faden auf.

»Ja. So ist es. Hat Dartzow also schon mit Euch gesprochen?« Seitdem er hier auf Meenkens wartete, hatte Rungholt kein Wort über seine Ermittlungen verloren, lediglich gesagt, dass er ihren Mann wegen Agnes sprechen müsse und vom Rychtevoghede höchstpersönlich geschickt worden wäre. Eine kleine Notlüge. Die Einzelheiten wollte er Meenkens unter vier Augen verraten und herausbekommen, in welchem Verhältnis Peterchen und Agnes standen, oder ob Meenkens eine Ahnung hatte, wer dieser Quadratschädel von einem Mann war. Greteke mit der Tatsache belasten, dass man ihre Magd entführt, ihr wohl Runen in den Arm geritzt und einen kultischen Schädel aus ihr hatte machen wollen, war ihm zuwider.

Rungholt stand auf und stellte sich zu ihr. Ihre Hände waren faltig und rau, die Hände einer Frau, die ihr Leben lang hart angepackt hatte. Sie waren nicht so fein wie Alheyds. Kunststück, dachte Rungholt, Meenkens' Frau ist sicher über fünfzig Jahre alt. Kein Wunder, dass sie nicht mehr so gut mit Nadel und Faden umgehen konnte. Ihre Kreuzstiche waren unpräzise und saßen nur ungenau im Raster. Sie war gerade dabei, eine Haube mit einem Blumenmuster zu verzieren.

»Sieht hübsch aus. Sehr fisselig, hm? Das Muster ist bestimmt nicht leicht.«

Sie lächelte scheu, blickte aber sogleich wieder auf ihre Stickerei. »Man soll nicht klagen«, murmelte sie. »Es geht schon. Es ist nur eine einfache Blume, wisst Ihr.« Komplimente war sie scheinbar nicht gewohnt. Für die Frau eines Handwerkermeisters hatte sie erstaunlich viele Ringe an der Hand. Schlecht schien es Meenkens mit seiner Arbeit nicht zu gehen.

»Ist schwer ohne Agnes? Hab ich Recht?«

Sie nickte, riss den Faden mit den Zähnen ab und begann, eine andere Farbe einzufädeln.

»Was hat sie als Letztes getan? Ich meine, bevor sie verschwand?«

»Agnes?« Sie legte das Stickzeug beiseite.

»War sie nervös, war sie aufgebracht? Hat sie irgendetwas getan, was sie sonst nicht getan hätte? Vielleicht hat sie jemanden getroffen? Vielleicht etwas gekauft? Sich verschuldet? ... Irgendetwas?«

Die Alte musste lächeln. »Sie war verliebt.«

»Verliebt? Oh. Das ziemt sich nicht.«

»Nein. Tut es nicht ... Aber das junge Ding war ganz verwirrt.«

»Auf wen hatte sie denn ihr Auge ...« Rungholt tat, als müsste er verlegen abbrechen. Er nippte noch einmal an seiner Henkelkanne und ließ den Deckel absichtlich laut zufallen. Sie fuhr zusammen. »Oh, entschuldigt... Auf wen hatte sie denn... Ihr wisst schon...«

Ein Lächeln umschmeichelte Gretekes Lippen. »De Grypsen.«

»Grypsen?«

»Gryp. Der Schmiede-Gryp.«

Beinahe verschluckte sich Rungholt an seinem Bier. »Einen Schmied?«

»Ja. Den Schmied aus der Glockengießergasse. Hinten an der Mauer. Ihr kennt den Mann nicht? Schreckliche Erscheinung, aber ein herzensguter Kerl. Witwer. Hat seine Frau 1380 beim Aufstand verloren.«

»So?« Rungholt musste sich anstrengen, nicht zu lachen vor Erleichterung. Endlich, dachte er, endlich eine erste Spur. Und dann eine so direkte. Gryp, der Schmied. »Schreckliche Erscheinung, sagt Ihr. Aber nicht so hässlich wie dieser Kerl. Schaut, was mir ein Künstler gezeichnet hat.« Er kramte die Skizze des Graveurs hervor. Er hatte sie kaum aufgefaltet, da lag bereits ein Lächeln auf ihrem Gesicht.

»Gryp. Das trifft ihn gut. Wie aus dem Gesicht geschnitten.«

»Ich suche diesen Mann. Ich... schulde ihm noch einen Gefallen.«

Versonnen strich sie mit dem Daumen über ihre Stickerei. »Ja, so war er, der Schmiede-Gryp. Immer hilfsbereit.«

»Dann ist er oft hier?«

»Er hat oft ausgeholfen. Mein Mann hat es mit dem Kreuz, kann den Hammer und den Bandhaken kaum halten... Hat immer gut gegessen hier. So haben sie sich auch kennengelernt.«

»Verstehe.«

»Herzensgut. Er hat unserer Agnes Geschenke mitgebracht. Und er war Meister. Einer Heirat hätte nichts im Wege gestanden.«

»Verstehe«, sagte Rungholt abermals, weil er nicht wusste,

was er sonst sagen sollte. In den Augen der Alten bildeten sich Tränen.

»Und wo ist Gryp jetzt? War er zur Beerdigung da?«

Sie schüttelte seufzend den Kopf. »Ich befürchte, ihm ist auch etwas zugestoßen.«

Fast hätte er sie angefahren. Das konnte doch nicht wahr sein! Doch dann bekam Rungholt ein mitfühlendes Nicken zustande.

»Wollt Ihr Agnes' Zimmer sehen? Sie hat ihn geliebt.«

Voller Elan stellte Rungholt seinen Henkelkrug ab und wischte sich den Bierschaum vom Mund. »Ganz vorzüglich, Euer Bier«, säuselte er und half ihr auf. »Wenn Ihr mir das Gemach zeigen würdet, könnte ich ihn vielleicht finden.«

Rungholt folgte ihr die schmale Wendeltreppe in den ersten Stock hinauf, wo Agnes eine kleine Kammer neben dem Schlafgemach der Hausherren hatte.

Meenkens' Weib wollte gerade öffnen, als ein Ruf sie beide zusammenfahren ließ:

»He Ihr! Was wollt Ihr hier? Greteke?« Der Böttcher stand bei seinen Fässern in der Diele, schaute hoch und musterte beide wütend. »Greteke! Was treibst du da?«

»Der Herr hat mich nur gebeten, ihm Agnes' Gemach zu zeigen. Er steht im Dienste von Eric Dartzow. Und er meinte, er könne vielleicht Gryp ...«

»Kerkring schickt mich. Der Rychtevoghede. Ich soll Nachforschungen anstellen, was mit Agnes geschah. Mit ihr und dem Schmied Gryp.«

Meenkens schüttelte brummend den Kopf. »Kommt runter. Du auch, Weib«, rief er und maulte dann: »Dummes Weibsstück, wie kommst du dazu, einen Fremden ins Haus zu lassen!«

»Ich erkläre Euch alles, Meenkens«, rief Rungholt von der Treppe. »Immer mit der Ruhe.«

Der Böttcher winkte ab, stützte sich auf seinen Stock und ging schweren Schrittes zu seinem Gesellen. Die beiden besprachen etwas, das Rungholt im Runtergehen nicht verstand. Der Geselle legte den Hammer beiseite, nahm seine dicke Schürze ab und eilte ohne Mantel in den Regen hinaus.

»Ich lasse das nachprüfen. Bei diesem Kerkring«, sagte Meenkens und lehnte sich an seine Werkbank. Umständlich streifte er erst die Kiepe voller Brennholz vom Rücken, dann seinen nassen Tappert ab.

»Tut das.« Rungholt zwang sich zu einem Lächeln. Nur langsam konnte er die schmalen Treppenstufen nehmen, weil sein Rücken und seine Knöchel schmerzten. Er hatte die Hälfte bewältigt, als er von oben sah, wie der Böttcher ein paar Zeichnungen zusammenraffte, um für die Kiepe Platz zu schaffen.

Flüchtig konnte Rungholt eine Kogge hinter zwei gekreuzten Hämmern auf einem der Siegel erkennen. Er kannte das Symbol nicht. Der Böttcher rollte die Pergamente zusammen und steckte sie in eine Art Köcher aus wasserdichtem Leder.

»Viel zu tun?«

»Was?«

»Ob Eure Auftragsbücher gut gefüllt sind?« Mit ein paar Schritten war Rungholt bei Meenkens. Die Wärme des Feuers brannte ihm im Gesicht, er hatte das Gefühl, sich Wimpern und Augenbrauen zu versengen. Der Böttcher hingegen war es gewohnt, er verzog seinen Mund, in dem bloß noch drei Stümpfe steckten. Wahrscheinlich hatte das schlechte Essen der letzten Monate ihm die restlichen Zähne zerfressen. Das Regenwasser ließ seine rabenschwarzen Haare schimmern. Über fünfzig und nicht den Ansatz einer Glatze, zürnte Rungholt.

Meenkens grummelte. »Geht uns gut«, meinte er knapp. »Mit Agnes würde das Geschäft noch besser laufen. Haben nicht zu klagen … Und nun lasst uns bitte unsere Arbeit machen. Gott zum Gruß.«

24

Die Tür war mit einem Kugelschloss gesichert, die Kette rostig. Mit einem Stein, so schätzte Rungholt, wäre sie in wenigen Augenblicken vom Schloss geschlagen. Er blickte sich nach einem um, aber die Glockengießergasse war bis zum Lohberg ein einziger See. Der Regen wühlte die große Wasserfläche auf, sodass es aussah, als kochte sie.

Rungholt blickte von dem trüben Wasser auf seinen Tappert und wieder zurück und verwarf den Plan. Wahrscheinlich war es sowieso besser, sich vorsichtig anzuschleichen. Was, wenn Gryps sich hier verkrochen hatte – in der Schmiede auf Besuch nur wartete?

Vorsichtig schlich er im Schutz einiger Schlehenbüsche um den Backsteinbau, trat neben einem verkrüppelten Kirschbaum durch ein schmiedeeisernes Gatter und stand wenig später zwischen der Schmiede und einem angrenzenden Wohnhaus, ging an dessen Seite entlang und wäre auf der Suche nach einem Fenster beinahe in die Sickergrube gestürzt. Bloß weil er sich langsam und tastend fortbewegte, hatte Rungholt den Rand gespürt, ansonsten wäre er in dem Gemisch aus Wasser und Fäkalien abgesoffen, wäre einfach ins Bodenlose gestolpert und elend im Kot steckengeblieben.

Wegen der Flut hatten die meisten Lübecker die Deckel ihrer Gruben mit Feldsteinen beschwert, Gryps' Grube jedoch stand offen. Ihr Holzdeckel war längst fortgespült worden, und die Scheiße hatte sich mit dem Regen vermischt. Die obersten, recht flüssigen Schichten hatten sich gelöst und waren zum Großteil an die Hauswand, in die Schlehen und aufs Grundstück geflossen.

Es stank bestialisch. Rungholt drückte seinen Unterarm vor Mund und Nase und kämpfte sich durch das brackige Wasser. Endlich erreichte er eines der Fenster. Er zögerte kurz, weil er meinte, wieder Blicke in seinem Rücken zu spüren. Einen Moment tat er, als zückte er seine Gnippe, dann fuhr er ruckartig herum.

Am Kirschbaum! Am Eisengatter, da stand wieder der Schatten! Jemand hatte sich halb hinter den herabhängenden Ästen verborgen und starrte ihn an. Durch den Regen meinte er, eine stämmige Gestalt zu erkennen … Oder war es nur der Pfosten des Gatters?

»Gryps?«, rief er und lehnte sich zur Seite, schirmte die Augen mit der Hand vor dem Regen ab.

Nein. Da war nichts. Bloß der Baum und das Tor.

Wenn überhaupt jemand dort gewesen war, hielt er sich nun woanders verborgen. Einen Lidschlag lang überlegte er nachzusehen, durch das knöcheltiefe Wasser zu rennen und sich Gewissheit zu verschaffen – der Gedanke an die Grube hielt ihn jedoch zurück.

Der Eindruck, einen Blick auf sich zu spüren, war verflogen. Rungholt wartete dennoch einen Moment, bevor er seine Gnippe zog und die Bespannung des Fensters zerschnitt. Erst ein Stück, um hindurchzuspähen, dann gänzlich.

Stöhnend stemmte er sich zum Fenster hoch, kam nicht seitlich hindurch, sondern musste sich, den Kopf voran, über den Rahmen hieven und wie ein übergroßer Wurm in den Raum fallen lassen.

Fluchend lag er einen Moment in der Nässe. Auch von innen war die Schmiede überflutet. Er rappelte sich auf und sah sich im dämsigen Licht um. Dort, wo einst der Blasebalg stand, klaffte eine Lücke. Die Befestigungen an den Holzbalken waren noch vorhanden, aber der Rest fehlte. Genau wie beim Amboss. Der Baumstumpf, auf welchen der Schmied ihn einst geschraubt hatte, ragte kahl aus dem Wasser. Auch die Haken für die verschiedenen Hämmer und die zahlreichen Zangen, die Abschröter und Punzen waren noch da, doch die Werkzeuge selbst fehlten. Für Rungholt sah das nicht nach Einbruch aus – vielmehr hatte er den Eindruck, als habe Gryps selbst die Werkstatt abgebaut.

Auf alles gefasst, drehte er sich im knöchelhohen Wasser, sah zur einstigen Werkbank hin und zur Esse, in der die Eisen zum Glühen gebracht worden waren, und versuchte abzuschätzen, wie lange das alles schon im Dornröschenschlaf lag. Das Wasser hatte die Asche fortgespült – keine Spur von einem Stück Metall oder letzten Arbeiten.

Auf den Balken über ihm huschten fiepend Mäuse. Spinnen hatten ihre Netze in die Holzkonstruktion des Raums gewoben. In vielen hingen vertrocknete Fliegen. Selbst an der Eingangstür konnte er ein Spinnennetz erkennen. Sie war seit Tagen, wahrscheinlich seit Wochen, nicht geöffnet worden.

Eine simple Holzleiter, aus einfachen Brettern gezimmert, führte in den zweiten Stock, der lediglich ein Hochboden war. Um sich festzuhalten, musste er die Gnippe wegstecken. Er tat es widerwillig, nahm dann sehr behutsam Sprosse um Sprosse. Sein Blick glitt über die Kante auf den Boden. Es war dunkel dort oben. Ein paar der Mäuse flüchteten unter einen Bretterstapel. Reste von Eisen, zwei alte Schilde. Nichts von Bedeutung und kein Versteck.

»Gryps?«

Keine Antwort. Das Trommeln des Regens schluckte Rungholts Stimme. Beim Abstieg spürte er seine Rückenwunde. Wahrscheinlich wäre es das Richtige gewesen, sich hinzulegen und ein paar Tage in Alheyds Armen zu verschnaufen.

Und ein Krankensüppchen zu essen – oder Hirsebrei mit Erbsen, dachte Rungholt und musste lächeln. Er ließ sich ins

Wasser hinab und wollte noch einmal den Raum absuchen, als ... Ein Schrei.

»Hiiiiii! Ich – Hiiiil ...« Ein Mann versuchte, um Hilfe zu rufen. Markerschütternd gellte seine Stimme durch das Regengeprassel und stellte Rungholts Nackenhaare auf. Sofort musste er an die Sickergrube denken.

Er stürzte zur Tür, erst als er sie aufzuziehen versuchte, fiel ihm die Kette ein. Verdammt.

Die Schreie wollten nicht enden, wurden aber heiserer, immer wieder erstickt von Gurgeln und Husten.

Rungholt rannte zum Fenster und hievte sich hindurch, wie er hereingekommen war.

Er landete draußen hart auf der Schulter, halb mit dem Kopf im Wasser. Kaum war er auf die Knie gekommen, sah er bereits den Mann.

Wild um sich schlagend, die Hände vergeblich nach Halt suchend, steckte er bis zum Kinn in der Grube. An Schreien war nicht mehr zu denken, er schnappte panisch nach Luft, die Augen in Angst geweitet. Seine Glatze, Arme, Hände, Wangen waren mit Schlamm beschmiert, während er sich nach rechts und links warf und den Sog nur noch verstärkte.

Gryps?, schoss es Rungholt durch den Kopf. Der Schmied, war er das?

»Nicht bewegen!«, schrie Rungholt und taumelte bei dem Versuch, endlich hochzukommen. Er fiel seitlich gegen die Mauer, schob sich daran mit der Schulter bis zum Fenster empor und kam endlich auf die Beine. »Bewegt Euch nicht.«

Der Fremde hörte nicht, zappelte und ruderte mit den Armen, die Augen grotesk aufgerissen und leuchtend weiß im schlammenen Gesicht.

Endlich war Rungholt bei ihm, traute sich aber nicht heran, um ihn zu packen. Wie groß diese Sickergrube war? Im aufgewühlten Wasser konnte er nichts erkennen. Geistesgegenwärtig hängte sich Rungholt an die Kirsche, brach einen Ast ab und hielt ihn dem Mann hin. Der hatte noch immer nicht begriffen, legte den Kopf in den Nacken und versuchte, möglichst wenig Wasser zu schlucken. Was nicht gelang, weil er weiter trat und um sich schlug.

»Packt es. Los doch! Der Ast!«

Endlich. Als Rungholt ihm das Holz direkt unter die Arme schob, griff er zu. Der Eindruck, es könne der Schmied sein, war längst verflogen. Dieser Mann hatte ein Mondgesicht, seine Wangen liefen in einem beinahe perfekten Halbkreis aus, der nur durch sein Doppelkinn zerstört wurde. Aus seinen Augenbrauen staksten Ringe anstatt Härchen, und Rungholt meinte, einen Lentner an ihm zu sehen.

Spuckend und hustend versuchte der Fremde ruhiger zu atmen und klammerte sich an den Ast. Er musste Rungholt zwischen die Häuser gefolgt sein.

»Ich ziehe dich raus. Warte... Wer bist du?« Rungholt tastete sich mit dem Fuß näher an die Grube. Sie war schmaler als gedacht, jedenfalls konnte er bis zur Seite des Mannes vordringen und ihn am Leder packen. Der Fremde hatte tatsächlich einen mit Eisenplatten bewehrten Leibrock an.

»Wer bist du? Wer schickt dich?«

Er musste nachgreifen, das Leder des Lentners glitschte durch seine Finger.

»Wer bist du?«

»Ich...« Der Fremde spuckte Wasser und Kot, versuchte vergeblich, etwas zu sagen. Mit Leibeskräften zog Rungholt, um ihn aus dem Modder zu fischen. Es wollte nicht gelingen.

»Hilf...«, brachte der Mann heraus.

»Ich helfe dir ja... Ja...« Rungholt keuchte. Der Mann war einfach zu schwer, und die Fäkalien zogen unablässig. Mit einem Mal flatterten seine Augen, und er drohte, an den Stock geklammert und halb über dem Rand der Grube, ohnmächtig zu werden.

»Schau mich an! Schau mich an! Du musst schon mithelfen. Du musst versuchen, die Füße … Schau mich an.«

Da riss mit einem Mal der schwere Rock. Die Naht platzte an der Schulter auf, und als der Mann mit seinem ganzen Gewicht zurück ins Bodenlose sackte, brach der Stock, und Rungholt, ein Ende immer noch in der Hand, stolperte und fiel auf den Rücken. Ehe Rungholt sich auf die Knie gedreht hatte, war der bewusstlose Mann bereits bis zur Stirn im Modder versunken.

Rungholt stürzte vor, kroch auf allen vieren, warf sich ins Wasser, dem Schlamm entgegen. Seine Hände griffen ins Schwarze, versuchten, den Kopf zu greifen, Haare, irgendwas.

Er griff ins Leere, durchwühlte das Nichts und fand niemanden.

Irena war unter das Eis geglitten, war lange zu sehen gewesen. Ihr Gesicht, vom Eis bedeckt, unter seinem, viele Atemzüge lang, warten und beten. Von diesem Mann jedoch blieb nichts. Einmal mit dem Kopf im Schwarz, war es, als löste der Modder ihn einfach auf.

Vor Anstrengung zitternd, wich Rungholt zurück und setzte sich ins Wasser. Seine Hände waren mit Kot und Dreck beschmutzt. Der Regen wusch den Schlamm zu langsam ab, also fuhr er damit durch die Flut, in der er saß. Er blickte noch lange abwechselnd auf das unsichtbare Loch und auf die Backsteinschmiede, die keine mehr war.

25

»Jakobus! Jakobus!« Rungholt rüttelte an der Tür zur Sakristei. Sie war nicht verschlossen, aber irgendetwas blockierte sie nach einer Handbreit. Er zögerte, noch einmal laut zu klopfen, und sah sich zum riesigen Kirchenschiff um. Er wollte kein Aufsehen erregen.

Nachdem der Mann ihm zwischen den Fingern hindurchgerutscht und nicht wieder aufgetaucht war, hatte Rungholt lange gegrübelt. Normalerweise wäre er wohl sofort zu Dartzow geeilt. Doch der hatte andere Probleme, so wie sich die Lage im Rathaus vor wenigen Stunden zugespitzt hatte. Die Riddere hatten jene drei Aufständischen, Handwerker allesamt, die mit Fackeln zum Rathaus geeilt waren, brutal aufgehalten. Einer der Fleischhauer war im Vestibül des Rathauses den Schwertverletzungen erlegen, einen zweiten hatte man verhaftet. Der dritte Mann konnte entkommen.

Sollte er zu Kerkring gehen? Den Blick aufs Wasser gerichtet, auf die schwarzen Schlieren, die sich wie in seinem Albtraum langsam verteilten und den Pfützen unendliche Tiefe gaben, hatte er sich entschieden, nicht Bericht zu erstatten, und war auf direktem Weg nach Hause geeilt. Er hatte Hilde die dreckigen Kleider hingeworfen und sich umgezogen. Mein Verfolger, was auch immer er von mir wollte, so hatte er sich die ganze Zeit gut zugeredet, führte sicherlich nichts Gutes im Schilde, und die Sache zu melden macht ihn auch nicht wieder lebendig.

Solche Unfälle kamen immer wieder vor. Mit Glück würden sie die Leiche nach dem Ende des Regens finden, vielleicht auch erst, wenn das Haus wieder bewohnt sein würde – oder niemals.

Für Rungholt kamen bloß drei Menschen in Frage, die ihm jemanden hinterhergeschickt haben könnten: d' Alighieri, Kerkring oder der Gryps selbst.

Es half alles nichts. Er musste mehr über den Schädel herausfinden und endlich mit d' Alighieri sprechen. Von dort kam er gerade, hatte aber unverrichteter Dinge gehen müssen. De Kraih hatte ihn abgewimmelt. Sein Herr und Meister war angeblich noch immer nicht aus Stralsund zurück.

»Jakobus! Ich weiß, dass du da bist. Ich muss mit dir reden. Mach die Tür auf.«

»Moment, Moment! ... Quieta non movere!«, drang Jakobus' Stimme zu ihm, und wenig später meinte Rungholt, den kleinen Pfarrer St. Mariens anzüglich stöhnen zu hören. Es war ein offenes Geheimnis in Lübeck, dass Jakobus die Frauen genauso liebte wie die Bibel. Böse Zungen behaupteten gar, er habe so viele Sünderinnen verführt, wie die Heilige Schrift Psalmen hatte. Dass er es jedoch derart tolldreist trieb, direkt im Hause des Herrn, konnte Rungholt nicht glauben.

Tatsächlich streckte Jakobus zwar verschwitzt, aber mit einem Stapel Bücher unter dem Arm, seinen Kopf durch den Türspalt. »Ich räume gerade auf. Warte, Moment noch, dann müsste es gehen.« Nach einigem Geräume drückte der Pfarrer die Tür ruckend auf, musste all seine Kraft einsetzen, weil ganze Codexstapel den Weg versperrten. Zig Dutzende schwere Bücher in Ledereinbänden waren auf dem Boden aufgeschichtet und bildeten einen faszinierenden Säulengang. Mehrere Pfade zogen sich schlängelnd zwischen dem archivierten Wissen hindurch.

Abgebrannte Kerzen und Zinnteller mit vertrocknetem Essen lagen als Stolperfallen herum. Sie stammten sicher noch aus der Zeit vor der Hungersnot, so wie die knochentrockenen Reste mit Staub überzogen waren. Bleiernes Licht drang durch die prächtigen Scheiben, vermochte aber nicht, dem bunten Glas ein wenig Glanz abzuringen.

»Aufräumen? Wie willst du hier aufräumen? Eine Fackel reinschmeißen?« Rungholt lachte.

»Sehr witzig. Vorgestern habe ich unsere Weihrauchschiffchen nicht mehr gefunden. Und an Ostern die Aufzeichnungen für meine Messe. Gestern Abend hab ich sie dann gefunden. Im *Sci vias* von Hildegard von Bingen.« Er lachte, begeistert von seinem Scherz. »*Wisse die Wege*, aber was, wenn man nicht mal seine eigenen Notizen findet ...«

Mit einem verlegenen Lächeln zog Jakobus ein paar bestickte Beinlinge von der Kredenz und steckte sie sich schnell unter seine Albe. Erst jetzt bemerkte Rungholt, dass zwischen den ganzen Blättern, Pergamenten und Codices nicht nur Jakobus' Kleider lagen, sondern ein prächtiges, aber zerrissenes Surkot und eine hübsche Rise samt Schleier. Rungholt übersah Kleid und Haube geflissentlich, brummte lediglich und wollte Jakobus nach Mornewech fragen.

Der Pfarrer kam ihm mit hochrotem Kopf zuvor. »Grote Gropergrove. Feria dominica. Am Sonntag. Es war schon spät. Das wolltest du doch wissen.«

»Du hast ihn am Sonntag in der Großen Gröpelgrube getroffen? Was hat Mornewech da gemacht?« Die Gasse führte am Heilig-Geist-Hospital vorbei, fiel dort steil ab und endete an der Wakenitzmauer.

»Gott habe ihn selig.« Jakobus bekreuzigte sich. »Er hatte ein paar Kräuter in der Hand, eine ganze Kiepe voll mit Pilzen. Er kam von einer Heilerin.«

»An der Gröpelgrube?« Rungholt brummte. »Sinje? Hieß dies Kräuterweib etwa Sinje?«

»Ähm … kann schon sein. Ja, so heißt sie wohl. Ich habe mit Mornewech nur ein paar kurze Worte gewechselt. Es ging um seinen Sohn. Er meinte, er habe mit Peterchen einen großen Fehler gemacht. Der Teufel habe ihn geritten … So etwas in der Art hat er gesagt.« Jakobus nickte, wie um seinen Worten Nachdruck zu verleihen. »Er hat etwas von Gier und heidnischen Ritualen gebrabbelt.«

»Heidnische Rituale?« Rungholt wischte Staub von einem Stapel Codices. »Und du hast nicht weiter nachgefragt?«

»Ich hatte wenig Zeit. Und er war auch in Eile, hat frohlockt, dass Gott gnädig gewesen sei und seinen Sohn zu ihm zurückgebracht habe. Er wollte die Stube einheizen und Sinjes Kräuter und Pilze für Peterchen aufgießen. Dem ging es wohl nicht gut.«

»Und dann?«

»Ich habe ihm gesagt, wir reden in Ruhe, und er soll zu mir

kommen. Er ist Montag nicht erschienen, Dienstag – nun ja, da hatte ich anderes im Kopf.« Seine Hand rieb unbewusst seine Albe, unter die er die Beinlinge gesteckt hatte.

»Aber Mittwoch früh bist du zu ihm und hast ihn im Keller gefunden?«

Jakobus nickte.

»Weißt du, seit wann Peterchen verschwunden war? Hat er gesagt, wo er seinen Sohn zum letzten Mal gesehen hatte?«

Erst schüttelte Jakobus den Kopf, dann fiel ihm doch noch etwas ein. »Das letzte Mal habe ich Peterchen jedenfalls vor zwei Wochen gesehen. Am Samstag. Ich habe beim Schiffbauer Poling einen Hausbesuch gemacht, und da ist er rumgesprungen.«

»Poling?« Rungholt hatte den Namen bisher nicht gehört. Im Gegensatz zu d'Alighieri kannte er von den zwanzigtausend Einwohnern Lübecks nicht jeden.

»Er hat eine kleine, aber gute Werkstatt. Wurde mir gesagt. Ich meine, dass sie gut ist, wurde mir gesagt. Im Marienquartier. Mornewech hat für ihn ab und an gearbeitet.«

»Für einen Schiffbauer? In Lübeck?« Die Vorstellung, er könnte einen Schiffbauer übersehen haben, der ganze Kähne mitten im Marienquartier baute, war geradezu abstrus.

»Stecknitzkähne.« Jakobus lachte. »Eine Lastadie wie Lüdje, Rungholt, hat der lange nicht. Der baut keine Koggen. Er ist auf kleine Treidelboote spezialisiert. Hat einen alten Schuppen gemietet. Sollen wohl ganz wendig sein, seine Kähne. Laufen gut, seine Geschäfte. Darf ich das verraten?« Jakobus kratzte sich die Tonsur.

»Wir sind ja unter uns.« Rungholt klopfte dem Pfarrer die Schulter. »Apropos Verschwiegenheit… Hast du so etwas schon mal gesehen?«

Er wickelte den Kinderschädel aus dem Tuch und packte ihn auf den Buchstapel. Beinahe tat es ihm leid, Jakobus den Anblick nicht ersparen zu können. Der Pfarrer wurde mit einem Schlag bleich. Mit offenem Mund starrte er den Knochen an, rang um Fassung. Dann begann er, sich unablässig zu bekreuzigen. »Ave Maria, gratia plena. Dominus tecum. Benedicta tu in mulieribus... Das sind Runen. Das... Mein Gott. Das ist doch der Kopf eines...«

»Eines Kindes.«

»Und wozu ist der da...? Ich meine, warum...« Er konnte nicht weitersprechen. Fassungslos glotzte er den Schädel an, bis seine Neugierde doch überwog und er sich ihm mit dem Zeigefinger näherte. Als prüfte er die Hitze einer heißen Suppe, stippte er ganz, ganz vorsichtig den Schädel an. Erst einmal, dann ein zweites Mal.

»Ich weiß nicht, wozu er gebraucht wurde. Vielleicht ist er Schmuck? Vielleicht ein Andenken.«

»Andenken?« Abermals bekreuzigte sich Jakobus. »Sieht aus, als habe er eine Tonsur«, meinte er gequält und deutete auf eine kreisrunde Kerbe direkt oben auf dem Schädel. Die Runen liefen daran entlang. Rungholt war die Kerbe noch gar nicht aufgefallen. Sie war nur so tief, wie ein Fingernagel dick ist.

Rungholt legte seine Pranke auf die Runen und testete den Durchmesser des Kreises. Er entsprach beinahe exakt der Kuppe seines kleinen Fingers.

»Und hast du das gesehen?« Jakobus hatte sich hinabgebeugt und dem Kinderschädel durch die Augenhöhle gesehen.

»Die Mulden? Es sind zwölf.«

»Zwölf Jünger. Zwölf Stunden hat der Tag, zwölf Monate das Jahr...«, flüsterte Jakobus, der sich nicht von dem Anblick trennen konnte. »Zwölf heißt Glück. Eine Zahl für das Vollständige.«

Stimmen drangen in die Sakristei.

»Die Messdiener! Schieben wir den Stapel wieder vor, dass sie uns nicht stören«, sagte Jakobus schlicht, schlüpfte gekonnt zwischen den Büchern hindurch und nahm einen langen Schürhaken von der Wand. Ohne Anstrengung, kein Stöhnen, kein Murren, zog er damit die Codices wieder zurück vor die Tür.

Ungläubig sah Rungholt dem Pfarrer dabei zu. Er hatte sich hier eine Trutzburg eingerichtet, mitten in St. Marien, in der größten Kirche weit und breit.

Wahrscheinlich muss er sich vor zu vielen aufdringlichen Weibern und ihren büßenden Ehemännern schützen, dachte Rungholt.

»Kannst du die Runen lesen? Hast du ein Buch darüber? Irgendwas in diesem scheußlichen Latein?«, fragte er.

»Runen? Ein Buch? Nein. Darüber gibt es keine Bücher, Rungholt. Gott bewahre. Natürlich nicht. Damit musst du zu einer Hexe gehen.« Sich bekreuzigend legte er seine beringte linke Hand auf Rungholts Pranke und grinste. »Aber das habe ich nie gesagt. Töversche reden mit der Zunge des Teufels. Man darf ihnen nicht glauben. Solltest du dennoch ihre Lügen hören wollen, komm danach zu mir und beichte.«

Es klopfte.

»Ich bin nicht da«, rief Jakobus durch die Tür. »Ich studiere.«

26

Die Stunde zwischen Tag und Nacht wurde fortgespült von hunderttausenden Kannen Wasser. Es kam Rungholt so vor, als stünde die Erde still und schöpfe Atem. Doch wofür sie sich wappnete, vermochte er nicht zu sagen. Der Himmel in dieser sonst blauen Stunde war bedeckt von eigentümlichen Wolkenbergen. Trotz ihrer Schwärze kam es Rungholt vor, als leuchteten sie.

Kaum war er aus St. Marien getreten und hatte sich auf den Weg zu Sinje gemacht, hatte der Regen noch einmal an Stärke zugenommen. Die großen Tropfen regneten nicht herab, sondern flossen wie ein Strom. Als kippte der Herr Fuder um Fuder aus seiner Wrasenstadt auf sie nieder. Während er Marek und Sinje beim Abdichten ihrer Hütte geholfen hatte, erfragte er von ihr, wo er eine Töversche finden konnte. Widerstrebend nannte sie ihm eine, bat ihn eindringlich, nicht dorthin zu gehen, aber Rungholt ließ sich von dunklen Prophezeiungen nicht abhalten.

Marek hatte ihm ein Bastardschwert geliehen und Sinje eine Heuke aus dickem Filz, die ihm zumindest für ein paar Straßen das Wasser vom Leib halten würde, dann war er ins Marienquartier aufgebrochen.

Zwei Weiber und ihre Kinder kamen ihm wie ein Trauerzug auf Höhe der Kleinen Kiesau entgegen. Rungholt musste an den Fremden denken, den er nicht hatte retten können, und wandte sich mit einem Kloß im Hals ab.

Obwohl er das Gefühl hatte, bei jedem Atemzug im Regen beinahe zu ertrinken, ging er nicht direkt in die Stavengasse, sondern bog von der Kiesau in die Große Petersgrube ab und befand sich wenig später am Holzgatter zu Polings Werkstatt. Es konnte nicht schaden, den Schiffbauer nach Peterchen zu befragen, immerhin war der Mann wohl einer der Letzten, die ihn gesehen hatten.

Polings Werkstatt bestand aus einem dreistöckigen Haus, das direkt an die Stadtmauer gebaut worden war. Rungholt konnte kein Licht sehen, klopfte aber dennoch. Niemand öffnete.

»Poling«, rief er und pochte ein zweites und ein drittes Mal. Nach kurzem Überlegen zog er einfach an der Tür. Sie war verschlossen.

An der Seite erstreckte sich hinter einem kopfhohen Pfahlzaun ein Platz, auf dem drei Stecknitzkähne auf ihre Fertigstellung warteten. Schwarze, schlanke Boote, kalfatert und mit Pech eingerieben. Der Regen hatte die Holzböcke unterspült, sodass zwei der Schiffe heruntergerutscht waren und kieloben im Wasser dümpelten. Wie lange schon, vermochte Rungholt nicht zu sagen. Er versuchte, durch das Gepladder und die Holzstäbe einen besseren Blick auf das Gelände zu bekommen, und wischte sich das Wasser vom Gesicht. Es war unangenehm, Sinjes Gugel zu tragen, weil sich die Hitze unter ihr staute. Die Kapuze war eher etwas für einen Schneesturm als für einen Sommerregen. Dennoch zog er sie tiefer über die Stirn und presste seinen Kopf an den Zaun.

Es lag Werkzeug auf einem der Schiffsrümpfe, und Rungholt sah, dass Poling ein Segel gegen den Regen aufgespannt hatte. Die Last des Wassers hatte es jedoch aus den Ösen gerissen. Als er seinen Blick weiterschweifen ließ, bemerkte er einen Schatten am Ende des Hofs. Jemand stand unter einem Vordach und passte zwei Ochsen Hufeisen an.

»Poling?«, rief er, aber der Schatten reagierte nicht. Wahrscheinlich konnte er ihn durch das Regenprasseln nicht hören. Rungholt versuchte es ein zweites Mal, tatsächlich hob der Mann den Kopf, suchte mit den Augen den Zaun ab.

Anstatt einer Cotte oder Schecke hatte der Mann sich ein Lederwams übers gebleichte Surkot geschnallt, das an der Seite mit modischen Ösen gehalten wurde und aussah, als habe er es erst am Morgen eingefettet. Seine Wangen wirkten hart in dem fahlen Licht.

Ihre Blicke trafen sich, jedenfalls hatte Rungholt das Gefühl. Aber der Mann schien ihn hinter den Pfählen nicht zu sehen, obwohl Rungholt noch mehrmals rief. Schließlich nahm der Mann eine Wollmütze vom Hintern des Ochsen, setzte sie auf und verschwand im Dunkel des Schuppens.

In der Hoffnung, er hole bloß etwas, wolle mit den Ochsen zur Straße hinaus oder gehe zurück in seine Werkstatt, verharrte Rungholt noch eine Weile am Zaun. Nichts.

»Verflucht noch mal«, knurrte er, zog Mareks Bastardschwert und schlug damit gegen die Zaunpfähle, ließ die Klinge ans Holz klackern, schritt den Zaun ab und versuchte, so laut wie irgend möglich zu sein.

Der Mann kehrte nicht zurück.

Grollend ließ er seinen Blick ein zweites Mal über die Boote, die Böcke und das abgerissene Segel gleiten. Beinahe hätte er vor lauter Schauen die Scheide nicht getroffen und sich mit dem Schwert den Dupsing aufgeschlitzt.

Das Werkzeug. Damit hatte er nicht gerechnet: In den Griff eines breiten Spatels, der auf einem der Bootsrümpfe lag, war ein Brandzeichen eingelassen. Wahrscheinlich war Poling zu viel geklaut worden, und er hatte deswegen seine Sachen markiert.

Rungholt legte die Stirn in Falten. Er kannte dieses Zeichen bereits.

Eine Kogge hinter zwei gekreuzten Hämmern.

27

Die Stavengasse war ein Fluss. Kniehoch strömte das Regenwasser den Lübecker Hügel hinab zum Krähenteich. Alle Keller standen randvoll, und noch immer goss es vom Himmel, schäumte über die Dachkanten und stürzte als Wasserfall an den Backsteinfronten hinab.

Matte Dunkelheit hatte sich in die Gassen gesenkt, obwohl die Sonne noch gut drei Handbreit über der Trave hätte stehen müssen. Zwischen den schwarzen Wolkentürmen zickzackten glutrote Risse wie zerfranste Messerstiche, aus denen leuchtendes Blut rann.

Langsam watete Rungholt über die Straße, zögerte aber in der Mitte, aus Angst, ihm könnte es wie seinem Verfolger ergehen. Die Vorstellung, einen Schritt zu tun und jäh bis zum Hals in dem vor Dreck strotzenden Wasser zu stecken, auf dessen Grund er nicht blicken konnte, schnürte ihm den Hals zu. Tastend, als wäre er sturzbetrunken, schob er sich vor. Erde, Blätter, Holzstücke, die Kadaver von Hunden und Katzen trieben vorbei. Das Regenwasser war trübe wie die Gewitterwolken.

Die Bohlen der Straße konnte er nicht mehr spüren, weil sie bereits mit Schlick und Steinen überschwemmt waren. Er stieß gegen ein paar Backsteine, die die Fluten mitgespült hatten, und fluchte laut.

Tastend schob er seine Trippen vor und betete, nicht zu stolpern.

Platea Nyelis, so nannte man die Gasse zwischen St. Aegidien und Stadtmauer. Nach dem biblischen Noah. Der Gedanke ließ ihn knurren. Der alte Säufer hätte seine Arche hier gut ausprobieren können.

Sich über seine eigene Angst ärgernd, wischte er sich den Regen aus dem Gesicht und fixierte den Durchlass zum Wulffsgang. Jemand hatte Bretter davorgestellt und sie mit Sandsäcken abgesichert. Dahinter lag der Durchlass zwar nass und sumpfig da, schien aber von der Sintflut verschont worden zu sein.

Sintflut. Langsam kam es Rungholt tatsächlich vor, als habe Gott den Lübeckern all dies Wasser geschickt, um sie allesamt zu ertränken. Lass die Sünder ersaufen.

Ein Blitz zuckte, ließ den sich voranwälzenden Strom für einen Lidschlag aufflackern. Panik kam in Rungholt auf. Der Donner folgte zu schnell. Er hatte kaum bis vier gezählt. Schweiß stand ihm auf der Stirn. Beruhige dich, ermahnte er sich und schob sich weiter durch die Flut. Gleich hast du den Gang erreicht. Wir sollten der Natur nicht mehr ausgeliefert sein. Wir sollten alle Flüsse einsperren, hinter Mauern. Städte bis in die Berge bauen und Seen zuschütten. Wir sollten das

Meer bändigen und Deiche, höher als Kirchtürme, aufkippen, wir sollten die Wälder roden und Gott endlich zeigen, wozu wir fähig sind. Nicht Wetter noch Tier soll jemals wieder einen der Unsrigen töten.

Ein halbes Dutzend Ratten trieb mit aufgedunsenen Leibern an ihm vorbei. Angewidert stieß er zwei von ihnen mit dem Unterarm von sich und erreichte die andere Straßenseite.

Er stieg über die Barriere und atmete durch. Dank der Sandsäcke und Bretter stand ihm das Wasser hier bloß bis zu den Knöcheln.

Während er durch den Gang zum Hinterhof watete, prüfte er den Sitz seines Schwerts. Marek hatte ihn begleiten sollen, aber Sinje hatte sich an ihren Schatz geklammert und ihn partout nicht loslassen wollen.

»Das ist dunkle Zauberei«, hatte sie kopfschüttelnd gesagt. »Geh nicht zu dieser Frau.«

»Wenn sie die Einzige ist, die es lesen kann …«, war seine Antwort gewesen.

»Sie ist nicht ohne Grund der einzige Mensch in Lübeck, der den Schädel lesen kann. Rungholt, ich flehe dich an, geh nicht. Die Knochenfrau ist unberechenbar.«

»Ist nicht das erste vorlaute Weibsstück, dem ich begegne.«

»Aber die erste Töversche … Die Hexe wird großes Unheil über dich bringen. Selbst wenn sie es lesen kann, wird sie dich verfluchen, Rungholt. Diese Knochenfrau in der Stavengasse ist das Böse.«

»Nein. Das Böse ist da draußen.« Angst und Wut waren zugleich in ihm aufgestiegen. Angst vor dem, was das Böse mit den entführten Kindern anstellen mochte, und Wut darüber, wie hilflos er sich fühlte. »Das Böse entführt Kinder, Sinje. Sie ist nur eine alte Frau, was soll sie mir schon antun?«

Er trat aus dem Durchlass wieder in den Regen, der ihm wie dutzende Schleier aus Gaze die Sicht nahm.

Schwarze Holzhütten duckten sich unter dem schwarzen Himmel. Die drei Buden kamen ihm noch ärmlicher vor als die in der Effengrube. Der Wulffsgang endete schon nach zwanzig Klaftern an einem verfallenen Gatter für Gänse. Es war totenstill, niemand zu sehen. Rungholt horchte, aber selbst der Wind schwieg. Bloß das Gewittertrommeln hielt an.

Eine der Hütten war schief und stümperhaft an eine Eiche genagelt worden, deren mächtiger Stumpf gute anderthalb Klafter breit aus dem Wasser ragte. Zwischen den Brettern des Verschlags glomm Feuerschein.

Kein Zweifel. Genauso hatte Sinje die Behausung der Töverschen beschrieben.

Als er den Kiespfad betrat, der zu den Hütten führte, knirschten die Steinchen derart laut, dass er seine Schritte selbst durch das Gepladder des Regens hören konnte und seltsam bang innehielt und sich umsah: Die schwarzen Baracken im Wulffsgang standen windschief – die Fensterläden geschlossen, alle Türen verrammelt. Langsam trat Rungholt auf die Hütte der Knochenfrau zu. Obwohl er sich gut zuredete, ihm drohe keine Gefahr, konnte er den Blick nicht von den Ritzen nehmen, die zwischen den Bretten klafften. Das flackernde Licht des Lagerfeuers leckte daraus hervor. Er wagte es nicht, sich vorzubeugen und ein Auge an den Spalt zu pressen, um ins Innere zu spähen. Was, wenn jemand mit einer Klinge auf der anderen Seite stand?

Donner grollte. Im gleichen Augenblick erlosch das Licht im Inneren.

Zufall, sagte er sich. Und wenn sie mich bemerkt hat, hält sie mich für einen Mann, der Hilfe sucht. Rungholt ließ den Blick nicht von den nun schwarzen Spalten und Ritzen, huschte um die Hütte herum und klopfte. Die Tür brach beinahe aus den Angeln, so wurmstichig und morsch war sie. Deutlich roch er den Qualm eines frisch gelöschten Feuers und konnte den Geruch von erkaltender Asche, von verbrannten Misteln oder anderen Hexenkräutern wahrnehmen.

»Mach auf.« Er klopfte erneut. »Ich habe gutes Geld und brauche deinen Rat.«

Er kramte eine Witte aus seinem Beutel und hielt sie vor eine der Ritzen in der Tür.

»Siehst du. Gutes Geld.« Nichts. Vergeblich versuchte Rungholt, etwas im Innern zu erkennen.

Kein Schatten, der sich bewegte, kein Laut.

»Ich habe noch mehr. Ich brauche deine Hilfe.«

Einige Atemzüge lang wartete er auf Antwort, dann zog er die Tür mit einem Ruck auf. Der morsche Schließkeil gab sofort nach. »Ich habe Geld«, wiederholte er unsinnigerweise, als könnte er jetzt noch gute Absichten vortäuschen.

Im Innern war der Geruch des gelöschten Feuers schneidend. Der Rauch hing unter der Decke, verteilte sich wie zäher Honig zwischen den Latten und Ästen, aus denen das Dach gezimmert war. Bündel aus Giftkräutern und Felle von Ratten und Mäusen hingen an den Sparren.

»Ich will dir nichts Böses. Ich brauche eine Auskunft«, rief Rungholt in die Dunkelheit und zerteilte den Vorhang aus Kräutern. Einige waren so trocken, dass die Blüten wie Staub zu Boden rieselten. Ein Quieken drang durch das Plätschern des Regens. Rungholt konnte nicht ausmachen, was da für ein Tier auf ihn lauerte, denn es war einfach zu dunkel. Von einem Häufchen Kienspäne nahm sich Rungholt einen. »Ich weiß, dass du hier bist«, sagte er leise, aber bestimmt und fuhr mit dem Span durch die Rauchschwaden. Bei der Feuerstelle standen drei Tonschüsseln, in denen er undeutlich blanke Knochen erkennen konnte. Hasenknochen? Der Größe nach zu urteilen könnten es welche gewesen sein, aber es waren zu viele für ein einziges Tier. Hatte Sinje sie deswegen *Knochenfrau* genannt?

Er entfachte den Kienspan an der Glut der Feuerstelle und stieg über die Schalen hinweg. Verkrüppelte Ästchen, langen Gichtfingern gleich, lagen neben einem verbeulten Kessel. Sie waren geschält und mit Schriftzeichen versehen. In dem Grapen schimmerte ein ätzend riechendes Öl. Er hatte anscheinend noch vor kurzem über dem Feuer gehangen, denn Hitze schlug Rungholt entgegen, als er daran vorbeiging. Da zuckte ein weiterer Blitz und ließ Rungholts Gesicht in der Flüssigkeit aufflackern.

Erschrocken wich er zurück – erkannte sich kaum wieder.

Bleich, übernächtigt, getrieben. In seinem Blick kämpfte Angst mit Entschlossenheit.

Das war eine Fratze.

Das bin nicht ich. Wenn dieser Albtraum vorbei ist und ich mein Leben wiederhabe, setze ich mich an ein wohliges Feuer. Ich setze mich und tue nichts. Einfach nichts. Weit fort vom Meer.

Er hatte sich kaum abgewandt, als er abermals meinte, sich zu sehen. Diesmal mit Asche auf einem Leinentuch. Fasziniert blieb er stehen, bückte sich zu dem Stoff und sah es sich genauer an. Da war noch eine zweite Fratze zu erahnen. Sie hatte geschwollene Augen, entblößte ihre Zähne. Der Teufel, dachte Rungholt. Die Töversche hat dich verhext mit ihrer Zauberkunst. Sie hat dich und den Teufel gemalt. Woher kennt sie dich?

Da! Plötzlich wurde das Quieken zu einem Säuglingsschrei. Er hörte es genau. Ein ohrenbetäubendes Todeskreischen, als steche diese Töversche einem Säugling ins Herz und … Das ist nur eine Katze, ermahnte sich Rungholt, nur eine Katze. Er richtete sich auf und hob den Kienspan. »He! Jemand da?«

Ein jähes Knacken. Oben. Vom Gebälk. Er fuhr herum, sah hinauf. Augen. Da starrten Augen durch den Rauch und … Ein Vogel? Ein Uhu sicher. Die Silhouette war schwer auszumachen, und die Augen hatten sich sofort abgewandt. Das Dach wurde von drei toten Ästen der Eiche getragen. Ein Kuhfell hing herab. Die Augen waren in seinem Schatten verschwunden.

Schritte. Ein Huschen durch Pfützen. Draußen? Hier drin? Nackte Füße tapsten durch Wasser und Matsch. Hinter ihm!

Herumfahren. Nichts. Ein Windspiel aus Federn. Sanftes Klimpern, das ewige Plätschern. Er zückte sein Schwert. Zu schwer lag es in seiner Hand. Rungholt zwang sich zur Ruhe, wischte sich den Schweiß von der Stirn, bemerkte, dass er zitterte. Der Rauch schnürte ihm den Atem ab. Er glaubte, keine Luft mehr zu bekommen und unter einer schweren Decke in Swonekens Badhaus beim Dampf zu sitzen. »Was ist los?«, hörte er sich flüstern. »Was ist los?« Er nestelte an seinem Kragen, legte den Umhang ab. Er brauchte Luft. Nur Luft.

Mit einem Mal regnete es in der Hütte. Er konnte die Tropfen im Schein des Kienspans sehen. Erst fielen die Tropfen, dann stoben sie auseinander, wurden heller.

Der Schnee trägt mich fort.

Luft.

Der Schnee …

Was ist hier los?

Setz dich.

Setz dich hin. Ruh aus. Es ist alles zu viel. Such dir dein Plätzchen und tu nichts. Verschnaufe, Rungholt.

Setz dich.

Der Schnee war nun hellweiß. Er strahlte, und die Flocken trieben als leuchtende Punkte hin und her.

Atme. Hole Luft und setz dich. Setz dich da in den Schnee. Setz dich.

Er lehnte seinen Rücken an die Scheune, sog die eiskalte Luft ein und sah seinem gefrorenen Atem zu. Dann blickte er auf den See hinaus. Auf diesen weißen Eisspiegel hinter den weißgeschneiten Toten.

Der Schweiß troff seinen Hals entlang, tropfte auf seinen Bauch.

Luft. Atme.

Er konnte seinen Körper nicht mehr spüren, sah hinab auf

seine Beine, die abgeknickt waren. Nein. Die er nach vorne ausgestreckt hatte und die nun mit Schnee bedeckt waren. Langsam wurde er zugeschneit. Er hob die Hand und hielt sie sich vors Gesicht.

Da war ein Dolch. Er war voll Blut. Er fühlte sich schwerer an, als er hätte sein dürfen.

Vergossenes Blut trocknet nie.

Rungholt blickte auf den See, und es war still um ihn. Er spürte einzig das Holz der Scheune in seinem Rücken.

Der See hinter der Scheune, die Scheune am Waldrand, der Waldrand an der Orge. Irena.

Seine linke Hand streckte sich in den Schnee, nahm ihn auf. Er wollte ihn schmecken, bevor er die Augen schloss. Kaum hatte er seine Hand in den Mund gesteckt, fraß er Matsch. Das war Erde. Da waren Holzspäne, Knöchelchen, Mäusedreck. Das war …

Schwarz.

Dieser Schnee war schwarz.

Der Rauch … Der zerbeulte Grapen. Sie hat etwas verbrannt. Der Rauch … Er ist giftig.

Endlich drang der Gedanke zu ihm. Er spuckte aus, schüttelte sich. Für einen Lidschlag wusste Rungholt nicht, wieso er saß, wieso er sich, den Hintern im Matsch, an den Hackklotz gelehnt hatte. Der Kienspan lag erloschen neben ihm, er hatte ihn in den Dreck gedrückt.

Da! Er wollte sich gerade aufrichten, als mit einem schrillen Schrei just die Augen über ihm erneut aufleuchteten.

Sie blitzten ihn durch den Rauch hindurch an. Ein Schemen fiel durch den Qualm und näherte sich unmenschlich schnell. Oder unendlich langsam?

Eine humpelnde Gestalt, dürre Finger, Strohhaar. Ehe Rungholt das Schwert heben konnte …

Spritzte Staub in seine Augen. Das Brennen zog sich bis unter seine Stirn. Er schrie auf, wollte hochkommen, rutschte aber seitlich in den Matsch. Die Knochenfrau hatte ihm irgendein Pulver ins Gesicht geblasen.

»Meine Augen! Du Hure«, schrie er und schmierte sich Dreck hinein, als er sie auswischen wollte.

Die verschwommene Fratze vor ihm, schwarze Zähne, Klauenhände, die nach ihm tasteten. Nein, nach seinem Schwert.

Er rollte sich herum, keuchend gelang es ihm, die Waffe an der Klinge zu greifen. Er zog sie zu sich her, schnitt sich dabei die Hand auf. Mit einem Fauchen griff sich die Knochenfrau die Parierstange und zerrte. Rungholt ließ nicht los, packte noch stärker in die Klinge.

»Töversche, verdammte«, presste er hervor und schleuderte die Greisin mit dem Schwert zu Boden. Kaum hatte sie losgelassen, griff er die Waffe richtig. Er stemmte die Klinge vor sich in den Boden und zog seinen beleibten Körper daran hoch. Mit zwei Schritten war er bei der Greisin und zerrte sie auf die Beine. Sie wog nur wenig mehr als das Schwert. Ihre Brüste rutschten aus dem Surkot, verrunzelte, welke Birnen. Ihre Arme waren Knöchelchen, ihr Leib ein Gerippe, die Männerbeinlinge, die ihn bekleideten, verströmten einen widerlichen Gestank.

Sie starrte ihm in die Augen und schrie plötzlich los. So laut und schrill, dass ihm die Ohren klingelten. Sie schrie ihm ins Gesicht. Wehrte sich nicht gegen seinen Griff. Der Schrei der Katze, schoss es ihm durch den Kopf. Er wusste nicht warum, er hatte keine Ahnung. Auch nicht, warum sie ihn hatte töten wollen. Aber die Knochenfrau hörte nicht auf, schrie und schrie.

»Halt's Maul, Hexe«, zischte er und schlug ihr mit der blutigen Hand ins Gesicht. »Halt dein Maul!«

Endlich verstummte sie, versuchte aber, ihn mit ihren staubverschmierten Händen zu kratzen.

»Ich will dir nichts tun! Ich will nur eine Auskunft! Halt still.«

Sein Kopf dröhnte. Wegen der Tränen, die machtlos gegen den brennenden Staub waren, konnte er kaum etwas sehen. Er unterschätzte die Kraft der Greisin, die trat, versuchte, sich aus seinem Griff zu befreien. Er wusste sich nicht anders zu helfen, stieß sie zurück an den Hauklotz und setzte ihr die Schwertspitze an den Hals.

»Beruhige dich. Beruhige dich.« Zitternd wischte er sich die Augen aus. Sein Gesicht brannte, er hatte das Gefühl, einen aufgedunsenen Schweineball anstatt eines Kopfes auf den Schultern zu tragen. »Mein Gott. Was hast du mir gegeben?«, keuchte er und sah sich nach einem Schluck Wasser um. Ein böses Grinsen im Gesicht, rollte sie mit den Augen.

»Was du verdienst, was du verdienst«, krächzte sie und schlug gegen das Schwert. Rungholt gab nicht nach, presste es noch stärker an ihren Hals.

»Ich werde dir nichts tun, aber sag mir … « Er tastete nach dem Kinderschädel, rückte den Beutel an seinem Gürtel nach vorne und zog den Kopf heraus, ohne den Blick von ihr zu nehmen. »Sag mir, was das hier ist.« Für einen Augenblick war er nicht sicher, ob er ihr den Schädel einfach hinwerfen sollte, wegen des langen Schwerts konnte er ihn ihr nicht reichen. Behutsam ließ er den Schädel schließlich in ihren Schoß fallen. »Heb ihn auf. Lies. Ich weiß, dass du die Zeichen deuten kannst.«

Die Knochenfrau konnte ihren Kopf nicht bewegen, so stark drückte Rungholt ihr die Klinge in die Kehle, ihre langen Finger tasteten nach dem Kinderkopf, dann hob sie ihn vor ihr Gesicht.

Kaum hatte sie die Runen mit den Fingern abgefahren, lachte sie mit einem Mal, und Rungholt musste den Griff lockern, sonst hätte sich die Alte wohl aufgespießt. Ihre Miene verzog sich ins Groteske. Ihre schmalen Lippen verzerrten sich zu einem hämischen Grinsen, und sie rollte mit den Augen, sodass ständig bloß Weiß zu sehen war.

»Lass das! Was steht auf diesem Schädel?«

Die Knochenfrau begann abermals lauthals zu lachen. Die kehligen, halb geschluckten Gluckser wurden von den Hüttenschatten aufgesogen und vom Regenprasseln weggespült.

»Ich brenne deine Hütte nieder, ich steche dich ab und verfüttere dich an die Schweine. Du Hexe, du sagst mir jetzt, was die Zeichen sprechen!«

Endlich sah sie ihn an. Ihr Grinsen wurde breiter. »Bist du denn dafür bereit, Rungholt?«

»Rung...? Woher... Woher kennst du...?« Woher wusste sie seinen Namen? Nur mit Mühe gelang es ihm, sie mit seinen Blicken zu fixieren. Er hatte das Gefühl, als liefe Blut aus seinen Augen. »Ich bin bereit, da kannst du dein Gift drauf nehmen, Knochenfrau!«, zischte er und stieß mit dem Schwert ein wenig zu, sodass ihr Hals zu bluten begann. »Sag es. Sag es endlich.«

»Dieser Schädel... Er führt dich zu deinem Grab, Rungholt.«

»Was?«

Die Greisin verzog keine Miene, stattdessen wiederholte sie ernst: »Dein Grab, Rungholt. Du denkst, es ist ein Fluch. Du denkst, es sind böse Rituale am Werk. Aber dieser Schädel ist alt. Es ist keines der Kinder, nach denen du suchst.«

Sie ließ ihre Fingerkuppen über die Runen gleiten, drehte den Schädel und folgte den beiden Spiralen. »Der Hort des Roten gut versteckt und unerreichbar... Aus Blut geboren, mit Blut bezahlt«, las sie stockend vor.

»Was soll das bedeuten? Blut bezahlt? Was für ein Hort?«

»Der Rote ist der Teufel, Rungholt. Dieser Kopf ist eine Karte. Er führt dich zum Schatz des Teufels.«

»Schatz des Teufels?«

»Zu einem Berg aus erschlagenen und geköpften Christen.«

»Unsinn.«

»Es wird auch dein Grab sein, Rungholt. Des Teufels Lakai bist du. Leckst ihm den Dreck vom Stiefel.«

Unsicher blickte er auf sie hinab. Wovon redete sie? Etwa von d' Alighieri? Etwa vom Florenzer, diesem Wittenfresser? Sie versucht, dich einzulullen. Sie versucht, dir eine Mär aufzutischen. Was soll ein Schmied mit einem Schädel, der zu einem Leichenberg führt? »Halt dein schändliches Maul, Hexenweib. Was sagen die Runen wirklich? Sag es, oder soll ich ...« Er deutete an, ihr die Klinge vollends durch den Hals zu rammen. Und wischte sich die Tränen vom Gesicht. Verdammte Augen.

»Tu's, Rungholt. Tu's nur. Aber es bleibt, wie es bleibt. Ich spreche die ...«

»Was für ein Hort? Wer ist der Rote? Wo ist dieser Hort?«

»Wenn du ihm richtig in die Augen siehst, Rungholt, wird er mit dir sprechen.«

»Der Schädel?«

»Der letzte Platz des Nordmanns wird dein Grab. Der Rote hält seine Streitaxt bereit. Schau dem Schädel in die Augen und sieh deinen Tod!« Die Greisin lachte meckernd. »Schau es an. Dies Kind. Es wird dich anspucken und dich auslachen und dir sagen: Stirb! Stirb! Stirb! Stiiiiirb! Rungholt, Teufel!« Jäh verfiel sie ins Schreien, Kreischen, Toben. Sie schleuderte den Schädel von sich, packte das Schwert mit beiden Händen und ...

»Nein!« Aus Angst, sie steche sich selbst, zog Rungholt das Schwert fort. Er riss es mit einem Ruck von ihr. Doch sie ließ nicht los. Sie löste einfach den Griff ihrer dünnen Spinnenfinger nicht von der Klinge. Der Ruck, als Rungholt schließlich das Schwert freibekam, trennte ihr zwei ab. Anstatt aufzuschreien, lachte sie noch lauter.

»Der Hort der Víkingr wird dein letztes Plätzchen. Letztes Plätzchen. Letztes Plätzchen. Setz dich, setz dich.«

»Still!« Er schlug ihr ins Gesicht, hörte, wie ihre Nase

brach. Lachen, bloß Lachen. Außer sich, griff er das Schwert fester, hielt ihr die Parierstange unter die Nase, drohte ihr zuzuschlagen.

Doch die Knochenfrau tänzelte vor ihm herum, viel zu dicht, viel zu wild, und besudelte sie beide mit ihrem Blut. »Du bist im Schnee gestorben, Rungholt. Im Schnee. Du bist seit dreißig Jahren tot.«

»Hör auf!«

»Weißt es nicht. Weißt es nicht. Du bist der Teufel. Du schleichst durch Lübeck und gräbst Leichen aus. Du liebst die Leichen, Rungholt.« Sie wollte ihn mit ihren Stummeln berühren, aus denen das Blut schoss. »Weil du selbst schon tot bist.«

Rungholt wurde schlecht.

»Du bist der Teufel. Du musst sterben.«

Hör auf!

»Dein Herz liegt in der Nordsee, deine Seele im Eis bei der Daugava. Du bist längst im Fegefeuer.«

Hatte sie das wirklich gesagt? Oder gaukelte der giftige Hexenqualm ihm das alles nur vor?

»Nur deswegen ist dir nicht totenkalt, Rungholt. Nur deswegen. Weil du im Fegefeuer stehst.«

Ich schlag dir dein Maul ein. Töversche.

»Du bist tot. Und der Hort ist dein drittes Grab.« Noch immer wollte sie seine Wange streicheln, ihn berühren. Er konnte ihr Blut riechen, ihren Schweiß und ihr aufgerissenes, dreckiges Surkot, das sich mit Kot und Urin vollgesogen hatte.

Angewidert stieß er sie von sich. Lachend taumelte sie zurück, trat auf ihre Knochenschalen. Zu spät erkannte er, dass sie strauchelte, das Gleichgewicht verlor. Rungholt stürzte vor, aber zu spät. Die Knochenfrau schlug mit dem Rücken an den Kessel mit dem Giftöl, riss ihn um. Das Öl schwappte heraus, ergoss sich über sie, und ihr Lachen wurde zu einem Schrei.

Sofort warf Rungholt das Schwert beiseite, eilte zu ihr und packte ihre Hand. In diesem Moment flammte die Glut auf. Das mit Öl vollgesogene Surkot stand binnen eines Wimpernschlags in Flammen.

Eine Feuerwand schlug hoch. Mit einem Aufschrei ließ Rungholt los und taumelte zurück, die Hände vors Gesicht gerissen. Seine Wimpern waren im Nu versengt, er meinte, seine linke Hand mit der alten Brandverletzung stünde wieder in Flammen. Die Hitzewelle verpuffte, doch das Feuer blieb. Und die Schreie blieben. Die Schreie.

Ein weiteres Mal versuchte er, die Alte zu schnappen, ihr das brennende Surkot wegzureißen, doch die Knochenfrau schlug wild um sich. In einem abscheulichen letzten Tanz drehte sie sich kreischend und stieß gegen die Kräuterbündel und Felle, die von der Decke baumelten. Zuckend und taumelnd fiel sie nach rechts, nach links. Er sah ihre Haare brennen, sah die Haut verschmoren und wusste nicht, was tun.

Raus, dachte er. Sie muss in den Regen. Sie muss …

Die Flammen nahmen sich, was sie kriegen konnten. Die Balken fingen Feuer, einer der Äste, seit Jahren tot und gänzlich trocken, explodierte Funken spuckend.

»Hier«, schrie er hustend. Dichter Rauch breitete sich aus, sank tiefer und tiefer. Rungholt wollte die Greisin zur Tür stoßen, aber sie stürzte, krümmte sich und warf sich so heftig hin und her, dass er nicht an sie herankam.

»Feuer! Lasst das Wasser in den Hof!« Männerrufe überschlugen sich draußen. »Die Hütte der Alten! Holt Wasser.«

Hinter den Flammen sah Rungholt an der zerschlagenen Tür Schatten huschen. Immer mehr Bewohner der umliegenden Hütten liefen zusammen.

Die brennende Knochenfrau bewegte sich nicht mehr. Sie lag auf dem Bauch, die Arme verkrampft, die Beine um den Hauklotz geschlungen. Ihre Haut war verbrannt, das Fleisch warf Blasen. Der Gestank war unerträglich. Gegen den Brechreiz ankämpfend, wich Rungholt von der Toten zurück, klaubte sein Schwert auf und zog den Schädel unter schmorenden Fellresten hervor. Dann zog er sich vor den Schatten zurück, die sich vor der Hütte versammelt hatten, versuchte, hinter den Flammen und dem Qualm zu bleiben, und erreichte die Rückseite der Hütte.

Drei, vier Tritte, ein paar der Bretter gaben nach, und Rungholt spürte den Regen, den Strom aus Wasser auf seinen feuerwarmen Wangen. Das erste Mal seit Wochen, dass er die feuchte Luft begrüßte. Er füllte seine Lungen mit dieser reinen Luft und torkelte ins Freie.

Und während mehrere Männer mit Eimern und Dauben voll Wasser die Hütte stürmten und andere begonnen hatten, die Sandsäcke wegzureißen, taumelte Rungholt an ihnen vorbei. Die Nacht war angebrochen. Hinter ihm flackerte orangerot der Feuerschein, zeichnete sein Spiel in den Backsteintunnel zum Wulffsgang.

Sich nicht bewusst, den Kinderschädel noch in der Hand zu tragen, watete er auf die Stavengasse hinaus. Diesmal war ihm jede Untiefe egal.

28

Magisch glitzerte Fackelschein auf dem Wasser und warf sein tanzendes Licht auf Rungholts Haut. Die alte Verbrennung juckte, die Haut war rau, obwohl er sie gerade mit Sinjes Stutenfett eingerieben hatte.

Rungholt hielt seine Rechte, in der ein tiefer Schnitt klaffte, über die Schüssel mit Wasser. Er streckte die Finger und ließ die Hand behutsam über der Oberfläche schweben. Sie zitterte, obwohl er ganz ruhig atmete.

Er beugte sich vor, senkte den schweren Schädel bis kurz

über seine Hand und starrte zwischen seinen Fingern hindurch auf das Wasser in der Daube. Bei jedem Atemzug spürte er seinen Bauch auf den Oberschenkeln.

Einatmen, ausatmen. Er versuchte, an nichts zu denken, versuchte, sich ins Lichtspiel zu versenken, in den Reigen aus Feuer und Wasser. Langsam, langsam senkte er seine Hand hinab, spürte, wie das kühle Nass seinen Handballen benetzte, erst um seine Finger floss und schließlich über seinen Handrücken. Seine Pranke nahm beinahe die ganze Holzdaube ein. Das Wasser stand bis zum Rand. Er bewegte sich nicht. Aufgeregt tanzte der Fackelschein, zerriss über seiner Hand und setzte sich zu neuen Gebilden zusammen.

Feuer und Wasser.

Du hast die Töversche umgebracht.

Rungholt schnaubte. Er sah diese Hand unter Wasser und dachte: Vielleicht sollte ich ins Wasser steigen. Einfach hineingehen. Nicht bis zum Knie, nicht bis zum Nabel. Bis zum Hals und darüber hinaus. Einfach ins Meer gehen und nicht mehr umdrehen.

»Das wäre eine Lösung. Dann könntest du niemanden mehr anknurren oder nachts deine Freunde aus dem Bett holen«, riss Sinje ihn aus den Grübeleien. Hatte er gesprochen?

»Habe ich eben geredet?«

»Du hast gesagt, du willst ins Wasser gehen«, rief Marek und schwang sich aus den Strohkissen. »Deine Klamotten stinken vielleicht.«

Splitternackt, wie er war, ging er an Rungholt vorbei, zog dessen Überkleider von der Lehne des einzigen Stuhls und legte sie in einen Wäschetrog. Der Geruch des Qualms, nein, der von verbranntem Fleisch, er war unerträglich.

»Ich werde sie dir morgen waschen, Rungholt.« Marek machte nicht den Eindruck, als würde er scherzen.

»Das brauchst du nicht, Marek. Dank dir, aber meine Magd wird das übernehmen.«

»Wenn Hilde mitkriegt, wie du wieder aussiehst, reißt sie dir den Kopf ab. Und Alheyd packt ihn an den Haaren und donnert ihn an deine Dornsetür, bis du lachst.«

Rungholt war nicht zum Schmunzeln zumute, konnte sich aber nicht dagegen wehren. Marek hatte Recht. Das war einer der Gründe gewesen, nicht nach Hause zu eilen und sich bei einem Genever in der Scrivekamere zu verschanzen. Der andere war gewichtiger: Er brauchte Menschen um sich, mit denen er über die Tode reden konnte. Den Tod des Schattens, aber vor allem über den Tod der Alten. Über den Tod und den Fall. Und mit Alheyd konnte er dies leider nicht.

»Willst du dich umbringen, Rungholt?«, fragte Sinje.

Er blickte von der Daube auf. »Warum hat sie sich festgesetzt? Warum verblasst sie nicht wie eine alte Freundschaft, derer man überdrüssig ist? Warum löst sie sich nicht auf wie Wein, der in die Trave geschüttet wird? Warum verliere ich die Angst vor dem Wasser nicht, Sinje?« Abermals sah er dem Wasser zu.

»Das war nicht meine Frage… Willst du dir etwas antun? Es gibt solche Menschen. Sie sind vom Leben müde, Rungholt. Bist du vom Leben müde?«

Jetzt erst sah er ihr in die Augen. Er war müde, schrecklich müde… Aber vom Leben? »Mag sein«, entgegnete er ruhig. Er bekam kaum Luft. Er wollte sich bewegen, aber er konnte einfach nicht. Schon der Gedanke, seine Hand aus dem Wasser zu ziehen, war ihm schwer.

Sinje legte einen frischen Scharpieverband auf seinen Rücken und zurrte ihn um seine Brust fest. Dabei bewegte er sich nicht, verharrte, noch immer über die Daube gebeugt, die Hand mit der Schnittwunde im Wasser.

»Komm, hör auf, Rungholt. Du hast weder deinen Verfolger umgebracht, noch bist du schuld am Tod der Knochenfrau. Wer weiß schon, woher sie deinen Namen kannte. Die Töversche war verwirrt, meine ich, wenn nur die Hälfte von dem stimmt, was du sagst. Und was die Leute über sie tuscheln.« Marek suchte auf einem wurmstichigen Regalbrett an der Feuerstelle nach einem Apfel. Gewöhnlich legte Sinje hier das Obst hin, um es zu trocknen. Er fand bloß ein paar Eicheln. Kauend kam er zu Sinje und Rungholt herüber. »Du bist nicht schuld, sag ich dir. Es war sicher nur zu entsetzlich anzusehen, wie sie in Flammen …«

»Halt's Maul«, entfuhr es Rungholt schroff. »Ich habe so viele Tote gesehen, da kommt es auf die eine auch nicht an! Dieses scheißgreise Weib.« Sinje und Marek warfen sich alarmierte Blicke zu.

»Vielleicht solltest du dich erst einmal ausruhen«, warf Sinje ein.

»Ich will kein Mitleid.«

»Was dann?«

»Wenn ich das wüsste!« Rungholt stand ruppig auf, stieß aus Versehen gegen den Tisch, Wasser schwappte aus der Daube. »Tut mir leid … Ich – ich weiß nicht, was ich will. Ich weiß nicht, was ich will.« Seine feuchte Hand zitterte stark, als er sich die Augen rieb. »Ich weiß es einfach nicht.« Das Wasser verteilte sich über sein Gesicht.

Sinje seufzte schmunzelnd. »Das ist das Problem mit euch Männern: Ihr wisst einfach nicht, was ihr wollt.«

»Wir sind eben nicht aus einem einzigen Stück Rippe geschnitzt wie ihr«, fuhr er sie unvermittelt an. »Ihr redet uns doch ständig ein, dass wir nicht wissen, was wir wollen. Ihr redet es uns ein. Und wir glauben es! Ich weiß genau, was ich will! Ich – ich will … Es soll aufhören! Ich will einfach, dass … ES AUFHÖRT!« Rungholt fegte die Daube vom Tisch, dass es nur so spritzte, trat sie durch die Hütte und begann, in der Pfütze herumzustampfen. Seine Stimme bebte, begleitet von dem immer wilder werdenden Aufstampfen. »Ich will keine Angst mehr vor dem Wasser haben! Ich will, dass die Toten nicht mehr glotzen. Sie sollen weg. Ich will … Sie sollen raus. Sie sollen endlich raus aus meinem Haus, da oben. Und ich will den Schnee nicht Der Schnee soll weg Schmilz du beschissener schnee schmilz endlich und scheiß auf den bluthund ligawyi ligawyi ich kann keine spuren mehr sehen im schnee ich will das nicht mehr ich will – ihr alle und lübeck sollt ersaufen und ich gleich mit ... ich ...«

Erschöpft brach Rungholt seinen wahnsinnigen Tanz ab, stand bewegungslos da. Sein massiger Körper bebte. Keuchend rang er nach Luft. Marek fasste ihn bei der Schulter und drehte ihn zu sich.

»Ich will ... Ich ... will das alles nicht mehr, Marek«, schluchzte er und konnte vor Weinen kaum atmen. »Ich will das alles nicht mehr ...«

»Ist gut ... Is ja gut.« Marek presste ihn an sich, hatte Mühe, Rungholts massigen Körper zu umschließen. Immerhin wehrte sich Rungholt nicht.

»Ich habe mein Leben verspielt, Marek.« Die Tränen rannen ihm über die Wangen und auf die nackten Schultern des Kapitäns.

»Dumm Tüch, Rungholt. Dummes Zeug. Es wird alles gut.«

»Nein ... Du hast ja keine Ahnung ...« Rungholt rang nach Atem. »Ich habe mit d' Alighieri einen Vertrag. Ich ... Ich habe gewettet, dass ich diesen Dieb finde, aber es ist kein Dieb. Es ist ... Diesen Kindesentführer. Es ist alles weg. Haus, Hof ...«

»Die Möwe?« Marek löste sich von ihm.

Zitternd wischte sich Rungholt die Tränen weg, doch es flossen gleich wieder welche nach. Er nickte. »Auch die Möwe. Alles. Wenn ich diesen Schmied nicht binnen vier Tagen finde.«

Rungholt hatte erwartet, ein Fluchen zu hören, dass Marek nach ihm schlug, ihn anschrie, doch der Kapitän lächelte milde, packte Rungholts Kopf mit beiden Händen und drückte dessen Stirn fest an seine Brust. »Es wird aufhören. Es wird aufhören. Irgendwann ziehen wir beide in den Himmel ein, Rungholt. Aber bis dahin werden noch viele Winter kommen, denke ich. Und es wird oft schneien. Aber der Schnee wird immer schmelzen. Es hört auf. Du bist, was du bist. Du bleibst, wer du bist, egal, was du besitzt. Und ich bleibe Kapitän – auch ohne Schiff… Kann ja wieder einen Konvoi von dir anzünden.«

Lachen und Weinen vermischten sich, bis Rungholt husten musste. Er tätschelte Marek die Wange. »Ich wüsste nicht, was ich ohne dich täte, Marek. Wenn du nicht wiedergekommen wärst…«

»Ich weiß.« Arm in Arm standen sie da.

Sinje musterte das Bild stirnrunzelnd. »Soll ich euch das Bett überlassen?«, fragte sie schnippisch. Erst jetzt bemerkten die Männer, dass sie splitternackt waren.

29

»Die Töversche sagte, wir sollen ihm in die Augen schauen.« Rungholt legte den Schädel auf das Bierfass und beugte sich hinab. »Da ist nichts. Da sind die zwölf Mulden, und das war's.«

Während Sinje sich die Seidenfäden mit den Notizfetzen ansah, drehte Marek den Schädel herum und ließ die schwere Goldkugel durch das Halsloch fallen.

»Siehst du was?«

Rungholt schüttelte den Kopf. »Sie fällt in eine der Mulden. Dafür sind sie auch da, dabei bleib ich.«

»Sehe ich auch so, sag ich dir. Kugel und Schädel. Und du sagst, sie zeigen den Weg zum ›Hort des Roten‹? Einem Berg aus toten Christen?«

»Nicht ich, die Knochenfrau.« Der wissbegierige Schone begleitete ihn nun schon seit so langer Zeit, und je mehr Verbrecher sie jagten, desto geschwinder zog er seine Schlüsse. »Schädel und Kugel sind die Karte zu einem Hort. Vielleicht dem Grab dieses Roten. Die Víkingr sollen viele Kostbarkeiten mit in den Tod genommen haben.«

»Der Schädel führt zu einem Schatz?« Marek schürzte anerkennend die Lippen.

»Wenn wir der Töverschen glauben, ja. Zum Schatz des Roten.« Und zu meinem Grab, dachte Rungholt. Wenn sie mit ihrem Gestammel Recht hat, führt dieser Schädel mich in den Tod. Vielleicht sollte ich ihn verbrennen und die Goldkugel verkaufen?

Aber war das so einfach? Er hatte von Mönchen nahe Dijon gehört, die sagten, seinem Schicksal könne man nicht entgehen. Gott habe ein großes Buch, worin er längst alle Lebensläufe eingetragen, alle Verbindungen gezeichnet hat. Für jene Mönche hing die Erde an einem aufgezwirbelten Bogen. Einmal aufgezogen, schnurrte sie mit ihren Geschöpfen bis in alle Ewigkeit los.

Rungholt schüttelte es innerlich. Jeder hat das Glück in seiner Hand, beharrte er und sah unwillkürlich auf seine zerschnittene Rechte. Jeder schmiedet sich sein eigenes Leben. Wir ziehen täglich hunderte Bögen auf und lassen sie losschnurren. Er schloss die Augen, und kaum war es dunkel, tauchten die Kinder aus blauer Tiefe auf und streckten die Arme nach ihm aus.

Das Bild war gar nicht bedrohlich. Er musste sogar lächeln.

Ich finde euch, dachte er. Ich finde euch, weil euer Schicksal nicht der Tod sein darf. Und dann, dann kann ich schlafen.

»Alles gut mit dir?« Sinje beugte sich über den Runenschädel und blinzelte im Licht der Tranlampe. »Hast du Schmerzen?«

Rungholt öffnete die Augen und schüttelte milde den Kopf. »Es ist wieder alles gut. Danke, Sinje.«

Sie hatten noch gewartet, bis Rungholts Kleider ein wenig getrocknet waren, und dann beschlossen, gemeinsam auf Rungholts Dachboden zu gehen. Sinje hätte zwar nie zugegeben, sich mit schwarzer Magie auszukennen, aber sie hatte ganz gewiss Ahnung von Zauberritualen, wusste von der Kraft der Gestirne und den Kräutern und besaß ein Gespür für alles Verhexte. Auf dem Weg durch die Kiesau hatte Rungholt ihr ein Kompliment machen wollen und dummerweise gesagt, er brauche sie, weil sie die Töversche besser verstehe als jeder andere Lübecker. Daraufhin hatte Sinje ihn beinahe geschlagen. Forsch wie eh und je, die kleinen Fäuste unter Rungholts Kinn gehoben, ging sie ihn an: Was er von ihr denke. Dass er ein Querschädel sei und sich zum Teufel scheren solle. Marek, der beschwichtigend dazwischenging, fing sich einen derart harten Tritt ein, dass er um ein Haar auf das Kopfsteinpflaster geflogen wäre. Mit einem wissenden Lächeln hatte Rungholt dem Schauspiel zugesehen.

»Was ist das?«, riss Sinje ihn aus den Gedanken. Sie hatte einen Wachsabdruck gefunden. Rungholt hatte letzte Nacht den Schädel mit Öl eingerieben und ihn in butterweiches Wachs gedrückt. Die Runen waren gut zu sehen.

»Ich dachte, es ist einfacher so, als alles abzuzeichnen«, antwortete er.

»Das ist der ganze Schädel?«

Rungholt nickte.

»Kann ich das mal mitnehmen?«

»Warum nicht?« Rungholt räusperte sich und nahm noch einmal den Kopf vom Fass, wiegte ihn in der Hand, sodass die Kugel von Mulde zu Mulde sprang. Es erinnerte ihn tatsächlich an ein Kinderspiel. Ratlos sah er zu und murmelte: »Entweder dieser Schädel ist die Lösung oder aber eine Sackgasse. Kugel und Schädel passen zusammen. Aber wieso hat Peterchen die Kugel und Gryps den Schädel?«

»Peterchen wurde entführt«, gab Marek zu bedenken. »Was

ist denn, wenn er Gryps die Kugel klaut. Der will den Schatz, und Peterchen klaut ihm die Kugel.«

»Und flieht mit Agnes«, spann Rungholt den Gedanken weiter. »Gryps ist ihm auf den Fersen. Agnes stirbt, er stöbert Peterchen auf und bringt ihn und die Familie um.«

»Findet aber die Kugel nicht.«

»Weil sie im Wasser ist.«

Grübelnd wandten sich Marek und Rungholt wie auf ein Stichwort beide zu ihrem Gespinst aus Zettelfäden um. Mittlerweile waren weitere Verbindungen hinzugekommen. Vor allem ein Dreieck war ungewöhnlich: Mornewech-Poling-Meenkens. Die drei kannten sich und arbeiteten mit- und füreinander. Immerhin so viel hatten sie bereits herausgefunden.

Rungholt folgte Mareks Blick. »Ein Kind bestiehlt den Hammermann, der seine eigene Geliebte entführt? Wieso überhaupt Agnes? Bisher waren es doch immerzu Kinder?« Rungholt ging die Fäden entlang. Einer führte zu Gryps, einer zu den Malen am Arm.

»Die einzige Frau, die verschwand«, mischte sich Sinje ein.

Rungholt stellte den Schädel ab. »Richtig.« Er spürte die Müdigkeit zurückkommen. Sie waren nicht wirklich weiter. Fragen über Fragen.

»Na, vielleicht hat Gryps sie in pechschwarzer Nacht entführt.« Marek griente. »Bei dem Schietwetter sieht man ja die Hand vor Augen nicht. Vielleicht hat der sein Schätzchen einfach nicht erkannt.«

Rungholt sah seinen Freund fragend an ... Die Worte des Kapitäns hatten etwas in ihm angetippt.

Rungholts gekräuselte Stirn ließ Marek weiter ausholen: »Verstehst du nicht? Ich meine, so klein, wie die war«, er tippte sich unter die Brust, »'n Dreikäsehoch. Ich hätte sie gerade so als Schiffsjungen angestellt. An der war doch auch nichts dran. So vorne rum.«

Rungholt schnippte mit den Fingern. »Das ist gar nicht

dumm, Marek. Das kann schon sein … Wir haben uns gefragt, warum Kinder? Braucht er sie für ein Ritual, bereiten sie ihm besondere Lust? … Was, wenn sie nur alle dieselbe Statur haben müssen? Vielleicht geht es dem Entführer …«

»… gar nicht um Kinder, sondern um zierliche, kleine Menschen«, vollendete Sinje Rungholts Satz und lehnte sich zum Schädel vor. Darauf achtend, dass ihre roten Haare ihn nicht berührten, folgte sie den Linien der Runen.

Fasziniert sah Rungholt ihren Fingern zu, die tastend den Knochen abfuhren und behutsam jeden Riffel der fremden Zeichen in sich aufzusaugen schienen. »Das macht Sinn«, sagte er. »Zumindest ist es eine Erklärung, warum sonst nur Kinder und jetzt plötzlich Agnes.«

»He, kommt schon. Das war ein Spaß.« Marek sah in die Runde. »Ich meine, Gryps wird doch kaum seine eigene Geliebte entführen.«

»Richtig. Aber trotzdem ist die Überlegung gut, dass Agnes entführt wurde, weil sie wie ein Kind ist«, seufzte Rungholt. »Es ist wirklich zum Haareraufen.« Sein Blick wanderte noch einmal zu der Verbindung zwischen den Handwerkern.

Er ging hin, tauchte unter die Sparren und begann, die Fäden anders zu spannen.

»Mornewech arbeitet für Poling. Meenkens hat Pläne von Poling auf dem Tisch. Peterchen ist Mornewechs Sohn, sein Kind. Agnes ist Meenkens' Magd, sozusagen sein Kind … Und Gryps? Der Gryps. Ein Schmied, der seine Schmiede aufgelöst hat … Hmmm … Wo ist die? … Ein Böttcher, ein Bootsbauer, ein Tagelöhner ein … ein Schmied.«

Rungholt trat zurück. Er hatte mit den vieren einen Kreis gezogen – Mornewech-Poling-Meenkens-Gryps – und Peterchen und Agnes hineingelegt. Dann nahm er den Schädel, packte ihn zu Gryps und die Kugel zu Peterchen.

Die anderen beiden stellten sich zu ihm. Im Licht der Tranlampe blickten sie auf den Kreis.

»Du meinst, sie alle haben den Hort gesucht?«

Rungholt nickte. »Wenn es wirklich einen gibt. Vielleicht ist dieser Schädel aber auch nur ein ekelhaftes Kinderspiel der Víkingr, und es geht um etwas ganz anderes.«

Sinje trat in den Kreis. »Etwas, zu dem sie Kinder brauchen?« Behutsam schlug sie die Säckchen an ihrer Kordel zur Seite, um sich besser hinhocken zu können, dann legte sie den Zettel mit der Aufschrift »acht Kinder« ebenfalls in den Kreis.

Abermals nickte Rungholt. »Jakobus sagte, dass Mornewech einen großen Fehler begangen habe. Er wollte beichten. Was, wenn er sein Peterchen zu irgendwas überredet hat und …«

»… und Gryps seine Geliebte.«

»Ja«, sagte Rungholt. »Oder Meenkens seine Magd. Ihr Meister und ihr Geliebter drängen sie zu etwas.«

»Und die anderen Kinder?«, wollte Marek wissen.

»Vielleicht haben sie alle zusammen – Meenkens, Poling, Mornewech, Gryps – die Kinder entführt. Weil sie eben zierliche Menschen brauchten.«

»Na toll.« Marek zapfte sich ein Bier. »Und wofür? … Das wird ja immer komplizierter!«

»Marek! Ich weiß es nicht! Ich weiß es einfach nicht. Vor allem weiß ich nicht, wie der Diebstahl da reinpassen soll.« Er zupfte an dem Seidenfaden, der von Gryps zu d' Alighieri und zu den Edelsteinen ging. »Wenn sie alle unter einer Decke stecken, ihre eigenen Kinder und Mägde missbrauchen, warum wird dann Peterchens Familie ausgelöscht, und warum beklaut Gryps einen der mächtigsten Männer Lübecks? Ich … Gib mir sofort auch ein Bier.«

Während Rungholt zu Marek stampfte, blieb Sinje im Kreis stehen und schwang die Tranlampe. Es waren mittlerweile über dreißig Zettel und weit über vier Dutzend Fäden verteilt, und das einzige Muster, das einen Sinn ergab, war der Handwerkerzirkel.

»Ihr müsst noch mal zu Meenkens. Und du, Rungholt, du solltest d' Alighieri vielleicht hierher mitbringen und den Florenzer in dem Blätterwald stehen lassen. Vielleicht fällt ihm was dazu ein.«

Rungholt wischte sich den Schaum vom Mund. »Ich habe eine bessere Idee. Ich prügle einfach die Neuigkeiten aus ihm raus. Eine peinliche Befragung bringt die Säfte dieses Wittenfressers sicher in Wallung. Das mag der doch. Der schickt mich los, einen kleinen Straßendieb zu schnappen – und dann das hier.« Rungholt zeigte so schwungvoll auf den zugehängten Dachboden, dass das Bier aus seiner Henkelkanne spritzte.

30

»Alheyd! Aaaaaaaahlheeeeyd!« Rungholts Rufe donnerten durch das Schlafgemach und den frühen Morgen. Die Sonne war noch nicht aufgegangen, aber Rungholt war schon vor der Prim aufgestanden. Eigentlich hatte er sich leise hinausschleichen wollen, um noch vor der Morgenmesse zu d' Alighieri zu gehen – doch die Kleidertruhe hatte ihm einen Strich durch die Rechnung gemacht.

»Alheyd! Wach endlich auf. Willst du mich ärgern? Was hast du mit meinen Sachen gemacht?«

Verschlafen streckte Alheyd ihren Kopf aus den Kissen. »Himmel noch eins, Rungholt. Was ist denn los?«

Rungholt ließ die Truhe zufallen. »Schau selbst.« Brummelnd wartete er, bis sie sich aus dem Bett gequält und gähnend zu ihm an die Truhe getreten war. Sie nahm ihm die Öllampe ab und öffnete die Truhe.

»Und?«, fragte sie.

»Und? Sie ist leer. Siehst du das nicht?«

»Was?«

»Die Leere.«

»Sehe ich … Und?«

»Alheyd! Lass diese Spielchen! Ich habe eine wichtige Verabredung, ich brauche meine Schecke. Wo ist die?«

»Da, wo alle deine Kleider sind.« Ohne auf ihn zu achten, die Öllampe von sich gestreckt, die Augen noch halb zu, schlappte Alheyd aus dem Schlafzimmer. Rungholt folgte ihr grummelnd. Zu seiner Überraschung ging sie zu Mirkes altem Zimmer und bat ihn herein. Mirkes Spielsachen waren mittlerweile verschwunden, aber sie hatten das Zimmer noch immer nicht hergerichtet. Eigentlich hatte Rungholt vorgehabt, Hilde hier schlafen zu lassen. Zwischen dem Alkoven und der gegenüberliegenden Wand, die mit Malereien dekoriert war, hatte Alhyed eine Leine gespannt und seine Kleider aufgehängt.

»Ach. Sie trocknen noch. Hättest du auch sagen können. Wieso hast du sie nicht auf den Dachboden gebracht? Beim Kamin trocknen sie doch schneller.« Er wollte sich Beinlinge nehmen, doch Alheyd hielt ihn zurück.

»Weil ich sie nicht gewaschen habe.«

»Was?« Erst jetzt bemerkte Rungholt, dass die Beinlinge mit braunem Schlick vollgesogen waren. Ein anderes Paar sah wie guter Käse aus – Loch an Loch vom Funkenflug. Jetzt geht das wieder los, dachte Rungholt und holte Luft, um Alheyd die Meinung zu geigen.

»Heb dir den Atem auf«, sagte sie. »Am Mittwoch warst du bei der ermordeten Familie. Bei den Mornewechs. Du bist in Blut gewatet, Rungholt!« Sie stippte die Beinlinge an, die bis unters Knie bräunlich verfärbt waren. »Sogar mit den Armen hast du in der Brühe herumgewühlt.«

Misstrauisch beäugte Rungholt seine Frau, die ihm zum Beweis die besudelten Ärmel unter die Nase hielt.

»Dann hat dich deine Neugier erneut in den Schlamm getrieben. Am Donnerstag. Die Feier mit angeblicher Sau-Sauerei, du erinnerst dich? Nein ...?«

»Äh ...«

»Das hat dich eine Bruche, einen Umhang und diese beiden hier gekostet.« Sie zeigte auf den Tappert, den Rungholt ausgekocht hatte. Er war jetzt immerhin sauber und nur noch von blassem Grau – und passte einem Fünfjährigen sicherlich perfekt.

»Äh ...«

Alheyds Blick ließ ihn die Lippen aufeinanderpressen. »Und gestern. Gestern hast du dann wirklich dein Glanzstück abgeliefert, Rungholt. Diese Schecke hast du Hilde vor die Füße geschmissen. Du hättest sie lieber in genau der Sickergrube gelassen, in die du damit gefallen bist.«

»Sickergrube?« Rungholt schluckte. Woher wusste Alheyd das alles nur? Oder besser: Was wusste sie noch? Nervös begann er, am Saum seines Nachthemds zu zuppeln.

Sie zeigte auf das letzte Kleidungsstück. »Und diese Cotte wirfst du am besten gleich hinterher. Auch von gestern. Die Brandlöcher sind nicht mehr zu flicken.« Mit spitzen Fingern zupfte sie das Stück eines gezackten Blattes vom Kragen. »Stechapfel.«

Verständnislos sah er sie an.

»Hexenkraut ... Ich weiß, dass du wieder schnüffelst. Dass Dartzow dich um Hilfe gebeten hat. Man munkelt viel in der Stadt. Gestern zum Beispiel hat eine Hütte im Wulffsgang gebrannt.« Ihr Blick forschte in Rungholt. Eisern versuchte er, ihr standzuhalten und nicht zu blinzeln. Er merkte, wie sein Blut hektisch durch seine Adern rauschte. Bist du verheiratet, kannst du alle Geheimnisse auch gleich an die Küchenwand schreiben.

»Ich bin deine Frau.« Alheyd war nun ganz dicht an ihn herangetreten. »Ich kenne dich. Und du solltest mich kennen.« Noch immer hielt sie das Blättchen zwischen den Fingern.

»Und vor allem solltest du mir vertrauen, Rungholt. In guten und schlechten Tagen.« Sie pustete das Stechapfelblättchen zu ihm hin. Unwillkürlich zuckte er davor zurück.

Wütend über ihre Klugheit und seine Dummheit meinte er: »Schön, was du dir alles so zusammenreimst. Aber ich steh immer noch nackt da. Und ich muss endlich los. Was ist denn mit dem Stoff? Du hattest doch welchen gekauft. Wozu hast du denn Maß genommen? Wenn du meinst, ich kann die Sachen nicht mehr tragen, dann näh mir welche.« Trotzig verschränkte er die Arme.

Alheyd starrte ihn entgeistert an. »Das ist jetzt nicht dein Ernst, Rungholt! Ich hab die Stoffe zurückgegeben – wie du gesagt hast! Und das war mir kein Leichtes! Weißt du, welchem Spott und welcher Häme ich mich aussetzen musste?« Sie stieß ihn von sich. »Du verdreckter Querschädel! Geh und lass dir deinen Kopf gerade rücken!«

»Äh … Du hast die Stoffe nicht mehr?«

»So wolltest du es doch.« Verärgert schob sie sich an ihm vorbei und wollte das Zimmer verlassen. Er griff nach ihrem Arm und hielt sie fest.

»Alheyd«, setzte er zu einer Entschuldigung an.

Sie schüttelte ihn ab. »Schluss, Rungholt. Ich habe deine Geheimniskrämerei satt!« Sie nickte zu den Sachen auf der Leine. »Sicherlich will ich so einiges davon nicht kennen. Aber dass wir pleite sind, Rungholt, das solltest du mir, deiner Frau, schon sagen.«

»Wir … Wir sind doch nicht pleite!«, donnerte er. »Im Gegenteil. Ich …«

»Du hast dich wieder in irgendeinen Fall verrannt und dich in einem Gespinst aus Gefälligkeiten und Abmachungen verheddert. Richtig?«

Er schwieg.

»Also hab ich Recht.«

»Wir sind nicht pleite.« Er nahm sie bei der Schulter und

blickte sie an. »Ich hab mich nicht verheddert. Ich bin grade dabei, alles zu entwirren. Alheyd, bitte.«

In ihren Augen konnte er lesen, dass sie ihm nur zu gern geglaubt hätte. Doch ihr Blick schweifte zur Wäscheleine. Sie schüttelte seufzend den Kopf. »Ich bin im Bett«, sagte sie und wandte sich ab.

»Wirklich«, rief er hinter ihr her. »Ich war schon auf dem Weg! Ich bringe alles in Ordnung! ... Ich ... ich brauche nur was zum Anziehen«, setzte er kleinlaut nach. »Verdammt noch mal.«

31

Sieben Fliegen trippelten über die Haut, die sich auf d' Alighieris Blut gebildet hatte. Erbost sah Rungholt ihnen zu. Das tat er nun schon seit der Laudes. Noch vor der Morgenmesse war er durch Lübeck geeilt. In der Nacht war Nebel aus den Pfützen gekrochen. Kaum zu unterscheiden war er vom feinen Nieselregen. Die Luft ein einziges Erbsenmus. Und nun hockte Rungholt auf einem unbequemen Schemel vor der Tür zu d' Alighieris Thronsaal und wartete auf Audienz.

Rungholt kratzte sich. Die Garnache, die er übergestreift hatte, war Jahre alt und ganz steif. Die anderen Kleider waren auch nicht besser. Es widerte ihn an, wie ein Bittsteller behandelt zu werden, und mit jeder Stunde wuchs sein Zorn. Der Geruch von Gebratenem wehte herbei. Irgendwo schmorte ein Huhn in der Pfanne. Oder bildete er sich das nach all dem Mus bloß ein? Rungholts Magen knurrte.

Er lauschte dem Stöhnen und Fluchen, das durch die mit Engeln geschmückte Tür drang, und stand murrend auf. Ein paar Mal ließ er unter den trägen Blicken zweier Leibwächter seinen Lederstiefel gegen das Holz knallen und rief: »Florenzer! Hört auf, Euren Leibarzt zu begatten, und macht die Scheißtür auf.«

Selbst die Wachen mussten schmunzeln.

Er hatte es kaum ausgesprochen, als sich die Tür tatsächlich öffnete. Doch statt d' Alighieri kam Wiesberg heraus, stellte mit einem verlegenen Lächeln eine weitere Schüssel voll Blut ab und holte aus seiner zerschundenen Truhe, die neben Rungholts Schemel stand, fünf Schröpfgläser, ein gebogenes Messer und feine Schläuche.

»Die aus Darm eignen sich besonders«, fühlte er sich unsinnigerweise genötigt zu erklären und lud sich die Arme voll. Rungholt schenkte dem Quacksalber lediglich ein böses Lächeln, war es doch nicht das erste Mal, dass Wiesberg sich aus dem Saal gedrückt hatte, um Instrumente zu holen. Mittlerweile war er kurz davor, Wiesberg die Blutschüsseln ins Gesicht zu kippen und dem Kerl seine Schläuche um den Hals zu binden.

»Wiesberg«, zischte er. »Sagt Eurem blutleeren Liebhaber, ich werde die Tür einschlagen, wenn er mich nicht bald anhört!«

Jetzt war es an Wiesberg zu lächeln, offensichtlich gefiel es ihm zu sehen, in welcher Lage sich Rungholt befand. »Selbstverständlich«, meinte er sanft und verbeugte sich. »Wie geht es Eurem Rücken?«

»Gut, solange Ihr ihn nicht in die Finger bekommt.«

Ein Zucken um Wiesbergs rechten Mundwinkel war die einzige Antwort, dann war d' Alighieris Leibarzt wieder verschwunden.

Rungholt setzte sich. Er wartete. Er sah den Fliegen zu. Sieben, acht, jetzt neun, nein, zehn Fliegen. Hmmm. Oh, eine fliegt weg. Neun Fliegen. Aha und jetzt ...

Rungholt sprang auf und trat mehrmals so kräftig gegen die Tür, dass die Engel erzitterten. Die beiden Leibwachen waren zu faul, um ihn zu mäßigen.

»D' Alighieri! Die Fliegen fressen hier Euer Scheißblut. Öffnet endlich.« Bevor die Wachen reagieren konnten, griff er sich eine der Schüsseln und schleuderte sie gegen die Tür. Das Blut spritzte bis zur Decke und rann dickflüssig an den Engeln entlang auf den Boden. Sofort packten die beiden Männer Rungholt, aber der lachte bloß. »Was treibt Ihr da drinnen?«, rief er, während die beiden ihn auf den Schemel drückten. »Näht Wiesberg Euch einen frischen Leib zusammen? Habt Ihr den alten in Stralsund verloren?«

Egal wie mächtig du blau-blasser Wittenfresser bist, zürnte Rungholt und begann zu belfern: »Du hast mir was verschwiegen! Du verdammter Florenzer! Unser Handschlag ist nichtig, d' Alighieri! Nichtig!«

D' Alighieris kalt-blaues linkes Auge zuckte. Der Geldkönig musterte Rungholt von seinem Kistenthron aus. »Was meint Ihr mit: *Der Dieb sei kein Dieb, sondern ein Entführer, Mörder und Paktierer*?«

»Dass Ihr mehr wusstet, als Ihr mir gesagt habt, d' Alighieri. Ihr habt mich ins offene Messer laufen lassen.«

»Scheiße noch eins, Rungholt.« Der Florenzer lachte. »Ihr habt den Auftrag angenommen. Wenn der Dieb ein noch schlechterer Mensch ist als gedacht, was geht es mich an?«

»Das war nicht unsere Absprache.«

»Oh.«

»Oh«, wiederholte Rungholt. »Und ein großes Oh ist auch, dass Ihr mich angelogen habt.«

»Ich?«

»Der Edelsteinraub. Er hat niemals stattgefunden, oder? Ihr wolltet den Schädel, richtig? Und deswegen habt Ihr jemanden hinter mir hergeschickt.«

»Richtig, falsch, richtig. In der Reihenfolge.«

»Ihr gebt also zu …«

»Ich gebe zu, dass ich Euch jemanden nachgeschickt habe.

Ja. Einen Söldner. Er sollte sehen, wie weit Ihr mit Euren Nachforschungen seid. De Kraih?« D' Alighieri wandte seinen Kopf zur Krähe, die unweit an einem Schreibpult stand und versunken ein Pergament ins Reine schrieb.

»Was ist mit Lohmann?«, wollte d' Alighieri wissen. Seine kehlige Stimme wurde von den dicken, mit Schnitzereien versehenen Deckenbalken gebrochen. Die Decke war so von Ruß verfettet wie sein Hirschtalg.

»Ist seit gestern nicht aufgekreuzt. Er hat am Abend nicht Bericht erstattet.«

D' Alighieri streckte sein nacktes Bein unter der Houppelande heraus und betrachtete den Schnabel seines Schuhs. Sechs Schröpfgläser klebten auf seinem Oberschenkel. Er wippte den Fuß stumm einige Male hin und her, den Blick nachdenklich erst auf die Schnabelspitze, dann auf die Schröpfgläser gerichtet. Schließlich blickte er zu Rungholt. »Habt Ihr den Mann etwa…« Er fuhr sich mit der Hand waagerecht vor dem Hals entlang.

»Denkt, was Ihr wollt. Ihr habt mich belogen, d' Alighieri.«

Der Florenzer stand auf. »Belogen? Wählt Eure Worte, Rungholt.«

»Mein Wort zählt jedenfalls noch etwas«, knurrte Rungholt, woraufhin d' Alighieri den gichtigen Zeigefinger hob und ein »Na-na-na« andeutete.

Wie er wohl blutet, wenn ich ihm Wiesbergs Messer in den Hals ramme? Rungholt regte sich nicht, blickte d' Alighieri lediglich stumm in die Augen. »Es gibt keine Edelsteine, also keinen Diebstahl, also keinen Handschlag. Unser Geschäft ist geplatzt.« Ohne ein weiteres Wort drehte sich Rungholt einfach um und schritt an Wiesberg, der ihm eilig Platz machte, und d' Alighieris fünf Schreibern vorbei Richtung Tür.

Hinter ihm tauschten der Florenzer und de Kraih Blicke.

»Wartet«, rief de Kraih. »So wartet doch. Rungholt. Bitte.«

Rungholt wandte sich nicht um, sondern winkte im Gehen

ab. »Ich zahl meine Schulden, d' Alighieri. Irgendwie bezahl ich sie. Und nun führt mich raus aus diesem Siechenhaus.«

»Seid doch kein Spielverderber, Rungholt«, rief d' Alighieri und lachte. »Porca vacca, ich sag's Euch. Ich sag es Euch ja.« Er wollte von seinem Thron herabsteigen und forderte schroff die Hand eines seiner Schreiber. Wiesberg sprang vor und wollte die Schröpfgläser retten, aber d' Alighieri stieß den Medicus von sich. »Wiesberg, seht zu, dass ich, verkackt noch eins, meinen Brennschlüssel erhalte, und lasst die verfluchten Gläser schröpfen.«

Rungholt griff nach dem Türöffner und zog, aber die Tür war verschlossen. Grimmig musterte er sein Spiegelbild in dem dunklen Holz. Bevor er herumfuhr, hörte er, wie eines der Gläser von d' Alighieris Schenkel rutschte und auf dem Boden zerschellte.

Ungerührt schritt d' Alighieri durch die Scherben. Er glitt förmlich durch den Raum, ging derart geschmeidig und ohne zu federn über seine mit Reisig ausgelegten Dielen und die Splitter, dass es Rungholt vorkam, als schwebte der Mann.

Wie die Henne ihre Küken mitführt, zog d' Alighieri Wiesberg und den Tross an Schreibern hinter sich her und kam auf Rungholt zu.

»Öffnet die Tür.« In Rungholts Stimme schwang etwas Dunkles mit, das offenbar auch d' Alighieri nicht entging. Rungholt fühlte nach seiner Gnippe, sah in die Gesichter der Männer. Sie stellten keine Gefahr dar, auch wenn es den Anschein hatte, als würden sie ihn umzingeln wollen.

»Lasst das Messerchen in der Tasche, Rungholt. Ihr könnt ja jederzeit gehen. Aber vielleicht möchtet Ihr doch noch ein wenig bleiben. Scheiße, ich habe Auerhahn mit Pfefferminze und guten Rotspon kommen lassen.«

»Aus Stralsund? Wart Ihr überhaupt dort?« Mit einem bösen Lächeln drehte sich Rungholt wieder zur Tür und den Männern absichtlich den Rücken zu. Es sollte ihnen klarmachen, dass er sich nicht bedroht fühlte. »Öffnet. Ich trinke nur Bier.«

D' Alighieri antwortete nicht, sondern bedeutete de Kraih, der sich die ganze Zeit vornehm zurückgehalten hatte und nun das Pergament mit Löschsand abstreute, etwas zu sagen.

»Ihr habt Recht, Rungholt.« Die Krähe räusperte sich. »Es geht nicht um Edelsteine. Es war… Nun, Ihr nennt es eine Lüge, ich hingegen würde es eher als ein *nötiges Übel* bezeichnen. Ein Winkelzug, wenn Ihr so wollt. Geboren aus reiner Verzweiflung.«

Rungholt starrte weiter auf die Tür. Seine Rechte knetete den Scharpieverband über dem Schnitt der Töverschen. Das Brennen der Wunde, das Aneinanderreiben des Fleisches beruhigte.

»Es gab in der Tat keinen Diebstahl, Rungholt. Das war der Wurm, den wir auswerfen mussten.«

»Wurm«, knurrte Rungholt, ohne sich umzudrehen.

»Ich weiß, wir haben Euch mit einer so leicht zu durchschauenden Lüge geradezu beleidigt.« Die Schreiber bildeten eine Gasse für de Kraih, der sich neben d' Alighieri stellte. »Ich weiß, was Ihr jetzt denkt.«

Ich denke, ich sollte dir deinen Wurm in deinen Krähenschnabel stecken, dich auf deinen Regenschirm spannen und dich zur Töverschen ins Feuer werfen, de Kraih. Und dann sollte ich deinem Freund und Meister einen zweiten Mund schnitzen, damit er endlich mal die Wahrheit sagt.

»Öffnet die Tür«, rief d' Alighieri jetzt. »Öffnet.«

»Aber d' Alighieri«, de Kraih war verwirrt. »Ich… Lasst uns ihm doch sagen, warum wir… Wir sollten es ihm doch sagen, oder? Ich bitte Euch, d' Alighieri!«

Vor Rungholt zogen die beiden Wachen die mit Blut besudelte Tür auf. Sie hatten statt der Hellebarden Lappen in der Hand, aber aus den Ornamenten noch nicht alles herauswischen können.

»Er soll gehen«, meinte d' Alighieri schroff. »Er hat Recht. Rungholt hat Recht. Der Handel ist geplatzt. Er kann gehen ... Wiesberg! Holt den Brennschlüssel, machen wir weiter.«

»Aber ...«, protestierte die Krähe.

»De Kraih!«, zischte d' Alighieri drohend.

»Sehr wohl.« Aus dem Augenwinkel konnte Rungholt sehen, wie der hagere Mann sich tief verbeugte. Ein ungemütliches Gefühl von Kälte kroch Rungholt in die Knochen. Zwei der Öllampen hatten beinahe gleichzeitig zu brennen aufgehört, und der Qualm der schwelenden Dochte verteilte sich.

Rungholt schüttelte den Kopf, als müsse er einen dunklen Gedanken loswerden, dann passierte er die Flügeltür und schritt am Schemel vorbei. Er war kaum einen Klafter aus dem Saal getreten, als de Kraih ihm nachrief: »Es geht um d' Alighieris Kinder! Seine Kinder, Rungholt!«

»Halt dein verkacktes Maul«, überschlug sich d' Alighieris Stimme. »Maul halten!«

»Rungholt! Er zieht ihnen die Haut vom Schädel, mein Gott. Rungholt! Ich hab doch Recht? Der Hammermann! Dieser Schmied!«

Rungholt blieb stehen.

»De Kraih!«, keifte d'Alighieri. »Wollt Ihr die Peitsche spüren!«

»Er hat seine Kinder verloren. Sie sind erst sieben.«

»Merda! Stopft ihm das MAUL! Wiesberg!«

Rungholt schloss die Augen. Er atmete zweimal durch, dann wandte er sich zum Saal um.

Obwohl d' Alighieri alle bis auf Wiesberg und de Kraih hinausgeschickt hatte, zierte er sich noch immer, offen zu sprechen. Der Florenzer horchte, ob die beiden Wachen auf der anderen Seite der Tür mit Putzen fertig waren, und warf dann de Kraih einen vernichtenden Blick zu. »In welche Lage Ihr mich bringt, de Kraih«, zischte er.

Kopfschüttelnd ging er den halben Weg zurück zu seinen Kisten. »Geht. Holt den Vogel rein. Jetzt können wir ihn doch essen.«

De Kraih verbeugte sich unterwürfig, nickte Rungholt stumm zu und wischte an ihm vorbei zu einer schmalen Geheimtür, die Rungholt bisher nicht aufgefallen war.

D' Alighieri holte ein paar Mal rasselnd Luft, dann streckte er sich und raffte seine Houppelande zusammen. Während er den kostbaren Stoff hochraffte, begann er zögerlich: »Es ist für mich, Scheiße noch eins, nicht einfach in diesem verregneten Kaff am Arsch der Welt, Rungholt. Verfluchtes Lübeck.«

Rungholt löste sich von der Tür und trat zu d' Alighieri. Er konnte sehen, wie der Florenzer zornig die Lippen zusammenpresste. Mit einem Mal begann der bleiche Mann, seine Schenkel zu reiben. »Ich sitze hier seit dreißig Jahren fest und hätte sicher längst gehen sollen. Scheiße. Sie grüßen mich nicht, sie wechseln die Straßenseite, aber sie leihen sich mein Geld.«

Aus Versehen riss er zwei weitere Gläser ab. Wiesberg stöhnte, aber d' Alighieri stoppte ihn mit einem Blick. Er fuhr sich über den kahlen Schädel: »Ha! Seht nur. Merda. Ich stehe in Scherben. Kein schlechtes Bild, Rungholt. Kein schlechtes Bild. Ich bin froh, dass Ihr mein Gast seid. Das meine ich, Scheiße noch mal, ernst, Rungholt. Ihr könnt mich nicht leiden, es ist, wie es ist. Ich kann Euch auch nicht riechen.« Der Anflug eines Lächelns. »Verdammt noch eins, Wiesberg, was treibt Ihr da?«

Der Medicus hatte die schwere Houppelande von d' Alighieri hochgehoben, rutschte darunter auf allen vieren herum und bemühte sich, die Scherben aufzulesen.

»Hätte nicht übel Lust, dir auf den Kopf zu pissen, Wiesberg.« D' Alighieri gab dem Arzt einen Tritt, stieg über ihn hinweg und schwebte ein Stück auf Rungholt zu. Den überraschte es wenig, blutige Fußspuren auf den Dielen zu sehen. Ein paar Splitter hatten sich durch d' Alighieris Schnabelschuhe gebohrt, aber dem Florenzer schienen sie nichts auszumachen. »Zieht er ihnen wirklich die Haut vom Schädel?«

»Kommt zur Sache, d' Alighieri. Meine Zeit ist kostbar. Soweit ich weiß, wurden nur Kinder niederer Stände entführt. Handwerkerkinder, Tagelöhner, die Kinder von Mägden und...« Rungholt brach ab, denn d'Alighieris Lippen formten schon wieder ein feines Lächeln.

»Ihr habt einer Magd ein Kind gemacht?«

D' Alighieri hob zwei Finger. »Zwillinge.«

»Zwillinge. Und?... Was schert es Euch?«

D' Alighieri blitzte Rungholt an. Also doch, dachte der. Eine Spur Menschlichkeit ist noch in diesem blaubleichen Gerippe.

»Ich mag in den Beinen kaum was spüren«, der Florenzer sah nach unten auf die Blutspur, blickte dann Rungholt an. »Aber das heißt noch lange nicht, dass ich da«, er tippte sich auf die Brust, »nichts fühle, Scheiße noch mal. Sie sind mir ans Herz gewachsen. Sieben Jahre sind sie alt, die beiden. Haben's gut gehabt. Es soll keiner wissen. Sie sollen ein besseres Leben haben, hier in dieser Scheißstadt, als ich.«

»Und deswegen habt Ihr mir diese Posse vorgeführt? Der Kurier, die Mauer...«

»An der Mauer hat der Büttel den Mann tatsächlich verloren. Doch dieser gottlose Ketzer ist von Peterchen gekommen! Und zwar schon Sonntagnacht. Porca vacca, hätte ich Wiesberg zu Euch geschickt, um zu fragen, ob Ihr meine unehelichen Kinder sucht, Ihr hättet doch, verdammt noch mal, gelacht.«

»Für wen haltet Ihr mich?«

Die beiden maßen einander mit Blicken. Eine Pause entstand. Die Ruhe wurde nur durch Wiesberg gestört, der um d' Alighieris Beine scharwenzelte und versuchte, die Blutung zu stillen. »Für wen haltet *Ihr* mich?«, konterte d' Alighieri. »Die Frage gebe ich zurück.«

Da öffnete de Kraih die Geheimtür. Acht Bedienstete traten ein, alle schwer beladen mit kostbaren Glastellern und Weinkrügen. Zwei Köche trugen eine verzierte Silberplatte mit einem riesigen Auerhahn. Sofort begannen die Männer mit eingespielten Handgriffen, Stühle aufzuklappen und einen Tisch herzurichten.

»Seid mein Gast, Rungholt. Ihr wisst bereits, wie dieser Unmensch heißt. Gryps… Ein Schmied, habt Ihr gesagt, ist er. Vaffanculo!«

Er ließ sich einen Stuhl hinschieben, forderte Wiesberg und de Kraih auf, sich ebenfalls zu setzen, und fuhr seine Männer an, sie sollten Rungholt den Platz bereiten. Ehe einer von ihnen reagierte, hatte Rungholt sich schon gesetzt. »Wieso die Mauer? Woher wusstet Ihr von Mornewech? Ihr habt mich am Montag hergeholt, aber Peterchen starb erst Dienstag.«

Wiesberg kicherte und reichte die Schüssel mit Handwasser herum. »Falsch. Ganz falsch.«

»Wiesberg!« D' Alighieri ließ es sich nicht nehmen, mit zitternden Gichthänden Rungholt Wein einzuschenken. »Er ist am Sonntag umgebracht worden. In der Nacht, bevor ich de Kraih zu Euch schickte.«

Rungholt nippte. Der Wein war gut. Einige Jahre alt. Er schmeckte nach Eichenholz und ein wenig Honig. Im Kerzenlicht sah er jedoch nicht viel anders aus als d'Alighieris Blut.

»Das ist Unsinn.« Rungholt wusch sich die Hände in dem heißen Wasser. D' Alighieris Köche hatten Zitrone und Kamille hineingetan. »Ich habe die Leichenstarre geprüft.«

»Ihr seid nicht der einzige Mann in Lübeck, der sich für Tote interessiert, Rungholt.« Wiesberg kratzte seinen Kopf und schnappte sich quer über den Tisch das größte Fleischstück. Während er schmatzend kaute, gelang ihm das Kunststück, auch noch zu reden: »Der Keller ist kalt. Das Wasser ist kalt. Die Mornewechs haben sich nicht viel bewegt. Vor allem Peterchen nicht, der bereits seit Stunden im Bett lag.«

Rungholt musste innerlich fluchen. Das war ihm am Mittwochmorgen völlig entgangen. Die Kälte, in der die Leichen lagen, war der Grund, weswegen die Leichenstarre langsamer ablief. Nachdem er von diesem unsäglichen Keller zurückgekehrt war, hätte er im At Tasrif nachsehen sollen. Abulcasis hatte schon vor Jahrhunderten Tabellen angelegt, wie schnell die Glieder bei Hitze und Kälte steif werden.

De Kraih tupfte sich den Mund ab, ergriff dann das Wort: »Einer meiner Schreiber wollte zu Mornewech, um ein paar Witten einzutreiben, da läuft ihm dieser Berg von Mann über den Weg. Mit einem Hammer in der Hand. Er ist direkt aus dem Keller gekommen.«

»Er ist ihm, Scheiße noch mal, nach«, warf d' Alighieri ein. »Aber der Mann ist entkommen. Das …«

»… weiß ich bereits.«

De Kraih nickte. »Herr d' Alighieri hat befürchtet, Ihr würdet Euch nicht auf die Suche machen, wenn Ihr wüsstet …«

»Wir haben es bereits besprochen.« Rungholt leckte sich Auerhahnfett vom Handrücken, er musste mit der Linken essen und hatte sich mit Pfefferminzsauce vollgekleckert. Der Vogel war eine echte Kostbarkeit, perfekt gebacken und mit Früchten zubereitet. Das Mahl eines Königs.

»Ihr wisst ja, Rungholt, wir Florenzer neigen ein wenig zum Pathos. Ja, Scheiße noch eins, das tun wir. Aber ohne Übertreibung, Ihr seid die letzte Möglichkeit, die meine Zwillinge noch haben. Ich kann nicht zulassen, dass sie wie Peterchen krepieren.«

Rungholt knurrte und aß noch einen Bissen, bevor er nickte. D' Alighieri hob sein Glas. »De Kraih, lasst uns alle anstoßen. Und dann reicht uns das mistige Papier.«

Kurz darauf schob de Kraih Rungholt ein Pergament hin. Es war das Schriftstück, das er vorhin ins Reine gebracht hatte.

Ein Vertrag, in dem noch einmal klar aufgeführt war, was sie bei ihrem Handschlag beschlossen hatten. Rungholt tastete nach seiner Brille, aber er fand sie nicht, also fuhr er die Zeilen sorgfältig ab. Die Krähe hatte das Dokument in Deutsch aufgesetzt. Rungholt fand keine Klauseln, die ihre Abmachung verfälschten.

»Seht es als Bestätigung des Handschlags. Ihr sucht doch weiter?«

ZWEITES BUCH

Flut

Das stille, das ewige Meer.
Tief in die Luken zischt
Weiß und wütig der Gischt.
Die Wogen kennen nicht Rast noch Ruh,
Sie wühlen und spülen immerzu.

Thurm und Flut, Johann Gottfried Kinkel

32

Stimmengewirr erfüllte die drei Schiffe St. Mariens. Während Vikare an fünf der Altäre Memoria lasen, stritten zwei Schreiber in der Briefkapelle mit einem Händler über den genauen Wortlaut eines Schriftstücks. Ein paar Gerber und Seiler hatten sich zu den Streitenden vor den Stand gesellt und verfolgten aufmerksam den Disput. Im nördlichen Seitenschiff spielten Kinder Fangen in den Wasserbächen, die durch die Kirchentür eingedrungen waren. Sie sprangen johlend in das Wasser und spritzten drei schimpfende Mütter voll, die versuchten, sie zu bändigen.

Rungholt sah vom leise betenden Marek hoch zum Kreuzrippengewölbe. Höher als zwanzig Klafter ragte das Mittelschiff mit seinen Pfeilern in den Himmel über Lübeck. Die gekalkten Steine begannen im schummrigen Morgenlicht sanft zu glimmen. Gewöhnlich leuchteten sie in allen Rot- und Orangetönen, wenn die Sonne aufging und ihre ersten Strahlen durch die farbigen Glasfenster fallen ließ. Wie die meisten Kirchen zeigte auch St. Marien nach Osten, nach Jerusalem. Doch bei diesem Wetter glitten die bunten Glasfiguren des Obergadens bloß als gespensterhafte Schatten über die Säulen und den Gewölbehimmel mit seinen feinen Rippen.

Der prächtige Bau erfüllte Rungholts Herz stets aufs Neue mit Stolz. Beinahe hundert Jahre hatten die Lübecker an der

Kirche gebaut, und noch nie war ein so prächtiges Gotteshaus allein aus Backsteinen errichtet worden.

Gebaut, um Gott zu huldigen, sollte seine Pracht gleichzeitig allen im Ostseeraum zeigen, wie mächtig und einflussreich die Lübecker Kaufleute waren. Selbst den Domherren hatte man die Stirn geboten.

Eigenartig, dachte Rungholt. Wie wir jeden Tag Glauben und den lästerlichen Mammon miteinander verbinden. Hatte Jesus nicht alle Händler aus dem Tempel Jerusalems getrieben, weil sie das Haus seines Vaters entehrten? Wir bauen ein Gotteshaus und behaupten, es solle unsere Demut vor Gott beweisen, aber eigentlich wollen wir angeben. Wir wechseln auf die andere Seite der Gasse, wenn wir d' Alighieri begegnen – wie ehrbare Menschen – und leihen uns von ihm Geld, um anderen zu beweisen, wie strahlend und kräftig wir sind.

Januskopfiges Lübeck.

Vielleicht gab es nur eine Möglichkeit, diesen Missstand zu beenden: den Januskopf abschlagen, beide Gesichter mit einem Streich auf den Grund der Trave schicken. Vielleicht hatte Gott Recht, wenn er seine Kirche, die ganze Stadt, das Haupt der Hanse absaufen ließ.

Rungholt stand an einem der vierzig Altäre, nicht weit vom Lettner entfernt, in einer Gruppe Englandfahrer. Er ließ seinen Blick über die Kaufleute und weiter zu einigen Handwerkern schweifen. Eine Traube von gut einem Dutzend Männern hatte sich an der Kapelle des Bürgers Hermann Keiser eingefunden. Während ein Priester seine Messe hielt, tuschelten sie. Immer wieder fiel ein Seitenblick zu Rungholt. Er mochte ihre Blicke nicht.

Ein paar Sätze ihrer Unterhaltung flogen durch den Lärm der Messen, Gebete und Streitereien. Ein weiterer Aufständler war gestern in der Depenau von einem Ratsmitglied namens Radkewitz erschlagen worden. Rungholt kannte ihn nur flüchtig. Radkewitz habe den Mann bei dem Versuch, einen Karren mit Schinken vom Hof zu klauen, gestellt und sein Schwert gezückt. Was mit dem ehrbaren Radkewitz geschehen sollte, würde morgen beschlossen werden. Kerkring hatte bereits das Schöffengericht auf den Marktplatz bestellt. Rungholt nahm nicht an, dass sie Radkewitz auf den Köpfelberg bringen würden. Immerhin hatte er einen Dieb gestellt, und auch wenn Selbstjustiz das Letzte war, was Kerkring und die Bürgermeister in der Stadt gebrauchen konnten, würden sie wegen einer solchen… Rungholt überlegte, um das richtige Wort zu finden… *Lappalie* sicher keinen der Ihren opfern. Andererseits hatte Rungholt Kerkring schon des Öfteren unterschätzt.

War dies das Bauernopfer, das er brauchte, um die Massen zu besänftigen? Sicher nicht.

Was würden sie wohl mit mir machen, dachte Rungholt, wenn sie Gryps' Sickergrube aushöben… Wenn sie wüssten, dass ich bei der Töverschen war. Und sie meinetwegen verbrannte? Sein Blick suchte eines der übergroßen Heiligenbilder, die die Pfeiler schmückten. Christopherus, steh mir bei, dass ich nicht überraschend sterbe. Vorher sollte ich Buße tun. Zumindest das. Und wenn es bei Jakobus ist.

Murmelnd bekreuzigte sich Rungholt.

Wie die anderen Kaufleute, die nicht im Rat waren, durfte auch Rungholt nur für Bittschriften und Anträge in den Chor treten. Hier konnte er sie den Ratsleuten vortragen, die bereits im Chorgestühl Platz genommen hatten. An diesem grauen Morgen blieben zahlreiche Lücken auf den Holzbänken, und denjenigen Ratsmännern, die sich in die Kirche getraut hatten, war ihr Unbehagen anzusehen. Eine lange Schlange hatte sich vor ihnen aufgereiht. Die Bürger wollten ihre Anliegen vorbringen, und Rungholt konnte die Angst dieser bedeutenden Männer Lübecks förmlich riechen. Was, wenn drei Handwerker plötzlich mit Schwertern in der Hand vorsprangen? Für gewöhnlich dämmerten viele der Novgorod-, Schonen- und Bergenfahrer während der Morgenmesse vor sich hin, hatten den Kopf an das reichlich verzierte Gestühl gelehnt oder schnarchten gar. Heute jedoch sprangen ihre Blicke achtsam hin und her und schauten oft hin zu den sieben Riddere, die dezent am Lettner und nahe des Gestühls postiert waren.

Rungholt wandte sich zu Marek um, der wissend nickte: »Ich hab sie auch gesehen.«

»Glauben die, wir alle merken nicht, dass sie ihre Aufpasser dabeihaben und wie die Kinder schlottern?«, knurrte Rungholt und schüttelte den Kopf. Dies war nicht das richtige Vorgehen, um das Gesindel von Attentaten abzuhalten. Die Präsenz der Riddere schürte den Hass der Leute eher, als ihn zu besänftigen.

Rungholt seufzte. Durch die Bogen des Lettners konnte er Dartzow und Kerkring erkennen, die sich zur Beratung hinter die mannshohe Wange des Gestühls zurückgezogen hatten. Immer wieder fuchtelte Kerkring mit den Händen in der Luft herum und versuchte Dartzow von etwas zu überzeugen.

Der Geruch von Weihrauch wehte die Gedanken fort und ließ ihn zur Sakristei blicken, aus der die Messdiener aufmarschierten und ihr Weihrauchschiffchen schwangen. Jakobus ließ noch auf sich warten. Wahrscheinlich, dachte Rungholt schmunzelnd, hat er sich zwischen seinen Büchern verlaufen. Oder nahm dem schwachen Geschlecht noch die Beichte ab.

Als Rungholt sich wieder zum Chor wandte, sah er ihn. Der Pfarrer eilte zu den Ratsherren und sprach mit Kerkring, während er seine Kasel richtete. Kurz darauf stieg er auf den Lettner und bat um Ruhe.

Nur langsam verstummten die Stimmen, ein Zischen und Tuscheln ging durch die Menge, bis alle ihn bemerkt hatten.

»Liebe Leute. Liebe Lübecker, liebe Freunde. Gelobet sei der Herr Jesus Christus.«

Alle bekreuzigten sich. Marek stieß Rungholt an, der es daraufhin auch tat.

»Soeben sprach ich mit dem Rat. Bevor die Morgenmesse

beginnt, wurde ich gebeten, ein paar Worte an euch zu richten.«

»Er spricht nicht selbst?«, flüsterte Marek Rungholt zu.

»Wer? Dartzow? Er sollte eine Bursprake halten. Ja. Eigentlich sollte er dort raufgehen und zu seinen Bürgern reden.« Rungholt legte die Stirn in Falten.

»Unser aller hochgeschätzter Rychtevoghede«, fuhr Jakobus fort, »Herman Kerkring, seines Zeichens angesehener Kaufmann und Richter dieser Stadt, wird morgen nicht nur das Urteil über den Kaufmann Radkewitz verkünden, sondern lässt durch meine Worte ausrichten: Der Entführer der Kinder wird in den nächsten Tagen gestellt. Die Kinder werden befreit, und der Frevler wird für immer im Fegefeuer schmoren.« Jakobus bekreuzigte sich unter dem zustimmenden Johlen der Menge. »Unser hochgeschätzter Rychtevoghede Herman Kerkring ist höchstselbst kurz davor, diesen Teufel auf den Köpfelberg zu bringen. Sodass es ihm nicht mehr möglich ist, unsere Kinder zu rauben und unsere Seelen zu vergiften.«

Weitere zufriedene Rufe hallten durch die Halle, aber auch erstes Gemaule, warum es so lange gedauert habe, den Teufel zu finden. Die Nachfragen wurden zahlreicher und lauter gestellt. Wie eine Welle türmten sich die Rufe auf und brandeten an den Lettner, besudelten mit ihrer Gischt die Ratsmänner, die immer noch verängstigt in ihrem Gestühl hockten. Als Rungholt sah, dass Kerkring aufsprang, energisch Dartzow beiseiteschob und sich an ihm vorbei aus der Bank drückte, um selbst das Wort zu ergreifen, klopfte er Marek auf die Schulter.

»Die Morgenmesse ist beendet, Marek. Bleib noch hier, wenn du beten willst, aber meine Seele erträgt dieses Seemannsgarn nicht. Will er jetzt selbst eine Bursprake halten? Dartzow sollte seinen Hund besser an die Kette legen.« Rungholt wandte sich ab und bahnte sich einen Weg zum Ausgang.

»Warte! Willst du nicht wissen, was er für Neuigkeiten kundtut?« Marek schloss zu Rungholt auf.

»Nein«, knurrte Rungholt. »Es sind nämlich keine.«

Kaum hatte er es gesagt, erfüllte Kerkrings Stimme die Kirche. »Haltet ein! Ich werde die Stadttore schwerer bewachen lassen. Soldaten haben bereits Befehl. In Absprache mit unseren hochedlen Bürgermeistern Methaler und Eric Dartzow werden wir jeden Hof und jedes Haus durchsuchen. Wir finden eure Kinder.«

»Sag ich doch.« Rungholt schmunzelte und drückte die Tür von St. Marien auf. Regen schlug ihm entgegen. »Er macht sich wichtig, das ist alles. Spricht so jemand, der eine heiße Spur verfolgt?«

Unwirsch zog Rungholt seine Gugel über den Kopf. Marek folgte ihm in den Regen. Gemeinsam gingen sie am Rathaus vorbei, dessen schwarze Front durch die Abermillionen Regentropfen wie eine verkohlte Fettschwarte glitzerte.

33

»*Die Häuser durchsuchen.* Meint Kerkring etwa, alle Salunenmaker, Bernsteindreher und Fleischhauer öffnen ihm begeistert und helfen beim Umkrempeln ihrer Hütten?«, regte sich Rungholt auf und zog seinen Mantel, eine schwere Garnache, zurecht. »Kerkring findet doch nicht mal seinen eigenen Hintern, wenn er scheißen muss.«

Marek musste lachen. Auch er hatte sich wetterfest angezogen, hatte sich über einen einfachen Tappert eine Husse aus schwerem Stoff gezogen und von Rungholt das Bastardschwert zurückbekommen. »Ich verstehe nicht, warum Dartzow ihn gewähren lässt. Die Kinder sind doch wahrscheinlich am Strand, sag ich dir.«

»Dartzow hat gemeint, er habe niemand gefunden. Aber er hat auch bloß drei Reiter losgeschickt.«

»Drei?«

»Mehr wollte er von seinen Riddere nicht entbehren.«

»Der hätte mit Karren die Büttel an die Travemündung fahren sollen. Die Lübecker wären doch alle…« Marek deutete ringsum auf die Häuser, »sicher bereit gewesen mitzusuchen.«

Sie bogen in die Hüxstraße ab und wichen zwei Schubkarren mit Backsteinen aus, die im Schlamm steckengeblieben waren und von murrenden halbwüchsigen Bengeln entladen wurden. Drei Hunde bissen sich vor einem Handkarren mit einem Ofen, dessen Lehmkammer gerissen war. Ihr Kläffen drang durch den Regen. Ansonsten konnte Rungholt noch einen Tross von zwölf Soldaten erkennen. Die Männer waren weit weg, eilten im Laufschritt in Richtung des alten Burgtors, wo die Halbinsel Lübecks ans Land stieß.

Rungholt winkte ab. »Dartzow glaubt mir nicht. Er weiß sich nicht zu helfen und fragt mich um Rat, aber annehmen will er ihn nicht. Bürgermeister eben«, knurrte er und zupfte Sinjes Handverband wieder über die Schnittwunde. Es ärgerte ihn, dass der Stoff schon auf halbem Weg zum Böttcher Meenkens vom Regen durchnässt war. »Dartzow ist wie gelähmt und Kerkring… Der sucht keine Antworten und auch keinen Täter. Der sucht nur einen Sündenbock. Die arme Seele, die er als Pfropfen ins Pulverfass stecken kann, dass ihm nicht alles um die Ohren fliegt.«

»Hast du von diesen Rohren gehört, die Kugeln verschießen? Potzblitze.«

»Potthunde? Ja. In Aachen sollen schon welche stehen.«

»Unheimlich. Die packen Pulver rein, schwarzes Zeug. Erde oder gemahlener Stein oder so. Und dann zünden sie es an.« Marek schüttelte ablehnend den Kopf.

»Die Zeit geht weiter und weiter. Es ist nicht aufzuhalten,

Marek. Potthunde, Holks, Gestelle gegen den Regen … Irgendwann werden wir keine Pferde mehr brauchen, um Karren zu ziehen, und kein Geld mehr, um zu bezahlen.« Rungholt blieb kurz stehen. »Vielleicht sollten wir unsere Friedeschiffe mit diesen Potthunden bewaffnen. Vielleicht könnten wir die Blockade der Vitalienses dann durchbrechen und du und deine Männer endlich wieder zur See fahren.«

»Die, die noch übrig sind, ja.« Seufzend blieb Marek stehen. »Ach so, ja, übrigens *Männer*. Ich hab sie gefragt.«

»Und?«

»Sechs Witten für jeden, und sie lassen den heiligen Sonntag fahren.«

»Können deine Männer auch einen Wagen auftreiben? Besser zwei? Und sie sollen in der Früh kommen. Ich will nicht, dass die ganze Engelsgrube was mitbekommt.«

Marek nickte.

In der Esche vor Meenkens' Haus hockten hunderte Vögel, beschwerten sich lauthals über den Regen und suchten unter dem Blätterwerk Schutz. Es waren Sperlinge.

Rungholt mochte diese Vögel. Sie erinnerten ihn an den Neuntöter, der einst in seinem Dornbusch gebrütet hatte. Ein putziges, gewitztes Wesen, das die Angewohnheit hatte, sein Fressen auf die Dornen zu spießen. Zurück von seiner Pilgerfahrt nach München war er bitterlich enttäuscht worden. Das Nest seines Freundes war unbewohnt, und obwohl Rungholt jeden Morgen Brotkrumen und Käfer in die Hecke steckte, war der kleine Vogel nicht zurückgekehrt. Sicherlich hatte eine der Krähen ihn geholt.

Das hohe Klirren des Ambosses riss Rungholt aus den Gedanken. Anstatt zu klopfen, bat er Marek, auf einen der Äste zu klettern und in Meenkens' Diele zu spähen. Kaum hatte sich Marek jedoch an den vom Regen glitschigen Ästen hochgezogen, erweckte etwas anderes Rungholts Neugierde:

Durch den Spalt einer hohen Holztür, die die Hofeinfahrt von der Straße abtrennte, konnte er einen Wagen erkennen. Zuerst hielt er das Gefährt für einen schweren Tonnenwagen, doch als einer der beiden vorgespannten Ochsen einen Schritt tat, fiel ihm etwas auf.

»Komm runter.« Rungholt rückte sein Schwert zur Seite und streckte Marek die Hand hin, doch der Kapitän kletterte nicht, sondern sprang die ganze Höhe herab.

»Da drinnen kann ich niemanden sehen. Die Bespannung ist …«

Rungholt winkte ab. »Lass uns hinten herum.«

»Ah. Du meinst *einbrechen*. Habe ich schon drauf gewartet.«

»Ich meine nach dem Rechten sehen. Es sollen sich viele Gänsediebe und Schweinestecher in den Hinterhöfen rumtreiben.« Rungholt drückte das Tor auf und seinen Bauch zwischen den Flügeln hindurch. Marek folgte ihm in den weitläufigen Hof. Im Gegensatz zu den ärmlichen Holzbuden der Gänge war dieser Platz geradezu schön. Zwei alte Eschen überspannten mit ihren Kronen beinahe den gesamten durch Gatter parzellierten Raum. Liebevoll angelegte Beete, jetzt vom Wasser überflutet, neben einer mehrere Klafter großen Gänsewiese. Bloß drei Tiere hielten im Regen aus und begannen sofort aufgeregt zu schnattern, kamen ans Zäunchen und reckten ihre Hälse.

»Lass uns bloß schnell machen. Bevor jemand nachschauen kommt.« Mit zwei großen Schritten überholte Marek Rungholt und hielt auf den Ochsenkarren zu. Er war etwas abseits an einem Schuppen abgestellt worden, die zwei Ochsen hatten frisches Heu bekommen und rieben ihre Hörner gelangweilt gegeneinander.

Tatsächlich bestätigte sich, was Rungholt geahnt hatte: Es war kein Tonnenwagen, sondern eine schwere Konstruktion aus mannsdicken Stämmen, die ein gigantisches Fass trug.

Brandzeichen an der Seite zeigten, dass es zum Einlagern von Rotspon benutzt werden sollte. Es war für das Zisterzienserkloster bei Reinfeld bestimmt und fasste sicherlich mehr als fünfundzwanzig Oxhoft.

Seine Vollscheibenräder waren mit etwas Schwarzem bespritzt. Sofort zückte Rungholt seine Gnippe und kratzte ein bisschen davon ab. Er roch daran und versuchte, es von der Klinge zu streichen. Es war Pech.

Stirnrunzelnd sah sich Rungholt die Konstruktion an. Da bemerkte er ein Glitzern auf der Ladefläche. Abermals bemühte er die Gnippe, hielt Marek die Klingenspitze entgegen.

»Muschelschlamm?«

Rungholt nickte. Der Schlamm war von der Ladung getropft und zwischen die Bretter der Ladefläche gelaufen.

»Meenkens hat tatsächlich seine eigene Magd entführt?«

»Wir müssen Dartzow Bescheid geben, Marek. Er sollte Meenkens in die Fronerei bringen.«

»In die Fronerei, zu all den verhungernden Dieben?«

»In den Keller. Ein heißes Eisen auf die Zunge, ein schöne peinliche Befragung.« Rungholt ging um den Wagen. »Die bringt ihn sicher zum Sprechen.«

Dieser Fall wurde immer eigenartiger. So recht konnte er nicht glauben, dass der alte Meenkens seine Magd und mindestens acht Kinder entführt hatte. Und dass er für das Ermorden, das Abschlachten von Peterchens Familie verantwortlich war, wollte auch nicht in Rungholts Schädel. Ich muss das alles notieren. Wir müssen mehr Fäden spannen, dachte er und suchte seine Kleider nach den Wachstafeln ab. Er hatte sie zu Hause vergessen.

»Na, dann rede doch gleich mit Kerkring.«

»Seit wann frönst du dem Humor, Marek? Du bringst mich wirklich zum Lachen.«

»Er durchsucht Meenkens' Haus sicher mit Vergnügen, mein ich.«

»Mal sehen«, knurrte Rungholt. »Fällt dir was auf?«

Rungholts Freund sah erst aufs Fass, dann zu seinem Begleiter. »Du meinst die Ösen?«

»Hab noch nie ein Weinfass mit Ösen gesehen.« Stirnrunzelnd rieb sich Rungholt seine vernarbte Hand. Oben und unten, ringsherum laufend, hatte das Fass jeweils vier starke Metallösen. Jede groß wie eine Faust. »Sieht aus, als könnte man damit eine Klappe öffnen«, meinte Rungholt grübelnd.

»Im Fass? Meinst du? Vielleicht brauchen sie die Ösen, um dieses Monster in den Keller zu bringen und an die richtige Stelle zu ziehen?«

»Nein. Da rollt es doch.« Rungholt zuckte mit den Schultern. »Bier und Genever. Daran halt ich mich. Wein ... Was kenne ich mich mit Wein aus?«

»Wenn du dem Weine ein wenig mehr zugeneigt wärst«, warf Marek geschwurbelt ein, »wäre deine Wampe nicht so ausladend, und Alheyd würde reichlich Stoff sparen.«

»Das sagst du mir? Einem gestandenen Brauer – ich soll mich an Wein halten?«

»Dir gehört die Brauerei nur. Was das Bier anbelangt ...«

»He! Auf mein Bier lass ich nichts kommen.«

»Die Würze ist gar ein wenig bitter, wenn du mich ...«

Mit einem plötzlichen Ruck packte Rungholt Marek und zog ihn hinter den Karren.

»He! Es war nur ein Spaß. Rungholt, bitte.« Marek hob beide Hände und schaute drein, als habe er tatsächlich Angst, Prügel zu beziehen.

»Es kommt wer«, zischte Rungholt. »Himmel. Glaubst du, ich schlage dich? Meinen Freund?«

Die beiden spähten unter den Ochsen hindurch und erkannten Meenkens, der mit einem anderen, sehr viel jüngeren Mann aus dem Haus trat. Der Unbekannte hatte Probleme mit seinen Stiefeln, die er im Haus anscheinend hatte ausziehen müssen. Es waren schwere Lederstiefel, deren Schaft über das Knie ging. Rungholt erkannte das eingefettete Lederwams, das der Mann ungewöhnlicherweise über dem Surkot trug. Seine schwarzen Augen suchten den Hof ab und blieben für Rungholts Geschmack ein wenig zu lange auf den schnatternden Gänsen haften.

»Poling. Das ist er doch.« Er drückte Marek tiefer in die Deckung und suchte den Mann mit seinem Blick nach Waffen ab, fand aber keine. Weder trug er ein Schwert noch einen Dolch. Zumindest hatte er nichts sichtbar angelegt.

Die beiden sprachen noch einige Worte miteinander, aber Rungholt konnte sie wegen des Gänsegeschnatters nicht verstehen. Schließlich verabschiedeten sie sich herzlich, und Poling eilte, eine Pergamentrolle gegen den Regen über den Kopf haltend, zum Wagen.

Hektisch sah sich Rungholt nach einem Versteck um, zögerte jedoch, auch unter den Wagen zu kriechen. Wie es aussah, wollte Poling mit dem Wagen losfahren – und dann ohne Deckung wie ein Schwachsinniger im Matsch liegen, belacht vom Federvieh?

»Komm raus da«, zischte Rungholt und huschte zwischen Wagen und Schuppen entlang, endlich erreichte er eine aus Weiden geflochtene Tür, zog sie auf und drückte sich ins Innere. Auf allen vieren folgte ihm Marek, er war kaum unter dem Wagen weggekrochen, als sich die mit Pech beschmutzten Räder bereits in Bewegung gesetzt hatten. Die Ochsen ließen mit ihren Hörnern das hölzerne Kopfjoch knacken, pressten ihre Stirn in die geschwungenen Balken und begannen, den zehn Schiffpfund schweren Wagen durch die Pfützen zu ziehen.

Rungholt drückte die Schuppentür einen Spalt auf und sah, dass Meenkens dem Schiffbauer das Tor zur Gasse öffnete.

»Schnell. Komm. Wir trennen uns!« Er hielt Marek die Tür auf, der nicht begriff, was Rungholt wollte. »Lauf los.«

»Was?«

»Du folgst ihm. Finde heraus, wer er ist und wo er hinfährt.« Er schob den Kapitän förmlich ins Freie und sah nickend zu, wie Marek hinter dem Wagen herlief, sich an seine Seite drückte und so unerkannt den Hof verließ. Erst als Meenkens das Tor beinahe schon wieder geschlossen hatte, sah Rungholt ihn sich mit einem gekonnten Sprung hinten auf die Ladefläche ziehen. Möglichst unauffällig setzte Marek sich auf die Kante, lehnte sich ans Fass und tat, als gehörte er zur Fracht und führe bloß mit, um nicht zu Fuß durch den Regen laufen zu müssen.

Rungholt zögerte nicht, bis Meenkens das Tor vollends geschlossen hatte, sondern beeilte sich, ins Haus zu gelangen.

34

Um lautlos über die Fliesen zu gehen, wollte Rungholt die Trippen abstreifen, aber sein Bauch verhinderte es. Er kam im Stehen einfach nicht an die Riemchen, sondern musste sich erst irgendwo setzen oder sich anlehnen …

Sein Blick schweifte zurück in den Regen. Der alte Meenkens war bereits auf halbem Weg.

Kurz entschlossen trat Rungholt einfach auf die Stiefelspitzen und streifte sich die Stiefel samt Trippen mit einem Ruck vom Fuß, stieß sie schnell zu einigen Bündeln Weiden und tauchte ab ins Innere der Diele.

Vorsichtig schob er sich vor, den Rücken gegen die Backsteine gepresst und das Schwert an die Seite gedrückt, und spähte in den Raum.

Der Tag wollte einfach nicht erwachen. Das Licht erstarb schon bei dem Versuch, durch die zwei bespannten Fenster zu dringen. Einzig das Schmiedefeuer warf verschwommene Schatten, die an den Fässern, Dauben und Wänden zuckten.

Jedoch lag fast die ganze Diele in diffusem Schummer. Wie gestern war Meenkens' Geselle dabei, ein Fass herzustellen. Mehrere Daubenbretter warteten vor dem Feuer darauf, zurechtgebogen zu werden. Pfeifend wischte der Junge sich die Hände, schürte die Glut und widmete sich drei sehr schlanken Fässern. Zwei davon waren bereits fertiggestellt worden. Allem Anschein nach sollten es acht werden. Die Gefäße waren hoch wie ein Mann mit ausgestreckten Armen, aber im Durchmesser kaum breiter als ein gewöhnliches Bierfass. Rungholt hatte solche Behälter noch nie gesehen, doch ihm blieb keine Zeit, sie genauer in Augenschein zu nehmen, denn Meenkens trat ein.

So schnell er konnte, schob sich Rungholt hinter einen Stapel mit fertigen Fässern und hielt den Atem an. Einen Moment überlegte er, sich zu erkennen zu geben und nach Greteke zu fragen. Doch er verwarf den Gedanken. So wie ihr Mann sie gestern zusammengestaucht hatte, würden die beiden ihm niemals die Kammer zeigen.

»Hast du den Deckel schon geprüft?« Meenkens stellte sich ans Feuer und begann die Dauben zu erhitzen. Wenn sie heiß waren, wurden sie über einem Stück Eisen gebogen und zu einem Fass zusammengesteckt.

»Ich muss ihn noch einpassen«, antwortete der Geselle, stieg auf einen Tritt und probierte den Deckel an dem schlanken Fass aus. Er saß perfekt. Aus seinem Versteck konnte Rungholt nicht genau erkennen, was der Junge tat, aber es sah aus, als binde er einen von Gretekes Stickfäden an eine Holzöse, die er in den Deckel eingepasst hatte. Kaum bückte sich der Geselle, um das Fass hochzuheben, huschte Rungholt los. Im Rücken der beiden Männer tapste er barfuß über die kalten Fliesen und verbarg sich hinter einem der großen Rotsponfässer.

Wenn sie dich sehen und sie tatsächlich etwas mit der Entführung zu tun haben, dachte Rungholt, werden sie dich angreifen. Meenkens und seinen Gesellen wirst du nicht verbrennen können wie ein Stück altes Holz.

Sei still. Ich habe sie nicht umgebracht.

Natürlich hast du.

Sein Herz raste. Er spürte es bis in seinen Hals schlagen. Noch hätte er eine Lüge erfinden können. Im ersten Stock würde es keine Ausflüchte mehr geben.

Der Geselle stellte das schlanke Fass zu Meenkens ans Feuer, klemmte es in einen Eisenrahmen und trat mit dem Meister ein paar Schritte zurück, um den Faden zu spannen.

»Gib's mir«, befahl Meenkens und kehrte Rungholt den Rücken zu. Der zögerte keinen Augenblick, huschte Richtung Treppe und verbarg sich sofort wieder. Diesmal hinter einigen Daubenschalen und einem Büschel von aufgehängten Hanffasern, die der Böttcher zum Abdichten benutzte.

So leise er konnte, atmete er aus. Ein Knall. Holz auf Holz. Rungholt zuckte zusammen, stieß gegen den Hanf. Lautlos tanzten die Fasern hin und her, einige fielen zu Boden, doch Meenkens und sein Geselle waren zu beschäftigt.

Stocksteif beobachtete Rungholt durch den wippenden Vorhang, was geschehen war. Der Junge hatte mit dem Seil an der Öse gezogen und so über eine Mechanik im Innern des mannshohen Fasses den Deckel aufspringen lassen.

Wozu auch immer man auf diese Art Fässer öffnen musste, Meenkens jedenfalls schien zufrieden.

Fässer, die man von ferne öffnen kann, grübelte Rungholt. Mit einem Mal schoss ihm ein Gedanke durch den Kopf: Potthunde. Es war bloß eine Eingebung, aber das Bild blieb. Was, wenn ein schwelender Kienspan oder eine Fackel auf das Fass gelegt wurde und Meenkens das Fass mit diesem…, diesem dunklen Pulver gefüllt hatte. Waren sie schlank genug, um sie in andere Fässer zu stecken, die sie mit gewöhnlichem Zeug füllen wollten? Wein, Bier, Butter? Oder schlimmer, mit Kieseln und Scherben?

Ein Fass mit Sprengpulver in einem großen Fass umgeben von Scherben.

Rungholt erschauderte.

Sie platzieren die Fässer am Rathaus, in St. Marien, an der Stadtmauer. Wo immer sie wollen. Sie ziehen am Seil, vielleicht reicht es sogar, es mit einem Armbrustpfeil abzuschießen... Es spannt sich, die Klappe reißt auf, Feuer lässt das Pulver explodieren, die Scherben und Steine zerreißen alles und jeden.

Bomben. Mein Gott, dachte Rungholt, wenn sie die äußeren Fässer mit Baumharz, Schwefel und etwas Steinsalz füllen und alles explodiert... Ganz Lübeck wird brennen.

Im ersten Impuls wollte Rungholt sofort umdrehen und zu Dartzow rennen, doch er entschied sich dagegen. Wenn er schon hier war, wollte er auch Agnes' Kammer sehen.

»Passt sehr gut. Wir sollten ihn noch mit Hanf abdichten. Aber ich bin zufrieden.« Meenkens klopfte seinem Gesellen die Schulter. Die beiden widmeten sich abermals dem Deckel und ließen ihn einrasten. »Die anderen werden begeistert sein.«

Sie drehten Rungholt nicht den Rücken zu, und er wagte nicht loszuspurten. Stattdessen wartete er flach atmend und reglos ab. Erst als kurz darauf die Haustür geöffnet wurde und die durchnässte Greteke mit einem Knecht eintrat, sah Rungholt seine Chance gekommen. Während der Geselle dem Knecht mit den Pferden half, die draußen unter der Esche standen, huschte Rungholt zur Treppe. Meenkens sah ihn nicht, denn der hatte seine Frau mit in die Dornse genommen. Seine laute Stimme hallte durch die Diele, und Rungholt konnte hören, dass er sie anschrie, weil sie die Hoftür nicht zugesperrt hatte.

Rungholts Füße tapsten auf den Stufen. Das Holz war abgetreten und kühl. Aus Angst, die Bretter könnten knarren, drückte er sich an die Wand, wagte nicht, in die Stufenmitte zu treten. Seine Mühe war vergebens. Kaum hatte er zwei Drittel der Treppe erklommen, knackte eines der Bretter so laut, dass er erschrocken stehen blieb und wie vom Blitz getroffen in die Diele hinabsah.

»Hast du das gehört?« Meenkens' Kopf erschien in der Tür der Dornse. Der Böttcher horchte, ließ seinen Blick über die Fässer wandern, über die zuckenden Schatten und zur Haustür.

Noch hatte er Rungholt nicht gesehen.

Du bist hier vollkommen ungeschützt. Ein riesiger Schatten auf einer schmalen Treppe.

Er konnte sehen, wie Meenkens den Kopf schief hielt und angestrengt die vollgestellte Diele absuchte.

Lass ihn nicht hochsehen.

»Was hast du?« Greteke trat zu ihm aus der Dornse.

»Sind das die Ratten? Hast du sie nicht totgeprügelt im Keller? Ich hab dir doch gesagt, du sollst sie ...«

»Ich habe Michels gesagt, er soll den Keller leerschaufeln und die Ratten abstechen.«

»Dann hat er es nicht gründlich gemacht!« Meenkens wischte Gretekes Antwort beiseite. »Hast du das nicht gehört?«

»Was denn?«

Da knackte es erneut. Rungholt fuhr es durch Mark und Bein, doch er hatte sich nicht bewegt. Es kam vom Feuer. Der Geselle hatte die Daube vergessen, die er hatte biegen wollen. Sie brannte bereits. Laut fluchend eilte der Böttcher hin. »Peter! Peter, komm sofort rein! Vergiss die Pferde!«

So schnell es die Stufen zuließen, eilte Rungholt hinauf. Zwei Atemzüge später stand er vor Agnes' Tür. Schnaufend holte er ein paar Mal Luft, dann legte er seine verbundene Hand auf das Türblatt. Es war nicht verschlossen.

Sie waren Richtung Rathaus und weiter zum Kohlmarkt gefahren. Es fiel Marek nicht schwer, sich trotz des zunehmenden Regens festzuhalten. Die Ochsen schaukelten den schweren Wagen gemächlich durch die überschwemmten Straßen und mussten oft halten, weil die brusthohen Holzscheibenräder tief im Morast versanken.

Bisher hatte Poling jedes Mal die Tiere mit einigen Schlägen und Tritten antreiben können, sich wieder ins Joch zu stemmen. Aber ständig befürchtete Marek, der Mann würde nach hinten kommen, um etwas unter die Räder zu schieben.

Sie fuhren die Holstenstraße hinunter und passierten einen Tross Flagellanten. Singend und sich selbst mit Peitschen geißelnd, schritten die Büßerbrüder Richtung Stadttor. »Maria muter rainu mait«, drang ihr Singsang durch den Regen. »Erbarm dich uber die cristenhait. Erbarm dich uber dinu kint, du noch in disem elind sint...« An einigen von ihnen hingen die spärlichen Gewänder – die Alben und Pestkaseln aus hellem Leinen mit aufgenähten roten Streifen – in Fetzen herab, zerschnitten durch die Schläge. Ihre Blicke waren durchdringend und derart zornig, dass Marek kurz Angst hatte, sie würden ihn vom Karren zerren.

Kurz darauf hörte er ein langgezogenes »Haaaalt« und war sich nicht sicher, ob es der Schiffbauer war, der seinen Ochsen Einhalt gebot. Als er ums Fass spähte, konnte er einen Soldaten erkennen, der sich vom Stadttor gelöst hatte und auf den Wagen zugetreten war. Der Wachhabende sah aus, als wäre er durch den Krähenteich geschwommen. Sein Lederwams triefte, und an seiner Nase lief das Wasser herab. Die hohen Lederstiefel starrten vor Dreck, der selbst auf seinen Waffenrock gespritzt war und die Hellebarde besudelt hatte.

Poling ließ den Wagen ausrollen. Marek hörte, wie er die Wache begrüßte und dann vom Bock sprang. Sie würden also aus Lübeck hinausfahren. Natürlich. Hatte Rungholt nicht gesagt, es sei ein Fass für das Zisterzienserkloster in Reinfeld?

Bis dahin waren es über zwei Meilen. Kaum befestigte Wege durch den Sumpf von Padelügge und abseits von Hof Hamberge entlang, geradewegs durch einen Abschnitt des Waldes, der noch nicht gerodet worden war.

Nach dem Überfall der Bauern war Marek wenig begeistert, noch einmal in den dichten Wald einzutauchen. Poling trug kein Schwert, was sollte er gegen zwanzig hungrige Männer ausrichten? ... Bei der Schlacht um Rungholts Konvoi hatte Marek mehr als neun Kameraden verloren – jeder dieser Männer handverlesen. Sie hatten keine Angst gekannt und zu kämpfen gewusst.

Und wenn dieses Fass nicht fürs Kloster bestimmt war? Fuhren sie dann in ihr Versteck? Dort, wo sie die Kinder gefangen hielten? Hatten sie sie tatsächlich aus der Stadt gebracht? Mareks Blick wanderte noch einmal zum Fass. Eine schreckliche Ahnung überkam ihn. Das Fass. Es war perfekt, um jemanden darin einzusperren. Hockte vielleicht ein ...

Nein.

Er musste nachsehen. Er würde es sich niemals verzeihen, nicht irgendwie das Fass geöffnet und nachgesehen zu haben. Vor seinem inneren Auge tauchte das Bild eines verängstigten Neunjährigen auf. An Händen und Füßen gefesselt, einen Lappen im Mund. Bei jedem Schlagloch wurde er in vollkommener Dunkelheit hin und her gerissen.

Marek legte sein Ohr an das Fass.

In der Hoffnung, sie werde nicht quietschen, drückte Rungholt die Tür mit seiner verbundenen Hand auf. Unvermittelt sah er sich einer großen Schrankwand gegenüber, dem Alkoven, in dem Agnes geschlafen hatte. Die Kammer war winzig, kaum größer als das große Fass auf dem Pechwagen. Ein ärmliches Loch hatte Meenkens seiner Magd zugeteilt. Die Längsseite nahm komplett der Alkoven ein, in dem nicht nur geschlafen, sondern auch gegessen und gearbeitet werden musste. Einen Tisch und einen Stuhl suchte Rungholt vergebens. Vor dieser Bettnische reichte der Platz bloß, um zu stehen. Ein Teil der Zimmerdecke war mit schwarzem Schimmel und Ruß überzogen.

Rungholt trat ein und wollte leise die Tür schließen, doch sein Bauch verhinderte es. Er war einfach zu dick, der freie Streifen zu schmal. »Verdammte Tür«, knurrte Rungholt, dem es gar nicht gefiel, dass er ungeschützt die Treppe im Rücken hatte. Notgedrungen ließ er die Tür offen, mahnte sich zur Eile und redete sich ein, so jedenfalls etwas Licht zu haben. Von unten konnte er Meenkens und seinen Knecht hören. Sie hatten begonnen, weitere Dauben für die schlanken Fässer zu biegen. Der Geruch des erwärmten Holzes drang zu ihm hoch. Während sie die Dauben bearbeiteten und sie in die Reifen einpassten, fachsimpelten sie, wie sie den Deckel noch besser abschließen und dennoch leichtgängig aufziehen konnten.

Obwohl Agnes erst zweieinhalb Wochen vermisst wurde, lagen bereits Staub und feinste Asche auf allen Flächen. Rungholt klappte den Alkoven auf und fuhr den Bettrahmen ab. Sie hatte hier nicht geschlafen, bevor sie umgebracht worden war. Dieses Zimmer stand schon länger leer.

Sollte der Böttcher mit seinem Pechwagen tatsächlich etwas mit dem Verschwinden der Kinder zu tun haben, war es wahrscheinlich nur schlau von ihr gewesen, nicht wie Peterchen nach Hause zurückzukehren.

In einer Truhe, deren abgegriffene Holzseiten von Flachs gehalten wurden, hatte Agnes ihre Kleider verstaut. Obwohl Rungholt in Eile war, sah er sie sich vorsichtig an. Er fand keine Dreckspuren oder Einstiche oder Ähnliches. Es waren bloß zwei schlichte Surkots aus grobem Leinen. Sie waren steif und rau. Als Rungholt an ihnen roch, meinte er, den Muff der Truhe und der schlechten Buchenasche zu riechen, in der sie gewaschen worden waren.

Noch einmal fiel sein Blick auf den Alkoven. Was hatte

Greteke ihm zeigen wollen? Kurz entschlossen zog er die schlichten Holztüren abermals auf. Sein Blick glitt über ihre Innenseiten. Nichts. Über die Jahre blank gescheuertes Holz. Das Bett war gemacht. Immerhin hatten sie Agnes eine dicke Strohdecke und ein Kissen gegeben. Die Matratze war ein flohverseuchter Hanfsack, der mit Stroh gefüllt war. Rungholt konnte zudem ein paar Hühnerfedern ertasten. Er walkte die Decke, das Kissen und die Unterlage durch – in der Hoffnung, endlich einen Hinweis auf Agnes' Geliebten zu finden.

Nichts. Enttäuscht stopfte er alles zurück, widmete sich erneut der Truhe, leerte sie aus und begutachtete auch hier Deckel und Seiten. Er traute sich nicht, sie nach einem Geheimfach abzuklopfen, weil er fürchtete, Meenkens würde es hören. Nachdem er alles abgetastet hatte, war ein zweiter Boden auch eher unwahrscheinlich.

»Komm schon«, flüsterte sich Rungholt zu. »Wo warst du? Wo ist dieser Hammermann? Wo ist Gryps?«

Die Verzweiflung wandelte sich langsam in Wut. Rungholt hatte nicht übel Lust, einfach in die Diele zu stapfen, dieser alten Schachtel von Greteke die Gnippe an den Hals zu setzen und sie zu zwingen, ihm eine Antwort zu geben.

Andererseits unterschätzte er sehr wahrscheinlich den alten Böttcher. Wenn der für die Aufständischen Bomben herstellte, war er bestimmt bewaffnet und zu allem bereit.

Eine Truhe, ein Bettschrank, eine Tür. Das war's.

Rungholt schloss die Augen und rieb seine trockenen Handrücken.

Denk nach. Denk nach …

»Du dummes Stück von einem Knecht!«, riss Gretekes Ruf ihn aus den Gedanken. »Du solltest den Keller abdichten. Du solltest die Luken zur Straße mit Brettern und Flachs abdichten, Michels.«

»Aber Herrin, ich habe …«

»Es ist alles unter Wasser. Hast du die Ratten nicht erschlagen? Was machst du den lieben langen Tag?«

Unter dem Bett! Das musste es sein. Dort war im Schrank ein Hohlraum. Unter dem Hanfsack und den Brettern, auf denen Agnes geschlafen hatte.

»Schlagt mich nicht, Herrin, ich …«

»Sie kommen wieder hoch, die Ratten!« Das Zischen einer Knute war zu hören, dann drang Michels' Schrei bis in den ersten Stock. Er jaulte vor Schmerz, anscheinend hatte Greteke ihm mit dem verknoteten Tau ins Gesicht geschlagen. Meenkens' Fluchen unterbrach das Geheul. Auch er stauchte seinen Knecht zusammen und befahl schroff, erst einmal die Luken abzudichten. Michels solle Säcke vom Dachboden holen und mit Sand füllen.

Dachboden! Rungholt riss den Kopf herum und fixierte die Treppe. Da hörte er bereits Michels' Holzpantoffeln auf den Treppenstufen. Sofort griff er nach der Tür, zog sie so nah an seinen Bauch, wie es ging, dann zog er den Bettschrank auf. Die Türen verkeilten sich, aber es gelang ihm, sich schnell ins Bett zu zwängen. Seine wurstigen Finger versuchten vergeblich, den Schrank zu schließen. Eine Tür war zu, aber die zweite konnte er nicht heranziehen. Es gab keinen Griff im Innern.

Notgedrungen ließ er sie, genau wie die Kammertür, einen Spalt auf. Er horchte und spürte, wie ihm der Hals kratzte. Wenn du hustest, brech ich dir das Genick, ermahnte er sich selbst und versuchte, gleichmäßig durch die Nase zu atmen. Er lag auf Decke und Hanfsack. Nicht unbequem, nur viel zu staubig.

Marek horchte. Da war nichts. Kein Laut drang aus dem Fass. Nicht mal ein Schaben oder Husten. Kein Weinen, keine Schreie. Aber das hatte nichts zu sagen, bei dieser Größe waren die Daubenbretter, um dem Druck des Weins standzuhalten, sicher gewaltig.

Sollte Marek der Wache einen Wink geben, sollte er zu dessen Kumpan hinübereilen und ihm … Ja, was? Was sollte er ihm erzählen? Dass sie den Wagen im Hof eines Böttchers gesehen hatten und er heimlich mitgefahren war. Dass der Wagen mit Pech besudelte Räder hatte, Muschelstaub daran klebte und sie deswegen vermuteten, es könne ein Kind darin gefangen sein?

»Dumm Tüch«, beantwortete er seine eigenen Fragen leise und rutschte vom Karren.

Vorsichtig spähte er zum Inneren Holstentor. Der mächtige, rechteckige Turm ragte ins Regengrau. Auf der Galerie patrouillierten drei Stadtwachen. Marek konnte sogar einen Armbruster erkennen, der – anstatt zum Fluss – in die Stadt zielte. Die Flagellanten passierten den Karren, und Marek sah, wie der zweite Wachhabende angesichts der Schar blutender Mönche Hilfe suchend zu seinem Kumpan schaute.

»Für Reinfeld«, hörte er Poling erklären.

»Schon klar. Wie jede Woche. Von mir aus könnt Ihr öfter kommen.«

»Es wird das letzte sein. Deswegen habt besonderen Dank für Eure Mühe … und Euer Schweigen.« Münzen klimperten, als der Lenker ein Geldbeutelchen vom Dupsing band und der Wache zuwarf. Grinsend steckte der Mann den Beutel in sein Wams und wandte sich zum Zug der Mönche und seinem Freund um.

»Der Wagen hat Vorrang«, rief er. »Diese Heilsverdreher sollen warten.«

Er nickte Poling zu, der schon wieder auf den Bock gestiegen war.

Marek spähte zu den Mönchen, zum Tor und zu den Wachen. Er konnte sich unmöglich einfach hinten auf den Wagen setzen. Eilig ließ er sich auf die Knie fallen und rutschte im Schlamm darunter. Am liebsten hätte er laut geflucht, als Wasser und Dreck in seine Beinlinge eindrangen und seine Stiefel fluteten. Auf dem Rücken liegend sah er sich nach einem Halt um, konnte aber lediglich ein paar größere Astlöcher im Boden erkennen. Alle vier Räder lagerten in dicken Klötzen. Es gab keine Achse.

Er krallte sich mit beiden Händen in die Löcher, zog sich nur mit wenigen Fingern unter den Boden und stemmte seine Füße an die Achskästen. Spätestens jetzt wurde ihm klar, warum nicht Rungholt auf den Wagen gesprungen war.

Da zogen die Ochsen mit einem Ruck an. Fast hätte er den Halt verloren, sein rechter Fuß rutschte vom Kasten, und er schleifte durch den Schlamm, bevor er ihn wieder ans Holz pressen konnte. Seine Trippe war vom Stiefel gerutscht und lag, gut sichtbar, im Modder. Helles Birkenholz im schwarzen Schlamm. Marek richtete ein Stoßgebet zum Himmel und hielt den Atem an, als sie die beiden Wachen passierten und durch das haushohe Tor rollten.

Die schweren Räder knirschten auf der Brücke, die über die Trave führte, und bogen die Bretter durch. Normalerweise herrschte an allen Toren reger Betrieb. Händler kamen und gingen, Bauern strömten morgens in die Stadt und abends hinaus, Viehhändler, Gaukler und Tagelöhner passierten dieses Tor, das Lübeck im Westen mit der Welt verband.

Doch heute war es auf der Brücke vor der Stadt gespenstisch still. Sie waren die Einzigen, die darauf fuhren. Niemand kam ihnen entgegen, und die Büßer mussten noch immer am Tor ausharren. Die meisten hatten ihre Schenkel mit Dornenkränzen umwickelt. Selbst beim Warten ließen sie ihre Geißeln und Peitschen auf ihre zerschundenen Rücken klatschen. Marek sah zwischen seinen Füßen hindurch, wie die Truppe im Regenschleier langsam zu bloßen Schatten wurde. Ihr Lied ging im Rauschen der Trave unter.

Er griff noch einmal nach und blickte zur Seite. Unter ihnen rollte der Fluss in einem steten Grau dahin. Er war auf die doppelte Breite angeschwollen, hatte weite Teile des Hafens überflutet und leckte mit seinem Wasser direkt an der Stadtmauer. Bloß eine Armlänge unterhalb der Brücke strömte er in unbändiger Kraft.

Sie hatten zwei Drittel der Brücke genommen, als Marek vor Schreck aufschrie.

Keine fünf Klafter von sich entfernt sah er eine gewaltige Gestalt im grauen Travewasser. Ein riesenhafter Schatten glitt in den Wellen des Flusses direkt auf die Brücke zu. Der Schemen war größer als der Ochsenkarren und bewegte sich träge. Mit einem Mal schoss ein Wasserstrahl aus den Fluten, schoss kerzengerade hoch und klatschte gegen die Seite des Wagens. Dann tauchte der matt glänzende Rücken eines Fisches, groß wie eine Hauswand, neben ihnen auf.

Marek schrie. Er spürte einen Ruck, die Ochsen blökten, und ehe er es sich versah, begannen die Tiere auszubrechen. Was immer dort im Wasser an der Brücke lag, es hatte sie zu Tode erschreckt. Marek konnte nicht sagen, ob der Schiffbauer dieses Tier vom Bock aus gesehen hatte, aber er hörte den Mann seine Ochsen anschreien. Panisch versuchte er, sie zu beruhigen, doch sie legten sich nur noch mehr ins Joch, und der Wagen preschte voran, schlingerte, gewann an Fahrt.

Marek klammerte sich hartnäckig fest. Am Ende der Brücke, vor dem schlichten Äußeren Tor, raste der Wagen auf einen schmalen, improvisierten Steg zu. Die Trave war hier über die Ufer getreten, hatte ein Stück Brücke und Land überflutet. Um über diesen Strom zu kommen, hatten die Lübecker Bohlen auf Steine gepackt. Im Schritttempo war es kein Problem, Pferde, Ochsen und auch Karren und Wagen trocken von der Brücke über diesen Steg an Land zu bringen, doch in voller Fahrt…

Abermals schrie Marek auf, als der Karren mit einem Krachen wegrutschte. Der Kapitän verlor den Halt, glitt in die eiskalte Strömung. Das Travewasser umschloss ihn jäh. Der hüfthohe Strom riss ihn zur Seite, zog ihn unter das rechte Hinterrad, das noch immer durch die Flut schnitt und…

Verzweifelt reckte Marek die Arme zum Wagenboden, schluckte Wasser und spürte die Bretter unter seinen Fingerkuppen davongleiten. Die Holzscheibe des Rads schoss auf ihn zu. Groß wie ein Mühlrad pflügte das mit Pech beschmierte Ding durch den Strom.

Es war das Letzte, was er sah, bevor das Rad seine Brust traf, ihm die Husse wegriss und ihn unter Wasser drückte.

35

Rungholt hielt sich den Mund zu. Der Drang zu husten war übermächtig. Er packte seine Kehle und drückte, rieb und kratzte im Dunkeln, während Michels' Schritte lauter und lauter wurden. Rungholt musste würgen, verfolgte durch den Türspalt, wie der Knecht mit einer Fackel heraufkam. Das rote Licht fiel kurz in die Kammer, blendete ihn, und einen Moment packte Rungholt die Angst, der Mann trete ein. Doch da glitt der Feuerschein bereits vorbei.

Kurz darauf hörte Rungholt, wie Michels die Leiter zum Dachboden anlegte. Dann fiel eine Luke zur Seite, und der Junge war irgendwo über Rungholt.

Der öffnete sofort den Alkoven und hustete. Über ihm knarzten Michels' Schritte. Durch die Deckenbretter fielen Spelzen, als Michels über der Kammer entlangging und auf dem ersten Dachboden nach den Säcken suchte.

Rungholt zögerte nicht. Er glitt aus dem Bett, riss Decke und Kissen heraus, nahm sich den Hanfsack, zog auch ihn einfach aus dem Schrank und schleuderte ihn hinter sich durch die Kammertür.

Unerkannt würde er hier sowieso nicht mehr herauskommen.

Seine verbundene Hand glitt hastig über die blanken Bretter, auf denen Agnes geschlafen hatte. Da. Eines wackelte. Er konnte sein Schwert an einem Astloch einhaken und es anheben. Im dunklen Schrankraum unter dem Bett gab es keinen Stauraum, nur der nackte Boden war zu sehen. Hier war nichts versteckt. Rungholt schreckte lediglich zwei Mäuse auf, die ihr Nest unter dem Bett gebaut hatten und quietschend in einer Ritze verschwanden. Er hatte fest damit gerechnet, etwas unter dem Bett, aber …

»Verdammter Dreck«, knurrte er leise, war kurz davor, mit dem Brett die ollen Schranktüren abzuschlagen, die ihm ständig im Wege waren.

Der Spelzenregen hatte aufgehört. Die Füße klackerten Richtung Luke.

Tu was … Tu doch was …

Das Blut rauschte in seinen Ohren, der Herzschlag schmerzte. Rungholt sah sich um. Decke und Kissen lagen verstreut, der Hanfsack keine zwei Klafter von der Leiter entfernt. Das alles einzuräumen war …

Weg!

Renn los.

Rungholt warf das Brett zurück in den Alkoven, steckte das Schwert zurück. Er drehte sich um und wollte loslaufen, blieb jedoch wie angewurzelt stehen.

Das Brett.

Es war mit der Unterseite nach oben gelandet. Im Lichtstreifen, der durch die Türen sickerte, konnte Rungholt etwas erkennen.

Blind um sich schlagend kam Marek an die Oberfläche. Immer wieder drückte ihn die Strömung unter Wasser, während er auf der Stelle zappelte, vergeblich versuchte zu entkommen.

Marek spuckte Blut. Die hüfthohe Holzscheibe drückte gegen seine Brust, er klammerte sich dran, versuchte, Ruhe und Orientierung zu finden, einen Rhythmus. Bloß nicht so viel

Wasser schlucken. Er lebte noch. Das Rad hatte ihn also nicht überrollt.

Vor ihm zischte und gurgelte die Trave am Holzrad entlang. Der endlose Strom des Flusses. Die Fahrt hatte ein jähes Ende gefunden, keine zehn Klafter vor dem Holzbau des Äußeren Holstentores. Das Rad hatte Marek einen satten Klafter durch die Fluten geschoben, ohne ihn unter sich zu drücken. Doch sein Tappert hatte sich unter dem schweren Ding verfangen.

Keuchend holte er Luft, umarmte das Rad und zählte bis fünf. Wenn Poling anfuhr, würde er zerquetscht werden, wenn das Wasser weiter stieg, würde er ertrinken. Vom Tor hörte er eine Wache rufen. Eine zweite kam auf dem Steg zum Ochsenwagen geeilt.

Er musste den Tappert loswerden und aufpassen, dass ihn die Strömung nicht sofort mit sich riss. Vorsichtig, bloß mit dem Kopf nicht unter Wasser geraten, versuchte er, mit der Hand den Grund zu erreichen. Es war zu tief.

»...uber die cristenhait. Erbarm dich uber dinu kint, du noch in disem elind sint...«, schwebte der Singsang über dem Gurgeln und Zischen des Wassers. Marek konnte die Flagellanten nicht sehen, aber sie waren bereits auf der Brücke.

Was würde geschehen, wenn die Geißelbrüder oder der Soldat ihn unter dem Wagen erblickten? Ihm blieb nicht viel Zeit, wenn er weiter unbemerkt vom Schiffbauer mitfahren wollte. Da veränderte sich das Rauschen unter dem Wagen, und als er den Blick zur Seite wendete und unter dem Boden hindurchsah, erspähte er auf der anderen Seite Poling, der durch die Strömung zu den Hinterrädern watete, gegen den Wagen gedrückt wurde und nur mit Mühe vorankam.

»Seid Ihr wohlauf?«, rief der Soldat und traute sich nicht, vom Steg hinunter ins Wasser zu steigen.

»Es geht schon«, antwortete Poling. »Die Ochsen sind mir durchgegangen.«

»Der eine ist hinüber, wenn Ihr mich fragt.«

Zum Glück würde er erst das linke Rad kontrollieren, bevor er...

Marek begann zu reißen, zerrte und zog am Tappert, aber er konnte nicht freikommen. Dann riss er die letzten Schnallen ab, tauchte unter und wickelte sich aus dem Stoff. Es brauchte zwei Anläufe.

Jäh drückte ihn das Wasser vom Rad weg, seine Füße schrammten über den Boden, als er Halt suchte. Endlich. Ein Stein. Er sprang hoch, halb aus dem Wasser und zurück zum Rad, klammerte sich wieder ans Holz, diesmal im Stromschatten. Hinter ihm die Brücke und das unheimliche Wesen. Es ließ erneut einen Wasserstrahl emporschießen. Und selbst die Flagellanten, denen der pladdernde Regen nichts ausmachte, schrien jetzt auf. Jegliche Disziplin war dahin, der träge Büßerschritt zerbrochen. Peitschen und Geißeln landeten auf der Brücke, ein paar der Büßer rannten zurück zum Tor, ein paar in Richtung des Ochsenkarrens.

Der Soldat hatte alles vom Steg aus gesehen und rief seinen Freund vom Tor herbei.

Ein Wal, fiel Marek ein. Es war nur ein Wal. Er hatte sich die Trave hinunter verirrt, war gegen den Strom angeschwommen. Auf seinen Fahrten nach Novgorod hatte er mehrere dieser Ungetüme gesehen. Vor Reval hatten sie beinahe seine Kogge zum Kentern gebracht. Gefräßige Bestien, die nichts und niemanden verschonten und von denen man sagte, sie würden Männer bei lebendigem Leib schlucken. Und wenn man Pech hatte, lebte man noch tage-, monatelang in ihrem Bauch, bevor man elendig im Fisch verhungerte.

Zitternd vor Anstrengung drückte sich Marek ans Holz und zog den Kopf ein, als Poling um den Karren sah. Zwar begutachtete der das linke Rad, traute sich aber nicht, unter den Wagen in den Strom zu treten und zu Mareks Rad vorzudringen. Wahrscheinlich hätte ihn das Wasser von den Füßen gerissen. Durch das Gurgeln der Trave hörte Marek ihn fluchen, dann ein Brummen. Der Kapitän versuchte zu erkennen, was der Kerl trieb, und musste überrascht feststellen, dass Poling sich nun doch um das Rad drückte und, an den Karren geklammert, sich langsam auf seine Seite kämpfte.

Blitzschnell blickte sich Marek nach einer Möglichkeit zu entkommen um. Es gab nur einen Weg.

Er griff das Rad fester, zog sich auf das glitschige Holz und bekam den Aufbau zu fassen. Die Zähne zusammenbeißen und ziehen, den ganzen Körper aus dem Wasser heraus und ein Bein neben das riesige Fass auf den Karren schwingen. Den Oberkörper hoch. Über die Kante der Ladefläche.

Nach Luft japsend rollte er sich auf den schmalen Streifen neben das Fass, da erreichte Poling das Rad. Noch sah er Marek nicht, weil er hinter dem Karren, Marek jedoch an der Seite lag. Schnell rappelte sich der Kapitän auf, griff die Kante des breiten Eisenreifens und fand Halt zwischen Tonnenreifen und den Seilen, mit denen das Fass festgezurrt war. Es gelang ihm, sich hochzuziehen und sich aufs Fass zu rollen.

Langsam robbte er nach vorne. Von hier oben hatte er einen guten Ausblick. Links von ihm ragten hinter dem Äußeren Holstentor drei Schuppen in den gewittrigen Himmel. Sie standen am Ende der Brücke und dienten als einfache Lager. Rechts, mittlerweile ein einziger See, Lüdjes Lastadie mit den Koggengerippen. Die meisten Schiffe warteten schon seit Monaten auf ihre Fertigstellung. Hatte die Blockade ihm geschadet, so hatte der Regen sein Geschäft endgültig zum Erliegen gebracht.

Marek sah sich um. Hinter ihm floss die Trave zum Meer, und Lübeck streckte seine sieben Türme in den dunklen Himmel. Er konnte sie im Regen bloß erahnen. Erste Wellen schwappten nun auf die Brücke, den Wal sah Marek nicht, dafür aber die beiden Soldaten, die über die Holstenbrücke zu den Flagellanten liefen. Die Büßer formierten sich neu, berieten, ob sie über die Brüstung ins Wasser sehen sollten.

Marek wischte sich das Wasser aus dem Gesicht und verschnaufte kurz. Ein leichter Wind hatte eingesetzt und kühlte ihn ab, aber das war jetzt im Sommer nicht unangenehm. Nachdem er bis ganz nach vorne gerobbt war, sah er die Ochsen. Eines der Tiere lag blutend im Wasser. Es war gestürzt und vom Stirnjoch mitgeschleift worden. Gut, dachte er, dass das Rad mich wie einen Korken durchs Wasser getrieben hat. Der Ochse hatte in seinem Gespann weniger Glück gehabt. Er war im Begriff zu sterben. Das andere Tier stand zitternd und schnaufend an der Deichsel, als wartete es auf einen neuerlichen Ausbruch oder auf beruhigende Worte des Lenkers.

Auch falls alle Räder noch intakt waren und ein einziger Ochse überhaupt imstande war, den Wagen zu ziehen, würde es eine Zeit dauern, bis sie weiterfahren konnten. Irgendwie musste der Schiffbauer den Karren ein Stück zurücksetzen und am sterbenden Ochsen vorbeilenken. Marek stellte sich darauf ein, bis zum Abend auf dem Fass zu liegen.

Kerben. Eine Schnitzerei. Agnes hatte etwas in die Unterseite geritzt. Rungholt drehte das Brett im Lichtschein, erkannte mit einem Blick, dass er nur einen Teil der Zeichnung erwischt hatte, und riss hektisch das nächste Brett aus dem Alkoven, dann ein drittes und das vierte. Die Bretter unter dem Arm, lief er zur Leiter. Als er den Kopf hochriss, starrte ihn plötzlich ein Junge mit blutender Wange an. Michels. Der Knecht war im Begriff, Sandsäcke hinabzuwerfen, und wollte dann die Leiter hinunter und …

Die Leiter.

In Windeseile riss Rungholt sie fort.

»He! He! Wer bist du! He. Was soll das?«

Die Säcke landeten hinter Rungholt, der bereits kehrtgemacht hatte, und, die sperrige Leiter in der linken Hand, die Bretter unter dem rechten Arm, an Agnes' Kammer vorbeieilte.

Unter den Rufen des Knechts hielt Rungholt auf eine weitere Tür zu, ließ die Leiter wie einen Rammbock dagegenkrachen. Die Tür sprang auf und gab den Blick auf eine Art Dornse frei. Ein Tisch, ein Stuhl und die Wände voller Pergamente.

Wo lang? Ein Fenster. Die Kammer hatte ein Fenster.

Es waren Zeichnungen von Fässern und Seilen. Im Laufen konnte Rungholt so etwas wie eine Explosion sehen. In einer Ecke des Raumes lagen geborstene Eisenreifen, gesplitterte Dauben. Ein Fass zerbarst in Stücke. Waren da Häuser? Sollte das die Andeutung eines Turms sein? Das Rathaus? Rungholt wusste es nicht. Er sah nur die Pergamente, die vollgekritzelt und mit Berechnungen übersät waren. Aus dem Augenwinkel meinte er, Männer auf dem großen Fass zu sehen, das der Pechwagen geladen hatte. Es ärgerte ihn maßlos, dass er die Zeichnung nicht mitnehmen konnte, aber ihm blieb keine Zeit. Der Knecht hatte bereits Meenkens alarmiert, und er konnte den Böttcher und seinen Gesellen die Treppe heraufstürzen hören.

Mit einem Knall flog der Fensterladen auf, und Rungholt stach mit der Leiter ins Freie. Die Straßenseite. Er ließ die Bretter fallen, packte die Leiter mit beiden Händen und ließ sie in die Esche krachen. Die Sperlinge stoben in einer dunklen Wolke auf und zogen protestierend in den Regen davon. Rungholt hatte keine Zeit, den Sitz der Leiter zu kontrollieren. Er rüttelte nur einmal, das musste reichen, dann griff er sich die Alkovenbretter und zog ächzend und nach Luft japsend seinen fetten Leib auf die wacklige Konstruktion. Beinahe wäre er im schmalen Fenster steckengeblieben, aber der Regen schmierte den Holzrahmen und ließ seine Kleider eng anliegen.

Langsam begann er, Sprosse für Sprosse vorzukriechen.

Mit einem Mal war er gänzlich draußen. Da unten war Meenkens' Pferd. Bis zum Boden waren es gute zwei Klafter. Mindestens. Springen? Und wieder auf den Rücken fallen?

Rungholt legte sich auf den Bauch, ließ die Bretter neben das Pferd in die Pfütze fallen und zog sich weiter auf die Leiter hinaus.

Gott sei Dank war er barfuß, so fand er Halt und konnte sich gut abstoßen. Einen halben Klafter, fast einen ganzen, war er nun über der Hüxstraße. Genau auf halber Strecke zum Baum. Die Leiter bog sich gefährlich, schrammte am Ast entlang und kippelte. Erst jetzt begann seine Hand unter dem Verband zu pochen.

Hinter ihm flog die Kammertür auf, und Rungholt dachte noch: Dummer Plan, du hättest einfach springen sollen. Da wurde die Leiter gepackt. Er riss den Kopf herum und sah den Knecht, wie er sich am Fenstersturz festhielt, aber zögerte, auf die Leiter zu klettern.

»Worauf wartest du?«, brüllte Meenkens.

Noch bevor der Geselle sich einen Ruck gab, schwang sich Rungholt über die Kante, er rollte sich einfach zur Seite, griff die Leiter und wollte sich irgendwie herablassen, doch er hatte nicht mit seinem Gewicht gerechnet. Kaum griff er im Fallen nach einer Sprosse, krachte die Leiter entzwei. Sie brach in der Mitte durch, und Rungholt, mit den Füßen nach unten hängend, stürzte den restlichen Klafter in die Tiefe.

Er landete im Nass. Schmerzen durchzuckten seine Füße, dann traf ihn eines der Leiterstücke am Kopf. Er schrie auf, spürte Blut an seiner Schläfe und sah alles vernebelt. Einen Schreckensaugenblick lang dachte er, der Schnee kehre zurück, doch es blieb beim dumpfen Pochen. Er taumelte durch den Regen, ließ sich auf die Knie sinken und griff sich die Alkovenbretter. Als er sich stöhnend auf die Beine stemmte, sah er Gretekes entsetztes Gesicht in der Haustür. Meenkens' Rufe hallten durch die Hüxstraße, wild fuchtelnd war er im Fenster erschienen, während der Geselle sicher schon wieder die Treppe in die Diele hinablief.

Rungholt blieb kaum Zeit. Er klemmte sich die Bretter unter den Arm und lief, so schnell er barfuß konnte, zur Krähengasse und weiter in die Balauerfohr. Erst als er sicher war, in den engen Gassen um St. Aegidien oft genug abgebogen zu sein, drückte er sich hinter ein Regenfass und verschnaufte. Das Seitenstechen war so schmerzvoll, dass er keine Luft mehr bekam. Trotz der nassen Kleider und dem unablässigen Regen wusste er, seine Rückenwunde war wieder aufgeplatzt.

Nach Luft ringend lehnte er sich an die Wand, die Alkovenbretter noch immer umklammert, wie einen Säugling an die Brust gepresst. Sein Blick glitt zum Wrasenhimmel, und kurioserweise dachte er in diesem Moment nicht an die verschollenen Kinder, nicht an Bomben und d' Alighieri.

Meine Schuhe und Trippen sind weg. Mein Surkot ist vollkommen aufgerissen von der Leiter. Oh Gott, Alheyd wird mich umbringen.

36

Zwar kannte Marek die ganze Küste zwischen Dänemark und der Newabucht, aber das Umland von Lübeck war ihm wenig vertraut. Er glaubte, auch wenn er den Sonnenstand nur erahnen konnte, dass sie gar nicht weit entfernt vom aufgebrachten Konvoi waren. Sie waren erst nach Westen, dann nach Norden gefahren, hauptsächlich in den Norden. Sicherlich lag Schwartau nicht weit. Vielleicht waren sie auch bereits oberhalb davon.

Marek schätzte, dass der Ochse bereits zerlegt, wenn nicht verspeist war. Poling hatte ihn einfach liegen gelassen, hatte zwei der Bohlen hinter die Vorderräder gedrückt und zurückgesetzt. Die Flagellanten waren längst wieder singend und sich peitschend an ihnen vorbeigezogen, als es dem Fahrer endlich gelang, den Karren mit nur einem Ochsen aus der

Strömung und auf den Weg Richtung Crempelstorpe zu lenken.

Die Sonne hatte Marek die ganze Fahrt über nicht gesehen, bloß den Hauch von Abendröte in einigen Wolken. Vor zwei Scheunen am Waldrand ließ der Schiffbauer den Karren ausrollen. Die beiden Gebäude aus Brettern waren riesig und weit und breit die einzigen. Ihre mit Bohlen gedeckten Dächer waren erst kürzlich erneuert worden. Ein Flickwerk aus Brettern, Stämmen und Reet. Das einzig Ungewöhnliche, das Marek erkennen konnte, waren dicke Baumstämme, die man außen an die Mauern gesetzt hatte, auf jeder Seite zwei Stück. Sie trugen dicke Balken, enorme Zangen, die durch das Satteldach ins Innere ragten.

Noch etwas passte nicht ganz ins Bild, doch der Kapitän bemerkte es erst, nachdem sie bereits gehalten hatten: Hier gab es keine Handkarren, keine Heuwagen, keine Gatter für Vieh, keinerlei Gerät. Weder lief ein Bauer herum noch Gesindel. Da waren bloß diese beiden Scheunen, groß wie ein halbes Dutzend Wohnhäuser.

An der Längsseite des vorderen Gebäudes schnaubten sieben Pferde. Allesamt stattliche Kaltblüter, die man, um sie vor dem Regen zu schützen, mit einfachen Schabracken abgedeckt hatte. Warum sie nicht drinnen warteten, vermochte Marek nicht zu sagen.

Zwei Planwagen standen im Schatten des vorderen Gebäudes, die Planen waren zugezogen, sodass Marek ihre Fracht nicht sehen konnte. Die Spuren im Feld zeigten, dass sie spätestens gestern hergerollt worden waren. Der Regen hatte die Furchen ihrer Speichenräder noch nicht gänzlich verwischt.

Marek spähte über die Kante und konnte Poling zu zwei Männern treten sehen, die aus der Scheune kamen. Der Kleinere der beiden, ein gedrungener Kerl mit schiefem Kreuz und Bärtchen, hatte sich ein altes Kettenhemd übergestreift und hielt eine Fackel. Der andere, ein dicker Mann mit dünnem

Haar, war mit einer großen Taulehre bewaffnet, einem Holzdorn mit Kerben, um damit Seile oder Taue zu wickeln. Sie begrüßten den Schiffbauer mit einem kumpelhaften Schulterklopfen.

»Wo hast du gesteckt, Poling? Es sind alle gekommen. Aber ohne dich können wir nicht weitermachen«, meinte der Dicke.

»Hat länger gedauert bei Meenkens. Die acht Spezialfässer muss er noch bis morgen fertigstellen. Und die Holstenbrücke ist überschwemmt. Ich habe einen Ochsen verloren.« Polings Stimme war angenehm und ruhig.

»Ja. Da sind wir heute früh auch durch«, antwortete der Dicke. »Ochsen haben wir genug. Vier Stück. Wir haben das zerfetzte Fass hergebracht.«

»Gut.«

»Die ollen Rinder vertragen sich mit den Gäulen nicht«, warf der Kleine ein.

Poling klopfte ihm auf die Schulter. »Wird schon werden, wird schon werden. Laden wir es ab. Wir schaffen das schon über Nacht. Können wir eben erst morgen früh zurück.«

»Dann sprichst du aber mit unseren Weibern«, frotzelte der Kleine und lachte dreckig. »Die bekommen langsam kalte Füße.«

»Wer nicht in diesen Tagen, Zabel«, war Polings trockene Antwort, mit Blick auf die Pfützen, in denen sie standen.

»Immer zu Späßen aufgelegt, unser Schiffbauer. Immer gut gelaunt.« Der kleine Mann, Zabel, zwirbelte seinen Bart. Seine stechenden Augen strichen über den Ochsenkarren, sodass Marek sich ducken musste. »Wir haben den Kran aufgebaut. Du musst dir die geborstenen Dauben ansehen. Die Kraft der Explosion ist gewaltig. Das ist wirklich Hexenwerk! Bei Gott!«

»Diesmal wird es funktionieren. Ich habe die Pläne noch einmal gezeichnet.«

Brummelnd reichte der Dicke sein Werkzeug an Zabel. »Diesmal muss es klappen. Der letzte Versuch. Es wird immer schwieriger, noch mehr Kinder aus der Stadt zu holen.« Er pfiff auf zwei Fingern und winkte aus der Scheune drei weitere Männer herbei. Gemeinsam drückten sie das haushohe Tor auf. »Ich muss genau wissen, wie schwer das neue Fass ist«, fuhr der Dicke fort. »Wenn die Seile nicht reißen sollen, brauche ich das Gewicht. Auch wie viel wir zuladen, Poling.«

»Habe ich alles berechnet, Tüks. Und diesmal hat Meenkens nicht gepfuscht. Ich hab's ihm drei Mal erklärt.« Schiffbauer Poling ging zurück zu seinem Ochsenkarren.

»Gut«, Zabel spuckte in die Pfütze. »Sonst hätte das Ekel ihn auch einen Kopf kürzer gemacht. Er sucht immer noch nach Gryps, oder? Hat echt Eier, unser Schmied. Einfach abzuhauen.«

»Stimmt«, seufzend nahm der dicke Tüks Zabel das Werkzeug wieder ab. »Bei Mornewech war das Ekel auch nicht zimperlich. Ihr habt doch davon gehört?«

Betretenes Schweigen breitete sich zwischen den dreien aus.

»*Mornewech*. Mit ›Morgen weg‹ wird's wohl nichts mehr werden«, frotzelte Zabel. »Der hat's nicht besser verdient, wenn ihr mich fragt. Was ist das für ein Sünder, der sein eigenes Kind herschleppt. Gott hab's Peterchen selig. War ein guter Bursche.« Er bekreuzigte sich.

»Hört auf und lasst uns arbeiten.« Der Schiffbauer schwang sich auf den Bock. »Laden wir's ab, sonst sitzen wir bis morgen Mittag hier rum.«

Die zwei pflichteten ihm bei und gingen zum Schober. Fackellicht drang aus dem Tor, und Marek konnte vier Ochsen sehen, die Joche trugen.

Ein Peitschenschnalzen, dann setzte sich der Karren in Bewegung. Während sie aufs Tor zuhielten, rutschte Marek auf dem Fass nach hinten und ließ sich auf den Feldweg fallen.

Im Schatten des Wagens schlich er geduckt hinter einen Haufen Feldsteine. Er scheuchte ein paar Frösche auf und legte sich flach ins Wasser, verfolgte, wie die Männer den Karren behutsam in den Schober bugsierten. Sie banden den Ochsen ab, gaben ihm zu fressen und schmissen Taue über das Fass. Ein Dutzend Fackeln tauchte die Scheune in goldenes Licht, und Marek kam der leichte Holzbau jetzt noch gewaltiger vor als ein Kirchenschiff. Mehrere Feuer brannten, und er meinte, eine komplette Schmiede in einer Ecke zu erkennen. Da schoben die Männer das Tor bereits wieder zu.

Marek löste sich von dem Steinhaufen und rannte geduckt übers freie Feld. Hoffentlich hatten sie keinen Posten auf dem Dach. Der Kapitän entschied sich für die Seite mit den Pferden und tauchte schnell, aber ohne Hektik, damit sie nicht scheuten, hinter den großen Tieren unter. Er schlich sich an einem Rappen vorbei und presste seinen Kopf an die Bretterwand der Scheune. Durch die Ritze konnte er nichts sehen. Truhen verstellten ihm den Blick. Schnell sah er sich nach einer besseren Stelle um und bemerkte, dass nur wenige Klafter entfernt einige Bretter aus der Wand gebrochen waren, aber die Lücke war zu hoch oben, als dass er hätte hindurchblicken können. Marek band den Rappen los und führte ihn an die Stelle.

»Ruhig. Ganz ruhig bleiben. Ich tue dir nichts. Ganz ruhig. Ich will nur schauen.« Behände zog er sich auf den Rücken des Kaltblüters und stellte sich hin. Das Pferd schnaubte, ließ aber alles gleichmütig über sich ergehen. Marek balancierte zum Hintern und hielt sich schließlich an der Wand fest. Er streckte sich ins goldene Licht der Fackeln.

Um nicht geblendet zu werden, kniff Marek die Augen zusammen. Er presste seine Stirn gegen das Holz und spähte hinein.

Sie hatten den Ochsenkarren beiseitegefahren. Tatsächlich war eine Schmiede aufgebaut worden, während sich über die ganze Länge der Halle eine Reeperbahn spannte. Der Dicke, wie hieß er noch? – Tüks – war gerade dabei, mit zwei weiteren Männern aus mehreren Seilen ein dickes Tau zu drehen.

In hüfthohen Zubern schwamm Leder, das Zabel mit einer Holzkelle umrührte. Vor ihm auf einer langen Werkbank lagen zugeschnittene Bahnen neben Spindeln voller Garn.

Das Seltsamste jedoch war das Zentrum des Raums. Unter Polings Rufen zogen zwei der Ochsen das Fass mit armdicken Tauen unter die Decke. Die Handwerker hatten sie an die Eisenösen gebunden, und Marek erkannte nun auch, wozu die Baumstämme außen am Gebäude gut waren: Sie bildeten mit mehreren Flaschenzügen im Inneren einen Kran.

Die Ochsen schnaubten, hielten das Fass aber in einer Höhe von ungefähr vier Klaftern. Die Männer, Marek zählte mehr als zehn, arbeiteten Hand in Hand. Es war nicht das erste Mal, dass sie dieses … dieses Monstrum aufbauten.

Während einige die Taue sicherten und Hilfsseile aufspannten, rollten zwei weitere eine Treppe auf Rädern heran. Einer der Planwagen wurde hereingeschoben, und Poling schlug die Plane beiseite und offenbarte drei extrem schlanke Fässer. Waren das die Spezialfässer, von denen Poling gesprochen hatte?

Der Schiffbauer pfiff zwei Handwerkern zu, die, auf der rollenden Treppe stehend, begonnen hatten, das große Fass außen mit Pech einzustreichen. Sie halfen Poling, ein erstes schlankes Fass an ein Seil zu knoten und es unter das riesige Fass zu hieven.

»Mein Gott«, entfuhr es Marek, der vor Faszination ganz vergessen hatte, dass er immer noch auf einem Pferd stand. Was immer dieses hängende Fassgebilde unter dem Dach werden sollte, für Marek sah es wie ein riesiger Krake aus. Eine düstere Kreatur, die im Fackellicht zu atmen schien und mit ihren Tonnenbeinen geradewegs über die Felder und Wiesen auf Lübeck losmarschieren konnte.

»Beim Klabautermann«, entfuhr es ihm. Und im selben Moment schallte Zabels Ruf übers Feld. Der Lederer hatte Wasser vom Brunnen holen wollen und war zwischen die Schober getreten.

»He du«, schrie er. »Was machst du da?«

Marek riss den Kopf herum und sah, wie der Mann den Eimer wegschmiss und einen Dolch zückte. Unerschrocken stürmte er auf Marek und die Pferde zu.

»Hier ist wer! Kommt raus! Poling, Tüks!« Sein Rufen ließ die Pferde scheuen. Der Rappe schüttelte sich, wollte sehen, wer da auf ihn zulief, und Marek verlor beinahe das Gleichgewicht. Er musste sich fallen lassen, rutschte falsch herum aufs Pferd und hieb ihm in blinder Panik mit der Hand auf den Hintern. Zabel war auf zwei Klafter herangekommen, da stürzte der Kaltblüter los. Marek versuchte, sich an irgendetwas zu klammern, konnte sich aber nur in den breiten Rücken des Gauls krallen und schoss rückwärts durch die Nacht.

»Lauf«, rief er. »Los doch. Lauf.«

Hinter Zabel tauchten zwei Armbruster auf, doch bevor sie ihre Waffen auf den Boden gepflanzt und die Sehnen mit der Kurbel gespannt hatten, war Marek – durchgeschüttelt und schreiend – übers Feld und ins Unterholz geritten. Kaum zwischen den Bäumen warf das Pferd ihn ab, und er fiel zwischen nasse Äste in den Morast. Taumelnd kam er hoch.

Zabel und die Männer hatten noch nicht aufgegeben. Fackeln näherten sich über das Feld. Sie hatten sich die Pferde geschnappt. Panisch sah sich Marek nach dem Rappen um.

37

Ecke Fleischhauer und Via Regia hielt Rungholt unter der Traufe eines Bernsteindrehers inne und nahm sich die Bretter aus Agnes' Alkoven vor.

Er schob sie auf ein Wasserfass und brachte sie in die richtige Reihenfolge.

Agnes hatte sich mit ihrem Gryps gezeichnet. Die Arbeit war gar nicht mal schlecht. Rungholt konnte sich vorstellen, wie sie sich Abend für Abend vor Sehnsucht verzehrte und begann, ein bisschen in den Brettern zu schnitzen. Das Bild uferte immer weiter aus, bis es zu dem wurde, was nun der Regen benetzte.

Richtig zusammengelegt zeigten die Bretter Agnes und Gryps Hand in Hand. Wie Maria und Johannes vor dem gekreuzigten Jesus standen sie da. Etwas steif und unproportioniert. Doch Rungholt war die Zeichnung der beiden Liebenden gleich. Genau wie die schwungvolle Umrahmung in Herzform, die wohl einen Rosenstrauch andeuten sollte. Worauf es ihm ankam, war das Gebäude, das Agnes an der Seite skizziert hatte und vor dem sie beide stehen sollten: der Schafferturm. Einfach zu erkennen an der abgeknickten Haube. Um Christi Himmelfahrt war eine Buche auf ihn gestürzt, wobei ein Wachhabender getötet und ein zweiter verletzt wurde. Die Stube der Wachmannschaft hatte man daraufhin in die alte Burg verlegt und seitdem den Turm nicht wieder hergerichtet.

Ein schönes Liebesnest. Etwas verschwiegen hinter einem kleinen Buchenhain gelegen und mit einem wunderbaren Blick über die Wakenitz und die Felder vor Lübeck.

Rungholt nahm die Bretter wieder unter den Arm, rückte sein Waffenwams zurecht und trat mit seinen bloßen Füßen in den Regen. Noch einmal zog er das Schwert aus der Scheide, wog es in der Hand und ließ es wieder einfahren. Das Schlagen des Metalls an seiner Seite gab ihm Halt, auch wenn es lange zurücklag, dass er mit Marek auf den Bleichwiesen Kämpfen geübt hatte.

Als er die Waffe aus dem Kellerabgang geholt hatte, wo seine Schwerter und Äxte lagerten, hatte er feststellen müssen, dass auch das Untergeschoss bis auf Brusthöhe vollgelaufen war. Alle Schinken, von mehr als fünf Schweinen, waren vernichtet. Seit Tagen mussten sie im Wasser gehangen haben, ohne dass es eines der Weiber bemerkt hatte. Tobend hatte er Contz befohlen, sie mit dem Handkarren zu den Armen zu bringen. Mochten die sich noch einen Bissen aus dem aufgeschwemmten und von Ratten angenagten Fleisch schneiden. So hatte er jedenfalls etwas für sein Seelenheil getan.

Den Zorn jedoch, den versuchte Rungholt zu behalten. Ihn aufzubewahren wie den gallenen Hirsebrei, der nach jedem Essen zurück in den Grapen wanderte. Der Zorn sollte ihm Wegbereiter sein, wenn er Gryps stellte.

Er wusste, dass der Mann im Turm war. Er wusste es einfach, denn er wusste, was es hieß, Sehnsucht zu haben. Laut d' Alighieri konnte der Schmied die Stadt nicht verlassen, und zu seiner Wohnstatt war er nicht zurückgekehrt. Dieses Versteck war perfekt.

Weil er kein Wort mehr mit Alheyd sprechen wollte, hatte er sich in seine Dornse zurückgezogen, sein Lederwams und schwere Stiefel angezogen, sich einen Tappert übergeworfen und auf Marek gewartet. Vergeblich. Bisher kein Zeichen von seinem Kapitän.

Mit Alheyd konnte und wollte er nicht sprechen, und die Anwesenheit von Hilde und Contz war ihm zuwider – also war er allein aufgebrochen, hatte den Drang einfach unterdrückt, Dartzow oder gar Kerkring um Hilfe zu bitten.

Rungholt ging einen kleinen Umweg, die Via Regia hoch Richtung Koberg. Unweit des Hospitals, in Sichtweite von

Agnes' Grab, hatte ein Vogelsteller die staksigen Äste einer vertrockneten Linde mit Leim bestrichen. Unsinn bei dem Wetter, dachte Rungholt im Vorbeigehen, sah dann jedoch, dass der Leim gut angerührt war. Mehr als drei Dutzend Tiere hatten sich an den Ästen gefangen, schrien und piepsten um ihr Leben und versuchten vergeblich, sich mit wilden Verrenkungen zu befreien. Die meisten Vögel hatten sich die Flügel ausgekugelt, einige gar abgerissen. Vom Vogelfänger indes war keine Spur zu sehen, bloß seine Leiter lehnte am Stamm.

Nachdem Rungholt den Baum passiert hatte, konnte er einen in Decken gehüllten Schatten erkennen, der in einer Holzkiste mit Rädern saß. Laut schimpfend schmiss der Bettler mit Steinchen und allem, was er um sich ertasten konnte, nach den Vögeln. Seine Hoffnung, einen herunterzuwerfen, wurde jedoch enttäuscht.

Seltsam violett leuchtend hob sich die Silhouette des kahlen Vogelbaums von den schwarzen Umrissen des mächtigen Hospitals ab. 1286 erbaut, war das Gebäude mit den fünf Türmchen und dem riesigen Langhaus das größte Siechenhaus im ganzen Deutschen Lande. Sein Anblick erfüllte Rungholt, genau wie der St. Mariens, stets mit Stolz, denn diese Häuser zeigten eindrucksvoll, wie weit es die Hanse, wie weit es die freien Bürger der Stadt gebracht hatten. Seine Besitztümer zu spenden, um in das riesige Langhaus mit seinen hundert Betten einzuziehen und hier zu sterben – das konnte sich Rungholt jedoch nicht vorstellen.

Die untergehende Sonne war zwar nicht zu sehen, aber aus irgendeinem Grund ließ sie die schweren Wolken blau bis violett erstrahlen und tauchte die Häuser in Schatten.

Die Wolken spiegelten sich in den Pfützen.

Einen Moment lang dachte Rungholt, vielleicht beim Sturz vom Dach bereits gestorben zu sein. Konnte es sein, dass er durch eine Stadt lief, die gar nicht existierte? Vielleicht war dies die Wrasenstadt und das dort…

Er hob den Kopf und sah in die Wolkenberge ... das dort oben Lübeck? Die Regenfäden verbanden die Häuser mit dem Himmel, und nachdem Rungholt einige Atemzüge lang hinaufgesehen hatte, kam es ihm sogar vor, als falle der Regen nicht, sondern schösse geradewegs von seiner Stadt fort und hoch in die Wolken. In diese andere Stadt dort oben. Konnte es sein, dass er in der Wrasenstadt herumlief und von oben auf Lübeck sah?

Bei dem Gedanken, kopfüber in einer Wrasengasse zwischen Wrasenhäusern zu stehen und dem Regen beim Tropfen auf Lübeck zuzusehen, wurde ihm schlecht. Der Gedanke, bereits tot zu sein, ließ ihn schwindeln. Rungholt kam es vor, als beobachtete ganz Lübeck seinen Gang zur alten Burgbefestigung hinauf.

Auf dem Koberg kamen ihm, in ihre schwarzen Mäntel gehüllt, zehn Dominikanermönche entgegen. Sicher kamen sie vom nahe gelegenen Kloster. Die Mönche schwangen Weihrauchfässer und schritten singend an Rungholt vorbei.

Der passierte die noch immer schwelenden Brände von Zacharias' Töpferei. Auch dieses Haus hatte der Blitz getroffen, hatte das Gemäuer, das seit hundertzehn Jahren eine Töpferei und mehrere Ställe beherbergte, regelrecht aufgerissen. Steine waren bis in die Kleine Gröpelgrube geflogen, und der Funkenregen hatte beinahe die beiden Nachbarhäuser entfacht. Obwohl die Einwohner die ganze Nacht hindurch, die Rungholt bei d' Alighieri verbracht hatte, Eimer um Eimer gebracht hatten, glühten die vier Klafter langen Deckenbalken noch immer im Innern. Zischend verdampften sie den Regen zu weißem Rauch, der sich wie Nebel in die Gasse senkte. Der Zorn löste sich in Qualm auf und machte einer unheilvollen Leere Platz. Reiner Wahnsinn, alleine loszuziehen, sagte er sich, ging aber unbeirrt weiter.

Er passierte die Kleine Gröpelgrube und gelangte nahe dem Burgtor an die Mauer. Zwei Träger mit einem Gestell voller

Holz rannten an ihm vorbei und musterten ihn argwöhnisch. Wahrscheinlich dachten sie, er gehöre zum Rat und habe sich wegen des Pöbels bewaffnet. Von Weitem die Rufe des Fleischhauers zu hören bildete er sich ein, den sie im Rathaus überwältigt hatten, als er Dartzow den Muschelstaub gezeigt hatte. Seit gestern war der Mann mit schweren Ketten an den Kaak gebunden. Normalerweise wurden Diebe und Aufwiegler am Schandpfahl auf dem Marktplatz bespuckt und mit faulem Ost beworfen. Manchmal mit Steinen, was der Rat verboten hatte. Diesem Mann jedoch hatten die Lübecker Wasser gebracht – und Essen, obwohl sie selbst nichts zu beißen hatten.

Der Tote aus dem Vestibül wurde inzwischen wie ein Heiliger verehrt. Hinter vorgehaltener Hand wurde getuschelt. Niemand wusste, wie viele versteckte Kirchen die Aufwiegler hatten, in denen sie ihre Götzen anbeteten, niemand wusste, wie viele es wirklich waren und wie viele Waffen sie besaßen. Oder Fässer voller Pulver.

Er spürte Blicke in seinem Rücken, doch immer wenn er sich umwandte, war die Gasse leer. In Sichtweite des Turms blieb er stehen und wischte sich das Wasser vom Kopf. Ihm wurde bewusst, dass er sich keinerlei Plan zurechtgelegt hatte. Das Schwert fester umgreifend, huschte Rungholt gebückt an Überresten der Turmhaube vorbei, die überwuchert an der Stadtmauer lagen. Der Turm war zur Verteidigung erbaut worden, mit Sicht aufs Feld. Immerhin bot er zu den Häusern hin kaum Einblick.

Rungholt hob das Schwert und eilte zur Tür. Sie war grau und rissig. Sein Mund fühlte sich trocken an, er versuchte zu schlucken, aber es ging nicht.

Gleich würde er einem Hünen mit einem Hammer gegenüberstehen und wusste nicht, wie er ihn überwältigen sollte.

Irrsinn, Rungholt. Dreh einfach um.

Bist du bereit?

Ich weiß es nicht.

Rungholt zog sein Schwert und trat die Tür auf.

»Gryps«, schrie er. »Ich weiß, dass du hier bist! Gryps!«

38

Langsam schob er sich ins Dunkel. Beinahe den ganzen Raum nahm eine offene Wendeltreppe ein, die sich den Turm hinaufzog. Auf ihren Stufen konnte Rungholt neben Resten von altem Obst auch abgenagte Knochen erkennen. Hasen-, Vogel- und selbst einen Rinderknochen.

Wachs war auf einige Stufen getropft und hatte sich spritzend verteilt. Es tropfte noch immer von oben.

Über ihm, zwei Klafter hoch, waren die Bretter des ersten Stocks zu erkennen. Kerzenschein drang durch die Ritzen. Reisig und Stroh stachen in seine nackten Füße, als er sich langsam den Stufen näherte. Rungholt hob den Kopf.

»Gryps!«

Keine Antwort. Rungholt umfasste sein Schwert fester. Er schwitzte, und sein Arm begann zu schmerzen, weil die Waffe für ihn zu schwer war. Im Turm war es unangenehm kühl. Die Luft wurde durch die Tür herein- und wie durch einen Kamin nach oben gezogen. Immerhin war es trocken.

»Gryps.«

Er horchte, konnte aber nur den Luftzug und das Drippen des Regens wahrnehmen. Seine trockene Hand und der Schnitt juckten unerträglich, er widerstand dem Drang zu kratzen, schlich zur Treppe und wollte sie gerade betreten, als ihm etwas auffiel.

Er hatte gedacht, etwas Wachs abbekommen zu haben, doch als er den Ärmel seiner nassen Schecke befühlte, war ein kleiner Blutfleck an seinem Zeigefinger.

Die Bretter nicht aus den Augen lassend, schritt Rungholt die Wendeltreppe Stufe um Stufe hinauf. Er presste sich gegen die Backsteinmauer, spürte seine Wunde schaben und sein eigenes Blut den Rücken hinabfließen. Es brannte, doch Rungholt fixierte einzig die oberste Stufe, die in Sicht kam.

Er war zu fett, um hinaufzustürmen, wild schreiend die Stufen zu nehmen und sich vor Gryps aufzubauen. Die Überraschung war sowieso dahin. Er musste es langsam angehen, behutsam. Um Atem ringend blieb Rungholt vor dem Ende der Treppe stehen und spürte die Luft an seinen Wangen. Von oben war er nicht zu sehen, aber auch er konnte nicht über die oberste Stufe blicken, um seinen Feind auszumachen.

Gründlich atmete er durch. »Ich will reden, hört Ihr?«

Keine Antwort.

»Ich weiß, dass Ihr mit Agnes und Peterchen zusammen wart... Gryps?«

Keine Antwort.

»Wo sind die Kinder?«

...

»Gryps? Sprecht mit mir. Es gibt nur einen Ausgang. Der Turm ist umstellt!«

...

»Gryps?«

Rungholt horchte. Das Knistern der Kerzen, ihr flackernder Schein. Draußen der Regen. Der Windzug. Sein Atem. Das Waffenwams unter der Garnache wog schwer und ließ ihn keuchen. Das Rauschen in seinen Ohren. Ein Klingeln aus weiter Ferne. Vielleicht die Dominikaner? Oder doch näher als gedacht? Ein Hammer, der nervös gegen den Ring an einer Hand schlug?

»Gryps«, schrie Rungholt plötzlich, so laut er konnte, fasste sich ein Herz und polterte die letzten Stufen hinauf. Schwitzend und keuchend schwang er das Schwert und...

Kaum oben angelangt, ließ er die Waffe sinken.

Kein Gryps. Hier war kein Hüne von einem hammerschwingenden Schmied.

Im Schein der Kerzen konnte er ein Laken sehen. Das war alles. Ein Laken, umringt von zwölf Kerzen. Sie waren alle verschieden in ihrer Form, zusammengeklaut. Wahrscheinlich auch das Laken.

Rungholt steckte das Schwert weg, suchte Halt und kniete sich hin. Unter dem Laken floss Blut über die Bretter.

Was hast du bloß mit all den Kindern gemacht?

Unwillkürlich suchte Rungholt das Laken nach der Stelle ab, wo der Kopf sein musste. Aber da war nichts.

Lass es nicht wahr sein.

Behutsam fasste er das Laken und zog es langsam beiseite. Nackte Kinderfüße, Beine, ein ausgezehrter Oberkörper und ... der Kopf. Er war da. Der Junge hatte ihn nur zur Seite gekippt.

Rungholt atmete aus. Es sah friedlich aus, wie das Kind dalag. Die Hände zum Gebet gefaltet, die Augen geschlossen.

Er hatte es aufgebahrt.

Blut war dem Jungen aus der Nase gelaufen und die Wangen herab. Rungholt tastete den Hals ab, konnte jedoch keinen Herzschlag erfühlen. Der Junge war tot, sein Körper kalt.

Mit Bedacht begann Rungholt, den toten Leib auf die Seite zu drehen. Das Laken war lediglich am Kopf etwas blutverschmiert.

»Was hast du nur mit all den Jungen angestellt?«, flüsterte Rungholt laut zu sich. »Was hast du nur mit ihnen gemacht?«

Sanft schob er das Leinenhemdchen hoch. Es war verdreckt und ärmlich. Kein Blut am Rücken. Der Junge war nicht erstochen worden. Rungholt suchte den kleinen Leib nach tödlichen Verletzungen ab, aber das Einzige, was er fand, waren massive Kratzspuren. Genau wie Peterchen hatte der Junge sich an unzähligen Stellen die Haut aufgekratzt.

Im Kerzenschein konnte Rungholt es nur schlecht erkennen, doch es sah aus, als wäre der Junge von Flohbissen übersät, aber er fand in den Stellen keinerlei Einstich. Eigenartig.

Schließlich schob Rungholt dem Jungen den rechten Ärmel hoch, griff eine der Kerzen und leuchtete den Unterarm ab. Dieselben Striche, die Peterchen und Agnes aufwiesen. Runen? Was immer diese Striche zu bedeuten hatten, vom Kratzen stammten sie nicht.

Rungholt stand auf.

Die Schwere, die sich schon auf dem Weg zum Turm auf sein Gemüt gelegt hatte, kam zurück. Sie vertrieb die Aufregung ob eines nahenden Kampfes.

Nun hatte er die Gewissheit. Aus dem Holunder in seinem Geheimfach, aus Blüten eines Traumes waren Tatsachen geworden.

Der Schmied Gryps war der Kindesentführer. Er kannte nicht nur Agnes und Peterchen – er war auch für dieses tote Kind verantwortlich. Wo immer er die übrigen Kinder versteckt hatte, was immer er mit seinen Opfern anstellte, sie trugen alle die Linien, und sie starben.

Was sollte Rungholt nur tun?

Er sank noch einmal auf die Knie, zog den Leichnam zu sich her und wollte ihn hochheben. Er brauchte vier Versuche, um sich den Jungen über die Schulter zu legen und aufzustehen.

39

Vorsichtig glitt Rungholt in das heiße Wasser. Kaum war jedoch seine Wunde ganz im Zuber, musste er aufschreien. Die Hitze schmerzte in den Stellen, die im vernarbten Gewebe aufgerissen waren. Rungholt brauchte ein paar Atemzüge, um sich an die Temperatur zu gewöhnen. Er war völlig erfroren.

Mit blauen Lippen und zitternd war er bei Swoneken eingekehrt und hatte sich erst hier erschöpft entkleidet, anstatt sich wie gewohnt zu Hause auszuziehen und nackt ins Badhaus zu gehen.

Er rieb sich etwas Öl auf die rechte Schulter, die vom Tragen wehtat. Sie war ganz steif, obwohl er mit dem toten Jungen auf dem kürzesten Weg zu seiner Brauerei geeilt war. Er hatte sich nicht einmal die Mühe gemacht, den Jungen zu verbergen, hatte ihn lediglich, sobald sie im Freien waren, auf die zerstörte Turmhaube gehoben und ihn ganz ins Laken eingeschlagen.

Den Toten auf der Schulter, war er schnell die Rosengasse hinuntergehastet, durch die große Pfütze an der Gröpelgrube, die inzwischen tatsächlich einen Teil der Stadtmauer so weit unterspült hatte, dass sie eingestürzt war, und an der Mauer entlang bis in die Hundegasse.

Der Tote wog kaum mehr als ein Sack Rüben, aber Rungholt war körperliche Arbeit einfach nicht mehr gewohnt.

Er liegt auf meinem Schreibtisch, diesem Brett auf Backsteinen, dachte Rungholt. Immer liegen sie auf irgendwelchen Brettern und warten. Zeit spielt für den Jungen keine Rolle mehr. Für mich jedoch schon. Wenn die Sanduhr durchgelaufen ist, gehe ich.

Die Müdigkeit umschloss ihn wie ein warmes Moor. Sie griff sich seine Glieder und drohte ihn hinabzuziehen. Schnell winkte er Swoneken, bat um die Uhr und ließ sich das kälteste Wasser nachgießen, das der Bader zu bieten hatte. Der wunderte sich zwar, holte aber zwei Eimer und leerte sie in Rungholts Zuber.

Die plötzliche Kälte half nur ein paar Atemzüge lang, die Müdigkeit zu vertreiben, dann glitten seine Gedanken erneut ab. Gähnend stellte er die Sanduhr auf das Brett für Seife und Schachspiel, das Swoneken über seinen Bauch gelegt hatte, und sah sich nach den anderen Gästen um.

Ein Durchlauf, sagte er sich. Länger wollte er nicht auf Kerkring warten. Sollte er bis dahin nicht kommen, würde er aufstehen und nach Hause gehen. Contz zu ihm zu schicken und um ein Gespräch zu ersuchen war Blöße genug.

Er hatte den ersten Schritt gemacht, den nächsten musste der dicke Rychtevoghede tun.

Bloß ein Dutzend Gäste hatten sich heute in der Badestube eingefunden. Sie spielten Tres Canes, Backgammon oder Schach. Drei saßen auf dem Balken, schissen und redeten gedämpft. Nur ein paar Wörter wehten durch die Schleier aus Duftölen, verbrannten Kräutern und dampfendem Wasser zu ihm. »Aushungern«, konnte er heraushören, »Rat«, »Wahnsinn« und »Schwerter«. Von Waffen war die Rede, die sich jeder ehrbare Kaufmann beschaffen sollte. Argwöhnisch blickten die Männer, allesamt Englandfahrer aus Rungholts Nachbarschaft, über die badenden Kaufleute hinweg zum Ruhe-Eck. Swoneken hatte es mit feinen Stoffen abgetrennt.

Hans Braun und Stefan Tetzel, zwei Handwerksmeister aus der Petersiliengasse, die Rungholt vom Ausbau seines Hinterhofs kannte, lagen dort bei zwei Hübschlerinnen. Rungholt konnte die vier lachen hören. Auch wenn er Handwerker generell nicht schätzte, Braun und Tetzel waren immerhin ehrliche Kerle, die über Jahre die Werkstätten ihrer Väter zu respektablen Betrieben aufgebaut hatten. Tetzel verdiente mit seiner Schreinerei sicher beinahe so viel, dachte Rungholt, wie die drei Englandfahrer zusammen. Im Rat mitreden war ihm dennoch verwehrt. Kein Wunder, sagte Rungholt sich, dass diese stolzen Handwerksmeister uns die Köpfe einschlagen wollen.

Was gibt es für einen besseren Zeitpunkt, den Rat zu stürzen, überlegte er. Nicht nur dass in Lübeck die Menschen dieser Tage einfach so wegsterben. Man kann sie auch *einfach so* umbringen. Keinen schert es, wenn man mit einem Toten durch die Gassen läuft. Alle hielten den Jungen für einen

Hungertoten. Niemand fragt nach. Kein Wunder, dass niemand gesehen haben will, wie die Kinder fortgeschafft wurden. Selbst die zwei Soldaten, die an der Ecke Lohberg und Gröpelgrube ihre Spaten beiseitegelegt hatten und, anstatt die Ronnen zu reparieren, lieber Karten spielten, hatten ihn bloß mitleidig angesehen. Ein Vater mit seinem toten Sohn. Sie hatten nicht mal aufstehen wollen.

Recht und Ordnung waren erst ausgehungert und dann aus Lübeck fortgespült worden.

Die Dämpfe der Lindenblüten lullten Rungholt abermals ein. Der Rat, dachte er, wird hinweggefegt. Sie werden das Rathaus niederbrennen und die dicken Kaufleute aufknüpfen. Aus den Fenstern können sie sie ja nicht werfen. Die sind zu schmal.

Auch bei mir geht es um Haus und Hof, doch wenn ich den Jungen ohne Kerkrings Einwilligung aufschneide und ihn untersuche, bringt mich der Muskopp auf den Köpfelberg. Aber hätte ich Dartzow rufen sollen? Der hätte die Leiche nur wieder Kerkring übergeben, und dann wäre der Junge verscharrt worden. Nun liegt er also in meiner Brauerei.

Was für ein Dilemma, dachte Rungholt grimmig, wie wenn mich Alheyd fragt, ob sie noch so schön ist wie damals zur Hochzeit. So oder so – die Antwort ist immer falsch.

Er sank mit dem Hinterkopf auf die Kante des Zubers.

Kerkring wird gleich kommen, lohnt sich nicht, die Augen zu schließen. Sieh auf den Sand. Sieht dir den Sand an, wie er im Fackelschein glitzert. Kerkring kommt. Er muss kommen.

Da kippte die Sanduhr vom Brett und fiel ins Wasser. Rungholt sah ihr zu, wie sie immer tiefer sank. Klafter um Klafter, erst noch ein Schatten, dann war sie gänzlich unter ihm im schummerigen Nass abgetaucht. Von der Strömung für immer hinfortgerissen. Er sah sich um. Die See war spiegelglatt. Flaute. Die Wellen schwappten kaum gegen sein Kinn. Er hing an einer Planke, nein, es war das Stück eines Stevens.

Der letzte Rest eine Kogge. Jäh tauchten um ihn herum Kinder aus dem Meer auf. Sie kamen mit dem Rücken voran aus den unendlichen Tiefen und dümpelten leblos, wie Swonekens Lindenblüten, um ihn herum. Da kippte sein rettendes Stück Holz, er konnte sich nicht mehr daran klammern und geriet unter Wasser. Schreiend tauchte Rungholt auf. Voller Panik schlug er um sich, spritzte die Badegäste voll und starrte schließlich in entsetzte Gesichter.

»Alles gut? Rungholt? Braucht Ihr etwas?«

Als träumte er noch, wehten Swonekens Worte herbei, und er verstand erst nicht, wieso sich die Kinder und das Meer aufgelöst hatten. »Nein. Nein«, stammelte er. »Es ist alles gut. Ich bin bereit. Wo ist die Uhr?«

Swoneken musterte seinen Gast verwundert, bot ihm aber lediglich an, noch etwas Wasser nachzugießen. Diesmal warmes. Rungholt lehnte ab und sah, dass die Uhr abgelaufen war.

Kerkring war nicht gekommen.

Behutsam schaufelte sich Rungholt etwas Wasser ins Gesicht und rieb sich den Handrücken mit einer Paste aus Fett und Öl ein. Die drei Kaufleute waren in die Zuber gestiegen, und durch den Vorhang konnte er sehen, wie Braun und Tetzel die beiden Hübschlerinnen liebten. Scheu rutschte Rungholt tiefer ins Wasser, nur einen Daumen breit, und benetzte seine Lippen.

»Auf ein Wort. Aber fasst Euch kurz«, riss ihn Kerkrings Stimme aus den Gedanken. Rungholt fuhr herum, da trat der Rychtevoghede bereits an den Zuber. Kerkring hatte sich ein Seidentuch umgeschlungen, seine Beine steckten in Beinlingen, deren auffälliges rot-gelbes Mi-Parti im Fackelschein zu strahlen schien.

»Setzt Euch«, sagte Rungholt ruhig und erntete einen angewiderten Blick.

»Es wird überlaufen, wenn ich mich dazusetze.«

»Das macht nichts. Es ist bereits kalt und bezahlt obendrein, Kerkring.«

Der Rychtevoghede kräuselte die Stirn. Mit einem Seufzer ließ er das Tuch fallen, und Swoneken half ihm hinein.

»Bader!«, fuhr er den Mann an. »Das ist eisig. Bring gefälligst warmes Wasser.« Swoneken verneigte sich und spurtete los, währenddessen wandte sich Kerkring geradeheraus an Rungholt: »Sprecht. Was wollt Ihr?«

»Zuallererst lasst mich sagen, wie froh ich bin, dass Ihr meine Nachricht erhalten habt und gekommen seid.«

Kerkring lachte auf. »Hört auf, Süßholz zu raspeln, Rungholt. Wenn Ihr mir so Honig ums Maul schmiert, dann geht's um die Kinder.«

»Richtig.«

»Ihr sucht also noch immer nach den Entführten.«

Rungholt nickte.

»Ich habe Euch gewarnt, Rungholt.«

»Ihr habt mir wohl ins falsche Ohr geflüstert.« Rungholt hob seine vom Wasser verschrumpelte Hand und tippte an sein linkes Ohr. »Auf dem hier bin ich etwas taub.«

»Ich bin nicht gekommen, um mich beleidigen zu lassen. *Ihr* habt nach mir gerufen, also!«

Rungholt zögerte, war sich mit einem Mal unsicher. Was, wenn er mich gleich verhaftet und in die Fronerei schmeißt? Aber ich brauche seine Zustimmung.

»Ich habe Euch ein Geschäft anzubieten. Ich weiß etwas über einen Handwerker, der wahrscheinlich in die Planung des Aufstands verwickelt ist.«

»Der Aufstand? Ich dachte, wir reden über die Entführten.«

»Vielleicht hängt alles zusammen, Kerkring. Nehmen wir an, Ihr könntet den Anschlag tatsächlich verhindern. Ihr könntet einen Rädelsführer ins Liber Judicii schreiben und vor die Stadt bringen. Und nehmen wir weiter an, dass ich dafür nichts weiter möchte als eine kleine Erlaubnis und Eure Männer.«

»Erlaubnis?«

»Nehmen wir an«, begann Rungholt, »es gebe jemanden, der noch ein totes Kind fände. Wie Jakobus das Peterchen.«

»Wie Jakobus das Peterchen«, wiederholte Kerkring abfällig. »Soso.«

»Soso. Und dieser Jemand möchte das Kind untersuchen. Er muss es nicht nur in Augenschein nehmen, sondern … sagen wir, er muss hineinsehen.«

»Hineinsehen.« Die Galle in Kerkrings Aussprache war nicht zu überhören. Er stand sofort auf und meinte: »Ihr schlagt mir ein Geschäft vor, weil Ihr ein Kind aufschneiden wollt, Rungholt. Herr im Himmel. Und damit kommt Ihr allen Ernstes zu mir?«

»Mit etwas Glück könnt Ihr den Aufstand im Keim ersticken und …«

»Das werde ich auch so. Wir durchsuchen ganz Lübeck. Wir finden auch Euren … Euren Rädelsführer.«

Damit hatte Kerkring wahrscheinlich sogar Recht, falls Rungholts Einbruch Claas Meenkens nicht alarmiert und er alle Spuren dieser Bomben entfernt hatte.

»Sie sind alle gestorben, Kerkring«, fuhr Rungholt drängend fort. »Nur bei Peterchen weiß ich, wie er gestorben ist. Bei Agnes und dem anderen Jungen weiß ich es nicht. Ich weiß es einfach nicht. Ich muss sie aufschneiden, Kerkring. Alle drei. Wenn wir die Kinder finden wollen, muss ich das andere Kind aufschneiden.«

Kerkring schüttelte halb tadelnd, halb belustigt den Kopf.

»Das andere Kind«, stieß er verächtlich aus. »Sagt bloß, Ihr habt einen toten Jungen versteckt. Ihr seid wahrlich der Teufel, Rungholt. Der Teufel.« Kerkring kam näher und zischte: »Niemals werde ich zulassen, dass Ihr Euch mit Euren Ketzerhänden an den Toten vergreift. Und was immer Ihr mir dafür auch anbietet. Ihr gehört in die Hölle. Nicht in diese Stadt.«

»Er stellt irgendwas mit den Kindern an! Kerkring, bitte.

Ich weiß nicht, was er mit ihnen macht, aber sie haben alle ein Zeichen. Hier.« Rungholt deutete auf seinen rechten Unterarm. »Und sie sind alle krank. Agnes hat schwer gehustet, hat keine Luft mehr bekommen. Peterchens Körper war übersät mit kleinen Bläschen.«

Kerkring winkte ab. »Hört Euch reden, Rungholt. Es ist abscheulich.«

Als der Rychtevoghede sich abwandte, packte Rungholt – »Kerkring!« – den Mann am Arm. »Ich brauche auch Eure Männer. Selbst wenn ich herausfinde, wo sie versteckt sind, kann ich sie schlecht alleine retten.«

Kerkrings erboster Blick ließ Rungholt die Hand sogleich wegnehmen. Die Männer fixierten sich, sahen einander in die Augen. Und wieder musste Rungholt an zugefrorene Seen denken, an Tümpel voller gefrorener Seelen.

Er schluckte und setzte erneut an. »Ich bitte Euch, hört Ihr? Ich BITTE Euch, Kerkring.«

Die Miene des Rychtevoghede blieb unverändert. Die Zähne aufeinandergebissen, die Pausbacken gespannt, die Lippen zu einem Schlitz gepresst, blickte er auf Rungholt hinab.

Rungholt lehnte sich etwas vor und flüsterte: »Ich bitte Euch. Versteht Ihr das? Kerkring? Versteht Ihr das? Ich bitte Euch.«

Der Rychtevoghede lächelte. Er sagte kein Wort, sondern genoss einfach nur. Schließlich räusperte er sich und zauberte ein feistes Lächeln auf seine Lippen. »In Tote wollt Ihr blicken? Nun … vielleicht dürft Ihr«, meinte er streng. »Wenn Ihr mir die Füße küsst, Rungholt. Vielleicht sehe ich dann weg.«

Meinte dieser Muskopp, dieser Bangbüx von einem dreisten Ratsmann das ernst? Stille senkte sich über das Badhaus. Rungholt nahm das Getuschel, das Planschen und Tetzels und Brauns Stelldichein bloß noch gedämpft wahr. In seinem Kopf zuckten die Gedanken wie draußen die Blitze.

»Was?«, kam es leise über seine Lippen. »Was hast du Muskopp gesagt?«

Als habe Kerkring seine Frage gehört, stellte er als Antwort seinen Fuß auf das Brett. Dieses Mal stürzte die Sanduhr tatsächlich ins Wasser. Sie dümpelte vor Rungholts Bauch, während der erst stumm auf den Fuß, dann Kerkring anstarrte.

»Das meint Ihr nicht ernst.«

Als Antwort ließ Kerkring den Fuß, wo er war.

»Das meint Ihr nicht ernst«, hauchte Rungholt ein zweites Mal.

»Nun, ICH habe nicht um ein Wort gebeten und nicht darum…«, er beugte sich vertrauensvoll vor, »ein Sakrileg begehen zu dürfen, Rungholt… Sagt mir, wer der Entführer ist, und küsst mir die Füße.«

Das Brennen in Rungholts Augen kehrte zurück, aber er konnte den Blick nicht von Kerkring lassen, der die Lippen schon wieder zu einem feinen Lächeln verzog. Langsam atmete Rungholt ein. Und wieder aus… und wieder ein… Aus… Ein…

Für die Kinder. Tu es für die Kinder.

Er beugte sich vor, doch bevor seine Lippen Kerkrings Haut berührten, zog dieser mit einem dreckigen Lachen seinen Fuß weg.

»Ihr seid verachtenswert, Rungholt. Ihr tut es tatsächlich. Verachtenswert, Rungholt.« Polternd und feixend stieg Kerkring aus der Wanne. »Ihr habt keine Ehre im Leib. Keine Ehre. Was seid Ihr nur für ein Mann? Der Scheiterhaufen wäre nicht Strafe genug für Euch.«

Rungholt schnaufte. Der Grimm war so überwältigend, dass er sich mit aller Kraft zwingen musste, die Augen zu schließen und ruhig zu atmen.

Wo ist meine Gnippe? Ich werfe die Gnippe nach ihm. Ich steche ihm in den Hals. Und wenn er herumfährt, ein zweites Mal in die Augen. Rechts, links, rechts, links. Ich steche ihm die Augen aus und werfe sie ins Badewasser, du verkackter Bangbüx. Ich fresse dein Herz.

Einatmen, ausatmen …

Rungholt riss die Augen auf.

Vergossenes Blut trocknet nie.

Tu es nicht.

»Verachtenswert oder nicht, Muskopp«, schrie er Kerkring nach. »Helft Ihr mir nun?«

Doch Kerkring hatte bereits sein Tuch genommen und war hinter dem Abort verschwunden. »Helft mir«, rief Rungholt so laut, dass die anderen Gäste zusammenzuckten.

Das Letzte, was er von Kerkring sah, war dessen Schattenriss im Licht der Fackeln, Rungholt konnte erkennen, wie der aufgedunsene Mann abwinkte, bevor er auf die Straße trat.

»Helft mir! Es werden noch mehr sterben. Das hört nicht auf. Helft mir! … Kerkring!«, rief Rungholt ihm nach. Dann fiel die Badtür zu.

Rungholt blieb noch viele Atemzüge lang sitzen, starrte ins Wasser. Was ich auch tue, dachte er. Es ist stets verkehrt. Mir steht das Wasser wirklich bis über beide Ohren, de Kraih hat Recht. Ich tauche seit der Groten Mandränke in einem Meer ohne Grund und Wellen. Er wischte die Lindenblüten beiseite, sah die Sanduhr am Grund des Zubers und ließ sich langsam hinabrutschen.

Wie damals, als er Mirke in den Krähenteich gefolgt war, spürte er das Wasser über sich zusammenschlagen.

Es kam ihm vor, als wäre er zu Hause.

Die Welt war ruhig.

40

Heiliger Sonntag. Wie ein Dieb sah sich Rungholt nach allen Seiten um, bevor er das Kugelschloss öffnete und die Kette wegzog, mit der er vor dem Badbesuch seine Brauerei versperrt hatte. Voller Grimm auf Kerkring war er so lange im Zuber geblieben, bis das Wasser eiskalt war, dann hatte er seine Sachen zusammengerafft und beschlossen, direkt in die Brauerei zu gehen. Mochte Alheyd doch fluchen und grübeln, wo er steckte.

Ihm lief die Zeit davon. Es war weit nach Matutin, in wenigen Stunden würde die Sonne aufgehen und der Sonntag endgültig anbrechen. Nur noch zwei Tage. Zwei Tage, und d' Alighieri riss sich Haus und Schiff unter den Nagel. Und die Brauerei.

Im Inneren des Hauses in der Hundegasse war es kühl. Das Regenwasser hatte die Keimkästen und das Kühlbecken überspült. Seitdem er den Jungen hergebracht hatte, war es angestiegen. In der trüben Flut schwammen Braukellen und leere Fässer. Die Gerstenkeime und der Unrat, der unter der Tür hindurchgespült wurde, ließen das Wasser übel riechen.

»Ich sollte d' Alighieri mit der Pampe ein schönes Bierchen brauen«, brummte Rungholt, schob eines der Fässer beiseite und schnappte sich einen Riegel. Die Latte war gut zwei Handbreit dick. Er ließ sie in die Eisenösen der Tür krachen, traute dem Frieden aber erst, nachdem er am Blatt gerappelt hatte. Selbst eine Handvoll Männer mit Rammbock hätten nicht so einfach eindringen können.

Ob Kerkring ihn für so dreist hielt, das Kind in die Brauerei zu bringen?

Dieser Muskopp würde doch wohl nicht Riddere abziehen und mit bewaffneten Soldaten sein Haus stürmen?

Nein. Es gibt Gesetze, und an die hat sich auch der Rychtevoghede zu halten. Immerhin mag auch Dartzow den jungen Bangbüx nicht.

Rungholt wandte sich zum Sudkessel um, schritt an den unbrauchbar gewordenen Keimkästen vorbei und erreichte am Ende des Brauraums den schmalen Durchlass, der zu seiner Schreibkammer führte.

Hier klebten die Reste der Gerste an den Wänden, die in den überspülten Kästen zu Grünmalz hätte werden sollen, zusammen mit Biergewürzen, Spelzen und Dreck. Die Brühe stand bis kurz unterhalb des Kamins.

Er holte sein Tongefäß mit dem Zunder heraus. Der gebeizte Pilz glühte nicht mehr, aber Rungholt entfachte ihn mit wenigen Schlägen seines Feuereisens. Er legte die glimmenden Krumen auf die Kaminsteine, pustete behutsam und nahm ein bisschen Wolle aus dem Gefäß. Trotz seiner dicken Finger gelang es ihm schnell, sie zu entfachen und damit etwas Stroh in Brand zu setzen. Dann schob er alles in den Kamin und legte Reisig drauf. Er watete zu einer Fackel an der Wand, zog sie aus dem Eisenring und steckte sie an. Eigentlich hatte er nicht vorgehabt, so viele Lichter zu entzünden, aber ihm war jetzt schon klamm. Seit Tagen stand er im Wasser. Im Badhaus war er erschrocken, weil sich die Haut an seinen Füßen bereits abschälte und seine Zehen aussahen, als wäre er ein hundertjähriger Greis. Und das, *bevor* er in den Zuber gestiegen war.

Nach einigem Suchen entschied er sich, seinen Stuhl zu zerschlagen und damit den Kamin zu füttern, denn das Brennholz war nass.

Rungholt wandte sich dem toten Kind zu. Noch immer strahlte der Junge eine bedrückende Art von Zufriedenheit aus. Dabei wirkte er hier, auf Rungholts immer noch behelfsmäßig aufgebocktem Schreibtisch, wie ein vergessenes Stück Ware. Rungholt hatte nicht gewusst, wo den Jungen sonst hinlegen. Er bekreuzigte sich und entfachte noch eine Tranlampe, weil es keine Möglichkeit gab, die Fackel nah genug an den Tisch zu stecken, und er beide Hände brauchte.

Zögerlich begann er, den Jungen auszuziehen, schnitt mit der Gnippe behutsam die Kleider auf und stöhnte, als er sie unter dem kalten Leib wegziehen musste. Der Tod wog schwer. Auch bei einem so kleinen Körper. Bevor er sich der Kinderleiche annahm, studierte er erst die Kleiderfetzen. Alles war besser, als diesen jungen Leib aufzuschneiden. Kerkring, dachte er, du hast Unrecht. Ich tue es, weil ich neugierig bin, ja. Aber ich tue es, weil es dem Jungen nicht mehr wehtut – und er nur so den anderen Kindern helfen kann. Obwohl Rungholt die Fetzen eingehend studierte, konnte er lediglich einige Blutspritzer auf Höhe des Oberschenkels und am Bauch erkennen. Der Stoff zeigte keinerlei Einstiche oder Schwerthiebe, und der Junge trug ebenfalls keine tödlichen Verletzungen. Genau, wie er es schon im Turm festgestellt hatte.

»Ist das dein Blut? Hm … Du sagst nichts, liegst nur da …«, sprach Rungholt mit sich selbst, um jedenfalls einen Menschen in dieser wasserkalten, totenstillen Kammer zu hören.

Die Kleider halfen nicht weiter. Er warf sie – bis auf ein paar Fetzen, die er als Lappen gebrauchen wollte – zum Feuer.

Einen Moment stand er da und betrachtete den Jungen, sah sich das Fackellicht auf seinen eingefallenen Wangen an. Dann gab er sich einen Ruck, packte das nackte Kind und rollte es auf den Bauch. Auch auf dem Rücken konnte er Kratzspuren erkennen. Überall, wo der Junge sich kratzen konnte, hatte er sich die Haut wundgerieben. Die merkwürdigen Flohbisse ohne Einstich waren bloß undeutlich zu erkennen.

Irgendetwas hatte ihn tausendfach heimgesucht, war unter seine Haut gekrochen und hatte das Gewebe zerstört. Quaddeln, juckender Ausschlag.

»Eine Krankheit? Hmmm … Gut möglich. Oder Gift?«

Rungholt fuhr den Rücken ab, ließ die Öllampe wandern. Große Leichenflecke hatten sein Gesäß, die Schultern und Partien des Rückens verfärbt. Die Leichenstarre war weniger weit fortgeschritten als bei Peterchen. Als er die Kinderbeine bewegte, hörte er ein seltsames Knarzen… Rungholt bewegte die Beine ein zweites Mal, kam mit dem Ohr näher. Nein, es klang eher wie ein Knistern. Als würde, ganz leise und kaum wahrnehmbar, nasses Stroh in einer Glut verbrennen. Auch die Knie gaben das eigentümliche Geräusch von sich.

Rungholt schätzte, dass der Junge am Morgen verstorben war. Frühestens gestern Abend.

Er nahm sich die Fingernägel vor, griff unter seine Garnache und wollte seine Brille… Wo immer sie war, wahrscheinlich hatte die Flut sie längst den Lübecker Hügel hinab in die Trave und weiter ins Meer gerissen. »Verfluchter Pomuchelskopp«, knurrend suchte er sich einen Lesestein aus seinem Schreibtisch und legte ihn auf den ersten Finger. Nichts. Da war Dreck, ein wenig getrocknetes Blut, wohl vom Kratzen. Aber kein Muschelschlamm – unter keinem der Nägel. Bloß ein paar Wachsreste und am rechten Zeigefinger Spuren von Mus.

Dafür entdeckte er, wie er schon vermutet hatte, die feinen Striche am rechten Unterarm. Sie saßen an derselben Stelle wie bei Agnes und Peterchen und waren, weil dieser Körper eher bleich war, gut zu erkennen.

Rungholt drehte den Jungen wieder auf den Rücken und tastete den Bauch, die Brust und den Hals ab. Außer den merkwürdigen Flohstichen konnte er nichts feststellen. »Keine Stichwunden. Kein Schlag mit einem Gegenstand«, murmelte er und fuhr dem Kind durch die dichten Haare. Da war nichts. Keine Schramme. »Woran bist du gestorben?«, flüsterte er und wünschte sich, er hätte sein Buch mitgebracht. Abulcasis' Medicusbuch mit detailreichen Zeichnungen von Toten, das er gerne zu Rate zog.

Er sah dem Kind in die Augen.

Wenn sie dich zu lange ansehen, die Toten, nehmen sie dich hinab ins Meer und stehlen dir deine Seele.

Rungholt musste seinen Blick abwenden. Er rieb sich die Augen. Die Müdigkeit kehrte zurück, doch er nahm sich vor, erst ins Bett zu gehen, wenn er wusste, wie Gryps das Kind entleibt hatte.

Es half alles nichts, er würde den Jungen aufschneiden müssen. Bier, schoss es ihm durch den Kopf. Ich brauche Bier. Jede Menge davon, um das hier durchzustehen. Was für ein Wink des Herrn, dass ich ihn ausgerechnet an die Quelle gebracht habe.

Er holte sich ein kleines Starkbierfass, warf ein paar der nassen Brennhölzer an den Tisch und stellte das Fass obendrauf.

Geübt stach er das Fass an und ließ sich eine Kanne volllaufen. Der Geschmack tat gut, vertrieb für einen Moment die Gedanken an Messer, Fleisch und Kinder.

Er trank noch zwei Kannen, bevor er die Gnippe am Bauch ansetzte. Wegen seiner verletzten Rechten konnte er nicht stark drücken, und die Klinge war nicht sehr scharf. Es reichte, um Seile und Stoffe zu schneiden, aber eigentlich war das Messer zum Stechen gut. Verdeckt getragen eine vorzügliche Waffe. Zum Sezieren jedoch… Ich hätte Wiesberg beklauen sollen, schoss es ihm durch den Kopf, ich hätte diesem Wiesel die Truhe stehlen und den Medicus mit nichts als seiner Säftelehre allein lassen sollen.

Er drückte die Klinge durch die Haut und hielt jäh inne. Der Blick. Er ertrug ihn nicht.

Ich will, dass die Toten nicht mehr glotzen. Sie sollen weg. Ich will… Sie sollen raus. Sie sollen endlich raus aus meinem Haus, da oben. Und ich will den Schnee nicht. Der Schnee soll weg. Schmilz, du beschissener Schnee.

Er legte dem Jungen eine Seite seines Braubuchs übers Gesicht, dann atmete er einige Male durch und stach schnell zu, stieß mit all seiner Kraft ins Fleisch. Er presste das Messer so tief hinein, wie er konnte, und schnitt von oben nach unten die Bauchdecke auf. In Ermangelung eines Spreizers nahm er sich einen Braulöffel, hielt die Bauchhöhle damit auf, klemmte die Kelle zwischen die Fleischlappen und den Stiel des Löffels in die rauen Steine der Wand. So hatte er immer noch beide Hände frei, um den Magen aufzuschneiden und ihn auszukratzen. Er nahm die Finger, weil er nichts Brauchbares in Reichweite fand, und klatschte den Inhalt auf den abgeputzten Zinnteller seines Herings mit Ingwer-Mandel-Soße.

Es war nicht viel.

Entweder, der Junge hatte bereits alles verdaut, das würde er gleich überprüfen, oder er hatte wenig gegessen. Letzteres war wahrscheinlicher. Ein bisschen Mus, vier Eicheln, ein wenig junge Rinde – das war alles, was er aus dem Magen schaben konnte.

Kurz darauf überprüfte er auch den Darm. Er war so gut wie leer.

Rungholt wusch sich die Finger im brackigen Wasser zu seinen Füßen und wischte sie an einem Fetzen der Kinderkleidung ab.

Die nächste Kanne stürzend, sah er auf die wundklaffende Leiche. Er hatte gedacht, den Rest einer giftigen Pflanze im Magen zu finden oder eine ätzende Reaktion auf ein schlechtes Mahl – Reste von Schaum, Eiter, eine Überreaktion, aber da war nichts.

»Schenkel und Bauch blutbesudelt … Bist im Liegen gestorben, zumindest nicht viel bewegt worden nach deinem Tod. Wachs an den Fingern … Er hat dich aufgebahrt in einem Kreis aus Kerzen. Muss er geklaut haben, die Kerzen … Aber was ist im Turm vorher geschehen?«

Rungholt trank den Krug aus, meinte jedoch beim letzten Schluck etwas darin schwimmen zu sehen. Ein Stück Haut oder … Er verschluckte sich, das Bier spritze ihm aus Nase und Mund und saute seine Garnache ein. »Verdammt, verfluchte … Rungholt!«

Im Schein der Tranlampe, mit der er die Kanne ausleuchtete, konnte er nur einen Fussel am Rand entdecken. Da war nichts.

»Alles gut. Du machst das gut, Rungholt. Beruhige dich und bring's zu Ende. Schritt für Schritt, auch wenn der Pfad steinig ist, setze Schritt um Schritt. Bring's zu Ende.« Während er die Kanne zwischen die Beine des Kindes zurückstellte, fiel sein Blick auf seine Garnache und die Bierflecken. Er stutzte. »Blut auf dem Bauch und an den Beinen, hm«, brummte er. »Hast Blut gespuckt?«

Mit einem der Kleiderfetzen umwickelte er die Gnippe, brach die Leichenstarre, indem er die Kiefer aufdrückte, und fuhr mit der Gnippe in den Mund des Jungen. So tief es ging, tauchte er in den Rachen ein und ließ das umwickelte Messer wandern. Als er es herauszog, konnte er tatsächlich Spuren von Blut erkennen.

Abermals tastete Rungholt die Kinderbrust ab. Da war eine kleine Stelle. Eine gebrochene Rippe? Wenn ja, lag der Bruch länger zurück, denn auf der bleichen Haut konnte er keinen Bluterguss, keine Quetschung erkennen.

Rungholt zapfte nach, trank und setzte noch einmal die Gnippe an. Er vollführte mehrere Schnitte, drang durch Haut und Fettgewebe und ließ die Klinge von beiden Schlüsselbeinen zum Brustbein wandern. Wie er erwartet hatte, war der Junge ausgezehrt, kaum Fett zu durchtrennen, dennoch musste er die Schnitte mehrmals mit dem Klappmesser nachziehen, um tief genug zu kommen. Schließlich ließ er die Klinge ein paar Mal Richtung Bauch wandern und öffnete dem Jungen die Brust.

Er schälte den Leib förmlich auf, suchte sich zwei Backsteine von einem Haufen, der noch von dem Umbau von vor zwei Jahren stammte, und legte sie, angewidert und den Blick abgewandt, auf die wie ein Buch aufgeschlagenen Fleischlappen.

Zwischen Lunge und Rippenfell hatte sich Flüssigkeit gesammelt.

Zwei Mal durchatmen, danach ließ er die Tranlampe murmelnd wandern: »Brustkorb, Rippen… Die Rippen alle heil. Nicht eine gebrochen. Gut. Das ist es nicht. Dringen wir tiefer vor.«

Er wollte sich noch einen Kanne zapfen, aber das Fass war leer. Rungholt überlegte kurz, ein weiteres zu holen, entschied sich aber dagegen. »Ich hätte dich nach Hause schleppen sollen. Hätten wir beide jedenfalls ein Schlückchen Wacholderschnaps trinken und uns unterhalten können. Oder auch zwei oder drei Schlückchen.« Mit ernster Miene prostete er dem Kind mit der leeren Kanne zu.

»Und ich hätte Alheyds Geflügelschere genommen.« Seufzend holte er noch einen Backstein von dem Haufen.

Rungholt wog den Stein in der Hand, setzte die Gnippe auf den Knorpel einer der Rippen, wo sie mit dem Brustbein verbunden war. »Das wird etwas wehtun«, knurrte er und ließ den Stein auf das Messer niederfahren.

Er brauchte neununddreißig Schläge, bevor er dem Jungen sieben der Knorpel zertrümmert hatte. Drei rechts, vier auf der linken Seite des Brustbeins.

Behutsam brach er die Rippen auf und legte Herz und Lunge frei.

Von außen war bereits etwas am linken Lungenflügel zu erkennen, als Rungholt mit der Lampe über den aufgeklappten Leib fuhr. Entschlossen schnitt er in die Lunge und stieß bereits beim ersten Eindringen der Klinge auf Eiter und Blut. Der Flügel war zum Atmen nicht mehr zu gebrauchen. Nachdem er ihn etwas abgetastet hatte, entschied er sich, den Schnitt zwei Fingerbreit zum Bauchnabel hin fortzuführen, und stieß auf das Zentrum einer Entzündung. Eiter hatte sich innerhalb der knorpeligen Röhre gesammelt, die hier hinabführte. Wie hatte Abulcasis sie genannt? Rungholt fiel das Wort nicht ein, er versuchte sich abzulenken, stellte sich das Buch vor, wie der Leibarzt es vor vierhundert Jahren bei Kerzenschein schrieb.

Er konnte etwas ertasten, obwohl es nicht sehr viel härter als die Lunge selbst war. Kleiner als eine Witte, bloß so groß wie eine …

Eine perfekte Schneeflocke, schoss es ihm durch den Kopf.

Der Körper hatte über die Tage begonnen, dieses Ding im linken Lungenflügel zu umschließen, es unschädlich zu machen. Weil er es nicht ausscheiden konnte, umschloss er es mit Eiter. Wie ein Dorn im Fuß, wie ein Stachel im Finger, den man nicht zieht. Die Entzündung hatte sich ausgebreitet, die Lunge aufquellen und schließlich kollabieren lassen. Die Schmerzen einer solchen Lungenentzündung wollte sich Rungholt gar nicht ausmalen, dennoch sah er den Blut hustenden Jungen im Turm nach Atem ringend vor sich. Schwach und kaum bei Bewusstsein musste er sich in Gryps' Gefangenschaft befunden haben.

»Komm her. Zeig dich.« Rungholt spürte, wie der Alkohol in seinen Kopf stieg und seine Wangen glühen ließ. Er schnitt mit dem Messer entschlossen um das Ding herum, griff fest zu und riss den Fremdkörper mitsamt dem Eitersack aus dem Leib heraus. Er landete neben dem Mageninhalt auf dem Zinnteller. Gleich würde er wissen, was das Kind eingeatmet hatte.

Rungholt spürte, wie sein Herz zu rasen begann. Er sehnte sich nach einer weiteren Kanne Bier, so trocken wurde sein Mund. Behutsam schnitt er den Eitersack auf, zögerte jedoch. Im Schein seiner Lampe meinte er zu träumen.

Konnte das sein?

Abermals bemühte er den Lesestein, legte ihn auf seinen winzigen Fund.

Jemand riss an der Tür zur Brauerei, ließ das Türblatt gegen den Balken knallen. Das Rappeln hallte durch die zwei Dielen. Rungholt fuhr herum. Sein Herz tat einen Sprung. Vor ihm lag die geöffnete Leiche. Er hatte keine Vorkehrungen getroffen, sie schnell verschwinden zu lassen, und zögerte jetzt, sie ins Wasser zu werfen und mit irgendetwas zu bedecken.

Kerkring, schoss es ihm durch den Kopf. Ich werde auf dem Köpfelberg hängen. Nein, dafür werde ich gevierteilt.

Er griff nach seinem Schwert.

Am meisten verwirrten ihn die großen Augen. Die Männer, die Frauen und Kinder sahen ihm nicht einfach zu, sondern glotzten, als habe er das Feuer verursacht.

Gewöhnlich war er hierher allein und heimlich gekommen, hatte sich stets wie ein Dieb über den Hof geschlichen und ihre Hütte betreten. Nun war er von Zuschauern umringt, die eine Traube bildeten und tuschelnd immer wieder auf die schwarzen, staksenden Balken zeigten.

»Was haben die denn?«, fragte Kerkring und vermied es, sich noch einmal zu den ärmlichen Bewohnern der umliegenden Hütten umzusehen.

»Sie trauen sich nicht rein. Sie haben's gestern gelöscht. Hatten wohl Angst, das Feuer springt über …« Der alte Fiskal hielt ihm ein Tuch hin, damit er sich die Nase bedecken konnte, bevor er den Scheiterhaufen aus Balken, Brettern und wenigen Habseligkeiten betrat, der den Geruch von kalter Asche verströmte. Der Regen hatte alle Glut erstickt.

»Und?« Peinlich darauf bedacht, sich nicht an den Überresten der verkohlten Tür dreckig zu machen, trat Kerkring, schwer auf seinen Stock gestützt, ein.

Wie vom Blitz geschlagen sah er sich in dem schwarzen Asche-Inferno um, achtete kaum auf die Erklärungen seines Fiskals, der bereits dabei war, sich sein tragbares Schreibpult umzuschnallen.

»Sie behaupten, eine Hexe habe hier gewohnt, und die wolle sie alle verfluchen. In der Nacht haben sie Schreie gehört.«

»Hexe?«

»Eine Töversche. Sie haben's gelöscht, aber niemand hat sich bisher reingetraut.«

Kerkring nickte und tat, als wären dies alles Neuigkeiten. »Ist ja auch kaum was da, in das man sich trauen kann«, sagte er und versuchte, sich keine Schwermut anmerken zu lassen. Bereits die Wahmstraße hinauf hatte er das Schlimmste befürchtet. Er hatte schon gestern gehört, dass es im Wulffsgang gebrannt hatte, aber bisher keine Zeit gefunden, sich den Hof anzusehen. Sein ungutes Gefühl war zur Gewissheit geworden, als er nur noch den Eichenstumpf schwarz und stumm aus dem Bretterberg hatte ragen sehen. Wie ein See dunkler Tränen war ihm im Hof das Gemisch aus Asche und Regen entgegengesickert.

Seufzend wies Kerkring drei Büttel an, ihm den Weg frei zu räumen und nach Leichen Ausschau zu halten. Er selbst hielt sich zurück, sah fassungslos zu, wie die Männer Stücke des verkohlten Daches zur Seite schoben und mit ihren Spaten Bretter und vor Hitze gesprungene Grapen freilegten.

Kerkring hätte nie gedacht, dass die zerstörte Hütte ihn so treffen würde. Es war wie ein Stich ins Herz. Nicht weil er die Alte gemocht hatte – Gott bewahre! Am liebsten hätte er das Ketzerweib auf dem Köpfelberg verbrannt, aber gute Dienste hatte sie ihm stets geleistet.

Kerkring trauerte nicht um die Töversche. Er trauerte um sich selbst. Er trauerte, weil ihm die Möglichkeit genommen worden war, in die Zukunft zu sehen. Irgendjemand hatte getan, was man mit Hexen tun musste, und damit Kerkrings drittes Auge ausgestochen. Die Knochenfrau … Sie war … *seine Hexe*. Sein Auge, sein Mann im Krähennest, der ihm durch den Nebel der kommenden Tage half.

»Hier… hier ist jemand!« Einer der Büttel stieß die Überreste eines Balkens beiseite, packte das schwere Stück schwarzer Kohle und warf es in die Ecke. Während die anderen Büttel und der Fiskal sofort hinübereilten, blieb Kerkring stehen. Er brauchte noch einen Moment, bevor er der Wahrheit ins verbrannte Gesicht sehen konnte. Kaum merklich bekreuzigte er sich, wobei er seine rußigen Finger unabsichtlich in seiner Schecke rieb.

Zögerlich, das Tuch vor die Nase gepresst, mit dem Stock in den Trümmern Halt suchend, trat er näher. Sein Blick glitt über den schwarzen Boden, über die schwarzen Pfützen, über das schwarze Holz, über die schwarzen Schalen und schließlich über die schwarze Knochenfrau. Ihr Fleisch war kaum von den Überresten zu unterscheiden. Ein Stück ihrer Mi-Parti-Beinlinge leuchtete dreckig, aber farbenfroh. Aus irgendeinem Grund hatten die Flammen es verschont.

»Helft mir. Helft mir mal.«

Der Fiskal sah Kerkring abschätzig an. »Ihr wollt Euch in den Dreck…?«

Kerkring nickte. Er wusste, dass es ungewöhnlich war, aber er musste niederknien. Der hühnerbrüstige Mann reichte ihm die Hand, und Kerkring sank langsam neben die verkohlten Überreste der Frau. Er zögerte, sie zu berühren. Er hatte dies noch nie getan, hatte stets nur ihren Worten gelauscht. Ihre brüchigen Lippen angesehen, wie sie Weisheit sprachen. Tiefe Erkenntnisse, die ihm nun für immer verschlossen bleiben sollten. Es ekelte ihn, ihren schmalen, knöchernen Kopf anzuheben. Er benutzte das Tuch, um sie anzufassen. Sie war ganz trocken, Fett und Fleisch zu einer harten Schwarte geworden. Ihre Augen fehlten gänzlich.

Sanft drehte er ihren Schädel zur Seite, als würde er eines seiner Kinder abends in den Alkoven betten. Hermann Kerkring erwischte sich dabei, wie seine Augen feucht wurden. Wie sollte er jetzt jemals den richtigen Weg finden? Wie sollte er wissen, wer Freund war? Wer Feind? Wie sollte er aus diesem dunklen Wald gelangen, der sich Leben nannte?

Sein Vater hatte ihm den Weg nicht gezeigt. Der hatte nur gewollt, dass sein Sohn in den Rat kam und schnell Bürgermeister wurde. Nur damit hatte er sich ausgekannt, der alte Kerkring. Aber vom Leben, davon hatte er nichts verstanden.

»Was habt Ihr?«

Kerkring zuckte zusammen. »Nichts. Schickt einen Büttel zum Bürgermeister. Dartzow muss das sehen. Und dann besorgt mir eine Kiste, auf die ich steigen kann. Wir müssen das Varrecht abhalten.«

»War es kein Unfall?«

Kerkring schüttelte den Kopf. »Nein. Ich glaube nicht.«

Als sich der Fiskal umwandte und einen der Büttel herbeirief, zog Kerkring Rungholts Brille aus seinem Lederbeutelchen. Jeder kannte die Stegbrille mit dem gesprungenen linken Glas. Wer hatte schon eine Brille? Man konnte sie in Lübeck an zwei Händen abzählen. Er drückte sie unbemerkt in die halb von den Flammen weggefressene Klaue der Knochenfrau.

»Das kostet aber extra«, schimpfte Marek. »Lässt mich mit diesem Karren aus Lübeck rausfahren. Von wegen bis zur nächsten Ecke.« Der Kapitän stank nach Pferd und konnte seine Zunge wie so oft nicht im Zaum halten. »Und dann schießen sie auf mich, und ich ... Ich ab in den Wald. Hab mir den Kopf gestoßen. Weißt du, wie ich den Wald satthabe? Da draußen vor Lübeck ist nichts außer Verderben. Ich will aufs Wasser. Ich muss wieder Schiffsplanken unter mir haben, das sag ich dir aber. Wenn die Möwe nicht auf dem Spiel stehen würde, lieber Mann, dann wäre ich aber weg, weg wäre ich dann. Das sag ich dir aber.«

»Hol erst mal Luft. Hier.« Rungholt warf ihm seine Garnache zu. »Du frierst. Komm mit, hinten hab ich den Kamin an.«

»Hast du gesoffen?«

»Was?«

»Du riechst… Mann. Und warum schleichst du hier mit erhobenem Schwert herum?«

Rungholts Antwort war ein Knurren, er war beschäftigt damit, die Tür erneut zu verriegeln.

Der durchnässte und dreckbesudelte Marek ließ seinen Blick durch die überflutete Brauerei schweifen. »Gesellig hier. Hat Alheyd dich endgültig vor die Tür gesetzt, und nun legst du die Beine bei einem Bierchen hoch?«

Rungholt leuchtete ihnen den Weg bis zum Durchlass. »Was war denn überhaupt los?«, wollte er wissen.

»Ha!«, begann der Kapitän erneut. »Das wirst du nicht glauben.« Ohne Punkt und Komma berichtete er vom Wal am Holstentor, vom toten Ochsen und dem langen Weg in die Wälder vor Lübeck bis zu den Scheunen. »Es waren Handwerker. Allesamt. Ein Seiler, ein Lederer, Poling, der Schiffbauer. Meenkens und Peterchens Vater… Die stecken alle zusammen. Sie bauen einen Kraken.«

Rungholt blieb stehen und musterte Marek stirnrunzelnd.

»Aus Holz. Hoch wie ein Haus.« Er nickte sich selbst zu, versuchte mit den Händen zu beschreiben, was er gesehen hatte. Polings Riesenfass, die schmalen Fässer, das Geflecht aus Seilen, die langen Schläuche. »Sie hatten ihn an einem Kran aufgehängt, und sie haben alles kalfatert und mit Pech eingestrichen. Wie bei einem Schiff, aber ich… OH MEIN GOTT!« Marek taumelte zurück. »Vater unsir. Giheiliget sey din namo«, stöhnte er matt und hielt sich an Rungholt fest. Der Anblick des geöffneten Kindes hatte ihm die Sprache verschlagen.

»Ich wollte dich warnen. Aber du warst gerade so schön am Erzählen…«

»Du hast noch ein Kind gefunden?«, fragte Marek ungläubig und schluckte.

»Ja. In Gryps' Versteck.«

»Aber… aber… Nimm bloß die Fackel runter, will gar nicht so viel sehen, sag ich dir… Mein Gott…«

Noch immer musste der Kapitän um Worte ringen. »Ich verstehe nicht… Was hat der Handwerkerzirkel, haben diese Aufständischen… Also… was haben die mit den Kindern zu tun? Warum entführen ein Seiler, ein… Schiffbauer und ein Schmied Kinder? Brauchen sie die für diesen… diesen schwimmenden Kraken?«

Rungholt knurrte ein »Ja« und ging zum Tisch voraus. »Ich glaube, du liegst gar nicht so falsch. Sie brauchen sie für den Kraken. Aber der soll nicht schwimmen.«

Marek musterte Rungholt fragend.

»Komm her«, forderte der seinen Kapitän auf. Marek brauchte eine ganze Weile, bevor er sich tastend und seitwärts zum Tisch mit der Leiche vorschob. Es sah aus, als nähere er sich einem gefährlichen Feuer.

Mit der Gnippe stieß Rungholt den Lesestein von seinem Fund.

»Er soll nicht schwimmen, Marek. Der Krake soll tauchen.«

Es waren Gräten.

Das Kind hatte einen Fisch eingeatmet. Einen Fisch, so groß wie ein Daumennagel.

Der Junge war vor Tagen ertrunken.

Er war nur nicht gleich gestorben.

41

Ein Fisch. Wahrscheinlich, als er in Panik unter Wasser Luft hatte holen wollen. Anders konnte Rungholt es sich nicht erklären. Zwar war er nicht ertrunken, doch es war ein Überleben auf Zeit gewesen. Von Hore zu Hore nahm sich der Tod mehr des Jungen an. Weil sein Körper den Fisch in sich begrub, wurde er selbst zu einer Leiche.

Sie hatten lange bei dem Toten gestanden und überlegt, was zu tun war. Auf der einen Seite musste der Leichnam, so schnell es ging, fort, auf der anderen Seite wollte Rungholt ihm eine ordentliche Bestattung zukommen lassen. Nur von wem?

Außerdem wollte Rungholt das Kind nicht in einem der Handkarren, mit denen sie die Bierfässer transportierten, durch Lübeck schieben.

Letztlich hatten sie entschieden, die Leiche mit Rungholts Garnache abzudecken, die Brauerei zu verrammeln, einen blickdichten Wagen zu beschaffen und das Kind zu Jakobus zu bringen. Heute Nacht.

Danach würden sie sich noch einmal den Schädel ansehen und versuchen, die Scheunen vor Lübeck wiederzufinden.

Durch Rungholts Haustür drang Singsang, wie ihn Seeleute bei der Arbeit anstimmen. Er wollte die Tür seines Hauses in der Engelsgrube gerade aufdrücken, als sie ihm aus der Hand gerissen wurde. Statt einer Begrüßung fuhr Alheyd ihn an: »Was machen die Männer hier? Was ist denn mit den Sachen? Die ganzen Waren, Rungholt! Die … Was …? Sie haben uns regelrecht überfallen. Rungholt. Überfallen.«

Sie war verweint und fand kaum Worte. Hilde, die Alheyd zur Tür geleitet hatte, warf ihm einen zornigen Blick zu, hielt sich aber im Hintergrund.

»Jetzt beruhige dich, Alheyd. Bitte.« Rungholt trat ein. Erst jetzt sah er, dass die Luke zu den Dachböden offen stand und ein Wagen in der Diele beladen wurde. Die Waren stapelten sich bis zu den buntbemalten Deckenbalken, waren mit Seilen, einem Fischernetz und mehreren Gurten gesichert. Hinter dem Fuhrwerk wartete ein zweiter Wagen. Er stand im Hinterhof und war durch die Diele gefahren worden. Vier Männer luden singend auf, nahmen per Flaschenzug Waren vom

Dachboden entgegen. Gut gelaunt warfen sie die Kisten und Fässer einem der Ihren zu, der auf den Wagen geklettert war und beherzt die Sachen auffing. Die Männer nickten Rungholt zu, dem nicht sofort einfallen wollte, was hier geschah.

Mareks Männer, kam es ihm schließlich. Er war so mit Gryps und dem Kind beschäftigt gewesen, dass er die Absprache mit Marek vergessen hatte! Ebenso, wie seinem Weib alles in Ruhe zu erklären.

Er nahm Alheyd bei den Armen. »Beruhige dich. Es hat alles seine Richtigkeit. Wie weit sind sie denn? Ist schon alles verladen?«

»Sie zertrampeln Hildes Beete, und sie... sie machen alles kaputt. Ich... Wo warst du die ganze Zeit?«

Er spürte, wie sie bebte. »Es ist alles gut, Alheyd, wirklich«, beruhigte er sie. »Ich habe sie gerufen. Ich war nur im Badhaus und...«

»Was ist mit deiner Hand...«

»Nichts. Ich musste noch mal in die Brauerei.«

»Am Sonntag? Das soll ich dir glauben? Das ist doch Blut unter deinen Fingernägeln! Rungholt! Ich bin aufgewacht, und du warst nicht da, und plötzlich kommt diese Horde, die fahren mir fast die Feuerstelle zu Klump und stellen alles mit dem Wagen zu.«

»Ich kann dir das jetzt...«

»Was sind das überhaupt für Wagen? Unsere sind doch verbrannt und...«

»Ich kann's dir jetzt nicht erklären. Ja?«

Sie packte ihn am Ärmel und zog ihn zu sich. »Ich bin weg, wenn du es mir nicht erklärst.«

»Sie helfen. Das ist alles. Ich hab's befohlen. Es... es... es ist... eine... eine *Inventur*. Nichts weiter.«

»Inventur?« Sie blitzte ihn an, wollte eine Erklärung, doch Rungholt hatte sich bereits wieder dem Treiben zugewandt und winkte Contz her. Der Junge stand auf einer Kiste und tat, als wäre er der Hausherr. Beschäftigt mit dem Rufen von Kommandos, bemerkte er nicht, wie die stämmigen Seemänner über ihn lachten.

»Gut«, brach Alheyd die Stille zwischen ihnen. Das war das Einzige, was sie sagte, bevor sie auf dem Absatz kehrtmachte. »Hilde. Wir gehen … *Inventur.*« Sie lachte auf.

Erst jetzt bemerkte er, dass zwei Reisetruhen vor der Tür zu seiner Dornse standen. Die beiden Frauen würdigten den Trubel keines Blickes mehr und packten zu, zerrten die Truhen über die Fliesen Richtung Haustür.

»Wo willst du denn hin, in Gottes Namen?« Rungholt wusste nicht, ob er Alheyd den Weg versperren, mit anpacken oder zusehen sollte.

»Raus aus deinem Leben«, sagte sie. »An dem ich ja eh nicht mehr teilnehme.«

»Was … Aber … Alheyd.«

»*Inventur!* Wenn du die Sachen alle verscherbeln musst, weil wir kein Geld mehr haben, dann sag es einfach! Ich habe dich gewarnt. Ich lebe auch ohne Geld mit dir zusammen. Das ist mir egal. Das weißt du.«

»Warte.« Er wollte sie zu sich ziehen, aber sie riss sich los und zerrte die Truhe an ihm vorbei. Rungholt kassierte einen vernichtenden Blick von Hilde, dann schnappte sich die alte Magd die zweite Kiste. Fassungslos stand Rungholt da.

»Ohne Geld kann ich leben. Aber es ist mir nicht egal, angelogen zu werden. Das habe ich nicht verdient!«

»Wer lügt denn? Wir müssen die Ware nur zählen und …«

Ihre Augen wurden zu Schlitzen. »Mach's nicht noch schlimmer.«

Ehe es sich Rungholt versah, hatte sein Weib die Truhe bereits vor die Haustür gezogen.

»Äh, ja, Herr?« Außer Atem kam Contz gerannt. »Es läuft alles gut. Ihr müsstet noch die Karren bezahlen. Die Männer haben die Leihe ausgelegt, aber …«

»Contz! Verflucht noch mal, steh hier nicht blöd rum. Hilf den Frauen. Besorg ihnen gefälligst eine Schubkarre, was weiß ich.«

»Wo soll's denn hingehen?«

»Mit meiner Faust in dein Gesicht, du Kotzenschalc, wenn du nicht endlich deinen Arsch bewegst!« Rungholt war so laut geworden, dass die Männer ihr Singen abbrachen und ihn überrascht ansahen.

Contz eilte los, packte schnell ein paar Kisten von einer Karre und half den Frauen, die Truhen aufzuladen. Rungholt verfolgte alles grübelnd, selbst als die Haustür hinter ihnen zugefallen war, stand er noch eine Zeitlang reglos in der Diele und musste den schlechten Traum erst einmal abschütteln. Er kam sich vor, als habe ihn ein Pferdewagen überrollt. Sollte er Alheyd nachlaufen, alles erklären? Tuschelnd im Regen ewige Diskussionen führen? Ach, die war doch viel zu aufgebracht, um ihm ein Ohr zu schenken. Lieber einen Genever auf den Schreck. Alheyd würde bei Mirke unterkommen, nur ein paar Straßen weiter in der Marlesgrube. Besser, sie holt mal Luft, wir holen beide mal Luft, redete er sich ein.

Das Gemüt der Frauen war wie eine Esse mit Blasebalg: Man brachte sie schnell zur Weißglut, aber ohne Schüren erstickte die Flamme sogleich. Erst einmal würde er die Kinderleiche loswerden, die Sache mit d' Alighieri ausstehen, seine Waren in Sicherheit bringen, Gryps finden und die Kinder retten. Nicht gerade kurz, die Liste. Die Punkte vor Augen setzte er noch einen weiteren Genever auf sein Soll für den Abend.

Er wollte sich die Garnache überstreifen und sich den zweiten Wagen im Hinterhof ansehen, da bemerkte er, dass er den Mantel nicht bei sich hatte. Der lag noch immer über dem aufgeschnittenen Jungen. Seine Finger stanken nach Verwesung. Er wusch sie in der Kochecke und sah Mareks Männern zu, die Fass um Fass, Sack um Sack und Kiste um Kiste von den

Dachböden holten. Das Haus war ein einziger Ameisenhaufen. Gut so.

Rungholt suchte in seiner Kleidertruhe nach einem Umhang, fand aber keinen. Die dreckigen Klamotten der letzten Tage hingen mit Asche gelaugt und gekocht in Mirkes Zimmer, das meiste fand er jedoch im Kamin. All die Schecken und Tapperte, von denen Alheyd bereits vor Tagen sagte, sie seien ruiniert. Immerhin hatten sie so Alheyd und Hilde noch gewärmt. Ein halbes Vermögen in den Flammen. Wenn er die Kinder in Sicherheit wusste, würde er Dartzow und der Stadt eine gepfefferte Rechnung stellen.

Rungholt riss sich eine Husse von der Leine. Der schlichte Überwurf war noch klamm. Nach ein paar Klaftern im Regen würde er eh wieder klitschnass sein. Murrend schritt er an zweien der Männer vorbei, die bereits ein Zugpferd in die Diele brachten, nahm sich eine Fackel. Er trat auf den Hof hinaus, um auch den zweiten Wagen in Augenschein zu nehmen.

Der Morgennebel hing noch immer schwer zwischen den Häusern. Wahrscheinlich würde er sich den ganzen Tag lang nicht auflösen. Rungholt konnte die Kamine riechen – der feine Geruch von Holz, verbranntem Torf und Weihnacht. Eigentlich roch so der Winter. Doch es war Juli.

Mareks Männer hatten ganze Arbeit geleistet. Der zweite Wagen war ebenfalls so gut wie abfahrbereit. Die Fracht ragte über zwei Klafter hoch in die trübe Luft.

Rungholt leuchtete, kontrollierte die Seile, die sie über seine Gewürz- und Gurkenfässer, über die Kisten mit Tongeschirr und den Ballen voller Feh und Baumwolle geschmissen hatten.

Zufrieden wollte er zurück in die Diele und Geld holen, als ein lauter Knall die Luft zerriss. Rungholt tauchte so ruckartig hinter dem Wagen ab, dass ihm die ausgebrannte Wunde ein Schwert bis in die Brust rammte. Ihm blieb die Luft weg.

Anschlag!, schoss es ihm durch den Kopf. Pulverfass! Er konnte Schreie hören. Männer brüllten, das Pferd wieherte. Zögerlich tastete er sich am Wagen nach vorn und spähte am Gurkenfass vorbei.

Kein Feuer, keine Explosion. Es war der Wagen. Beide Achsen waren gebrochen. So etwas hatte Rungholt noch nicht gesehen. Sie waren gesplittert, die ganze Ladefläche war auf den Boden gekracht. Vier Fässer und einige Kisten waren trotz der Seile heruntergerutscht und auf den Gotlandfliesen zerschellt. Grapen rollten scheppernd herum, etwas flog durch die Luft und traf Rungholts Esstisch. Erst jetzt wurde er gewahr, dass sich der Rappe losgerissen hatte. Das stolze Tier scheute, sprang in Panik herum und bockte, als die Männer versuchten, es zu beruhigen. Als einer der Männer den Zügel greifen wollte, stieg es in die Höhe, sprang über die geborstenen Fässer und wäre beinahe die Wendeltreppe hinaufgaloppiert. Im letzten Moment drückte der Wallach sich zur Seite, rutschte auf den mit Gurkenmus getränkten Eichhörnchenfellen aus und schlug hin.

Fassungslos sah Rungholt dem Pferd in seinem Haus zu, nicht fähig, sich zu bewegen. Er hatte das Gefühl, es dauerte Stunden, bis die Männer den Rappen eingefangen und beruhigt hatten.

»Geht nach Hause«, meinte Rungholt getroffen. Seine Beine fühlten sich wie Blei an. Seine Augen brannten vor Müdigkeit. Er wollte gar nicht daran denken, wie wenig Zeit ihm noch blieb, bis d' Alighieri mit seinen Männern das Haus in Beschlag nahm.

Aber es hatte keinen Sinn. Die Achsen waren geradewegs in der Mitte gebrochen, und sie würden den ganzen Wagen abladen, ihn auseinandernehmen und nach draußen tragen müssen. Der Verband an seiner rechten Hand kratzte. Er nahm sich seine Gnippe, wischte sie an der Husse ab und begann sich damit unter dem Verband vorsichtig zu kratzen.

»Geht nach Hause«, wiederholte er noch einmal matt. »Wir machen morgen weiter. Morgenmesse ist gestrichen. Seid vor Sonnenaufgang hier.«

Mareks Männer sahen sich reihum an. Sie wussten nicht recht, ob Rungholt nach dem harten Tag, an dem sie Stund um Stund aufgeladen hatten, scherzte.

»Geht nach *Hause*!«, schrie er sie schließlich an. »Alles abzuladen und einen frischen Wagen zu holen…« Er winkte ab.

Geknickt rafften Mareks Männer ihre Sachen zusammen, streiften sich Gugeln über, nahmen ihre Umhänge, gingen aber erst, nachdem sie die Gurte und Joche, mit denen sie die Waren geschleppt hatten, zurück auf die Handkarren gepackt und alles säuberlich an der Hauswand aufgereiht hatten.

Rungholt trat noch einmal hinaus in den Nebel. Hildes Beete waren tatsächlich niedergetrampelt worden. Er stand ruhig da und sah seinem Atem zu, der die feuchte Luft verwirbelte. Der Nieselregen benetzte den Warenstapel, der bis in den zweiten Stock seines Hauses reichte. Auch diesen Wagen würden sie morgen entladen müssen, wenn sie ihn bewegen wollten. Um alles bei Mirke unterzubringen, würden sie zwei Mal fahren müssen. Vier Mal berichtigte sich Rungholt, wenn sie keinen Ersatz holten.

Vier Mal zu Mirke in die Marlesgrube. Alles entladen, verstauen und zurück. Mit acht Mann. Es würde den ganzen Tag dauern – und Rungholt konnte nur das Kostbarste einladen lassen.

Sein Blick strich über die Schnitzaltäre vom obersten Dachboden. Er streckte die Fackel aus und ließ den Schein wandern. Mareks Männer hatten sie zwar mit Seilen gesichert, aber nicht abgedeckt oder in Stoff geschlagen. Ihr schwarzes Holz, seit Jahren im Schatten, im Dunst des Dachbodens, schimmerte vom Regen im Fackelfeuer.

Ich laufe davon, dachte er. Ich werde Gryps nicht finden, und ich werde mein Haus, meine Brauerei, mein Schiff verlieren. D' Alighieri, du Fuchs. Ich laufe wie ein getretener Hund davon. Meine letzte Flucht endete an einer Scheune, endete an einem See, endete in einem Meer aus Blut und Eis. Im Fliehen bin ich nicht besonders gut, dachte er und musste schmunzeln.

Mit einem Mal meinte er, einen Schatten hinter dem Wagen zu sehen. Ein Huschen. Eine winzige Veränderung im Dunst.

Rungholt trat vor. »Contz?« Er bewegte die Fackel. Ihr Licht erhellte den Nebel, ließ ihn zu einer weißen Wand werden. Das Flackern durchdrang die Suppe bloß ein paar Armlängen. »Contz? Du solltest den Frauen doch helfen... Contz? Ist da wer?«

Nervös tastete Rungholt nach seiner Gnippe, zückte das Messer und ließ es mit einer gekonnten Handbewegung aufklappen. »Zeigt Euch.«

Unwillkürlich musste er an den Kampf mit der Töverschen denken, an das Giftöl im Grapen, das ihn zu Boden gezwungen hatte, und an ihr Stechapfelpulver.

Der Regen war derart fein, dass er durch jede Naht drang. Rungholt sah sich nach seinem Haus um, aber der Wrasen hatte es bereits vollständig geschluckt. Von irgendwo hörte er das Klirren eines Windspiels, das Bellen eines Hundes. Und natürlich das stete Tropfen und Plätschern. Immerzu, Atemzug um Atemzug, Hore um Hore.

»Ich bin bewaffnet. Kommt raus!«

Keine Antwort. Dafür löste sich ein Schatten aus der Dornenhecke. Der Schemen wurde dunkler und dunkler, während er ruhig auf Rungholt zukam.

42

Aus dem Nebel formte sich eine Gestalt. Der Mann hatte seine Gugel tief ins Gesicht gezogen, sodass Rungholt bloß Schwärze sehen konnte. Der Schatten wuchs und wuchs, überragte Rungholt um zwei Köpfe. Der Riese hielt einen Hammer in der Rechten.

Aus der schwarzen Pfütze seiner Gugel starrten Rungholt blaue Augen an. Rungholt schnürte es den Hals zu. Sein Herz pochte ihm in den Ohren. Alle Wunden – Hand, Rücken, Kopf – wurden warm, und er spürte sie unangenehm unter der Husse. Er starrte den Mann an, unfähig, sich zu bewegen.

Langsam trat Gryps in den Fackelschein. Sein Antlitz glich Borke. Narben waren in den Jahren zu tiefen Furchen geworden und hatten sich mit Fältchen und Falten vereint. Der ewige Funkenflug hatte ihm mehr als einmal Wange und Stirn verbrannt.

Zwei Klafter entfernt blieb Gryps stehen und sah auf Rungholt hinab. Wirkte sein Antlitz wie Borke, so war seine Mimik ein Baum – war ohne jede Regung.

Lediglich seine Rechte zuckte, ließ den schweren Hammer kaum merklich beben. Wasser floss seinen lederumwickelten Arm herab und leckte am Eisen der Waffe, bevor es in Rungholts Hinterhof troff.

Plötzlich hob Gryps den Hammer, Rungholts Säfte schossen ihm in den Kopf. Er hatte das Gefühl, die Zeit werde zu Alheyds zähem Brei, er stecke mit dem Kopf in den Erbsen und könne sich nicht schnell genug bewegen. Der Schmied hob den Hammer, trat vor und …

Jetzt.

… fasste sich an die Gugel …

Jetzt.

… und zog sie nach hinten.

Jetzt stürzte Rungholt los. Blitzschnell ließ er das Messerchen vorschnellen. Nicht ausholen, schneller sein. Kurz zustechen, eine feste Gerade in den Hals. Ein kräftiger Stich. Luftröhre.

Sein Bauch traf Gryps, seine Stichhand schoss durch den Niesel – der Gestank von Urin und Straße. Seine Gnippe zuckte vor.

Gryps' Pranke umklammerte sein Handgelenk. Der Mann riss seinen Arm samt Hammer herum, stieß Rungholt den Ellbogen vor die Brust und verpasste ihm einen dumpfen Schlag mit der Linken. Trotz seiner Fülle wurde Rungholt von den Beinen gerissen. Eine unbändige Kraft riss ihn nach hinten, und er stürzte rittlings vor dem Wagen ins Wasser. Keuchend lag er da. Die Rückenwunde ließ Tränen in seine Augen schießen. Der Regen fiel auf ihn herab, unendlich lange Fäden aus dem Nebel, und dann zerschnitt der Riese das Tropfen, indem er sich über Rungholt beugte, den Hammer hoch erhoben.

Zum Schlag bereit.

Verzweifelt versuchte Rungholt, sich rückwärtszuschieben, spürte den Matsch und die Holzbohlen des Hofs unter sich. Sein Kopf stieß gegen das Rad des Wagens. Er umklammerte seine Gnippe, suchte im Regen nach den Fesseln des Mannes, der sich die Woche über keine Stiefel besorgt hatte, zumindest lief er barfuß herum. Ein Schnitt, und er würde nicht mehr stehen können. Komm näher, dachte Rungholt und zog seinen Oberkörper hoch. Komm näher, damit du gut ausholen und meinen Kopf auch wirklich zertrümmern kannst...

»Was willst du?«, schrie er dem Schatten entgegen, der ihn wie ein seltenes Tier begutachtete und nur langsam näher kam.

Die blauen Augen glommen im Licht der Fackel, die Rungholt aus der Hand gefallen war und ein Stück weiter im Wasser lag. Gryps' Lippen formten Worte, aber Rungholt verstand nicht, was er sagte. Es hörte sich durch das Regenprasseln an wie »keine Angst«.

»Ich habe keine Angst vor dem Sterben«, rief Rungholt. »Wo sind die Kinder? Wieso hast du sie ertränkt? Was hast du mit ihnen angestellt?«

»Nichts … Ich will Euch nichts tun.«

Stille senkte sich zwischen ihnen. Sie musterten einander. »Dann leg den Hammer weg.«

»Erst das Messer.«

Rungholt lächelte breit, dann schüttelte er den Kopf. »Erst der Hammer. Du sagst, ich soll dir trauen.«

Gryps wog den Hammer ein paar Mal in der Hand. Schließlich schüttelte er den Kopf. »Dafür habe ich zu viel über Euch gehört.«

»Ach. Willst du mich umbringen oder mir trauen?«

Es war dem Schmied anzusehen, dass er uneins mit sich war und nicht wusste, was er glauben sollte. »Ich habe Euch in meiner Schmiede gesehen. D' Alighieri hat Euch einen Mann nachgeschickt. Ihr habt ihn umgebracht.«

»Den Söldner? Er ist gestürzt.« Rungholt presste die Schmerzen in seinem Rücken beiseite. In seiner Lage fiel es ihm nicht leicht zu plauschen. Er sollte zusehen, dass er irgendwie auf die Beine kam. Doch dazu musste er Gryps die Hand hinstrecken. Lachhaft. Oder aber mit seinem ganzen Gewicht den Rücken am Rad hinauf … Der Schmerz war unerträglich. Er schrie auf und sackte zurück.

»Gestürzt. Natürlich. Legt das Messer weg.«

»Warum sollte ich?«

»Ihr wollt wissen, wo die Kinder sind.«

»Was nützt mir das, wenn du meinen Schädel schmiedest wie ein Hufeisen?«

Gryps lachte auf. Kein unangenehmes Lachen. Sein eckiges Gesicht bekam etwas Spitzbübisches. Behutsam kam er näher. Noch zwei Ellen, und Rungholt würde ihm mit der Gnippe die Fesseln durchschneiden können. »So kommen wir nicht weiter«, sagte Gryps. »Ich bin nicht hergekommen, um Euch zu töten. Und ich bin nicht hier, um von Euch aufgeschlitzt zu werden.«

Mit einer satten Bewegung steckte Gryps den Hammer in seinen Ledergürtel und hielt Rungholt die Hand entgegen. Der musterte den Riesen. Als Geschäftsmann war er es gewohnt, sein Gegenüber einzuschätzen und abzuwägen, ob er einer Finte aufsaß oder ein ehrbares Angebot bekam. Bei diesem Kerl war er sich jedoch absolut nicht sicher. Die Rückenschmerzen vernebelten ihm sein Gespür.

Gryps forderte Rungholt abermals auf, seine Hand zu ergreifen, indem er noch einen Schritt vortrat und nun wieder über Rungholt stand. Der perfekte Moment. Ein Stich rechts, ein Stich links, und er fällt in die Pfütze.

Ein Handteller, so groß wie eine Obstschale, winkte beinahe zärtlich, er solle zupacken.

»Verdammt«, knurrte Rungholt. Seine Pranke wirkte wie eine Frauenhand, als er sie in Gryps' legte. Der Schmied zog ihn mit Schwung auf die Füße.

»Steckt das Messer weg, Rungholt. Tut mir den Gefallen. Und lasst uns ins Haus gehen. Das Wetter ist noch unser Tod.«

Rungholt brummelte. »Wenn du zuschlägst, bring ich dich um.«

»Ich weiß.«

Mit einem Nicken steckte Rungholt die Gnippe zurück in seinen Gürtel, ließ den Fremden nicht aus den Augen und fragte mit ruhiger Stimme: »Warum kommst du her?«

»Ich brauche Schutz. Ihr kennt Dartzow, Ihr habt Beziehungen ins Rathaus. Ganz nach oben. Ich weiß nicht, wem ich sonst trauen kann.«

»Und wenn ich dir den Schutz gewähre, den du brauchst?«

»Dann sag ich Euch, wo die Kinder sind.«

Das erste Mal traute sich Rungholt, Gryps aus den Augen

zu lassen, und sah sich im Nebel um. Der Hof lag ruhig da. Wahrscheinlich war es wirklich das Beste, sie gingen rein, wärmten sich, und Gryps erzählte ihm alles.

»Kommt«, sagte er und führte Gryps am Wagen entlang Richtung Diele. Rungholt konnte vor Rückenschmerzen kaum gehen, brummte und knurrte vor sich hin. In ihm grollte der Schmerz, doch er konnte es nicht abwarten, ein paar Antworten zu erhalten. »Die Kinder, sie suchen den Hort, richtig?«

Gryps nickte. Sie hatten Rungholts Lieblingsbank erreicht, auf der er so manche Stunde verbracht und seinem Rotrückchen zugesehen oder mit seiner Enkelin gespielt hatte. Während Rungholt sich kurz abstützte und verschnaufte, fragte er: »Was ist mit Peterchen geschehen? Und mit Agnes?«

»Wir sind geflohen. Zu viert. Peterchen, der kleine Max, Agnes und ich. Wir haben die beiden mitgenommen, sind zurück nach Lübeck und ... Peterchen, er ... Peterchen ist kopflos einfach nach Hause gerannt, aber Agnes und ich ... Wir wussten, dass es sein Tod sein wird.«

»Weil er krank war?«

Ein Knacken ließ Gryps herumfahren. Geschwind zückte er den Hammer und starrte in den Nebel. Rungholt folgte seinem Blick, tastete die Schemen ab ... Hildes Beet, die Dornenhecke, kaum zu erkennen. Der beladene Wagen. Wieder knackte etwas. Metall auf Holz, als drehte sich eine Spindel.

»Das ist nur der Wagen. Er ist zu schwer beladen«, beruhigte Rungholt den Schmied. »Es ist niemand hier. Höchstens mein unfähiger Knecht ...« Er löste sich von der Bank und ging zur Dielentür. »Warum wusstest du, dass Peterchen dort stirbt?«

»Weil sie ihn dort finden würden«, meinte Gryps und schob sich rückwärts neben Rungholt, den Blick nicht vom Hof nehmend. »Agnes ist ihm nach, wollte ihn zurückholen. Ein Mann ist aufgekreuzt, ein schlanker Kerl. Ich habe auf Agnes und Peterchen im Hof gewartet. Der Mann geht in den

Keller, und plötzlich rennt Agnes an mir vorbei, schreit und brüllt, ich soll abhauen.«

»Und dann bist du losgerannt. Durch die Mauer und hast den Stiefel verloren.«

»Und den Schädel. Ja.« Er wandte sich zu Rungholt um, der die Tür zur Diele aufhielt, und steckte seinen Hammer wieder ein.

»Wo sind die Kinder?«

»Am See. Ich zeige es Euch. Ihr habt doch den Schädel?«

»Er führt also tatsächlich zu den Kindern.«

Gryps nickte. Seine Züge waren wieder hart und ernst. »Wie konnten wir sie nur entführen ... Kinder, Rungholt. Und sie werden sterben. Spätestens, wenn sie den Schädel und den Schlüssel haben.«

»Schlüssel?«

»Zum Schädel. Damit man ihn genau lesen kann. Ja. Schädel, Kugel, Schlüssel. Agnes wollte ihn nicht hergeben. Sie wollte nicht, dass sie den Hort finden. Agnes ist der Schlüssel. Sie ...«

Der Bolzen durchschlug Gryps. Er riss ein Loch in seinen Rücken, durchschlug Rückgrat und Herz und zischte aus seiner Brust. Ehe Rungholt begriff, was geschehen war, hatte das Geschoss eine seiner Gotlandfliesen zertrümmert, war abgeprallt und in einem der Gewürzfässer auf dem zerstörten Wagen stecken geblieben. Pfeffer rieselte auf den Boden, während Gryps, längst tot, noch dastand. Einen Atemzug lang sah er zu Rungholt, wollte sogar etwas sagen, doch statt Worten schwappte Blut aus seinem Mund. Dann klappte er auf die Knie und der Länge nach durch die Dielentür.

Rungholt sprang zurück ins Haus. Eine Armbrust, begriff er endlich. Das Klacken war das Spannen einer Armbrust gewesen.

Er sah dem toten Riesen ins blutverschmierte Gesicht und duckte sich. Wo hatte er das Schwert gelassen? Was, wenn der

Schütze ins Haus eindrang? Ein zweiter Schuss zerschnitt den Nebel, traf Gryps an der Schulter und blieb stecken. Er hatte nicht Rungholt gegolten. Der Schütze wollte nur sichergehen, dass sein Opfer auf keinen Fall überlebte.

Rungholt presste sich an die Backsteine, die Gnippe derart fest umklammert, dass es schmerzte. Er atmete, so ruhig er konnte, und sah sich nach dem zerstörten Wagen um. Wenn er sich am Rand hielt, könnte er hinter den Wagen flüchten und in seinem Schatten zur Haustür gelangen. Und dann auf die Engelsgrube.

Aber wer sagte ihm, dass nicht genau dort ein zweiter Schütze …?

»Komm her!«, rief er in den Nebel. »Zeig dich! Komm her und kämpfe!« Mit einem abrupten Ruck ließ er den einen Flügel der Tür zufallen, packte Gryps am Lederarmband und zog ihn, so schnell er konnte, ins Haus.

Im Schutze seiner vier Wände saß er da, den Kopf des Schmiede-Gryps auf seinen Oberschenkeln, den Blick auf die Hoftür gerichtet und das lächerlich kleine Messer zum Kampf erhoben.

Es sollte niemand kommen.

43

»Was … Was ist denn los? … Wer ist denn das?« Ein kalkbleicher Schreiber, ein Kind noch, lugte aus seinem Verschlag. Rungholt konnte sehen, wie ihm das Blut wegsackte.

Rungholts finsterer Blick ließ ihn und ein Dutzend weitere Schreiber zurück in ihre Stuben weichen, selbst die Wachen gaben tuschelnd den Weg frei. *Rungholt … Rungholt … Rungholt …* raunte es durch die Gänge des Labyrinths im Pergamentmachergang.

Rungholt packte Gryps fester an seiner Gugel und zog den Berg von Mann ächzend hinter sich her durch die Flure. Entsetzte Boten, versteinerte Büttel, Türen klappten alle paar Schritte zu, wurden verbarrikadiert. Rungholt roch die Angst, die er verbreitete. Unbeirrt setzte er seinen Marsch fort.

Sie hielten ihn für einen zornigen Schuldner.

Und sie hatten Recht. Er *war* ein zorniger Schuldner.

»D' Alighieri!«, rief er. »Ich habe ihn. Ich habe ihn Euch mitgebracht. Macht die Tür auf.« Dieses Mal brauchte er nicht zu klopfen, die beiden Wachen hatten ihm auf Geheiß von de Kraih bereits die Engelstür aufgesperrt. Sich verneigend wichen sie zurück, als er seinen Fang am Schemel vorbei durch die getrockneten Blutflecken schleifte, die sein Wutanfall gestern Morgen auf dem edlen Holzboden hinterlassen hatte. Rungholts Blick suchte den Saal ab, schweifte zum Kistenthron, der verlassen im Dunkeln ruhte, hin zu de Kraih, der sich ein Schwert kampfbereit auf den Arm legte, und über dutzende Kerzen. Sie flackerten in kunstvoll gearbeiteten, beinahe durchsichtigen Gläsern von einer Reinheit, die Rungholt lediglich von Brillen kannte. Das Lichtermeer war um einen Waschzuber aus derbem Holz aufgestellt, ein viel zu grober und schlichter Kübel für das feine Kerzenlicht. Der Duft der Honigkerzen und des Badewassers wehte Rungholt entgegen. Im Zuber stand d'Alighieri. Der spillerige Mann hatte ihm den Rücken zugewandt.

Rungholt ließ Gryps auf die prunkvolle Houppelande des Wittenfressers fallen und trat ans Bad. D' Alighieri schüttelte seine kraklige Gestalt und urinierte, ein Schuldnerbuch über die Schulter gelegt, in ein Glas. Zwar hob der Florenzer den Kopf, drehte sich aber nicht um und ließ sich auch sonst nicht von seinem Geschäft abhalten. Nachdem er den letzten Tropfen abgeschüttelt hatte, rief er nach Wiesberg. Der Arzt kam aus einer dunklen Ecke herbeigeeilt.

»Wiesberg ist der König unter den Urinlesern, Rungholt. Der König.«

»Schön für Euren Urin.«

»Scheiße, Scheiße auch! Was habt Ihr für eine Laune!« D' Alighieri fuhr herum, verschüttete etwas aus seinem Glas und dachte gar nicht daran, es sofort Wiesberg zu geben, der danach fingerte. »Zerrt einen Toten durch mein Haus? Pfuii. Pfuiii. Pfuiii. Alles Barbaren hier im Norden. Barbaren.«

»Wenn ich kurz ... Das Glas, Herr.«

»Nehmt nicht einen gar so großen Schluck.« Der Florenzer lachte und drückte es Wiesberg vor die Brust. Er nahm das Buch von der Schulter, warf einen kurzen Blick hinein und ließ es auf den Boden fallen. »Gryps, nehme ich an.«

Rungholt riss dem Hünen die Gugel vom Kopf. »Der Schmied. Der Mann, der Eure Zwillinge entführte. Ja.«

»Scheiße auch, Rungholt. Das ist ... wunderbar.« D' Alighieri ließ sich von Wiesberg ins Wasser helfen. Seine Gichtfinger strichen steif Öl über seine knochige Brust. Selbst die Kerzen vermochten nicht, dem Florenzer eine gesunde Hautfarbe zu geben. »Wollt Ihr auch rein? Das Wasser ist frisch. Erst von gestern Abend. Der Auerhahn. Scheiße, wenn ich so völlere, muss ich baden.«

»Ich bleibe lieber stehen.« Abfällig musterte Rungholt den Wittenfresser und sein Gefolge.

D' Alighieri zog eine Augenbraue hoch und streckte die Füße über den Wannenrand. Rungholt bemerkte, dass sie mit Verbänden umwickelt waren. Nass und rot von Blut hing das Scharpie herab.

»Schrecklich, wenn die Haut an den Füßen so aufweicht, hm. Liegt alles am Wetter. Lübeck, Himmel. Was haben wir denn heute? ... De Kraih?«

»Sonntag«, antwortete de Kraih zackig. Rungholt entging nicht, dass sich der Mann hinter ihm aufbaute. Die Krähe kratzte ihre Y-Narbe und starrte Rungholt an, als der sich kurz zu ihm umdrehte. Als er sich wieder d' Alighieri zuwandte, konnte er die Blicke des Schreibers in seinem Nacken spüren.

»Montag?« Vor Zittern gelang es d' Alighieri nicht, seinen Ölflakon auf den Wannenrand zu stellen. Er fiel herunter, zersprang aber nicht auf dem Boden. »Noch mal Glück gehabt. Was? Hm. Die Zeit stimmt. Bis feria tertia hatten wir gesagt. Dienstag.« Der Florenzer drehte sich ein wenig und schielte über den Rand auf die Leiche. »Doch sein … Zustand, Rungholt. Habt *Ihr* ihn so zugerichtet?«

»Nein.«

»So wird er uns aber nicht sagen können, wo die Zwillinge sind.«

»Na und. Für unser Geschäft ist das gleich. Ihr wolltet Euren …, lasst mich überlegen …, *Dieb,* und den habt Ihr nun.«

»In der Tat. Aber unter uns … Entschuldigt, wenn ich das so sage: Es ist, Scheiße noch eins, nicht egal! Er hätte uns schon sagen müssen, wo die Kinder stecken. Merda! Korrigiert mich, aber wir haben doch gesagt: *Lebend.*«

»Lebend. Nicht lebend … Er ist in meinem Haus erschossen worden. Ein Armbruster.« Zorn loderte in Rungholt auf und begann sein Herz zu kneten. »Der Mörder muss Gryps gefolgt sein.«

»Sicher. Er ist Gryps gefolgt. Warum war er denn bei Euch? Unser Schmied?«

Rungholt verspürte weder den Drang, d' Alighieri etwas zu erklären, noch länger als nötig zu bleiben. »Das finde ich heraus.«

Der Florenzer rief nach Wiesberg, der das Uringlas in einen Kolben geleert hatte und still in einer Ecke akribisch die Harnschau durchführte, den Urin von allen Seiten besah, an ihm roch und auch schmeckte. Sofort unterbrach Wiesberg seine Arbeit, hob auf einen Fingerzeig den Ölflakon auf und gab ihn d' Alighieri zurück.

»Dann habt Ihr ihn ja gar nicht gefunden.« Die knochigen

Finger hinterließen nasse Spuren auf d' Alighieris glatzigem Kopf.

»Was wollt Ihr damit sagen?« Rungholt ahnte Böses. Die Flammen schlugen bis in seinen Hals, sie leckten an seinem Gaumen und verbrannten seinen Mund, der nach Bier dürstete. Was willst du damit sagen, Wittenfresser?

»Na, Scheiße. Ihr habt ihn nicht gefunden, sondern er Euch.«

Rungholt kniff die Augen zusammen, seine Hand umschloss bereits die Gnippe. Red weiter, sprach er zu sich selbst. Red ruhig weiter. Ein Schritt zur Seite, eine Drehung, und de Kraih hat's Messer im Bauch, drei vor, einer links, und dein Kopf ist im Wasser. Kommt nicht mehr hoch.

D' Alighieri lachte. »Ich scherze bloß, Rungholt. Ein Scherz. Ihr habt ihn geschnappt. Punkt. Scheiße. Überlegt ein andermal, wie Ihr de Kraih erstechen und mich ertränken könnt. Rungholt... Rungholt...« Er deutete mit dem Zeigefinger ein Na-na-na. »Aber der Zustand... Also im Ernst, Rungholt.«

»Vorletzter Absatz«, sprang die Krähe mit ruhiger Stimme ein. »Vorletzter Absatz des Vertrags.«

»Zitiert ruhig, de Kraih. Zitiert. Zum Nachlesen sind sie da, unsere Verträge.«

De Kraih trat in gebührendem Abstand neben Rungholt, wobei er über die Leiche steigen musste. »Hier steht: ›Ist Schmied Gryps lebend zu überbringen‹. Lebend.«

»Rungholt, was soll ich denn jetzt tun, verfluchte Scheiße? Ich meine, Ihr habt Euch so angestrengt, und... Ihr habt bloß ein paar Tage gebraucht, um den Entführer zu stellen...«

»Einen der Entführer.«

»Nein? Es gibt mehrere?« D' Alighieris Gichtfinger strichen über seine dünnen Augenbrauen, dann seufzte er abermals. »Nun, Ihr habt in so kurzer Zeit so viel in Erfahrung gebracht. Man nennt Euch nicht ohne Grund Ligawyi. Eigentlich müsste ich Euch das Haus lassen und... das Schiff vielleicht auch, ja... Ich meine, immerhin ist Gryps hier, wenn auch entleibt.«

»Eigentlich?« Rungholt trat näher an die Wanne. Die Anspannung von de Kraih und Wiesberg hing wie ein schlechtes Omen in der Luft und ließ den Honiggeruch bitter werden.

Gut, du Teufel, dachte Rungholt, handeln wir weiter. Sehen wir, was ich für den Toten bekomme. Wer immer ihn umgebracht hat.

»Aber«, zerschnitt d' Alighieri Rungholts Gedanken, »diese Feilscherei ist uns anständigen Kaufleuten nicht angemessen. Wir sind beide ehrbare Hanser. Sind hier ja nicht auf einem Basar irgendwo vor den Heiligen Stätten.« Abermals lachte er. »Sind hier eher im Morast, mitten im unheiligen Sumpf. Also bleiben wir doch bei dem, was wir so feierlich beschlossen haben. Danke.«

D' Alighieri nickte Rungholt zu, schwang seine Füße zurück in die Wanne und stand auf. Er winkte Wiesberg, der ihm heraushalf.

»Was soll das heißen?«, fragte Rungholt fassungslos.

Anstatt zu antworten, ließ sich d' Alighieri splitternackt, nur bekleidet mit seinen Fußverbänden, zur Geheimtür geleiten.

»Was soll das heißen?«, brüllte Rungholt ihm nach und stieg über Gryps hinweg, um d' Alighieri zu folgen. »Bleibt stehen! Ihr habt Gryps! Ihr wolltet ihn bis Dienstag, Ihr habt ihn!«

»Scheiße, Rungholt. Regt Euch nicht auf«, zischte d'Alighieri. Wiesberg hielt ihm die Tür auf. »Vertrag ist Vertrag! De Kraih, schickt die Männer los. Versiegelt Haus und Brauerei. Das Schiff lasst in den besprochenen Hafen bringen.«

»Sehr wohl.«

»Falls er schon gehen will, zwingt ihn zum Bleiben.« Hinter d' Alighieri fiel die Tür zu. Rungholt zögerte nicht.

Er riss sein Klappmesser heraus und stürzte zur Tür vor, wollte sie aufreißen, aber da war keine Klinke. Voller Grimm tastete er den Spalt ab, suchte nach einem Griff, einem Mechanismus. Du Scheißtür, du verfaulter Florenzer. Ich stech dich ab!

Ein Pfeil blieb keine Handbreit neben seinem Arm im Türblatt stecken. Er fuhr herum. Obwohl mehr als zehn Männer ihre Armbrüste und Bogen auf ihn richteten, wichen sie alle einen Schritt zurück, als sie seinen Blick sahen.

»Ligawyi«, meinte de Kraih lächelnd. »Legt das Messer beiseite. Niemand will hier ein Blutbad. Geschäft ist Geschäft, Rungholt. Bleibt ruhig… Seid unser Gast, bis wir das Unsere in Besitz genommen haben. Nehmt doch ein Bad. Ich kann das Wasser wechseln lassen.«

Rungholt tötete sie alle mit seinen Blicken, spürte, wie die verletzte Hand mit der Gnippe pochte.

Spring vor, tu es. Du wirst drei, vier mitnehmen, bevor sie dich in Fetzen geschossen haben. Tu es, Rungholt. Was hast du zu verlieren?

Dat bose vemeide unde acht de ryt.

Was ihn anbelangte, er hatte es stets versucht – und war kläglich gescheitert. Einen Moment blieb Rungholt im Regen stehen, spürte den Sog des Wassers, das die Engelsgrube hinabfloss und seine Knöchel umströmte, und dachte: Welches Böse? Welches Recht? Wessen Recht?

Das Böse vermeide und achte das Recht.

Was, wenn das Böse der gute Weg war? Und das Recht vom Bösen gemacht wurde?

Verkehrte Welt. Wrasenwelt.

Rungholt wurde schlecht. Eine unbestimmte Hoffnung ließ ihn gen Himmel blicken. Vielleicht würde ihm dort ein klares Bild von Lübeck erscheinen, würden die Gassen um ihn herum sich auflösen, zu bloßen Nebelschwaden, zu Wolken werden. Vielleicht würde er aufwachen. Ja. Erwachen. In seinem Bett. In seinem Haus. Mit seiner Frau. In seinem Leben.

Er sah in den Himmel und wurde enttäuscht. Keine Wrasengassen, Türme, Häuser – bloß eine einzige Wolke von Horizont zu Horizont, ein einziges Erbsenmusgrau umspannte seine Welt.

Dies war kein Traum, und es gab kein Erwachen.

Rungholt legte die Hand auf seinen Eisensperling. Der Türklopfer fühlte sich angenehm kühl an. Durch die Jahrzehnte war sein Schnabel stumpf geworden, und er blickte mürrisch drein. Rungholt hätte ihn am liebsten niemals mehr losgelassen.

Er brauchte einen Moment, bevor er bereit war, die Tür aufzudrücken. Er tat es sanft, als betrete er einen geheimen Raum, als wolle er niemand wecken.

Die gewohnte kühle Luft, der Geruch der Holzmöbel, der Feuerstelle, Hirsebrei mit Erbsen. Was gab es Köstlicheres.

Er trat ein, und schon der erste Schritt zerriss das vertraute Bild. Das Klacken seiner Trippen auf den Dielenfliesen hallte ungewohnt kalt wider. Ein weiterer Schritt, und Rungholt spürte, wie ihm das Blut wegsackte. Die Säfte dann einfach ruhten – am Grund. Flaute.

Die Diele war leer. Nicht nur der zerstörte Wagen war über die Gotlandfliesen gezogen worden und hatte tiefe Kratzspuren hinterlassen – nein, alles war fort. Der große Tisch, sein Lieblingsstuhl, die Grapen, Schürhaken, die Fässer, die Regale, die Holzdauben, die Glasphiolen, Schalen und Teller. Der Stoff von den Wänden, die Kiste, Alheyds Truhe, auf die sich Hilde gesetzt hatte, die geölte Ablage mit den Pergamenten und kostbaren Tranlampen. Alles fort. Alles verpackt und jenseits seines Lebens in ein Lager verbracht. Gott weiß, wohin. In d' Alighieris purgiertes Hirschtalgherz.

Als hätte Wiesberg ihm Fäden in die Glieder genäht und der Florenzer höchstpersönlich zöge daran, taumelte er matt in sein Haus. Klack, klack, klack…

Sein Blick traf die Wandmalereien, die er zu Mirkes Hochzeit hatte anfertigen lassen und vor denen er gestern mit Gryps im Arm gesessen hatte, und wanderte weiter zu den leeren Wänden, zu einsamen Haken, an denen früher Alheyds Töpfe hingen. Er glitt empor zur Klappe. Sie stand offen. Von hier unten konnte er bis hinauf auf den obersten Dachboden sehen, erblickte den Flaschenzug am First. Der Haken schwang kaum merklich hin und her. Sein feines Klirren erfüllte die Leere wie ein kalter Windzug.

Geh nicht in die Scrivekamere, dachte Rungholt. Tu dir das nicht an. Sie wird nackt sein, und du wirst frösteln. Ob sie sein Fach entdeckt hatten? Er wollte sich schon zur Dornse umdrehen, als er im schwarzen Schlund über sich etwas sah.

Erst war es am Haken, dann ein wenig darunter, es schien zu schweben und keinen Körper zu haben. Dennoch leuchtete es matt.

Dieses Sandkörnchen von Licht strebte auf ihn zu. Es fiel durch den obersten Dachboden, den zweiten, den ersten und erreichte die Klappe zur Diele. Es wiegte sich sanft hin und her, brauchte ewig, um die sechs Klafter vom First herunterzuschweben. Kaum war es in der Diele angelangt, erkannte Rungholt, was es war.

Eine verlorene Schneeflocke.

Sie schwebte lautlos, trieb von rechts nach links, tanzte sanft in den kaum spürbaren Luftzug, wurde ein Stück hochgezogen, umkreiste ihn in einem Reigen, zitterte und landete schließlich exakt in der Mitte der vom Armbrustbolzen zerschlagenen Gotlandfliese.

Eine Flocke, so groß wie ein Brillenglas. Eine Flocke, so rein wie Marleins Seele.

Eine Flocke, kälter als die Daugava.

Jetzt musst du bezahlen.

Rungholt starrte sie an, reckte sich und betrachtete sie an seinem Bauch vorbei, in der kuriosen Hoffnung, die Flocke möge wie sein Rotrücken erneut flattern und abheben und in den Himmel fliegen.

Husch. Husch. Die Flocke schmolz. Ihre filigranen Sternchenarme brachen auf, splitterten und wurden zu Wasser.

Überall war nun Wasser. In der ganzen Diele. Nicht sehr tief, einen Fingerbreit. War es unter der Haustür hindurchgeflossen? Bevor Rungholt sich umsehen konnte, stoben alle Türen auf. Sie flogen beinahe aus den Angeln, so stark drängte der Schnee ins Haus. Durch die Haustür, die Tür zur Dornse, die vom Hinterhof. Der Schnee wirbelte bereits um ihn, hüllte ihn ein, trieb im Sturm heran, von oben, unten, von rechts, von links. Eine Wand aus Weiß.

Weißer Schnee blutet.

Vergossenes Blut trocknet nie.

Er wollte etwas sagen, aber über seine Lippen kam kein Wort. Er starrte seine Hand an. Die Handfläche zerschnitten, der Rücken vernarbt. Er wollte etwas sagen. Er wusste nur nicht, wie man sprach.

»Ich …«, kroch aus seiner Seele. Ein gehauchtes letztes *Ich*. Dann fiel er. Stürzte zur Seite in den Schnee, wo keiner mehr war.

Sein Kopf knallte auf die Gotlandfliesen, sein schwerer Dickschädel. Du Klotz. Das Einzige an ihm, was nicht mit Fett umschlossen war. Ein Knacken, Haut riss. Blut sammelte sich in seinem linken Ohr. Doch im Schnee liegend, nahe der Daugava, am See hinter der Scheune, jene Scheune am Waldrand, jener Waldrand an der Orge, hörte er nichts und sah er nur Irena. Er bekam von allem nichts mehr mit. Alles war fern.

Leben war fern.

Rungholt.

44

Sein Schädel schmerzte. Rungholt versuchte, den Schnee wegzuschlagen, der ihm kühl und feucht im Gesicht lag. Es wollte nicht gelingen.

Butterfass, waberte ein erster Gedanke durch die Schwärze. Ich bin aufs Butterfass gefallen. Jetzt wache ich auf. Es war nur ein Traum, de Kraih war niemals hier. Mein Haus niemals leer, meine Frau niemals fort. Er wollte seine Augen öffnen – es gelang nicht. Die Lider waren einfach zu schwer.

Kurz darauf, Stunden später – Tage? – hörte er Sinje nach ihm rufen. Eine Daube wurde an seine Seite gestellt. Er roch Mus, aber als er die Augen aufschlug, war die Schüssel fort.

Aus dem schummrigen Licht tauchten Hasen auf, nein – ihre Felle. Sie baumelten mit getrockneten Kräutern unter den Deckenbalken einer Holzhütte. Feuer knisterte, Wasser plätscherte.

Der Regen, dachte er und wandte seinen Kopf zur Seite. Im Schein der Feuerstelle konnte er Sinje sehen. Ihr nackter Leib war in glusames Licht getaucht, das eine Sanftheit auf ihr Antlitz zauberte, die Rungholt betörte. Sinjes schwere Brüste wippten leicht, als sie sich eine weitere Kelle voll Wasser über den Rücken goss. Es floss ihre Haut hinab, perlte an ihren Hüften entlang und lief glitzernd über ihre Beine. Sie hatte sich zu drei Vierteln von ihm abgewandt, dennoch sah er ihren begehrenswerten Leib nicht nur von hinten. Sie spiegelte sich wundervoll in den Grapen und polierten Zinntellern. Ihr Schamhaar war rot. Oder war es der Fackelschein?

Rungholts Kopf fiel zurück ins Strohkissen. Wie spät war es? War der Tag bereits vorüber?

Er wollte an Alheyd denken, aber es gelang ihm nicht. Stattdessen saß er wenig später nackt in seiner kalten Scrivekamere, hockte auf seinem Schreibtisch wie ein Rabe und sah dem schwarzen Wasser zu, das aus dem Boden sprudelte und höher und höher stieg. Zügig benetzte es seine Schnabelschuhe, die er abgestreift hatte, griff sich die Gewürzsäckchen, dann überspülte es seinen Stuhl mit dem bärtigen Männerkopf und schließlich alle Feinwaagen, die Gewichte und Pergamente. Das Rechentuch schwamm davon. Rungholt hockte, den Hintern auf seinen Unterschenkeln, die Arme vor der Brust verschränkt, auf seinem Schreibtisch, wie er seit Jahren nicht mehr dagesessen hatte. Seine Leibesfülle ließ es nicht zu. Hier im Wrasenland konnte er jedoch alles tun. Er starrte auf das Wasser. Es stieg langsam und floss wie schummeriges Quecksilber über die Arbeitsplatte und um seine nackten Zehen. Unter dem Silber war das Wasser schwarz. Und in der Schwärze glommen Kinderaugen. Erst ein einziges Paar, dann zwei, fünf, sechs. Sie starrten ihn von da unten aus an, glitten ohne Körper um seinen Tisch und glotzten stumm.

Sie sagten ihm nichts.

Obwohl er wusste, dass Augen sprechen konnten.

»Ein wunderschönes Haus.«

»Und warum bist du dann nicht dort?« Marek zerstampfte ein paar Eicheln und warf den Brei zu einer Handvoll Erbsen. Rungholt setzte sich auf. Er fühlte sich seit langem zum ersten Mal ausgeschlafen. Die Gaze, die seine Gedanken die letzte Woche über umhüllt hatte, war zerrissen.

Schwüle Nachmittagsluft hing in der Hütte, aber er schwitzte nicht. Marek hatte ihn gefunden und zu Sinje gebracht, die seine Hand frisch verbunden, seine Wunde am Kopf eingerieben und ihm Scharpie um den Rücken gewickelt hatte.

Mit knurrendem Magen sah Rungholt in den Grapen. »Erbsenmus?«

»Mit Hirse.«

Rungholt brummte. Egal welches Essen, es würde seinen

Hunger vertreiben und ihn kräftigen, aber ob es das dumpfe Grollen in seinem Bauch stillen konnte? Ein eigenartiges Gefühl der Leere rumorte in ihm, und gleichzeitig war da eine Wärme, die vielleicht vergleichbar war mit einem Gang auf die Bleichwiesen, wenn die Morgensonne über die Wakenitz strich und seine Wangen küsste. Tröstliches Prickeln auf der Haut, ein liebkosender Wind und Millionen Wege. Weil es keine Richtung gab, die man nehmen musste.

Das Alte mahnt, das Fremde lockt, dachte Rungholt. Nur womit? Womit lockt mich das Fremde? War es so glanzvoll wie die Sonne über den Bleichwiesen?

»Im Frühjahr 1393 haben wir angefangen, es zu bauen. Für Mirke und Daniel. In der Marlesgrube«, meinte er. »Gutes Stück Land.«

»Ich weiß. Ich war schon ein paar Mal da, Rungholt.«

»Große Diele, viel Platz. Für Mirke, Marlein… Hilde und sie.«

»*Und sie?*… Aha, verstehe.«

»Alheyd, ja. Alheyd. Auch für sie.«

»Deswegen gehst du nicht hin? Wegen ihr?«

»Das… Ich kann das nicht. Heut noch nicht. Ich kann ihr das nicht einfach so sagen, Marek… Dass das Haus weg ist, die Möwe…«

Nickend rührte Marek um. »Aber du musst mit ihr reden, das sag ich dir aber.«

»Ach«, stieß Rungholt aus und wechselte lieber das Thema. »Was ist eigentlich aus deinem Zimmer geworden?«

»Hab ich aufgegeben. Schon vor zwei Wintern.«

Rungholt nickte stumm und sah sich nach dem abgetrennten Schlafbereich um. Auffallend viele Truhen schimmerten mit ihrem polierten Holz im Schein der Fackel. Darauf reihten sich Mareks Flaschenschiffe eins ans andere.

Er hatte gedacht, der Schone hätte mittlerweile etwas Besseres gefunden, was er hier an dunklen Abenden treiben konnte, aber weit gefehlt. Zu den Miniaturen, die Rungholt bereits kannte, hatte sich eine stattliche Zahl neuer Bauten gesellt.

Nicht auszudenken, wie viel Zeit Marek mit diesem weibischen Zeug verplempert hatte. »Um mit Alheyd zu sprechen: Ich brauch Kraft, Marek. Und das bisschen, was ich noch habe, brauch ich für den Florenzer.«

»So? Was hast du vor?«

Rungholt stippte in das kalte Mus und aß ein paar Fingervoll. »Ich bring ihn um.«

Kopfschüttelnd schnaufte Marek und stampfte weiter seine Eicheln. Schließlich meinte er leise und ohne aufzublicken: »Du kannst auf mich zählen, Rungholt. Das weißt du.«

»Ich weiß, Marek. Aber wegen Rungholt, dem Querschädel, fährst du mir nicht in die Hölle.«

»Besser für einen Freund in die Hölle fahren als einsam auf Deck bleiben. Das sag ich dir aber.«

Sie warfen sich einen Blick zu und mussten beide schmunzeln. Immerhin, Marek war ihm geblieben.

»Treueschwüre ... Rührend. Ihr Männer stellt mir keinen Unsinn an. Verstanden! Es wird niemand umgebracht.« Sinje stellte einen Korb mit frisch geschnittenen Kräutern zur Herdstelle. Sie legte die nasse Decke ab, die sie sich über Kopf und Surkot gelegt hatte, und holte ein in Rinde gewickeltes Bündel hervor. »Du hast eingeschlagen in seine Hand, Rungholt. Zwei Mal, wenn Marek das richtig erzählt hat«, sagte sie, nachdem sie die Tür zugezogen hatte.

Rungholt knurrte ein »Ja«.

»Na also.« Sinje warf Marek das Bündel zu.

»Was ist das?«

»Fleisch. Ein Wal ist an der Holstenbrücke gestrandet. Sie fallen wie die Wilden drüber her ... Ihr müsst euch das ansehen. Das dauert Tage, bis der zerlegt ist.«

»Der Handschlag zählt nicht.« Rungholt nahm Marek das

Bündel aus der Hand und wickelte es auf. Rosiges Walfleisch, mindestens drei Pfund.

»Aber es gibt einen Vertrag«, stellte Sinje fest. »Bist du kein ehrbarer Kaufmann mehr?«

Nun war es an Rungholt zu schnaufen. »Ehre. Kein Grund, ihn nicht umzubringen.«

»Dann weiß ich einen anderen Grund«, sagte sie schnippisch und nahm Rungholt das Fleisch aus der Hand. Sie packte es auf ein Schneidebrett, wischte sich die Finger in einem Tuch ab und holte ein Messer.

»Du willst mich mit Essen ablenken?«

»Nein, ich weiß, wie der Schädel uns zu den Kindern bringt.«

Sanft stoppte Rungholt sie mit einer Geste beim Schneiden. »Wie meinst du das?«, fragte er und sah ein stolzes Blitzen in ihren grünen Augen.

Kurz darauf beäugten sie alle drei Mareks alten Nachttopf. Sinje hatte ihn schief in eines von Rungholts Strohkissen gepresst. »Der Topf ist unser Schädel. Und das hier…« Sie hob eine kleine Zwiebel hoch. »Das ist unsere Goldkugel.«

Nachdem sie Rungholt die Zwiebel zugeworfen hatte, forderte sie ihn auf, sie in den Nachttopf zu legen. Sie kullerte ein wenig und rollte aus.

»Siehst du die Delle hier?« Sie zeigte Rungholt eine Stelle recht weit oben im Topf. »Was muss ich machen, damit die Zwiebel da reinrollt?«

Rungholt musterte sie fragend. War das ihre Lösung? Grumpfend packte er den Pott, drehte ihn etwas und drückte ihn mit der Delle nach unten ins Stroh. Sofort sprang die Zwiebel los und blieb in der Mulde liegen.

»Den Topf drehen, genau«, warf Marek ein. »Aber der Schädel hat zwölf Dellen. Und das Dumme ist doch…«

»… dass wir nicht wissen, mit welcher Delle nach unten er ins Stroh gedrückt werden muss«, fuhr Rungholt statt Marek fort. »Sinje, das ist brillant.«

»Was denn?« Marek warf seinem Weib einen fragenden Blick zu, aber Sinje stand auf und ging zu einer Truhe aus Birkenholz. »Was denn?«, wandte sich Marek an Rungholt.

»Wir brauchen einen Fuß«, sagte Rungholt. »Der Schlüssel ist der Fuß. Wenn wir wissen, wie wir den Schädel hinstellen, fällt die Kugel in die richtige Mulde …«

»Einen Fuß?« Ungläubig schüttelte Marek seinen Nachttopf und bewegte die Zwiebel. »Ist ja widerlich!«

»Nicht so einen. Einen Sockel.«

Sinje kam zurück und schob die beiden Männer beiseite. »Wenn man weiß, wonach man suchen muss, ist es einfach«, sagte sie und rollte Rungholts Wachsabdruck auf ihrem Kräuterbrettchen aus.

Die Abdrücke der Runen waren gut zu erkennen, trotz einiger Schrunden und Verunreinigungen. Die beiden Männer sahen zu, wie Sinje ein verkohltes Stück Holz aus der Feuerstelle nahm und es mit ihren schlanken Fingern über dem Wachs zerrieb. Behutsam schüttete sie den Staub, der sich sogleich in den Rillen absetzte und bis in jede kleine Pore drang. Sie pustete ihn von links nach rechts und schließlich den Rest auf den Boden.

Rungholt hielt die Lampe, so nah es ging, daran und beugte sich hinunter, bis es aussah, als wollte er das Wachs essen.

»Siehst du es?« Sinje tauchte zu ihm ab und blickte mit ihm auf das Ergebnis.

»Das ist unglaublich«, raunte Rungholt. »Ich … Die sind völlig zwischen den Runen untergegangen.« Am liebsten hätte er das Wachs berührt. Im blakenden Licht zeichneten sich drei Dutzend Ringe zwischen den Spiralen der Runen ab. Sie bildeten sich durch winzige Dreiecke, Sterne, Kreuze, Vierecke.

»Es ist ein Ring«, meinte Sinje. »Du sagtest, es fehlt ein Schlüssel.«

»Ein Ring«, raunte Rungholt. »Wir suchen einen Ring, auf den der Kopf passt.«

»Und der Ring muss diese Zeichen haben?«, fragte Marek.

Rungholt nickte. »Ich nehm's an. In der Reihenfolge eines der Kreise. Das ist der Schlüssel. Wir suchen den Ring, schieben ihn unter die richtige Stelle vom Kopf und sehen zu, wohin die Goldkugel rollt.«

Sinje nickte. »Genau das denke ich auch.«

»Dann lasst uns den Hort des Roten holen«, warf Marek ein. »Wir holen die Kinder und werden reich!«

Sinje fuhr ihm durchs krause Haar. »Wenn es den Hort tatsächlich gibt, Schatz.«

»Sicher gibt's den! Lasst uns den Ring suchen!« Marek hätte sich am liebsten die Hände gerieben, aber er hielt die Lampe.

Rungholt grinste ihn an. »Hast du einen Spaten?«

45

Diesmal hatten sie jemanden, der Schmiere stand. Hinter der Friedhofsmauer verborgen, spähte Sinje die Via Regia hinab und den Koberg hinauf. Anstatt sich im Hof zu wälzen, hatten Rungholt und Marek ein paar alte Decken von ihr mit Schmutz besudelt und sich darin eingehüllt.

So hätten wir es schon beim ersten Mal machen sollen, dachte Rungholt und blickte durch den Regen zu Sinje. Er gab mit seinem Licht ein kurzes Zeichen. Hier war alles in Ordnung. Dann sah er Marek zu, wie dieser angewidert mit Agnes' Körper kämpfte. Der schwarze Modder wollte die Leiche nicht mehr hergeben.

»Wir hätten erst mal die eine Leiche bestatten sollen«, maulte er, »anstatt eine zweite auszubuddeln, Rungholt. Das sag ich dir aber.«

»Die Brauerei ist verrammelt. Da kommt keiner rein«, beruhigte Rungholt seinen Freund. »D' Alighieri wird sie versiegeln und gut. Der hat erst einmal damit zu tun, mein Leben wegzusperren.«

»Du meinst, wir haben noch Zeit bis morgen früh?«

Rungholt winkte ab. »Bestimmt.«

»Dein Wort in Gottes Ohr.«

Der Friedhof war inzwischen ein See. Die sich im fahlen Mondlicht spiegelnde und von tausenden Tropfen aufgewühlte Oberfläche reichte von der Mauer beim Koberg bis zu den ärmlichen Hütten, die die Rückseite des Langen Lohbergs bildeten. Grabsteine und Kreuze, halb versunken, weggeknickt und unterspült, schrägten aus dem Wasser und schienen sich gegen den Wind zu stemmen. Hier auf dem freien Platz schoss der Regen beinahe waagerecht heran.

»Hast du sie?« Rungholt suchte Halt, um Agnes bei den Beinen zu packen. Die Leichenstarre war vergangen, sodass die Magd ihnen wie ein glitschiger Sack ständig wegrutschte.

»Zieh. Sie ist gleich draußen. Jetzt.« Die zwei hievten die Tote auf den aufgeschichteten Berg, den Mareks Buddelei hinterlassen hatte. Diesmal konnten sie beide nicht hinsehen. Selbst Rungholt suchte Mut, indem er einen Moment den Mond anstarrte, dessen Licht vom Regen zerschnitten wurde. Die Frau war in einem schlimmen Zustand. Nach einer Woche unter der Erde hatte sich ihre Haut in ein wirres Farbspiel aus Blau und Grün verwandelt. Agnes' Bauch war leicht aufgedunsen, ihre Nase eingedrückt. Dank des Regens wirkte sie wie eine Wasserleiche. Das Schlimmste, fand Rungholt, waren jedoch ihre Füße. Sie sahen aus wie seine eigenen. Faltig und aufgequollen durch das tagelange Liegen im Wasser.

»Warum glaubst du, dass sie ihn hat?«, keuchte Marek gepresst und hielt sich die dreckige Decke vor Nase und Mund. »Den Ring, mein ich. Du hast dir Agnes' Leiche mehr als einmal angesehen.«

»Weil Gryps sagte, sie sei der Schlüssel. Deswegen.« Rungholt träufelte sich Rosenwasser unter die Nase. »Ich habe irgendwas übersehen.« Er bezweifelte, dass der Duft bei dem Regen lange hielt, war aber froh, dass Sinje welches in ihrem Vorrat gehabt hatte. Er reichte die Phiole an Marek. Obwohl er wusste, dass sie keinen Ring trug, nahm er sich noch einmal Agnes' Hände vor.

»Warum passen wir nicht einfach diesen Poling ab, setzen ihm eine Klinge an den Hals und zwingen ihn, uns hinzuführen?«

»Weil sie dich gesehen haben. Du glaubst doch nicht, dass sie so schnell nach Lübeck zurückkommen. Und hast du nicht gesagt, sie würden heute noch eine Tauchfahrt unternehmen?«

Rungholts Kapitän versuchte, sich zu erinnern. Schließlich nickte er. »Sie wollten gestern nicht nach Hause, ja.«

Widerwillig kontrollierte Rungholt die wasserfaltigen Hände. Weil er von Weibsbildern gehört hatte, die Schmuck an den Zehen trugen, überwand er sich und sah sich auch die Waschfrauenfüße genauer an. Nichts.

Die Ohren, dachte er. Ohrringe.

Er strich ihr Haar beiseite und kontrollierte die Ohrläppchen.

»Nichts. Da ist nichts.«

»Wahrscheinlich hat sie ihn versteckt. Vielleicht in diesem Turm. Soll ich sie wieder eingraben?«

Rungholt schüttelte den Kopf. »Ich… Das kann doch nicht sein. Irgendwo muss…« Voller Verzweiflung setzte er sich neben sie auf den Hintern. Ihm war egal, wie er nachher wieder hochkam.

»Wenn sie der Schlüssel ist«, grübelte Marek. »Vielleicht müssen wir dann den Schädel irgendwie auf sie drauflegen.«

»Im Leben nicht.«

»Sie ist der Schlüssel… Sie ist der Schlüssel. Das hat Gryps gesagt?«

»Ja, er meinte: Sie ist der Schlüssel… Sie ist…« Rungholt stockte. »Moment mal. Hilf mir hoch.«

Wieder riss er das Tuch beiseite und tastete den Hals ab. »Sie ist erstickt. Sie hat was Falsches gegessen, bekommt Hustenanfälle und erstickt. Sie ist der Schlüssel… Sie *isst* den Schlüssel.« Rungholt wandte sich zu Marek um, der eine seiner buschigen Augenbrauen hochgezogen hatte und seinen Freund regungslos musterte. Der Regen lief ihm über die Wangen.

»Das hat er gesagt!« Rungholt begann zu lachen. »Marek! Das hat er gesagt! Sie *isst* den Schlüssel… Er wollte mir erzählen, was auf ihrer Flucht vor dem Mann passierte, der Peterchen umbrachte. Schädel, Kugel, Schlüssel, hat Schmiede-Gryps gesagt.« Rungholt ließ seine Gnippe aufspringen. »Er sagte: ›Agnes wollte ihn nicht hergeben. Sie wollte nicht, dass sie den Hort finden. Agnes ist der Schlüssel.‹ Und dann ist er gestorben. Ich habe ihn einfach falsch verstanden.«

Entschlossen wischte sich Rungholt das Wasser von den Wangen und setzte ohne weiteres Zögern Agnes die Klinge an den Hals.

Dartzow streute Löschsand auf sein Pergament und rollte ihn behutsam ab. »Ich weiß nicht, Kerkring. *Entrissen?* Die Brille soll sie Rungholt entrissen haben?«

»Wäre doch möglich. So wie diese, Ihr wisst schon, Töversche, sie umklammert hielt.« Kerkring putzte sich mit seinem Seidentaschentuch die Nase, nahm noch einmal Rungholts Brille vom Schreibpult des Bürgermeisters und sah durch das zersplitterte Glas auf die kostbaren Truhen und Schränke voller Akten. Das Zimmer des Bürgermeisters war gut vier Mal so groß wie seine armselige Kammer im Laubengang. Durch die Splitter schienen die prunkvollen Fenster und die geschnitzten Figuren, die die Deckenbalken hielten, einen frohen Tanz aufzuführen.

»Ich gebe wohl zu, dass es sicher Rungholts Brille ist. Aber vielleicht hat sie sie nur gefunden.« Dartzow ließ sich die Brille reichen und betrachtete sie nachdenklich. Schließlich rieb er sich seufzend die Augen. Es war nach der Komplet, das Rathaus bis auf wenige Schreiber verlassen. Der Bürgermeister stand auf. »Ja, vielleicht wollte sie die Brille für einen ihrer Zauber benutzen.«

»Um Rungholt zu schaden?« Kerkring folgte dem Bürgermeister zu einem Tisch, auf dem Vermessungskarten ausgebreitet lagen. Es waren Schriftstücke aus dem Katasteramt, und einige Häuser waren mit Tinte markiert. Pfeile zeigten durch Gassen.

»Die vermuteten Aufwiegler. Und Fluchtwege. Sollten sie wirklich ins Rathaus eindringen, wäre es gut, wenn wir nicht alle zusammen in einem Saal hocken würden.« Dartzow fing seine langen Haare ein und schob ein Stoffband darüber. »Von meiner Tochter«, erklärte er mit einem Lächeln.

»Ich will gar nicht nach Hause«, sagte Kerkring. »Dieser dräuende Aufstand, die Handwerker… Gott sei Dank ist er ruhig.« Er nickte zu den Bleiglasfenstern, hinter denen sich der Markt mit seinem Kaak verbarg. Der Aufwiegler schlief am Schandpfahl. Kerkring hatte ihn von seiner Schreibkammer aus eine Weile beobachtet.

»Wir sind gerüstet. Ich habe Wachen auf dem Schrangen postiert und den Kämmerer angewiesen, Waffen bereitzuhalten…«, versicherte Dartzow und legte sein Pergament zu den Stadtplänen. Sein Blick wanderte ebenfalls zum Fenster. »Die Leute bringen ihm Essen, wusstet Ihr das?«

Kerkring nickte. »Ich glaube nicht, dass die Knochenfrau, so nannte man sie doch, ihn verfluchen wollte«, brachte er das Gespräch wieder zurück auf Rungholt. »Ich denke, er hat irgendeinen Handel mit der Töverschen getrieben.«

»Und sie sind in Streit geraten?«

Kerkring nickte. »Ihr kennt Rungholts Jähzorn.«

»Und warum glaubt Ihr, dass er mit einer Töverschen Geschäfte abschließt?«

Der Rychtevoghede lächelte nicht. Er blickte den Bürgermeister ernst an, schnäuzte sich ein zweites Mal, um nicht zu theatralisch zu wirken, und zog das Sündenbuch aus seiner Tasche. Er tat zögerlich, als er es dem Bürgermeister über die Lübeckpläne hinschob.

Stirnrunzelnd drehte Dartzow das Buch zu sich her. »*Facinora perscripta peccatoris Rungholt*… Rungholt?«, las er, nahm sich einen der Lesesteine und setzte ihn auf die ersten Pergamente, fuhr zögerlich damit die Strichmännchen ab.

Punkt, Punkt, Komma, Strich…

Mit einem Mal begann der Gefangene auf dem Marktplatz zu schreien. Seine Rufe drangen zu ihnen herauf. Er würde nicht mehr lange leben. Kerkring hatte längst unterschrieben, ihn in die Fronerei zu bringen. Eine peinliche Befragung würde weitere Mitwisser zu Tage fördern.

»Wie ist es in Euren Besitz gelangt?«, fragte Dartzow, nachdem er einige Seiten des Sündenbuchs begutachtet hatte.

Kerkring hatte sich für die einfachste Geschichte entschieden. Eine Lüge wurde durch kompliziertes Gerede nur verwässert: »Winfried der Kahle hat es in seiner Amtsstube versteckt, und dann habe ...«

»Ihr habt es gefunden?«

»Als ich meinen Schreibtisch aufgestellt habe, ja. Es lag unter den Dielen.«

»Vor zwei Jahren habt Ihr es entdeckt und niemandem ...«

Kerkring nickte. »So etwas studiert man, so etwas zeigt man keinem. Ich musste sichergehen, dass es echt ist. Was hättet Ihr getan?«

»Und?«

Ein feines Lächeln umschmeichelte Kerkrings Lippen. »Erinnert Ihr Euch, dass Rungholt versuchte, mich aus dem Fenster zu stürzen?«

Dartzow nickte. »Wer könnte das vergessen?« Er wischte sich etwas Ruß vom Zeigefinger und blätterte behutsam um. »Er ist kein netter Mensch, der Rungholt. Ich dachte, es sei um diese fremde Frau gegangen. Wie hieß sie noch ...«

»Cyrielle. Nein, es ging um diesen Codex, um dieses Buch, Eric.«

Würde Dartzow bemerken, dass er ihn plötzlich duzte? ... Nein. Er war zu sehr gefangen in den krakeligen Zeichnungen.

Punkt, Punkt, Komma, Strich ...

Mit einem Mal rieb sich der Bürgermeister die Augen und stand auf. »Mein Gott«, stöhnte er. Er hatte gar nicht gewusst, wohin er zuerst blicken sollte. Texte, Abschriften, Aussagen, Zeichnungen, Skizzen.

»Das ist er? Rungholt?« Dartzow tippte auf eine Strichfigur mit Bauch und blutendem Dolch in der Hand.

»Ja. Wenn Ihr es lest, erfahrt Ihr, dass er von Novgorod kam. Wer die Frau ist, das weiß niemand. Aber er … Er hat sie wahrscheinlich in seiner Gewalt gehabt. Ein gewisser Blankard, ein Komtur des Ordo Teutonicus, hat Rungholt über den Peipussee bis in die Wälder nahe der Daugava verfolgt.«

»Das sind Männer des Deutschen Ordens?«

Kerkring tat so, als müsse er überlegen, und zog sich das Buch ein Stück heran. »Ja. Alle. Um Rungholt herum. Im Schnee. Alles Soldaten, Knechte und hochgeehrte Ritter des Ordo Teutonicus.«

Wie unter dem Einfluss von Stechapfel oder Quendelkraut blätterte Dartzow vor. Zwei, drei Seiten, und wieder zurück. Er war nicht fassungslos, die Fassung verlor er nie, aber die Sprache hatte es ihm sehr wohl verschlagen.

»Ich sehe schon«, meinte Kerkring wieselig. »Ihr wollt es in Ruhe studieren … Ich hatte vor, mir noch ein Walfischspießchen zu kaufen, eine der Litten auf dem Schrangen hat wieder aufgemacht. Vorzüglich. Soll ich Euch etwas mitbringen?«

Statt einer Antwort nickte der Bürgermeister abwesend, sah nicht einmal auf.

So entging ihm Kerkrings feines Lächeln.

46

Obwohl er Sinje keine zehn Klafter entfernt mit einem von d'Alighieris Bütteln reden hörte, musste Rungholt tief durchatmen, bevor er die Tür zu seinem Haus aufstieß.

Die Leere der Diele war erdrückend. Sie gemahnte ihn augenblicklich daran, wie winzig er war, wie vergänglich das Glück. Sie waren alle bloß Spielball des Schicksals. Eine Schneeflocke auf den Wellen des Gottesmeeres, ein Leben lang hin- und hergerissen, bis sie schmolz, um eins mit den Wellen zu werden.

Red's dir nur schön, Rungholt, schalt er sich. Schieb's aufs Schicksal und den Herrn. Sinje hat schon Recht. Du hast bei d' Alighieris Angebot eingeschlagen. Du hast das Schicksal herausgefordert.

»Wohin?« Marek zog leise die Haustür hinter sich zu und schlich zu Rungholt.

»Scrivekamere«, meinte er und öffnete bereits die Tür zur Dornse. Er senkte den Blick, um das kahle Zimmer nicht anstarren zu müssen. Auch hier hatte d' Alighieri ganze Arbeit geleistet. Ein leerer Gewürzsack, hingeworfen auf zusammengefegten Staub und Dreck, war das Einzige, das übrig geblieben war. Wo gestern noch sein Schreibtisch, Kisten und Truhen gestanden hatten, zeichneten sich helle Stellen auf dem Holzboden ab. Sonst zeugte nichts mehr davon, dass dies das Herz von seinem Reich gewesen war.

Mit einem gekonnten Handgriff öffnete er sein Geheimfach. Immerhin das hatten sie nicht gefunden. Schnell zog er den Schädel heraus, warf ihn Marek zu.

»Und die Kugel?«

»Noch auf dem Dachboden. Wenn sie sie nicht gefunden haben«, meinte Rungholt bitter. Trotz ihres Werts hatte er sie beim Bierfass in die Dachsparren gelegt. Nur den Schädel hatte er versteckt, weil Alheyd ihn auf keinen Fall sehen sollte.

»Dann los.«

Rungholt hielt Marek fest. »Warte. Ich muss noch in den Keller.«

»Heiliger Vater. Du Herr im Himmel.« Dartzow taumelte durch das Wasser zurück und hielt sich am schroffen Backstein des Durchgangs fest. »Wer hat ihn gefunden? Woher wisst Ihr …«

»Ein Büttel. So ein Krauskopf mit Keule. Arbeitet für d' Alighieri.« Behutsam schob sich Kerkring näher an den klaffenden Leib heran. »Er sagte, d' Alighieri bekomme noch Geld von Rungholt.«

»D' Alighieri?«

Kerkring ging nicht auf die Frage ein, sondern streckte seinen Gehstock vor und hob mit der Spitze den Rest der Garnache an. Er konnte nicht hinsehen. Das war alles zu viel. Auch Dartzow wendete sich erschrocken ab, presste sein Tuch vor den Mund.

»Rungholt hat ihn ausgeweidet. Himmel. Er hat den Jungen einfach auf seinen Schreibtisch gepackt und ihn ...« Kerkring konnte nicht weitersprechen, denn er hatte den Heringsteller gesehen und erbrach sich.

Der Anblick der Reste des Festschmauses, neben denen Fleisch und Eiter lagen, war einfach zu viel. Nach Luft ringend, über seinem Stock hängend, starrte er zu seinen Füßen ins Wasser. »Oh Gott, ich ...«, keuchte er. »Ich ... Gott ... Ich glaube, er hat Stücke von ihm ... *gegessen.*«

Dartzows Blick versteinerte. Als Kerkring sich zu ihm drehte, konnte er spüren, wie der Bürgermeister mit sich rang. Es schien ihm, als musterte der stolze, kräftige Mann ein Schlachtfeld, auf dem seine besten Männer jämmerlich krepierten. Dartzow sagte kein Wort, bemühte nicht einmal sein Tuch. Während hinter ihm der spillerige Fiskal, nach Luft japsend, durch den Durchgang zu Rungholts Arbeitszimmer hastete, wandte sich Dartzow ab. Er blickte auf die Asche im Kamin, und Kerkring meinte zu sehen, wie der Bürgermeister die Augen schloss. Ein paar Atemzüge lang wurde es still. Der Regen prasselte auf den hölzernen Fensterladen, den der Büttel herausgebrochen hatte, um in die Brauerei zu gelangen. Er habe in d' Alighieris Namen Rungholts Brauerei in Besitz nehmen und versiegeln wollen, hatte de Kraih gesagt, als er mit dem Mann im Rathaus aufgekreuzt war.

Dartzow hatte noch immer die Augen geschlossen. Als der Fiskal etwas sagen wollte, stoppte Kerkring ihn mit einer Handbewegung. Der sollte bloß seinen Mund halten. Gib dem Mann Zeit, alles zu überdenken ... Gib ihm Zeit ... Komm schon, Dartzow ... Das kannst du doch nicht leugnen ...

Schließlich schüttelte der Bürgermeister den Kopf, als könnte dies alles nicht wahr sein. »Nehmt ihn fest. Aber bringt ihn ins Rathaus. Er soll mir das erklären.«

Kerkring spürte, wie ihm die Säfte wegsackten. »*Erklären?*«, keuchte er. »Mit allem Respekt, aber ...«

»Mit allem Respekt«, unterbrach ihn Dartzow, der sich noch immer nicht umwandte. »Vielleicht hat Rungholt auch nur nachgeforscht. Er ist zu mir gekommen, um Erlaubnis einzuholen, die Leichen aufzuschneiden.«

»Wofür? Um sie zu *essen*?«

»Hat er nicht mit Euch geredet? Ich hätte gedacht, er springt vielleicht über seinen Schatten ...«

Kerkring schüttelte den Kopf.

»Im Badhaus?«, warf Dartzow ein.

Willst du mir ein Bein stellen? Kerkring watete, auf seinen Stock gestützt, hinüber und flüsterte eindringlich: »Er hat mich ins Badhaus gerufen, um mich zu erpressen, Erik. Er bot mir an, die Kinder zu verschonen, wenn ich die Aufständischen nicht weiter verfolge.«

Endlich wandte sich Dartzow zu ihm um. »Er arbeitet mit ihnen zusammen?«

»Weiß ich nicht. Aber zumindest will er, dass das Rathaus brennt. So wie ich das sehe, kommt ihm das Chaos ganz recht. Er will Zerstörung und den Rat zerschlagen. Er missachtet unsere Gesetze, Erik. Hat er schon immer.« Kerkring sah, wie es abermals in Dartzow arbeitete. »Wir lassen den Mann vom Kaak binden. Soll er uns bei einer peinlichen Befragung über Rungholt erzählen.«

»Und Rungholt?«

Gut, dachte Kerkring. Hol dir Rat bei mir. So herum ist es recht. »Er hat die Töversche mit Öl übergossen, wie wir festgestellt haben«, begann er ruhig. »Er hat sie wie eine Fackel brennen lassen. Und er hat Stücke von diesem Jungen gegessen, und nur der Allmächtige weiß, was er noch mit dem Kind angestellt hat. Denkt an das Buch. Er läuft frei durch Lübeck, Erik. Wer weiß, was er mit den anderen sechs Kindern anstellt! Sechs Kinder! Ich sage nur, denkt an das Buch. Facinora perscripta peccatoris.«

Dartzow legte die Stirn in Falten. »Also?«

Der Regen prasselte auf den Fensterladen. Beruhigend. Die Welt würde in diesem Wiegenlied untergehen.

»Fredelos legen. Proscriptio. Wir verfesten ihn, tragen seinen Namen ins *liber proscriptionis* und sprechen ihn vogelfrei.« Für Kerkring dauerte es eine Ewigkeit, eine Ewigkeit, in der er etliche Male den Blickkontakt zum Fiskal suchte, der bereits begonnen hatte, alles auf seinem vorgeschnallten Klapptischchen mitzuschreiben, bis Dartzow nickte. »Holt den Fron«, gab der Bürgermeister die Anweisung. »Dass er drei Mal das Schwert schwingt und den *jodute* Schrei ausstößt. Und holt de Kraih und diesen Büttel als Zeugen.«

Ohne ein weiteres Wort drängte sich Dartzow am Fiskal vorbei und verließ, so schnell es das Wasser zuließ, Rungholts Scrivekamere in der Brauerei. Kerkring sah ihm nach, ein feines Lächeln wollte sich auf seine Lippen schummeln, aber er kämpfte dagegen an. Niemand sollte sehen, wie er frohlockte.

»Holt die Leute her«, befahl er dem Fiskal. »Ich will sehen, ob ich Rungholt nicht sofort dem Gericht zuführen kann.«

Ächzend nahm Rungholt die letzte Sprosse zum obersten Dachboden, reichte Marek, der schon vorausgegangen war, das Buch des Abulcasis und seinen Stoß Ablassbriefe. Sie trieften. Die kostbare Tinte war verlaufen. Auch Rungholts Beinlinge waren klatschnass, denn er hatte bis zur Hüfte im Wasser gestanden. »Hast du die Lampe?«

Sinje reichte sie ihm. Ihr war es gelungen, unbemerkt durch einen Gang in den Hinterhof zu schleichen und von hinten in Rungholts Haus zu gelangen.

Rungholt sah sich um. Sofort erkannte er im Lampenschein, dass sämtliche Notizen abgerissen worden waren. Selbst die Fäden hatten sie mitgenommen. Alles hatte sich in Stunden verändert, einzig das stete Trommeln des Regens war geblieben. Es hatte mittlerweile beinahe etwas Beruhigendes.

»Wo ist das Fass?« Rungholt sah sich nach dem Bierfass um. »Verdammt«, entfuhr es ihm leise. D' Alighieris Männer hatten nur ein paar Dachschindeln, einige Bretter und einen Haufen feuchter Baumwolle liegen lassen. Der Rest war fort.

Sie suchten die Ecke ab, schauten in jede Ritze und zwischen die Dachbalken. Die Kugel war fort. Marek versuchte zu trösten: »Ist es nicht egal, woraus es ist? Ob's aus Gold ist oder nicht?«

Sinje stellte sich zu Rungholt und legte ihm sanft die Hand auf die Schulter. »Gold ist eine feine Substanz, der nachgesagt wird, sie ...« Sie brach ab. »Aber wahrscheinlich hat er Recht. Es wird schon nichts Alchemistisches sein.«

»Hoffen wir's.« Er legte den Schädel verkehrt herum auf den Stapel Holzschindeln, die d' Alighieri übrig gelassen hatte. »Finden wir erst mal raus, was die Kugel überhaupt anzeigen soll. Wenn deine Überlegung stimmt, muss da drin doch was verzeichnet sein.«

Sinje hob den Schädel an, wog ihn in der Hand. »Hast du ein Stück Kohle?«

Rungholt überlegte kurz, trat zum Schornstein. Rußig genug war er, aber womit ...? Ratlos sah sich Rungholt um, streifte dann seufzend seine Gugel vom Kopf und fuhr damit durch den schwarzen Dreck. »Hier. Aber sag's nicht Alheyd«, meinte er matt. »Wird das gehen?«

»Mal sehen.« Sie fuhr mit ihren schlanken Fingern in die Halsöffnung und wischte den Schädel von innen aus, rieb den Ruß in die Mulden und in die Knochenritzen. Eine feine Linie zeichnete sich krakelig ab, zuckte im Kreis und umschloss eine Großzahl der Mulden.

»Das sind nicht die… die…« Ihm fiel das Wort nicht ein. »Marek, bring mal das Buch.« Er legte den At Tasrif auf Mareks Rücken.

»Reicht's nicht, dass ich es *angefasst* habe?«

»Halt still.« Ganz behutsam, um keine der nassen Seiten einzureißen, blätterte Rungholt zu einer filigranen Zeichnung eines Schädels. »Suturen. Ja, die sind es eindeutig nicht. Da ist was eingeritzt worden.«

»Zeig her.« Bemüht, nicht in den Schädel zu tropfen, leuchtete Marek hinein.

»Das sieht aus wie…«

»Wie eine Insel… Das ist doch eine Küste.«

»Gryps hat von einem See gesprochen.« Rungholt schob Marek beiseite. Suchend glitt sein Blick über die Linie. Er drehte den Kopf hin und her, verglich in seinem Kopf alle Seen, die er kannte. »Es ist nicht sehr weit weg«, sprach er zu sich selbst. »Was habe ich Dartzow geraten… Er soll bei Travemünde suchen, hoch bis Scarbuce und runter bis Boltenhagen… Hmmmm…« Mit einem Mal lag ein breites Grinsen auf seinem Gesicht.

»Was?«, wollten Marek und Sinje gleichzeitig wissen.

»Hemmelsdorfer See. Es ist der Hemmelsdorfer See.«

»Der ist ziemlich groß«, warf Marek ein.

»Ja, deswegen die Mulden. Da kannst du Wochen nach entführten Kindern suchen.«

»Oder nach dem Schatz des Nordmanns«, meinte Marek.

»Ohne das hier? Ja.« Rungholt griff zu seinen Säckchen, band eines vom Gürtel und schüttete den Inhalt in seine Pranke.

Es war der Schlüssel. Rungholt hatte ihn aus Agnes' Hals geschnitten. Dort, wo Speise- und Luftröhre sich trennen, hatte er sich am Kehlkopfdeckel verhakt. Der Ring glich nur entfernt einem Schmuckstück. Er war selbst für Rungholts stummelige Finger zu weit, um ihn überzustreifen, und auf seiner Außenseite waren stachelige Zeichen herausgearbeitet worden. Ein Stern, ein Kreuz, zwei Vierecke.

Rungholt griff sich die rußige Gugel und strich über den Schädel. Sofort traten die Runen und die winzigen Ringmarkierungen hervor. Gespannt suchten sie gemeinsam nach dem Kranz mit der Kombination. Sie mussten nicht allzu lange vergleichen.

»Hier. Auf der Seite. Hinter der Stirn.« Rungholt tippte drauf. »Stern, Kreuz, Viereck, Viereck, Stern.« Er legte den Ring auf die Schindeln und sah sich nach etwas um, das sie als Kugel benutzen konnten.

Wenig später hatte er feuchte Reste von Rungholts Baumwolle zusammengeknüllt und eine Scherbe als Beschwerung hineingesteckt.

»Und du meinst, es ist schwer genug?«, wollte Marek wissen, als er sich voller Erwartung mit Rungholt und Sinje über den Schädel beugte.

»Dieser Fall hat mit weißen Holunderblüten begonnen, soll er mit weißer Baumwolle enden.«

Ein Knall ließ sie zusammenfahren. Erschrocken sahen sich die drei an, und sofort stürzte Marek zur Luke vor, durch die man sämtliche Dachböden hinab bis in die Diele sehen konnte. »Wir haben Besuch«, zischte er, nachdem zwei Riddere in der Diele erschienen waren.

»D' Alighieri?«, wollte Rungholt flüsternd wissen.

»Nein. Glaub nicht.« Kerkrings Auftauchen ließ Marek zurückzucken. Er bedeutete den anderen, vollkommen still zu sein, und formte stumm den Namen des Rychtevoghede.

Rungholt entfuhr ein leises Knurren. Er richtete den Schädel noch ein wenig besser auf dem Ring aus und wollte die Kugel hineinfallen lassen ... Da schallte Kerkrings Ruf zu ihnen.

»Rungholt. Euer Name wird ins Buch der Verfestung geschrieben. Ich habe Order, Euch in die Fronerei zu bringen.«

Rungholt und Marek warfen sich einen Blick zu, der alles sagte: Niemals würde er sich stellen, und niemals würde Marek zulassen, dass er sich stellte.

»Sie kommen.« Marek schlich zu den beiden zurück. »Wir sollten weg.«

Rungholt und Sinje rührten sich nicht. »Gleich«, sagte Rungholt und ließ die Kugel hineinfallen. Zusammen mit der Heilerin blickte er noch einmal in den Schädel. Die Kugel rollte herum, verfehlte knapp eine der Mulden und blieb in einer zweiten liegen. Einfach so. Ohne Geräusch, ohne Fanfare, ohne Alchemie.

»Ostufer«, stellte Rungholt fest. »Richtung Ostsee. Es liegt im ... im Wasser!« Er drehte sich zu Marek um. Der Kapitän hatte sich eines der Bretter geschnappt und eilte bereits zu den Schindeln, die Rungholt und er ausgebessert hatten.

»Was hast du vor?«, fragte Rungholt.

»Hier raus. Sie sind schon auf der Treppe. Sie durchsuchen das ganze Haus.«

Tatsächlich konnte Rungholt Kerkrings Stimme durch die Leere hallen hören: »Jeden Boden, jeden Winkel. Durchsucht auch den Keller. Alles.« Das Stampfen von schweren Stiefeln und das Klacken von Kerkrings Trippen drangen zu ihnen. Rungholt hörte sogar Kettenhemden rasseln. Es waren sicher über zehn Männer, und einige von ihnen hatten den ersten Dachboden erreicht.

In Windeseile hebelte Marek die Schindeln weg, stieß und schlug sie, so leise das eben ging, beiseite. Rungholt begriff. »Nein, nein ... Oh nein, ich ... Nein, da geh ich nicht rauf. Das trägt mich nicht.«

»Was wird das?« Sinje hatte sich den Schädel geschnappt und stellte sich zu den beiden.

»Er will aufs Dach«, erklärte Rungholt mit einem gequälten Lächeln.

»Und dann?«

»Runterfallen«, war Rungholts geknurrter Kommentar.

47

Kaum von Marek aufs Dach gezogen, wurde Rungholt schlecht. Sein Herz begann zu rasen, als er sich auf die Schindeln wälzte und erst einmal neben Sinje liegen blieb. Der Himmel war dunkelgrau. Weiße Wölkchen zogen unter den grauen Massen dahin, und weiter im Osten wälzten sich die Wagen voller Donnerkraut auf ihren Bahnen voran. Die Wolkenstadt hing nun über der Wakenitz und der Obertrave und geißelte Schlutup und die Höfe von Bardowiek mit Blitzen. Rungholt meinte zu erkennen, wie die aufgehende Sonne gegen die Wrasen ankämpfte. Er wusste, sie würde verlieren.

Der Regen, der ihm ins Gesicht peitschte, kam ihm ungewöhnlich kalt vor. Vergeblich versuchte Marek, seinen Freund auf die Beine zu ziehen.

»Lass mich«, murrte Rungholt. »Ich stelle mich nicht hin.« Er versuchte, seinen Körper liegend über die Schindeln zu ziehen, aber sein Bauch verhinderte es. Wie eine dicke Robbe lag er da.

Sinje packte seinen Arm. »Steh auf! Komm!«

Durch das Loch im Dach konnte er fünf Schatten die Leiter heraufstürzen sehen.

»Sie sind oben.« Marek packte mit an. »Komm hoch... Stell dir vor, du wärst auf einem Schiff. Wirklich, das hilft«, versuchte der Kapitän ihm gut zuzureden. »Halt dich an mir fest.«

»Auf einem Schiff? Machst mir echt Mut. Ich krabbel lieber.«

»Dann krabbel, verflucht noch mal. Aber nimm gefälligst beim Krabbeln die Beine in die Hand!«

Marek und Sinje kämpften sich die drei Klafter bis zum First vor, zogen Rungholt gegen Wind und Regen die Dachschräge hinauf und hatten gerade die obersten Schindeln erreicht, als Kerkrings Rufe gedämpft vom Dachboden schallten und sich im Tosen des Regens verloren.

Würden die Männer das Loch sofort sehen? Würden sie mit einer Flucht übers Dach rechnen?

»Rüber«, befahl Marek, der auf dem First saß. »Auf die andere Seite.« Er packte Rungholts Arm und zog ihn mit aller Kraft zu sich her.

Rungholt stöhnte. Er schaute über den First, und es schwindelte ihn noch schlimmer. Die Schindeln waren glitschig und feucht, teilweise mit Moos besetzt. Diesmal würde er nicht durchs Dach brechen, sondern einfach über die Traufe stürzen. Hinabfallen ohne Halt. Keine Butter würde ihn retten.

»Lass dich mit den Füßen voran runter.« Marek hielt ihn, während er sein Bein über den First schwang.

»Du schaffst das.« Sinje war bereits auf der anderen Seite.

Sich an Marek klammernd, zog Rungholt das andere Bein nach und rutschte ein Stück, musste sich mit den Armen abstoßen, um über das nasse Holz nach unten zu gleiten. Vergeblich versuchte er, die Traufe zu sehen, irgendwas hinter und unter sich auszumachen. Sein Körper war einfach zu massig, um daran vorbeizuschielen. Einzig Sinje konnte er erahnen. Sie war gebückt die Schindeln hinabgegangen, hockte auf Traufenhöhe am Giebel und spähte nach unten in die Engelsgrube.

»Kommt her!«, drang ihr Ruf durch den Regen. Kurz darauf

war Marek auf Rungholts Höhe. »Sie sind raus. Sie sind auf dem Dach«, schrie er gegen den Wind.

»Das dauert alles zu lange, wir kommen hier …«

Marek unterbrach Rungholt, indem er seinem Freund einen Stoß versetzte.

Rungholt schrie auf, fluchte und rutschte drei Klafter abwärts, riss unterwegs Schindeln ab und schlitterte bis zur Traufe. »Marek«, belferte er, und seine Blicke sprangen panisch hin und her.

»Hier lang.« Sinje packte Rungholt, zog den Knienden zu sich zum Giebel. Völlig durcheinander ließ er es mit sich machen und hockte plötzlich neben ihr und starrte auf die Engelsgrube hinunter.

Marek schloss auf und überblickte sofort die Lage. Unter ihnen – zweieinhalb Klafter tief – standen Regenfässer. Und drei Pferde. Die Kaltblüter der Riddere warteten schnaubend vor Rungholts Haus im Regen.

»Rungholt!«, zerriss Kerkrings Ruf das Regenpladdern. »Bleibt stehen! Sonst erkläre ich hiermit, dass Ihr vorvluchtig seid. Stellt Euch dem Hohen Gericht Lübecks.«

Rungholt riss den Kopf herum. Zwei der Leibwächter kraxelten bereits auf sie zu, hielten sich schräg gegen Wind und Dach und schoben sich unaufhaltsam zu ihnen vor. Hinter dem First ragte Kerkrings massige Gestalt in den blitzflackernden Himmel. Er hielt sich am First fest, mochte seinen Stock nicht loslassen, schlug jedoch auch die Hände weg, die ihn stützen wollten.

»Einen Teufel werd ich«, knurrte Rungholt bei seinem Anblick leise und wandte sich seinen Mitstreitern zu. »Sagt nichts«, hielt er die beiden zurück, die ihn zum Sprung drängen wollten. »Ich bin vom Dach gefallen, ich bin vom Baum gefallen, fall ich jetzt eben vom Giebel. Wer stößt …«

Bevor er ausgesprochen hatte, stemmte sich Sinje gegen seinen Hintern und stieß ihn über die Kante.

Rungholt fiel den Kaltblütern entgegen, prallte auf den Rücken eines der Rappen, versuchte sich im Abrutschen am Sattel zu halten. Es gelang! Auf halbem Weg in den Matsch verfing er sich im Sattelzeug. Den Fuß im Steigbügel, den Kopf im Morast, riss er sofort die Hände hoch, wartete auf den Tritt, den Huf, der seinen Kopf zermalmen würde, aber das Pferd trippelte wiehernd seitwärts. Es stieg nicht, schüttelte sich lediglich. Er wurde hin und her geschleudert, schrie und versuchte irgendwie seine Pfunde hochzustemmen und den Sattel zu packen. Vergebens.

Aus dem Augenwinkel sah er, wie Marek mit einem gekonnten Sprung auf dem Rücken eines Braunen landete. Er winkte Sinje, aber die Heilerin zögerte. Erst als die Riddere nach ihr griffen, überwand sie ihre Angst.

Mit einem Aufschrei stürzte sie auf das rotbraune Pferd, rutschte ab. Sie landete unsanft im Matsch, verlor den Kinderschädel, der aufbrach und im Regen liegen blieb.

»Sinje!«, rief Marek.

Sie kam schon wieder auf die Beine. »Geht schon«, keuchte sie und zog sich aufs Pferd. Rungholt hing noch immer kopfüber im Steigbügel, versuchte einen Blick auf die Riddere zu werfen und bemerkte dann den Schädel. Keine zwei Armlängen von ihm entfernt lag er da.

Nicht wissend, was er eigentlich tat, betäubt vom Wiehern und den Rufen und dem Dreck, der ihm um die Ohren flog, versuchte er, nach dem Kopf zu greifen.

»Lass es«, drang Mareks Warnung zu ihm, und er wurde gewahr, dass die Riddere nur wegen ihrer schweren Waffen und den Kettenhemden noch zögerten, ihnen nachzusetzen. Einer schnallte jedoch bereits sein Schwert ab und visierte Marek an, um ihn vom Pferd zu reißen.

»Marek!«, rief Rungholt. So gut das in seiner hilflosen Lage ging, deutete er nach oben, und der Kapitän verstand sofort. Er ließ seinen Braunen zurückschnellen und zu Rungholt drehen. »Halt dich fest!«, schrie er Rungholt noch zu, dann klatschte seine Hand auf den Hintern von Rungholts Rappen.

Wann hatte Rungholt das letzte Mal mit Gott gesprochen? Ein Gebet zu ihm geschickt? Er wusste es nicht. Doch nun rasten die flehenden Worte durch seine Gedanken, während er sich verbissen an die Gurte des Sattels klammerte. Mehr Kraft, durchhalten, nicht abrutschen. Bitte!

Vorbeihuschende Giebel, schräge Staffeln, der Mond im Blitzlicht. Der Schnitt in der Hand brannte, heiß quoll wieder Blut hervor und ließ die Lederriemen allmählich aus seinen Fingern gleiten. Der Regen von allen Seiten und ein Schmerz im Rücken. Gott hörte ihn nicht. Der Schmerz gewann und raubte ihm die Besinnung.

Rungholt kam erst am Hafen wieder zu sich, als sich Sinje zu ihm herabbeugte und ihm sanft den Fuß aus dem Bügel hob.

»Noch mal gut gegangen«, sagte sie und lächelte ihn an.

Er konnte nicht sprechen. Seine Kehle war zu trocken. Ein Bier, dachte er. Ein Bier, und dann sterbe ich. Fehlt nur noch, dass es Fische regnet.

Erschöpft fiel er auf die Holzbohlen.

48

Die drei banden ihre Kaltblüter weitab des aufgeweichten Pfades an zwei Fichten. In der Senke, verborgen hinter Unterholz, würde niemand sie sehen.

Die Pferde starrten vor Dreck. Der Ritt an den See, gewöhnlich eine Reise von zwei Stunden, hatte wegen der aufgeweichten Wege und Pfade bis zur Mittagsstunde gedauert.

Der Regen hatte sich inzwischen zu feiner Gischt zerstäubt und sprühte aus allen Himmelsrichtungen heran. War die Sonne aufgegangen? Sie blieb versteckt, aber zumindest glomm der Himmel in seinem gewohnten Musgrau. Eine Gruppe Graugänse zog schnatternd über ihre Köpfe hinweg. Frühnebel lag zwischen den Bäumen und über dem Hemmelsdorfer See, der Rungholt wie ein grenzenloses Meer vorkam. Lübeck hätte problemlos viermal in ihn hineingepasst. Einige Bauern behaupteten, er sei so tief, dass er am Grund koche, weil er bis in die Hölle reiche. Das tiefste Loch der Welt. Rungholt bezweifelte es nicht, so tückisch ruhig und nach Fisch und Seelen stinkend, wie dieser graue Spiegel dalag. Der See ließ ihn frösteln, und die Vorstellung, die Kinder müssten zu seinem Grund hinabtauchen, drehte ihm den Magen um.

Er ließ das Schilf zurückgleiten und wandte sich zu seinen zwei Mitstreitern um. »Wir müssen noch weiter. Vierhundert, fünfhundert Klafter.« Er zeigte das Ufer Richtung Westen entlang. »Da rüber. Ich glaube, da brennt ein Feuer.«

Das Erste, was Rungholt wahrnahm, als sie sich durch die Uferböschung heranschlichen, waren schwarze Klötze in den weißen Nebelwrasen. Wie stumme Runensteine lagen diese übergroßen Würfel am Ufer.

Erst als sie sich weiter näherten, der Nebel ein wenig aufriss und er ein Gefühl für die Entfernung bekam, wurde ihm bewusst, dass es schlichte Hütten waren, nicht größer als die der Töverschen. Fünf zählte er, und jede von ihnen war aus Holz gefertigt und mit Pech bestrichen worden, sodass der Regen ihnen nicht viel anhaben konnte. Er meinte Stimmen zu vernehmen, das Weinen von Kindern, war sich aber nicht sicher.

Es erweckt den Anschein eines kleinen Dorfs, dachte er und wies Marek und Sinje an, leise zu sein.

Sie lüpfte seinen Umhang und zog den Verband zurecht. Durch die Schleiferei die Engelsgrube hinunter war der Stoff dünn gescheuert und von Blut besudelt. Die Wunde war mit

Eiter zugesetzt. Längst, wahrscheinlich seit Tagen, war sie wieder offen.

»Wir holen die Kinder«, meinte Sinje, »und dann brenn ich sie noch einmal aus.«

»Nein«, entgegnete Rungholt, meinte aber nicht das Ausbrennen.

Marek sprach es aus. Während der Kapitän sein Schwert zog, befahl er Sinje, sich hinter zwei Findlingen zu verbergen. Ab hier würde er allein mit Rungholt weitergehen.

»Marek, ich bin nicht stundenlang durch den Matsch geritten, um hier untätig ...«

Rungholt fuhr ihr über den Mund: »Du bleibst! Es war schon Irrsinn, ein Weibsstück mit auf den Friedhof zu nehmen.« Sie wollte etwas Schnippisches erwidern, aber Rungholts entschlossener Blick ließ sie innehalten. Es war ihm todernst. Nicht aus einer Laune heraus hatte er sich vor Kerkring im Badhaus erniedrigt, sondern weil ihm vor zwei Tagen schon bewusst geworden war, dass dies ein Ritt geradewegs in den Himmel werden würde. Sein persönlicher Gang in den Tod.

Es gibt solche Menschen. Sie sind vom Leben müde, Rungholt. Bist du vom Leben müde?

Dieser Schädel ... Er führt dich zu deinem Grab, Rungholt.

»Er hat Recht«, versuchte Marek Sinje zu beschwichtigen. »Wir wissen nicht, wie viele hier sind. Bei den Scheunen waren es mindestens sechs. Und einer hatte eine Armbrust. Wer weiß, mein ich, wer hier noch ist.«

Sie funkelte die Männer an. Eine Katze, dachte Rungholt. Eine Katze, die Mäuse fangen will und von zwei dummen Kötern in die Enge getrieben wurde. Dass sie am liebsten gefaucht und sie verflucht hätte, war ihr anzusehen.

»Nein, ich ...«, begann sie, doch Rungholt sagte: »Sinje, wir brauchen dich. Lebend. Wer soll uns sonst zusammennähen, wer die Kräuter und Salben bereiten? Wenn du stirbst ... Wiesberg lass ich nicht an meine Eingeweide.«

Sie strich ihre rote Mähne nach hinten, verlor für einen Augenblick das Katzenhafte, sah eher wie ein bockiges kleines Mädchen drein.

Sie nickte. »Holt die Kinder. Vergesst den Schatz, verstanden? Wenn ihr nicht wieder hier seid, bevor die Sonne hinter der Eiche dort drüben steht, reite ich zurück und hole Kerkring her. Verstanden?«

Einträchtig nickten die beiden, dann zog Rungholt seine Gnippe. Er wollte die Klinge an seinem Umhang abwischen, aber nachdem er mit dem Metall über den Stoff fuhr, war sie dreckiger als zuvor.

Geduckt näherten sie sich den Gebäuden. Den Hütten am See. Den Scheunen am See … Scheune … Daugava.

Rungholt musste blinzeln. Wir sind nicht an der Orge, wir sind nicht nahe Riga, schalt er sich. Damals hatte er auch ein Messer in Händen gehalten, doch damals, vor mehr als fünfundzwanzig Jahren, hatte er seine Geliebte ermordet. Er hatte sie abgestochen wie ein Stück Vieh und in den See gestoßen. Unter das Eis.

Diesmal sollte niemand im See sterben. Diesmal war Sommer, und er würde die Übermacht töten, und kein Kind würde sterben. Nicht eines.

Ich bringe euch heim.

Seine Pranke zitterte, als er das Klappmesser fester griff und die erste Hütte anvisierte. Sie alle maßen kaum zwei auf zwei Klafter. Regennass schimmerndes Pech. Wieder sah Rungholt einen Schwarm Vögel, Enten diesmal, aber er hörte ihr Schnattern nicht. Zu laut rauschte das Blut in seinen Ohren. Seine Wangen waren heiß, und er meinte, jeden Kiesel unter seinen zerfledderten Schnabelschuhen zu spüren. Stumm gab Rungholt seinem Kapitän ein Zeichen, hintenherum um die Hütte zu gehen.

Die Hütte hatte keine Fenster. Lediglich eine schmale Tür,

die mit einer Kette gesichert war. Sie baumelte herab, das Schloss war entfernt worden.

Armbruster? Wenn, würde er sie niemals so schnell spannen können. Schwertträger? Sie wussten nicht, dass er kam. Die Hütte war zu eng, um ordentlich mit einem Schwert zu kämpfen.

Rungholt fasste sich ein Herz und riss die Tür mit einem Ruck auf.

Leer.

Ein Strohlager. Vom Feuer verrußte Decke, Lumpen in der Ecke, schimmeliger Brei in einer Holzschale und …

»Verdammte Handwerker. Ich schlage euch die Köpfe ab«, raunte Rungholt mit Blick auf das Metall, das zwischen dem Stroh zu sehen war. Riefen und Beulen im Eisen, von all den Schlägen mit Steinen und dem Kratzen von Fingernägeln. Ketten mit breiten Schnappringen. Zum Fesseln von Füßen gerade recht. Das letzte Mal hatte er solche Fußketten in der Fronerei gesehen, als Daniel eingesperrt gewesen war …

Kinder.

Marek tauchte hinter ihm im weißen Rechteck der Tür auf, und Rungholt bedeutete ihm stumm: Niemand da. Zu spät.

Geduckt eilten sie weiter, eilten durch eine Ansammlung von Fichten und hielten auf drei der Hütten zu, die im Halbkreis angeordnet waren und wohl den Mittelpunkt der Lagerstatt darstellten.

Sie visierten die erste Hütte an, drückten sich an ihre Seite und schoben sich langsam zum See hin, dorthin, wo sie die Tür vermuteten.

Lautlos tasteten sie sich am Pechholz weiter vor, wollten um die Ecke und in die Hütte, als … Rungholt und Marek blieben wie angewurzelt stehen und starrten auf den See.

»Der Krake«, entfuhr es Marek.

Mit einem einzigen Blick verstand Rungholt, was Marek an dem … Wesen … so unheimlich gefunden hatte. Es war monströs. Ein schwarzes Ungetüm am Strick. Es hing in der Luft, undeutlich im Nebel, schaukelte es kaum merklich über dem See. Das riesige Fass als Körper und Kopf, darunter die acht schlanken Fässer. Alle an armdicken Tauen befestigt, von Hilfsseilen unter den schwarzen Rumpf gezogen. Etliche Schläuche schlängelten sich von den Fässern tentakelgleich zum Rumpf empor.

Wie eine Marionette hing der haushohe Krake an einem ausladenden Kran. Sie hatten ihn auf ein solides Floß gebaut, größer an Fläche als Rungholts Hinterhof. Ein schwimmender Weg aus aneinandergebundenen Baumstämmen führte vom Ufer hinüber.

Rungholt schätzte, dass dies genau die Stelle war, die die Mulde im Schädel markierte. Dort unter dem Floß musste der Hort des Roten liegen.

»Das soll ein Schiff sein? Ein Schiff, gebaut, damit es untergeht?«, fragte Marek, noch immer von dem Anblick gefangen.

»Ja. Ich weiß nicht, warum sie die Kinder nicht tauchen lassen, aber... Doch, ich weiß: Kinder können nicht lange schwimmen, selbst wir... du nicht. Aber ein Schiff kann so lange schwimmen, wie es will. Der Krake kann sicher so lange tauchen, wie er will.«

»Und sicher tiefer. Siehst du die Gewichte? Das zieht ihn bis auf den Grund.«

Rungholts Blick suchte den Kraken ab. Marek hatte Recht, was ihm wie weitere Körperteile vorgekommen war, entpuppte sich als schwere Netze. Sechs Stück hingen vom Rumpf hinab, und alle waren mit Feldsteinen gefüllt.

Der mächtige Kran ächzte, als atmete er. Rungholt kam es vor, als wartete er geduldig auf seine Erbauer, die ihn von diesem Monstrum befreien würden.

Endlich bemerkte Rungholt, dass sie ungeschützt standen, und forderte Marek mit einer Geste auf, schnell zur Tür der Hütte zu eilen und nachzusehen, ob die Kinder dort waren.

Der Kapitän hatte sich gerade umgewandt, als die Tür der mittleren Hütte aufgestoßen wurde. Sofort tauchte Rungholt ab, drückte sich zurück an die Pechwand. Er hatte ein Feuer in der Hütte und mindestens vier, fünf Schatten sehen können.

Aus dem Augenwinkel hatte Marek die Tür auch bemerkt, aber wo sollte er hin? Reglos blieb er an seiner Tür stehen, die mit einem Kugelschloss versperrt war. Rungholt konnte seinen Atem hören, so still wurde es. Als er um die Ecke spähte, sah er einen Mann mit Bärtchen und rostigem Kettenhemd von der Hütte zum Steg gehen. Locker geschultert trug er eine Armbrust. Der Fremde hatte den kleinen Platz, den die drei Hütten bildeten, bereits zur Hälfte überquert, als ihm anscheinend Marek auffiel.

Er blieb wie angewurzelt stehen, wandte sich jäh zu Marek und Rungholt um. Plötzlich riss er seine Armbrust herum und rief: »He, w…«

Weiter kam er nicht, denn Rungholt hatte seine Gnippe geworfen. Sie traf Zabel im Hals, und ehe der Seiler wusste, wie ihm geschah, brach er im nassen Gras zusammen.

Stumm gab Rungholt seinem Freund ein Zeichen zu bleiben, wo er war, dann rannte er los, so schnell es seine Knöchel zuließen. Er riss Zabel den Köcher mit Bolzen vom Leib, zog ihm die Armbrust aus der Hand.

»Nein, nein«, hörte Rungholt eine Stimme aus der mittleren Hütte. »Du holst jetzt zwei Kinder. Scheiße, ich kann's nicht erwarten, die neue Glocke tauchen zu sehen. Sie sollen runtergehen. Der Hort muss an dieser Stelle sein.«

Wer immer da sprach, er war erbost. Hektisch forderte Rungholt seinen Kapitän auf, mit anzupacken, doch der zögerte. Er hatte sein Ohr an die Hüttentür gelegt.

»Was ist?«, zischte Rungholt.

»Sie sind da drin!« Marek begann mit einem Mal, wie von Sinnen an der Kette zu zerren und mit dem Schwert zu hebeln. Plötzlich drangen verzweifelte Kinderrufe aus dem schwarzen Schuppen. Ein Winseln, gehauchte Gebete.

»Keine Angst«, meinte Marek für Rungholts Geschmack viel zu laut. »Ich hol euch raus.«

Rungholt packte den Bärtigen mit beiden Armen unter den Achseln und zerrte ihn keuchend durch die Pfützen, wollte ihn hinter die Hütte ziehen. Da wurde die Tür der mittleren Hütte abermals geöffnet. Wie angewurzelt blieb Rungholt stehen, wusste nicht, ob angreifen oder wegducken. Von dem hellen Schein eines Feuers geblendet, das in der Hütte brannte, erkannte Rungholt nicht mehr als eine Silhouette. Der Schatten trat ins Freie.

Ein hagerer Mann. Er hatte die Hand erhoben und trug eine seltsame Waffe über dem … Nein, es war keine Waffe, was er über dem Kopf trug, sondern ein Gestell aus Holz und Fell.

De Kraih!

Die Erkenntnis schmetterte wie ein Armbrustbolzen durch Rungholts Verstand und riss Löcher. De Kraih, dachte er, die Krähe. Bilder der vergangenen Tage wirbelten um ihn und verspotteten ihn.

Sofort setzte er die Armbrust auf, wollte leiern, die Sehne mit der Kurbel spannen. Unsinn!

Er schmiss die Armbrust fort, tastete nach der Gnippe, die er zurück an seinen Gürtel …

Ihre Blicke trafen sich. Die Zeit hielt den Atem an. Sie starrten sich an, als sehe jeder den Teufel. Beide holten sie Luft, und mit diesem Luftholen drehte sich die Sonne wieder um die Erde, rastete auf ihrer Bahn ein und ließ die Sanduhren weiterrieseln.

»De Kraih«, entfuhr es Rungholt. »Wie konnte ich nur …«

»Rungholt«, es drang wie ein Hauch aus de Kraihs Mund. Dann zerschnitt sein schrilles Rufen jeden weiteren Gedanken. Mit einer eleganten Geste riss er einen kurzen Einhänder aus der Scheide. Gefassten Schrittes kam er auf Rungholt zu, der die Gnippe zückte, aufklappen ließ und so in der Pranke drehte, dass er werfen konnte.

Auf seinen Lippen zeichnete sich ein verzweifeltes Lächeln ab. Seine Hand schwitzte.

»Rungholt, Rungholt. Doch nicht etwa alleine hier. Wie oft wollt Ihr mit einem einzigen Messer werfen?«

Kaum hatte er es ausgesprochen, lösten sich hinter ihm weitere Schatten aus dem leuchtenden Türeck.

Es waren vier Männer, wahrscheinlich die Kerle, von denen Marek...

Marek?

Rungholt warf einen Seitenblick zur Hütte. Sie war noch immer verschlossen, der Kapitän fort. Als er de Kraih erneut fixierte, erkannte er den Böttcher Meenkens und Poling unter den Männern. Die Gruppe fächerte sich hinter de Kraih auf, und Rungholt sah sofort, dass sie alle bewaffnet waren. De Kraih ließ das Schwert durch die Luft fahren, als wolle er sich aufwärmen. »Alle auf einen Streich? So ähnlich hab ich es bei Mornewech versucht. Die waren aber nicht bewaffnet.«

Die Männer kamen im Halbkreis auf Rungholt zu, ließen jedoch Platz in ihrer Mitte. Rungholt konnte sich denken, für wen. Er wich vor der Übermacht zurück, ging langsam rückwärts durchs Gras, über niedergetrampelte Stellen und durch Pfützen, und spürte unter seinen Sohlen mit einem Mal die Planken des Stegs.

In diesem Moment schlossen vier Büttel zu den Handwerkern auf. Sie balancierten zwischen sich auf langen Stäben einen schwarzen Kasten. Einen Lidschlag lang meinte Rungholt, sie trügen einen Sarg.

»Ligawyi!«, zerriss der Ruf die Stille über dem See. Schnatternd stob der Entenschwarm auf. Es klang beinahe fröhlich, wie er mit gebrochener Stimme versuchte, laut schmetternd Rungholts zweiten Namen zu rufen, so als begrüßte er einen lang vermissten Freund. »Liiigaaawwwyi!«

D' Alighieri rieb sich die blauen Hände und lächelte, lächelte von seiner Sänfte herüber.

49

Rungholt wich zurück. Die schwimmenden Holzbalken schwankten. Ihm wurde schlecht, und er spürte, wie sein Herz zu flattern begann.

Sieh nicht nach unten.

»Wo wollt Ihr denn hin, Rungholt?«, zerriss d' Alighieris Stimme das Plätschern des Wassers und das Knarzen des Stegs.

Bei dem Gedanken, auf Wasser zu laufen, blieb er wie angewurzelt stehen. Bebend fixierte Rungholt den Florenzer, ließ seinen Blick über den Halbkreis von Männern schweifen, die zu allem bereit schienen, und betete, das Schwanken möge sich beruhigen.

»Wollt Ihr in den See springen?... Da unten, Rungholt, da unten liegt ein ganzes *Dorf*. Scheiße, kommt Euch das bekannt vor... *Rungholt*...« Er sprach das Wort genüsslich aus, als hätte er selbst die prächtigen Gassen, den sonnigen Hafen, den pulsierenden Markt von Rungholts Heimat gesehen. Als hätte er einmal in der Edormsharde gestanden, und als hätte...

»Ihr kennt mein Rungholt nicht. Und Ihr kennt *mich* nicht, d' Alighieri«, rief er zurück. »Du hast niemals die Luft dieser glücklichen Stadt geatmet.«

»Scheiße auch. Und wenn schon! Eine Welle, ein kleines Unwetter, und es ist fort. Vernichtet für immer. Grote Mandränke und Goldene Stadt, ich bitte Euch! Seht Euch um, Rungholt.« Sein Gichtfinger hob sich zitternd und wies auf den See hinaus, dessen Wasser durch die auftreffenden Regentropfen zu brodeln schien. »Genauso ist es den Víkingrn ergangen. Den stolzen Nordmännern hier am See.« Der Florenzer fuhr sich über den glatzigen Schädel, auf dem der Regen tanzte. »Bauten ihr Dorf, dann kam die Flut.«

»Ich denke, Ihr wollt den Hort. Warum habt Ihr den Schädel nicht von mir geholt?« Deutlich spürte Rungholt das Wasser unter den Bohlen, aber er zwang sich einen weiteren Schritt zurück.

D' Alighieri schlug die Kapuze seiner schweren Houppelande über den Kopf und setzte sich aufrecht hin. »In der Tat ärgerlich, dass Gryps und sein Weib ihn sich gegriffen haben… Porca vacca. Wir wussten nicht, wie der Schädel zu uns spricht. Nur diese Hure von Magd hat rausbekommen, wie man ihn benutzt. Hat vor dem guten Gryps mit ihrem zierlichen Arsch gewackelt und ihn betört, dieses Miststück. Ich dachte, sie hat diesen… diesen…, Scheiße…, diesen *Ring* vernichtet.«

De Kraih wandte sich zu d' Alighieri um und sagte ruhig: »Sie hat ihn weggeworfen. Ich hab's gesehen, als ich aus dem Keller kam. Wir haben den ganzen Hof abgesucht, mehrmals. Mit fünf Mann. Er war nicht mehr da.«

»Weil sie ihn gegessen hat, d' Alighieri. Gegessen.« Rungholt lachte.

Du musst in den See springen, Rungholt. Du musst da rein… Niemals. Er versuchte gegenüber dem Florenzer seine Panik zu verbergen. Doch die Wellen schmatzten so laut, das Wasser leckte sich schon die Finger nach ihm.

»Oh«, sagte d' Alighieri.

»Oh«, ahmte Rungholt ihn nach und wog das Messer in der Hand, schätzte jedes Quentchen Metall an der liebgewonnenen Waffe. Der Nieselregen troff warm von seiner Brandnarbe auf die ruinierten Schnabelschuhe und von dort auf den Steg.

Reichlich weit, aber einen Versuch wert, grübelte er. Obwohl d' Alighieri die Houppelande hochgezogen hatte und seinen Kopf unter der Gugel verborgen hielt, würde ein guter Wurf – ins Auge, in den Kehlkopf – ihn sicher sofort entleiben … Er wäre tot, bevor er sein Lieblingswort sagen konnte.

»Gegessen? Merda! Scheußlich. Aber wir sind auch ohne den Schädel nah dran. Das Glück ist auf Seiten der Tüchtigen, Rungholt. Noch ein paar Tauchgänge, und wir haben den Hort. Merda, es sind Kostbarkeiten aus dem Beutezug nach Konstantinopel, Rungholt.« D' Alighieri musste seinen fragenden Blick gesehen haben, denn er fuhr fort: »Der Hort. Gold, Silber, Edelsteine und Elfenbein. Die Nordmänner sind nach Novgorod. Über die Newa und dann … Was weiß ich. Scheiße, nach Konstantinopel.«

»Schön für die Nordmänner.«

»Ach.« D' Alighieri winkte ab. »Immer so schlecht gelaunt. Merda. Da drin, da drin liegt ein Schatz, so kostbar, dass ich das ganze Scheißlübeck kaufen kann. Und morgen schaffen wir ihn in Karren weg. Der Schädel weist doch, Scheiße noch mal, hierher?«

Rungholt nickte, hatte seinen Blick aber wieder de Kraih zugewandt und funkelte den Mann an, der sich während der Unterhaltung mehr und mehr von den anderen gelöst hatte und auf Rungholt zugekommen war. Sein Schwert locker in der Hand, schien er nur auf den Befehl seines Herrn zu warten.

»Seht Ihr«, sagte d' Alighieri den anderen. »Der Schädel führt ebenfalls an diesen Uferabschnitt.«

»Und Peterchen und … Max?«, wollte Rungholt wissen. »Er hieß doch so.«

»Ja, ja.«

»… Sie waren unten, als es geschah. Richtig? Als die alte Glocke zerriss?«

»Ja. Gryps und seine Hure, die Turteltauben. Sie haben es nicht mit ansehen können, wie die beiden Scheißkinder beinahe ersoffen sind … Sind mit ihnen geflüchtet. Nach Lübeck.« Belustigt schüttelte er den Kopf.

»Haben sich den Schädel gegriffen, die Kugel, den Ring. Sie dachten wohl, Euch damit aufzuhalten.«

»Mich ... Scheiße, wie lächerlich.«

»Ihr wolltet Gryps. Ihr wolltet ihn töten. Deswegen sollte ich ihn suchen.«

»Richtig. Ligawyi. Ihr spürt alle auf, wir bringen sie um.« Wieder grinste er. Der Schatten, den die Gugel über seine blassen Züge warf, ließ ihn noch teuflischer wirken. »Ja, ich wollte auch Max und Agnes. Aber die sind ja einfach so gestorben.«

»Einfach so gestorben?«

»Das Tauchen, das hat ihre Säfte durcheinandergebracht. Ach, wäre Wiesberg hier, er könnte Euch Vorträge halten. Zu köstlich.«

»Mornewech? Die Zwillinge?« De Kraih nicht aus den Augen lassend, schob Rungholt seinen Fuß auf dem Steg einen weiteren Schritt rückwärts. Die locker aneinandergebundenen Hölzer knarzten eigentümlich auf dem Wasser.

»Was? Zwillinge?« D' Alighieri lüpfte sein schweres Kleid und überprüfte, ob sein Dornenband noch richtig saß, das er sich um den Oberschenkel gebunden hatte. »Ach ... Scheiße. Von denen habe ich nur gehört. Seh ich aus, als würde ich irgendwelche Weiber beglücken?« D' Alighieri lachte dreckig und stellte sich gut gelaunt der nächsten Frage. »Und der Mornewech? Wollte aussteigen, als sein Sohn überlebte und mit Gryps fort ist, da ist er auch zurück nach Hause.«

Rungholt wich noch einen Schritt zurück, spürte das feuchte Holz und meinte Wasser an seinen Knöcheln zu fühlen. »Ihr wolltet alle Zeugen mundtot machen, und ich habe Euch Gryps ans Messer geliefert.«

»Na, na, na. Sagen wir, Ihr wart nahe dran ... Taucht dieser Kerl mit einem Mal auf. Scheiße, direkt vor den Bolzen läuft er. Weil er meint, Euch vertrauen zu können. Das nenn ich Fügung. De Kraih hat nur noch abdrücken müssen.«

»Und mein Haus, meine Kogge, die Brauerei?«

»Hm. Ein Nebenverdienst. Ein bisschen Frohsinn in diesem Moloch aus Regen und Enttäuschung… Und bevor Ihr fragt: Nein, Euer Konvoi… Scheiße, irgendein hungriger Bauerndreck hat Euch überfallen. Tüks und Poling haben es bloß auf dem Weg zurück in die Stadt gesehen.« D' Alighieri klatschte in die Hände. »Merda, jetzt aber genug ge… ge… Wie sagt Ihr…?«

»Geschnackt?«

»Geschnackt. Scheiße, genau.« Er wandte sich mit einer Geste an de Kraih, der daraufhin nickte. Er kratzte seine Y-Narbe, wischte sich den Regen vom Kinn und hob das Schwert. Seine schwarzen Lederschnabelschuhe ließen Schlammwölkchen in die Pfützen schießen, als er mit festem Schritt auf Rungholt zukam.

Der sah nach links: Wasser. Nach rechts: Wasser. Er wich einen weiteren Schritt zurück und bemerkte, wie die Handwerker zu tuscheln begannen. Rückwärts. Geh. Spring ins Wasser. Du musst weg. Weg. Rungholt fiel beinahe, weil der Steg wackelte, als de Kraih die Bohlen betrat. Dennoch ließ er die Gnippe hochfahren, holte aus und entschied sich in dem Moment, als die Klinge seine Pranke verließ:

D' Alighieri.

Er warf das Messer mit sattem Schwung. Selbst de Kraih war überrascht, dass Rungholt sich überhaupt wehrte. Die Gnippe zog knapp am Kopf der Krähe vorbei, fuhr durch den Regen, teilte Tropfen und raste auf den Florenzer in seiner Sänfte zu.

Genau ins linke Auge, Wittenfresser…

D' Alighieri riss den Kopf zur Seite, so abrupt, dass die Träger wankten.

Es war jedoch dieses Wegducken, das ihn verletzte.

Nicht die Gnippe traf, sondern ein Armbrustbolzen.

Er galt de Kraih, durchfuhr aber zunächst d' Alighieri

von hinten die Schulter und riss ein Loch, riss den Wittenfresser von seiner Sänfte und schoss weiter unbeirrt durch den Regen – in nie gesehener Schnelligkeit. Schließlich zerfetzte er de Kraihs Rücken und riss den Mann ins Wasser. Das Gesicht nach unten, trieb er neben dem Steg, während d' Alighieris Wutgebrüll über den See hallte. Blitzschnell teilten sich die Männer auf und griffen an. Mit Schlachtgeheul stürmten drei auf Sinje und Marek zu, die auf einer der Hütten standen. Gleichzeitig liefen Poling, Meenkens und Tüks auf den Steg.

Die Hölzer schaukelten wellenartig, Rungholt warf sich herum, glaubte jeden Moment zu fallen und kam sich vor, als tapste er nachts betrunken durch seine Diele. Um nicht aufs Wasser sehen zu müssen, konzentrierte er sich auf den Kraken und lief darauf zu.

Auf dem Floß konnte er besser treten. Es schwankte nicht, die Hölzer bildeten eine in sich feste Fläche. So schnell er konnte, passierte er den massiven Kran, das Schwungrad und drückte sich zwischen den schlanken Fässern hindurch. Ein weiterer Bolzen sirrte durch die Luft und traf Meenkens am Bein, der alte Böttcher sackte wimmernd zusammen. Das Geschoss blieb einige Klafter weiter in den Bohlen des Floßes stecken.

Als Rungholt gegen eines der schlanken Fässer stieß, pendelte es herum. Sie sind leer, dachte Rungholt erstaunt, dann tauchte er unter der Glocke ab, bemerkte überrascht, dass der Krakenkörper keine geschlossene Kugel war, sondern unten offen, und packte die Strickleiter. Im Fass über sich konnte er ein Brett zum Sitzen erkennen, ein paar kleine Spaten an der Wand, Ketten und Schaufeln.

Ich kämpf auch damit, sagte er sich grimmig. Bei jeder Sprosse zuckte Feuerschmerz durch seinen Rücken, aber von dort oben würde er Poling und den anderen Mann abwehren können. Hoffentlich so lange, bis Marek die Übrigen erledigt hatte. Außerdem war er durch das dicke Holz einigermaßen vor den Armbrustern geschützt.

Behände sprang Poling an die Leiter. Rungholt wurde durchgeschüttelt, klammerte sich fest. Während Rungholt bei jedem Schritt keuchte, war es für den drahtigen Schiffbauer ein Klacks, die Strickleiter hinaufzukommen.

Rungholt packte das Sitzbrett und zog sich drüber, saß – Bein links, Bein rechts – endlich sicher. Hektisch griff er den Spaten, wollte ihn von der Wand... Er war festgebunden. Lederriemen. Wie aufmachen? Schnalle? Wo...?

Polings Schwert krachte neben Rungholt ins Holz. Der Mann musste schlagen und sich gleichzeitig an der frei schwingenden Leiter festhalten. Rungholt riss das Lederbändchen entzwei, den Spaten an sich und schlug zu. Er traf den Schlagarm des Schiffbauers, holte sofort zu einem zweiten Hieb aus und ließ das Spatenblatt in Polings Kopf krachen. Der Schiffbauer stürzte schreiend zwei Klafter in die Tiefe und knallte mit dem Rücken auf das Floß.

Tüks starrte von unten Rungholt an, war sich offenbar nicht sicher, ob er auch hinaufsollte.

»Trau dich!«, brüllte Rungholt ihm zu. »Los doch!« Speichel lief aus seinem Mund. Er setzte sich richtig aufs Brett.

Obwohl das Fass von außen riesig wirkte, war es innen durch das Sitzbrett, die Geräte und einige Eimer samt Netzen recht eng. Ein aus mehreren Metallen gearbeiteter Hebel grub sich Rungholt unangenehm in den Arm, schnitt und drückte sich in sein Fleisch. Ungläubig starrte er auf die Druckstellen. Die Runen an den Armen, durchfuhr es ihn. Mehrere Stunden in diesem Fass und...

Das war es also. Hier hatten sie gesessen. Genau hier.

Anstatt die Leiter zu packen, riss Tüks mit einem Mal den Kopf herum, und Rungholt meinte, Pferde zu hören. Ein Signalhorn. Die Rufe der Handwerker vermischten sich mit neuerlichem Kampfgeheul und nun auch Kinderschreien.

Pfeile zischten, und ein ganzes Bündel traf die Glocke. Rungholt hörte sie ins Holz einschlagen. Armbrustbolzen splitterten gegen die Außenwand, klopften wie ein unliebsamer Gast.

Als Rungholt wieder nach unten sah, brach Tüks von vier Pfeilen getroffen zusammen. Weitere Handwerker kamen unter die Glocke gelaufen, wollten sich auf dem Floß oder im See in Sicherheit wissen, doch Bolzen und Pfeile durchschlugen ihre Körper.

Wer auch immer da schoss, es konnte nicht Marek sein. Selbst mit Sinje zusammen hätte er diesen Geschosshagel niemals ...

Ein Bersten. Ein fürchterliches Knacken und Zittern durchfuhr die Glocke. Der Krake zuckte mit seinen Tentakeln. Rungholt klammerte sich ans Sitzbrett.

Was zum Teufel ...

Er konnte den Gedanken nicht mehr denken, denn jäh riss das Tau, und er stürzte in die Tiefe. Auch für einen Schrei blieb keine Zeit.

Das schwere Fass und die Netze voller Steine zerschlugen das Floß. Splitter und Holzfetzen spritzten wie Funken. Trafen die Glocke, verirrten sich ins Innere und rissen Rungholts Haut auf. Der Krake riss die schlanken Fässer mit sich und zermalmte die meisten sogleich, bevor sie ins Wasser eintauchten.

Rungholt hatte seine Füße und den Rücken gegen das Fass gestemmt, den dicken Hintern auf das Brett gedrückt, krallte sich fest.

Mit der Kraft einer wilden Ochsenherde schlug ihm das Wasser entgegen.

Die Glocke sank.

50

Rungholt hatte erwartet, dass die Gedanken durch seinen Kopf wirbeln, dass sie tanzen und ein wirres Licht entfachen würden. Sätze und Bilder, ein Strudel ohne Anfang und Ende. Zumindest war es, wenn seine Träume ihn unter das Wasser gedrückt hatten, stets so gewesen.

Doch jetzt war sein Kopf leer. Er konnte lediglich starren, glotzen auf das trümmerübersäte Wasser zu seinen Füßen, das hin und her schwappte und den Blick auf das Nichts freigab. Auf das Nichts bis zum Grund, den er nicht sehen, nur spüren konnte. Schwarzer Schlund.

Seine Hände pochten. Rechts war die Schnittwunde aufgerissen, er hatte sich wohl beide Handgelenke gebrochen. Schmerzen verspürte er jedoch nicht, dazu brodelten seine Säfte zu stark.

Die Töversche, dachte er und konnte den Blick nicht von der Wasseroberfläche lassen, die unter seinen Schnabelschuhen im letzten Licht der Welt schimmerte.

Ich liebe dich, Alheyd.

Die Töversche hatte Recht, dachte er.

Dieser Schädel… Er führt dich zu deinem Grab.

Mein Grab ist das Wasser.

Dann versiegten ihm alle Gedanken, und es blieb nur noch ein Wort:

Nein.

Die Glocke sank gerade und sehr gleichförmig, die Netze mit den Steinen zogen sie ins Dunkel des Sees, und um Rungholt wurde es Nacht. Nacht ohne Mond, ohne Sterne. Er klammerte sich ans Holz, spürte die Hebel in der Seite und versuchte, die Beine hochzuziehen, doch es gelang ihm nicht. Die Glocke war zu eng. Auf der Flucht hatte er sich hineingezwängt, doch wie herauskommen? Wohin überhaupt?

Er sucht zierliche, kleine Menschen.

Das Knarzen und Stöhnen des Kraken dröhnte in seinen Ohren. Ein Zischen, irgendwo über ihm. Des Kraken Odem schoss durch das Loch, das der Armbrustbolzen geschlagen hatte.

Der faulige Gestank des Wassers stieg Rungholt in die Nase. Das Wasser, dachte er, es wird gleich hier reinschießen und mich an die Decke der Glocke drücken, und dann wird nichts mehr sein.

Doch die Flut kam schleichend. Finger um Finger kroch sie in die Glocke, Elle um Elle. Er sah nur Finsternis, spürte aber die tausend kalten Hände an seinen Füßen.

Habe ich die Augen geschlossen, oder ist es wirklich so dunkel?

Ich sitze auf meinem Schreibtisch, hocke da wie ein Rabe, und das silbrige Nass umspült meine Zehen.

Lieber Gott, lass es schnell gehen.

Es ist das Wasser. Nicht der Schnee, der mich in die Hölle bringt.

Es ist so dunkel.

Er schrie. Unfähig zu denken, sich zu bewegen. Die Welt war Dunkelheit, ein Gefängnis aus Holz, mit Türen aus Wasser.

Rungholt schrie. Er schrie.

Das Wasser hatte ihn wieder.

Bist zweiunddreißig Jahre davongerannt, Rungholt.

Und nun schluckt dich das zahnlose Wassermaul.

Es gab nur einen Weg zu entkommen.

Rungholt musste vom Brett rutschen. *Einen Weg.* Hinab ins Wasser.

Ich kann nicht. Ich kann da nicht rein. Mein Gott, ich kann doch nicht ins Wasser gehen. Ich kann doch nicht … *tauchen*!

Lass dich fallen.

Er holte Luft.

Das Wasser ist schon bei deinen Knien. Du musst gehen.

Er zwang sich, zwang sich, endlich das Brett loszulassen. So fest er konnte, schloss er die Augen. Für ein Gebet war keine Zeit. Ich liebe dich, Alheyd. Ich habe das nicht gewollt.

Seine Hand öffnete sich.

Geh.

Geh ins Wasser.

»Vater unsir…«

Los.

Ich kann nicht.

Geh.

»…giheiliget werde din namo…«

Rungholt rutschte am Brett entlang, glitt ins kalte Schwarz. Das Wasser umschloss ihn. Es nahm ihn auf wie einen alten Freund. Es wickelte ihn in kalte Laken und liebkoste seine heißen Wangen. Es benetzte seine Lippen und küsste seine Lider.

Wasser.

Rungholt schlug die Augen auf. Durchs Wasser schwebend, wie kein Vogel jemals gleitet, driftete er dahin und sah seine Stadt.

Rungholt, dachte er. Da ist Rungholt. Oder ist es das Dorf der Víkingr? Nein, das ist… Das ist die Goldene Stadt der Edomsharde. Ja.

Da war der Hafen, vor dem die Koggen zur Ebbe mit Fuhrwerken entladen wurden, die gedrungenen Reethäuser, die sich mit ihrem Pfostenwerk gegen den ewigen Wind stemmten und deren Giebel bunt bemalt waren. Wimpel flatterten, und überall glitzerte das Gold, als wäre Rungholt in eine Schatztruhe gestürzt. Verwirrt rieb er sich die Augen.

Er träumte. Er träumte, wieder unter Wasser zu sein. So musste es sein. Wahrscheinlich war er in seiner Dornse und träumte. Schwerelos glitt er dahin. Er atmete Wasser ein, atmete wie ein Fisch ein und aus und bekam die Augen vor Staunen nicht zu. Seine Stadt. Seine Kindheit.

Schwester, Mutter, Vater.

»Ihr seid alle hier?«

Mein Gott, wie schön. Er meinte sie vor seinem Reethaus zu sehen, am Brunnen. Sie winkten. Rungholt fuhr herum, weil er glaubte, einen Blick gespürt zu haben.

Am schwarzen Grund leuchtete eine Gestalt.

Irena.

Dort im Wasser. Endlich hinabgesunken auf den Grund des Sees. Nicht mehr unter dem Eis, nicht mehr gefroren. Rosig gar ihre Wangen.

Irena?, hörte er seine Stimme.

Er konnte sprechen. Er sprach unter Wasser.

Irena!

Er war ihr jetzt ganz nah. Ihr überlanges Kleid umwehte ihn, ihre schlanken Arme streckten sich nach ihm aus. Arme aus Licht strichen über seine Wangen. Diese Arme. Irenas Arme aus Licht.

Irena?

Sie öffnete die Augen. Sie öffnete die Augen. Und ihr Blick war herzlich.

Rungholt?, bildeten stumm ihre Lippen. Und sie lächelte.

Irena lächelte.

Es war das Letzte, was er sah. Dieses Lächeln. Irenas Lächeln.

Das war mein Leben wert.

Ich habe dich geliebt.

Ich werde dich immer im Herzen tragen, sagte er, und sein Herz blieb stehen.

Das Wasser wurde sein Grab.

Rungholt.

51

Funken. Nein, Sterne. Glitzernd tauchten sie auf. Mit einem Mal erhellten wärmende Sonnenstrahlen das Wassergrab. Die Dunkelheit wurde von rotem Licht durchdrungen. Männerstimmen. Vom Grund. Kaum hörbar. Die Freunde seines Vaters? Die Händler Rungholts?

Er versuchte zu atmen, hustete bloß, hatte schlagartig das Gefühl sich zu verschlucken, zu ersticken. Er bäumte sich auf.

Jemand schlug ihn. Jemand hatte sich auf seinen Bauch gesetzt und versuchte, ihm den Atem zu rauben und …

Rungholt spuckte Wasser, öffnete flatternd die Lider. Das Licht. Es war Feuer. Hinter ihm stand der See in Flammen. Haushohes Feuer leckte in den kalt-grauen Tag. Die Hütten brannten, und der Kran stand lichterloh in Flammen. Eine gigantische Fackel. Sie wärmte Rungholt mit ihrem orangeroten Glanz. Er spürte unter sich Schilf.

Morast, dachte er, dreckige Erde, schöne schmoddrige, stinkende Erde. Ufer. Die Welt hat mich wieder.

»Marek«, stöhnte er und knurrte: »Hör verdammt noch mal auf, mich mit Wasser vollzufüllen.«

Sein Grummeln brachte Marek zum Lachen. Der Kapitän zitterte. Er war ebenfalls klitschnass, hatte sich auf Rungholts Bauch gesetzt und seine Brust gedrückt.

»Ich habe Rungholt gesehen. Nicht mich, die Stadt.«

Der Kapitän lächelte ihn an. »Es ist alles gut. Du lebst. Ich hab dich rausgefischt.«

»Sinje? … Die Kinder?«

Marek nickte zur Seite, und Rungholt erkannte Sinje im Regen. Die weinroten, nassen Kleider zeichneten ihre stolze Statur begehrenswert vor die Flammenwände der Gebäude. »Kerkring ist gekommen. Er hat drei Armbruster und wer weiß wie viele Bogenschützen mitgebracht.«

»Und Riddere«, warf Sinje ein, trat heran und kniete sich zu Rungholt. Sie fühlte seinen Puls, band ein Säckchen vom Gürtel und benetzte seine Lippen mit einem Pulver.

»Er hat sie befreit«, sagte Marek. »Die Kinder sind frei. Kerkring hat sie alle befreit.«

»D' Alighieri?«

Marek konnte nur mit den Achseln zucken. »Tot. Sicher tot.«

»Kerkring...« Rungholt hatte kaum Kraft zu sprechen, musste aber an den Schädel denken, der vor seiner Nase in die Engelsgrube gefallen war. »Wahrscheinlich hat er den See erkannt, den im Schädel, und hat die Schreie gehört.«

Rungholt nickte. Er wollte den Kopf heben, aber Marek musste ihn stützen. Hundert Klafter weiter das Ufer hinunter konnte er vor den Flammen der Hütten Riddere auf ihren Pferden sehen. Sie kämpften noch immer mit d' Alighieris Bütteln und zweien der Handwerker.

Rungholt ließ seinen Blick gen Lübeck schweifen, zumindest dorthin, wo er die Stadt hinter Fichten, Niesel und Nebel vermutete. In den Wrasen zeichnete sich Kerkrings Silhouette ab. Seine beleibte Statur auf dem Rücken eines Kaltblüters. Zwei Männer brachten im Laufschritt die Kinder zu ihm. Der Rychtevoghede lächelte, wenn Rungholt in Rauch und Nebel richtig sah. Ein frohes Lächeln. Ungewohnt für den Ratsmann. Auch Rungholt musste lächeln. Sie waren gerettet. Das war die Hauptsache.

»Ich habe sie nach Hause gebracht«, meinte Rungholt. »Die sechs. Wir haben sie nach Hause gebracht. Auch wenn Kerkring mit den Kindern durchs Stadttor reitet.«

Sinjes Hand umschloss Rungholts. »Ja.« In ihrem Blick lag etwas Tröstendes.

»Ja«, meinte Marek gleichfalls. »Wir haben sie gefunden.«

»Und er wird wie ein König heimkehren«, rang Rungholt nach Atem.

Ein letztes Mal sah er sich zu den Flammen und dem Rychtevoghede um. Kerkrings Blick suchte den See ab, das Ufer. Er hielt vom Pferd aus Ausschau, suchte nach ihnen. Rungholt fiel zurück in den Uferschlick. »Kerkring«, hauchte er. »Wir haben die Kinder gefunden – und er wird uns jagen.«

Er schloss die Augen und spürte, wie Marek ihn sanft ins Schilf bettete, dann einen Kuss von Sinje auf seiner Stirn. »Das wissen wir«, hörte er sie hauchen. »Das wissen wir, Rungholt. Er wird uns alle drei jagen.«

Rungholt nickte. Einen Atemzug später schwanden seine Kräfte erneut, und er wurde ohnmächtig.

Der wochenlange Regen hatte die Erde um Lübeck zu einem Schlammpfuhl werden lassen, in dem die Pferde immer wieder bis zum Oberschenkel versackten. Sie konnten sich nur mit Mühe befreien, schnaubten, keuchten und schwitzten bereits nach wenigen hundert Klaftern.

Für eine halbe Meile brauchten Rungholt, Marek und Sinje den ganzen Tag. Sie wollten Lübeck umrunden, wagten aber nicht, die etwas besseren Wege zu benutzen. Zwar gab es um die Stadt kaum befestigte Straßen, doch immerhin die Handvoll Hauptwege waren vermutlich besser passierbar. Aber leider sehr belebt.

Sie wollten nicht auffallen, versuchten deswegen im Wald zu bleiben und kreuzten Felder und Äcker nur, wenn es nicht anders ging. Hier waren sie ungeschützt und gaben ein prächtiges Ziel ab. Nicht nur das, durch den Regen waren die Äcker selbst zur Todesfalle geworden. Wenn sich die Kaltblüter nicht mehr aus dem Morast ziehen könnten und sie gezwungen wären abzusteigen, hätte der Schlamm sie bis zum Bauch, bis zur Brust umschlungen und für immer festgehalten.

Nachdem die drei vom See geflüchtet waren und Rungholt ein wenig Kraft gesammelt hatte, waren sie sofort in Richtung Lübeck aufgebrochen. Sie hatten gehofft, im Getümmel an der Holstenbrücke untertauchen zu können. Einige hundert Menschen hatten sich um den Wal versammelt, der inzwischen auf der Holzkonstruktion der Brücke ruhte, schnitten mit Baumsägen den Fisch und luden sein Fleisch auf Karren.

Es herrschte Volksfeststimmung. Rungholt frohlockte, wähnte sich schon wieder in den sicheren Mauern seiner Heimatstadt. Doch dann bemerkte er, dass die Wachen des Äußeren Tores alle ankommenden Händler, Bauern und Tagelöhner penibel kontrollierten. Jedes Gesicht studierten sie, blickten unter jeden Karren und unter jedes Fell. Der Hauptwachmann hatte ein Papyrus bei sich. Rungholt meinte sogar, ein Bild von sich darauf zu erkennen. Sicherlich nicht viel besser gestochen als Gryps' Porträt.

Im Gebüsch lauernd überlegten die drei, was sie tun sollten. Rungholt war unschlüssig. Seine Handgelenke waren geschwollen, aber nicht gebrochen, dafür plagte ihn sein Rücken. Der lange Ritt auf dem Gaul hatte es nicht besser gemacht. Er war mit seiner Geduld am Ende.

Doch konnte er es wagen, erhobenen Hauptes in seine Stadt einzureiten?

Mit einem Mal war Sinje losgegangen, hatte Rungholts Zweifeln wohl sattgehabt. Marek hatte sie noch zurückhalten wollen, doch sie war bereits auf den Pfad zum Holstentor getreten und hielt unbeirrt auf die Soldaten zu.

Mit angehaltenem Atem beobachteten die beiden Männer, wie sie sich als Bäuerin ausgab und den Soldaten, die ihr dreckiges Gesicht kaum zur Kenntnis nahmen, tiefe Einblicke in ihr Teufelsfenster gewährte.

»Sie suchen nach dir, Rungholt. Alle. Er hat dich für flüchtig erklärt. Und dich tatsächlich verfestet«, sagte sie, als sie zurückgekehrt war und sich neben die beiden hockte. Für zwei Atemzüge wirbelten in Rungholt die Gedanken. Dann setzte er sein sturstes Gesicht auf und nickte.

»Soll er machen, was er will. Muskopp.« Eigentlich wäre er am liebsten einem Berserker gleich in die Stadt gestürmt, direkt zu Kerkring. Und diesmal hätte er ihn durch jedes noch so kleine Fenster geprügelt, doch die Vernunft siegte. Es war besser, planvoll vorzugehen. Deswegen drehten sie um und ritten zurück in den Wald, schlugen einen Bogen um Lübeck. Die ersten zwei Tage trabten sie gen Süden, furteten die Trave, schlichen sich durch Matsch und Pfützen an Gehöften vorbei und standen am vierten Tage vor der Stecknitz.

Das sonst so schmale Flüsschen brodelte über die Ufer. Die Wiesen waren aufgeweicht, und sie suchten einen geeigneten Lagerplatz bis in die Nacht. Marek entfachte ein Feuer. Doch die Wärme konnte nicht durch die nassen Umhänge dringen und ihre kalten Knochen wärmen. Am zweiten Tag bezahlte Rungholt schließlich einen ausgemergelten Salztreidler. Die paar Münzen, die er in den Beuteln an seinem Gürtel trug, waren alles, was er noch besaß. Davongeweht wie Nebel, all seine Witten, die Fässer an Reichtum, die einst seine Böden gefüllt hatten. Was hätte Nyebur, sein Lehrmeister, wohl gesagt, wenn er ihn so gesehen hätte? Verdreckt, verwundet, verfestet.

Ihr Fährmann hatte kaum Ladung. Zusammen mit den Tieren setzte er sie über. Schlammverkrustete Pferde, Wölkchen schnaubend im Sommerregen, drei stumme Gestalten, von Dreck besudelt und durchnässt, auf einem schmalen Bootsschatten im aufkommenden Nebel.

Durch Regenschleier rückte Lübeck näher. Müde durchquerten sie die Feuchtwiesen hinter Gut Stecknitz, und am Abend rochen sie die ersten Feuerstellen und Kamine. Wie ein Schutzwall lag der Dunst um Lübeck.

»Wir sind gleich da«, sagte Rungholt.

Marek wollte zu ihm aufschließen, gab seinem Braunen die Hacken, bevor er merkte, dass es wegen des Morastes unmöglich war zu galoppieren.

»Wie willst du an den Wachen vorbeikommen?«, rief er deshalb Rungholt zu.

Der brummte. Er brummte, wie er es gerne tat.

»Und wenn wir in der Stadt sind«, fragte Marek, »wo willst du hin? Was willst du dann machen?«

Auf eine Antwort hatte Rungholt keine Lust. Zu viele Worte für eine simple Tat.

Zu sterben war schwer, aber den Tod zu bringen eine einfache Sache. Ein Schnitt, ein Stich, ein Hieb.

Einen Menschen töten ist das eine, mit der Sünde leben etwas anderes. Seid Ihr dem gewachsen?

»Ich bin bereit«, meinte Rungholt grummelnd, als sei das die Antwort auf Mareks Frage.

»Na schön. Aber du bist verfestet. Wenn es schlimm kommt, sag ich dir, sind wir es auch... Rungholt? Hörst du mich?... Rungholt?... Wir haben die Männer des Richters angegriffen. Sie haben sicher die Leiche entdeckt. Vadder unsir.« Er bekreuzigte sich.

»Lass gut sein«, hörte er Sinje sagen. »Rungholt weiß schon, was er tut.«

Rungholt blickte sich nach seinen zwei Begleitern um. Wilde aus dem Wald. Sie haben Moos im Haar und sind ganz schwarz...

Marek zog die Armbrust auf seinem Rücken straff, lächelte matt zu Sinje, die mit dem Schwertblatt ihren Fuchs antrieb. Das Pferd sah schlimm aus, hatte Schaum vor dem Maul vor lauter Anstrengung. Sie kontrollierte die Klinge, bevor sie die Waffe zu ihren Säckchen an die dicke Kordel steckte, die ihr dreckiges Surkot umschloss.

»Kerkrings Männer«, meinte Rungholt ruhig. »Wir haben bloß Kerkrings Männer angegriffen. Ein Richter soll Recht sprechen, tut er es nicht, ist er kein Richter. Dat bose vermeide unde achte de ryte, Marek. Dat bose vermeide...«

»Und du vermeidest es?«

»Ich bin das Böse, Marek.« Er lächelte seinen Freund an. »Seinem Schicksal kann man nicht entkommen.« Ohne eine Antwort abzuwarten, trieb Rungholt seinen Kaltblüter voran. Endlich hatte der Schlick sie freigegeben. Der Rappe schnaubte, als sie die letzte Baumreihe passierten. Rungholt mahnte ihn zur Ruhe, klopfte seinen Hals, wie es sein Kapitän ihm beigebracht hatte. Er hasste diese Tiere noch immer. Zu groß, zu umständlich, zu kräftig.

Der Nebel kroch hier kaum höher als zu den Schenkeln der Pferde. Rungholts Blick wanderte den Waldrand entlang zum Hüxtertor. Wie sie gedacht hatten, war dieses Tor kaum bewacht. Die Riddere sorgten für die Sicherheit beim Walfisch. Und für Kerkrings Wohlergehen.

Rungholt lächelte zufrieden. Sein Blick schweifte hinüber zum Wasserspiel. Es drehte sich, die Bleichwiesen standen gänzlich unter Wasser. Die Wakenitz war auf das Dreifache ihrer Breite angeschwollen. Sein Blick glitt am Dom mit seinen beiden Westtürmen vorbei, am Turm der Aegidienkirche, an der Petrikirche, im Norden zum Turm von Jakobi und schließlich zu den Zwillingstürmen St. Mariens, die hinter dem imposanten Bau des Rathauses gerade noch zu erahnen waren.

Lübeck. Stadt der sieben Türme. Stadt der Schlächter und Mörder. Stadt des Unrechts.

Ich kehre heim.

Er atmete die klamm-feuchte Luft ein und schmeckte den Schlamm auf seinen Lippen. Erhaben und mächtig lag die Stadt mit ihren Backsteinbauten vor ihm. Wie eine Insel im Meer aus Morast.

Ich bin zurück, stellte er ohne Freude fest. Ich kehre heim.

Vor seinem inneren Auge tauchte die Töversche auf. Er hatte immer gedacht, in solchen erhabenen Momenten, wenn einem die Geborgenheit der Heimat die Gedanken wärmt, Alheyd vor Augen zu haben, Mirke, seine Enkelin Marlein. Oder Irena. Sicher Irena. Aber jetzt sah er eine alte

Frau. Eine Greisin mit schwarzen Zähnen, die ihn irre anlächelte.

Es wird dein Tod sein, Rungholt.

Auch Rungholt musste lächeln. So wenig er an Zauber glaubte, musste er ihr doch Recht geben. Das war sein Tod. Es war sein Tod und seine Wiedergeburt.

Im Nebel formte sich ein Gesicht.

Er. Das war er. Er küsste den Teufel nicht, nein ... Er steckte dem Teufel seine Zunge in den Mund.

Rungholt biss die Zähne zusammen. Das war keine Einbildung. Er hatte diese Schatten in der Hütte der Knochenfrau gesehen. Der Schnitt der Töverschen in seiner Handfläche juckte. Wie sollte er verheilen, wenn er ständig zupacken musste?

Rungholt griff nach seinem Kopfverband und riss ihn sich herunter. Mit festem Blick auf Lübeck schlang er das besudelte Scharpie um die Hand. Besser, es schützte seine Faust als seinen Schädel.

»Alles gut? Keine Schmerzen?«

»Keine Schmerzen.« Rungholt nickte Sinje zu. Seine Augen nicht von den Türmen, der Mauer, den Häusern nehmend, klappte er seine Gnippe mit geübten Schnalzern auf und zu. »Finden wir einen Weg in die Stadt – und dann einen in Kerkrings Amtsstube. Schreiben wir ein letztes Kapitel in mein Sündenbuch.«

»Daß es keyn kuowe ablecket, noch keyn krae außkratzet«, pflichtete Marek ihm bei.

Rungholt schwieg. Du hast Recht, dachte er. Wir ritzen es mit Blut in mein Sündenbuch. Und keine Kuh, keine Krähe wird es jemals wegwischen können.

Er sagte kein Wort. Er brummte.

Mit einem Mal kehrte Ruhe ein. Das Rauschen der Blätter, das Rascheln des Grases, das Gepladder der Pfützen. Das Tropfen versiegte allüberall.

Rungholt sah zum Himmel hoch. Die Türme und Mauern der Wrasenstadt waren niedergebrannt.

Der Regen schwieg.

Sonne stach durch die Wolken.

Ich bin das Böse, dachte Rungholt.

Nachwort

(Achtung, das Nachwort verrät Wendungen des Buchs!)

In den Jahren 1380 und 1384, bloß zehn Jahre bevor dieser Roman spielt, konnte der Lübecker Rat nur mit Mühe einen Aufstand der Handwerker verhindern.

Die Männer – ca. sechzig Verschwörer, darunter siebenundzwanzig Knochenhauer – wollten am 17. September 1384 um neun Uhr sämtliche Ratsmänner bei einer Sitzung gefangen nehmen und notfalls erschlagen. Die Aufständischen wollten mehr Mitbestimmung: Mitgliedschaft im Rat, eine Beteiligung an der Macht.

Diese Aufstände gingen als die Knochenhaueraufstände in die Geschichte ein.

1394 dann kam der Ostseehandel tatsächlich beinahe komplett zum Erliegen, und eine große Hungersnot suchte das Land heim. Durchaus vorstellbar, dass es in diesen Tagen zu Aufständen in der Stadt gekommen ist.

Was den Kraken anbelangt, die Tauchglocke und den Hort, so mische ich hier Fiktion mit Realität.

Eine Zeitlang war die Fachwelt überzeugt, am oberen Ende des Hemmelsdorfer Sees liege das verschollene Wikingerdorf

Reric. Eine Stadt, ähnlich legendär und »golden« wie das Rungholt in der Nordsee. Eine sagenhafte Stätte. Neuerdings geht man jedoch davon aus, dass sich der wichtige Wikinger-Handelsplatz eher in der Wismarer Bucht nördlich von Wismar befunden haben muss. Aber nichts spricht dagegen, dass am Hemmelsdorfer See nicht ein anderes, d' Alighieris, Wikingerdorf gestanden haben könnte.

Bei meinen Recherchen bin ich auf eine Kuriosität gestoßen. So stellt ein Punkt im Hemmelsdorfer See die tiefste Stelle Deutschlands dar! Ich habe es kaum glauben können, aber an einer Stelle des Sees geht es 39,5 m Meter in die Tiefe (tiefster Festlandpunkt Deutschlands). Perfekt für verheerende Tauchfahrten auf der Suche nach einem Schatz.

Die Sitte, einen Hort anzulegen, also die Reichtümer an einem Ort zu verstecken, wenn man auf Reisen oder Eroberungszüge ging, ist historisch belegt. Immer wieder werden diese Schätze geborgen und geben nach tausend Jahren ihre Geheimnisse preis.

Zu Rungholts Zeiten waren die Wikinger seit rund neunhundert Jahren verschwunden. Wahrscheinlich dachten die Menschen damals von den Nordmännern wie wir vom Mittelalter: düstere, geheimnisvolle, brutale Zeiten.

Einen Kraken aus Holz, Schläuche, Fässer voller Luft? Tauchglocke?

Tauchglocken gab es bereits in der Antike. Schon ca. 350 v. Chr. spricht Aristoteles von einem tauchglockenähnlichen Gefährt. Jedoch wurde das Verfahren, Luft in Fässern mit nach unten zu nehmen und die Fässer unter Wasser bei Bedarf zu öffnen und so die Tauchglocke zu versorgen, angeblich erst 1690 realisiert.

Edmund Halley patentierte eine über Leitungen und Fässer mit Luft versorgte Glocke. Gut anderthalb Stunden lang konnte man bis auf eine Tiefe von achtzehn Metern mit dieser Glocke tauchen.

Undenkbar eigentlich, dass auf eine derart simple Lösung, die Tauchglocke zu verfeinern, in zweitausend Jahren niemand gekommen sein soll. Wahrscheinlich war es einfach nicht nötig, lange tief zu tauchen. Es sei denn, man hieß d' Alighieri und hatte einen unermesslichen Schatz zu bergen…

Das Leben reißt Rungholt mit sich. Ohne Besitz steht er nun vor den Mauern Lübecks. Bis zum Scheitel voll des Hasses und der Wut. Vogelfrei.

Dies muss nicht das Ende bedeuten. Vielmehr ist es ein neuer Anfang…

Ich hoffe, Ihnen hat Rungholt auch dieses Mal gefallen, und würde mich freuen, wenn wir uns bei einem neuen Abenteuer wiedersehen.

Dat bose vemeide unde acht de ryt.

Derek Meister
Münchehagen im November 2011

DANKE!

Rungholt hätte niemals sein Flutgrab gefunden, wenn mich nicht zahlreiche Freunde unterstützt hätten.

Mein besonderer Dank gilt:

Marion – noch mal: Ohne dich kein Rungholt.

Heidi und Dschinghi – Was heißt hier »trivialer Ausdruck«?

Ina – Ohne dich wären meine Leichen und die Schreibe blass wie d' Alighieri.

Maren – ein Platz zum Schreiben ist mehr wert als der Hort des Roten.

Und natürlich meiner Lektorin für viel, viel, viel Geduld. Und meinem Agenten, der wie immer tapfer mit mir kämpfte.

Glossar

Ablassbrief	Ein Schriftstück der Kirche, das den Käufer am Gnadenschatz der Kirche teilhaben lässt und so die Sündenstrafe (z. B. Tage im Fegefeuer) nach dem Tod verringert. Mittels des Ablasses ist es möglich, nicht mehr nur durch Buße, Almosen, Wallfahrten oder gemeinnützige Werke (z. B. Kreuzzug, Beitrag zum Kirchenbau) seine Sünden – bis zur Absolution – vergeben zu bekommen.
Abulcasis	Abul Qasim-Halaf ibn al Abbas az Zahrawi (im Abendland »Abulcasis« genannt), 936–1013 n. Chr. Als Hofarzt des Kalifen von Cordoba schrieb er sein Hauptwerk, die Enzyklopädie At Tasrif. U. a. beschrieb er dort schon den Gebrauch von Schwämmen zur Narkose bei chirurgischen Operationen, und er betonte, dass die Kenntnis des menschlichen Körpers Voraussetzung für eine gute Chirurgie ist.

Al-Tasrif Liman Ajiz'an Al-Ta'lif	Für ihre Zeit – um 1000 n. Chr. – eine sehr detailreiche Medizin-Enzyklopädie, die 30 Bände umfasst, mit umfangreichem Anatomie-Teil. Das Werk des Gelehrten Abulcasis war über 300 Seiten stark und ist angeblich aus fünfzig Jahren medizinischer Praxis und Forschung heraus entstanden.
Alkoven	Nebenraum ohne Fenster oder auch eine Nische mit Bett. Oftmals ähnelten die Alkoven einem Schrank, in dem sich ein Bett befand. Man konnte sie schließen.
Allerseelen	Katholischer Feiertag am 2.November, zum Gedenken der Verstorbenen.
Altbüßer	Flickschuster. Durfte Schuhe zwar flicken, aber keine neuen herstellen.
Amtskette	Eine schwere Halskette aus Edelmetallen, bestehend aus Medaillen, Wappen und Amtsinsignien.
At Tasrif	Kurze Bezeichnung des Hauptwerks Abulcasis': Al-Tasrif Liman Ajiz'an Al-Ta'lif (s. dort).
Ave Maria, gratia plena. Dominus tecum. Benedicta tu in mulieribus.	»Der Engel trat bei ihr ein und sagte: Sei gegrüßt, du Begnadete, der Herr ist mit dir.« Lukas 1,28.
Bangbüx	Bang = Angst, ängstlich; Büx = Hose.
Bastardschwert	Anderthalbhänder. Sein Griff war bis zu dreißig Zentimeter lang und erlaubte es so, im Kampf mit der zweiten Hand unterstützend den Knauf oder die Klinge zu packen. Seine Klinge maß bis zu einem Meter.

Beinlinge	Hüfthohe Strümpfe für Männer, ähnlich einer Strumpfhose, nur nicht miteinander verbunden. Sie wurden mit einem Band an die Bruche gebunden (annesteln).
Bi-Ba-Butzemann	Im Altdeutschen stand der Butzemann für eine Art Dämon oder Kobold, und das heutige Kinderlied »Es tanzt ein Bi-Ba-Butzemann« war ein »Beschwörungstanz«. Der Butzemann trug keinen Sack, sondern eine Sense.
Biikebrennen	Traditionelles Fest vom 21. auf den 22. Februar. Mit Feuern wird die Saison des Seehandels eingeleitet.
Brandsohle	Innensohle des Schuhs.
Brokat	Seidenstoff mit eingearbeiteten kostbaren Gold- oder Silberfäden.
Bruche	Leinentuch, das man zwischen den Beinen hindurchschlang und am Gürtel befestigte. Es diente als Unterhose. Im Spätmittelalter auch bereits häufig zusammengenäht.
Causa finita est	Die Sache ist entschieden.
Compesce mentem	Bezwinge deinen Zorn.
Cotte	Ein langärmliges Kleid, in das man hineinschlüpfte, ähnlich einer Tunika. Es wurde meist als Unterkleid unter dem Surkot getragen.
Cracowers	S. Poulaines.
Dartsowe	Dassow. Städtchen an der Stepenitz. Ca. 20 Kilometer von Lübeck entfernt, was einem Tagesmarsch für einen Reisenden im Mittelalter entspricht.

Daß es keyn kuowe ablecket, noch keyn krae außkratzet	Sprichwort: etwas Beständiges, das für immer geschrieben steht: »Dass es keine Kuh ableckt noch eine Krähe auskratzt.«
Dauben(-schale)	Schale aus Holzstreifen, die durch Weidenruten zusammengebunden sind.
Diptychon	Schreibtafeln aus Wachs, die mit einem einfachen Scharnier verbunden sind.
Dornse	Im Mittelalter (vor allem im niederdeutschen Sprachgebiet) ein beheizter Raum. Oft die Schreibstube an der Diele, die durch die Feuerstelle der Küche mitgeheizt wurde.
Dudeschen Poryn	Alter Name für Groß Parin, Dorf bei Schwartau.
Dupsing	Begriff aus der Kostümliteratur. Schwerer Ledergürtel, der über der Schecke um die Hüfte getragen wurde. Oftmals mit eingelegten Beschlägen, die Wappen o. Ä. zeigten. Nicht zu verwechseln mit Dusing (Schellengürtel) und Dupfing (aufgestickter Gürtel).
Dwarsbüngel	Querkopf, Querschädel.
Feh	Russisches bzw. sibirisches Eichhörnchen mit grauem bis weißem Fell. Sein Fell war sehr begehrt und teuer.
feria secunda	S. Wochentage
Flagellanten	Von flagellum, lat. Geißel oder Peitsche. Eine christliche Laienbewegung im 13. und 14. Jh. Die öffentliche Selbstgeißelung und Buße wurde von der Kirche nicht gern gesehen, da die Geißler zum einen als Vorboten der Apokalypse verstanden wurden und zudem Laien wa-

ren (also profane Bauern und Fleischhauer, die dem Volk predigten).

Fortiter ille facit, qui miser esse potest — Tapfer nur handelt, wer still Elend zu tragen vermag.

Friedeschiff — Ausdruck für Kriegszwecke aufgerüstete Koggen in der Hanse.

Fronerei — In Lübeck hieß das Gefängnis »Fronerei«. Sie lag an der südlichen Seite des »kleinen, alten Schrangen«. Die Gefängnisräume waren nach den Ländern und Städten benannt, aus denen die meisten Verbrecher stammten. Hamburg (die größte Zelle mit 5 1/2 qm), Holland (zweitgrößte), Paris und Brabant (die kleinsten, mit 1 1/2 bis 2 qm). Die Lübecker hatten schon damals Sinn für schwarzen Humor.

Garbreiter — Ein eigener Berufsstand, der im Gegensatz zu den Knochenhauern nur gekochtes oder gebratenes Fleisch am Schrangen verkaufen durfte. Sozusagen die Vorform der Imbissbesitzer.

Garnache — Ein Mantel mit kurzen, runden Ärmelansätzen und Kapuze, von Männern getragen.

Geißelbrüder — S. Flagellanten.

glumer — Alter Ausdruck für trübe, schwammig.

Glusam — Ein leider ausgestorbenes Wort für »mäßig erwärmt, mollig«. Auch: stiller Charakter.

Gnippe — Klappmesser. In einigen Gegenden galt das Tragen als unehrlich und war strengstens untersagt, da es sich um eine »heimliche«, aber tödliche Waffe handelte, die man hinterlistig einsetzen konnte.

Grapen	Dreibeiniger Kugeltopf aus Bronze oder Ton, der über die Herdstelle gestellt wurde.
Grote Mandränke	Sturmflut, die am 16.1.1362 die Nordseeküste verwüstete und mehrere Kirchspiele mit sich riss, darunter auch den Ort Rungholt.
Grut	Bierzusatz aus getrockneten und zerkleinerten Gewürzpflanzen (Sumpfporst, Anis, wilder Rosmarin, Wacholder, Kümmel, Gagel usw.) nach geheimer Rezeptur. Einige Zutaten waren giftig. Bilsenkraut bildet zum Beispiel im Brauprozess Halluzinogene. Wahrscheinlich kam durch die Grut auch die Hefe ins Bier. Die Grut wurde durch das Brauen mit Hopfen verdrängt.
Gugel	Standesübergreifende Kapuze mit angesetztem Kragen. Diverse Ausführungen und Trageformen. So konnte sie auch mit Öffnung fürs Gesicht turbanähnlich um den Kopf gebunden werden.
Gulden Stuckh	Mittelalterliche Bezeichnung u. a. für Brokat (Stoff mit eingearbeiteten kostbaren Metallfäden).
Hal	Ein Haken für Kessel mit Raster, um die Höhe zu verstellen, in der der Kessel über dem Feuer hängt.
Heuke	Mantelartiger Umhang ohne Ärmel. Die Heuke besteht meist aus Wolle, kann auch gefüttert sein oder eine Kapuze haben.

Horen	Stundengebete. Da die Stunden nach der Sonne gemessen wurden, variierte ihre Dauer von Sommer- zu Winterzeit. Im Winter waren die Stunden kürzer als im Sommer. Man kann sie nur bedingt mit Uhrzeiten gleichsetzen, aber um einen ungefähren Überblick zu bekommen: Prim – Beginn der Morgendämmerung Laudes (6:00 Uhr) Terz (9:00 Uhr) Sext (12:00 Uhr) Non (15:00 Uhr) Vesper (18:00 Uhr) Komplet (21:00 Uhr) Matutin (24:00 Uhr).
Houppelande	(Sprich: upplond.) Als Gewand über der Cotardie sehr beliebt. Die weiten Kleider wurden durch einen Gürtel unter der Brust zusammengehalten. Große Stoffauswahl, oft war sie prachtvoll gefüttert.
Hudejunge	Hütejunge – ein Junge, der Tiere in den Wald treibt, damit sie dort fressen können.
In Aqua scribis	»Ihr schreibt auf Wasser.« Es ist nutzlos, was ihr tut/sagt.
Jungfernpergament	Ein Pergament, angeblich so dünn wie Papier. Legenden sprechen davon, dass es aus der Haut von zu früh geborenen Kälbern hergestellt wurde. Neueste Forschungen belegen, dass es sich um die Haut von Schaf- oder Ziegenfrühgeburten handelt.

Kaak	Auch Pranger oder Schandpfahl. An ihn wurden Delinquenten gefesselt. In Lübeck war es untersagt, den Delinquenten mit festen Gegenständen (Holzschuhen, Steinen o. Ä.) zu bewerfen.
Klafter	Alte Maßeinheit. Sowohl Hohl- als auch Längenmaß. Ein Klafter entspricht in etwa 1,8 Metern. Die Breite der ausgestreckten Arme eines erwachsenen Mannes.
Kogge	Einmaster mit Rahsegel und Achterkastell, zu Rungholts Zeit auch immer häufiger mit Bugkastell. Unterhalb der Mastspitze befindet sich ein Ausguck, das Krähennest. Koggen waren bis zum Ende des 14. Jahrhunderts der wichtigste größere Schiffstyp der Hanse. Sie wurden dann vom Holk verdrängt.
Komplet	Stunde zum Tagesabschluss. Ca. 21 Uhr – s. Horen.
Kotzenschalc	Hurenknecht. Ein wohl im Mittelalter gebräuchliches Schimpfwort. *Kotze* bedeutet Hure und *schalc* ist der Knecht.
Labrot, Labkraut	Ein Kraut, mit dessen Blüten und Wurzeln gefärbt wurde. Die Blüte gibt gelben Farbstoff, die Wurzel roten.
Lastadie	Alte Bezeichnung für Werft.
Lentner	Ein hüftlanges Gewand ohne Ärmel, das innen mit Eisenplatten versehen ist. Vorläufer vom Plattenharnisch.
liber judicii	Gesetzbuch.
liber proscriptionis	Buch der Verfestung. Darin standen die Namen der Verfestigten, die gegen entsprechende Bußleistung (Geldzah-

	lungen, Spenden) gestrichen werden konnten. »Verfesten« hieß im lübischen Recht »friedlos legen« (proscriptio), also quasi für vogelfrei erklären. Man wurde z. B. »verfestet«, wenn man trotz Vorladung nicht bei Gericht erschien. Dem Verfestigten wurde faktisch jede Möglichkeit zu befriedeter Lebensführung abgeschnitten. Gegen Ende des 14. Jh. standen in dem Buch über 400 Namen für Verfestungen. Die meisten aus der zweiten Hälfte des Jahrhunderts.
Ligawyj	Russisch: Bluthund.
Lispfund	In Lübeck gebräuchliche Gewichtseinheit. 1 Lispfund entspricht ca. 16 Pfund.
Litte	Verkaufsstand, Bude. Der Rat verfügte über die Zuteilung der Litten bei Bäckern und Knochenhauern. (Andere Zünfte waren vom Marktzwang befreit.) Nur ein Meister durfte eine Litte haben, die Anzahl war begrenzt. Die Litten wurden jährlich von der Zunft verlost. Jeder Meister musste hierzu eine Mark und 6 Pfennige »Latelgeld« entrichten.
Lohe	Rinde oder Blätter von Eichen oder Fichten, die aufgrund ihrer starken Gerbstoffe zum Gerben verwendet wurden. Die Bezeichnung leitet sich vom Wort »lo« ab, das abschälen bedeutet.
Lübecker Rotspon	Ein französischer Rotwein, der in Lübeck durch die Lagerung veredelt wurde.
Matutin	S. Horen.
Meile	Rund 8 Kilometer. Variierte durch die

	Jahrhunderte und die Gebiete extrem stark. Im Schnitt zwischen 7 und 11 Kilometer.
Memoria	Gebet zum Gedenken eines Verstorbenen. Schon zu Lebzeiten bezahlte man für die Memoria, die nach dem Tod für einen gehalten werden sollten.
Mi-Parti	Bezeichnet die vertikale farbliche Teilung eines Kleidungsstücks (z. B. rechts rot, links grün bei Beinlingen).
Neuntöter	Lanius collurio – oder auch Dorndreher genannt. Singvogel, der sich dadurch auszeichnet, dass er seine Beute auf Dornen spießt. Er gehört zur Ordnung der Sperlingsvögel.
Nizkamp	Nissenkamm. Ein feiner Kamm, um Läuse und deren Eier, die Nissen, aus dem Haar zu kämmen. Kopfläuse waren im Mittelalter Alltag.
Non	S. Horen.
Ofkengrove	Ende des 14. Jh. Bezeichnung für die Lübecker »Effengrube«, eine Gasse, die vom Bauhof hinab zur Obertrave führt.
Ogresgals	Ort nahe der Daugava, unterhalb Rigas, durch den die Ogre fließt.
Oxhoft	Vom holländischen Oxhoofd (Ochsenkopf). Altes Maß für Flüssigkeiten. In Schleswig-Holstein ca. 218 Liter.
Peinliche Befragung	Verhör unter Anwendung der Folter. Wurde durch den Fron und seine Männer ausgeführt. In Lübeck gab es verhältnismäßig wenige Folterungen.
Pomuchelskopp	Ausdruck für Dummkopf oder Trottel.
Porca vacca	Ital. für »verdammt noch mal«.

Poulaines	Auch »Cracowers« genannte Schuhe mit extremer Spitze. Dieser »Schnabel« der Schuhe wurde mit Moos oder Werg ausgepolstert.
Prahm	Kleines, flaches Schiff. Meist als Fähre eingesetzt, um Material zu transportieren. Brachte häufig Handelswaren von den Koggen in den Hafen, wenn die großen Koggen nicht anlanden konnten.
Prim	S. Horen.
Purgieren	Lat. purgare = reinigen. Die schlechten Säfte z. B. durch Aderlass austreiben. (Medizinisch auch abführen.)
Quendelkraut	Auch als Feldthymian bekannt.
Quent (auch Quint od. Quentchen)	Altes Gewichtsmaß. 1/4 Lot sind ein Quent. Dies entspricht ca. 3,7 bis 4,3 Gramm.
Quieta non movere.	»Was in Ruhe ist, sollte man nicht aufrühren.«
Rechentuch	Rechenhilfe. Auf dem Rechentuch sind Linien aufgebracht, auf denen mit Münzen ähnlich wie mit den Kugeln eines Abakus gerechnet wird.
Riddere	Ritter (eigentlich ein Adelstitel) – in Lübeck die Leibwache des Rates.
Rise	Kopftuch für Frauen, das, im Haar oder an einem Kopfschleier befestigt, Wangen, Hals und Kinn bedeckte.
Ronnen	Bis zu 11 m lange, U-förmige Rinne mit aufgenageltem Deckel. Wurde als Wasserrohr benutzt und unter der Straße verlegt.
Rychtevoghede	Der Richteherr. Eine frühe Art mittelalterlicher Rechtsprecher. In Lübeck hie-

	ßen diese Herren Vögte, obwohl sie keiner Feudalherrschaft angehörten.
Salunenmaker	Tuchmacher. Im Gegensatz zum Schneider war es den Salunenmakern untersagt, die Stoffe zu zerschneiden.
Scarbuce	Scharbeutz; Ort in der Lübecker Bucht.
Scharpie	Verbandsstoff, dessen Fasern durch Abschaben von Leinwand gewonnen werden. Mit Rotwein getränkt, wurden damit Wunden gesäubert, mit den Fasern ausgefüllt und anschließend verbunden.
Schecke	Kurze Jacke für Männer. Ende des 14. Jh. war es Mode, sie sehr eng anliegend zu tragen. Sie betonte die Taille und war ein extravagantes Kleidungsstück mit Knopfverschluss für Hof und Bürger.
Schiffpfund	In Lübeck ca. 128 Kilogramm.
schimmericht	Altes Wort für schimmern, schimmerig.
Schrangen	In Lübeck ein schmaler Platz, eine offene Gasse nahe dem Rathaus, in der sich die Verkaufsstände der Fleischhauer befanden.
Sci vias	»Wisse die Wege« – Titel eines Buchs von Hildegard von Bingen.
Scrivekamere	Schreibkammer (meist die Dornse).
Sext	S. Horen.
spillerig	Norddeutsch: dürr, schmächtig; von Spille = Spindel.
Surkot	Gewand für die Frau und später auch für den Mann. »Surcot« bedeutet »über der Cotte«. Ab ca. 13. Jh. statt Ärmel nur noch Löcher, die sich bei der Frau zu

	Teufelsfenstern ausweiten. Unter dem Surkot trug die Frau Untergewänder und umging so das Verbot der Kirche, eng anliegende Kleidung zu tragen.
Tappert	Langes Obergewand für Männer, meist ärmellos. Reichte bis zum Knie oder zum Knöchel herab.
Tassel	Paarig angeordnete Scheibenfibeln, die mit einer Kette oder einer Kordel verbunden wurden. Mit Hilfe der Tassel konnten Mäntel und Umhänge zusammengehalten werden.
Töversche	Alte Bezeichnung für Hexe. In etwa »Zauberische«.
Trebuchet	Wurfmaschine zur Belagerung. Ähnlich einem Katapult.
Tres Canes	Würfelspiel, bei dem drei Einsen (drei Hunde) gewinnen.
Trippe	Sohle aus Holz zum Unterschnallen, damit der Schuh vor Dreck geschützt ist.
Vaffanculo	Ital. für »leck mich am Arsch«.
Varrecht	Ein rechtliches Verfahren, das darin bestand, im Angesicht des Getöteten das »peinliche Gericht zu erheben« – also die allgemeine Klageerhebung wegen Mordes auszusprechen. (Auch Barrecht, peinliches Goding, Notrecht genannt.) Das Varrecht fand Anwendung bei der Auffindung Ermordeter, tödlich Verunglückter und Selbstmörder.
Vincula da linguae, vel tibi vincla dabit	Lege deiner Zunge Fesseln an, sonst wird sie dir Fesseln anlegen.
Vitalienbrüder	So genannt wurden die Seeräuber der

	Nord- und Ostsee. Die Herkunft des Wortes ist umstritten.
Witten	Silbermünze mit dem Wert von 4 Pfennigen; auch »Vierfach-Pfennig« genannt. Die Quellen sind diesbez. widersprüchlich, aber für einen Witten konnte man in Schleswig-Holstein um 1400 ca. 50 Eier kaufen.
Wochentage	Sonntag – (dies) dominica, feria prima, feria dominica Montag – feria secunda Dienstag – feria tertia Mittwoch – feria quarta Donnerstag – feria quinta Freitag – feria sexta Samstag – dies sabbatinus / Sabbati, Sabbatum.
Wrasen	Vor allem in Norddeutschland gebräuchlicher Ausdruck für »Dunst«, »dicker Nebel«.